CRISTINA CAMPOS

Die Insel der Zitronenblüten

Cristina Campos

Die Insel der Zitronenblüten

Roman

Deutsch von Michaela Meßner

blanvalet

Die Originalausgabe erschien 2016 unter dem Titel
»Pan de limón con semillas de amapola«
bei Editorial Planeta, Barcelona.

Das Zitat auf Seite 136/137 stammt aus: Miguel de Cervantes Saavedra:
Der geistvolle Hidalgo Don Quijote von der Mancha,
Übersetzung Susanne Lange, dtv 2016
Das Zitat auf Seite 191 stammt aus: Herman Melville, *Moby-Dick*,
Übersetzung Matthias Jendis, Hanser Verlag, 2001

FSC www.fsc.org MIX Papier | Fördert gute Waldnutzung FSC® C014496

Klimaneutral* Druckprodukt ClimatePartner.com/14044-1912-1001

Penguin Random House Verlagsgruppe FSC® N001967

17. Auflage

Neumarkter Str. 28, 81673 München
Redaktion: Susann Rehlein
Umschlaggestaltung: www.buerosued.de
Umschlagmotiv: Ainara Garcia/Alamy Stock Foto
NG · Herstellung: cm
Satz: Uhl + Massopust, Aalen
Druck und Bindung: GGP Media GmbH, Pößneck
Printed in Germany
ISBN 978-3-7341-0433-6

www.blanvalet.de

Anna hatte ihre Beerdigung sorgfältig geplant. Ihr Liebster hatte beim Spielen mit ihrer Brust das Knötchen entdeckt, das ein Jahr später ihren Tod bedeuten sollte. In diesem letzten Jahr auf Erden hatte Anna die Zügel ihres Lebens endlich selbst in die Hand genommen.

Sie hatte alles in einem Brief festgehalten und diesen wenige Tage vor ihrem Tod an ihre Schwester Marina geschickt. Zur Beerdigung waren bloß ihre Schwester, ihr Mann und eine kleine Freundesschar geladen worden. Sie sollten sich an einer Steilküste der Serra de Tramuntana auf Mallorca versammeln, den Text vorlesen, den sie für alle geschrieben hatte, und dann gemeinsam ihre Asche ins Meer streuen.

Von den Trauergästen, die sich zu dieser Beerdigung im kleinsten Kreis versammelt hatten, wusste niemand, weshalb Anna sie an diesen weltabgewandten Ort gerufen hatte. Aber es waren alle gekommen, um an der Steilküste von Sa Foradada ihren letzten Willen zu erfüllen. Es schien fast, als habe selbst der Wind auf sie gehört, denn er blies sanft, ganz wie sie es sich gewünscht haben würde. Das Meer war ruhig wie ein riesengroßer Teich.

Die Tochter nahm die Urne, die ihr Vater in Händen hielt, und entfernte sich damit ein paar Meter, als könnte sie die Mutter dadurch ein klein wenig länger an ihrer Seite behalten. Sie schlang beide Arme um das Gefäß und setzte sich an den Rand des Felsens. Dann schloss sie die Augen, und eine Träne nach der anderen kullerte über die Asche ihrer Mutter.

Marina machte ein paar Schritte auf ihre Nichte zu, doch dann blieb sie stehen. Sie senkte den Blick und begann ganz für sich jene Worte zu lesen, die ihre Schwester ihr vor dem Tod zugedacht hatte.

Liebe Schwester, geliebte Freundin,
ich fände es schön, wenn du beim Gedanken an mich und uns die letzten dreißig Jahre streichen und zu dem Zeitpunkt zurückspringen würdest, an dem wir getrennt wurden. Denn für mich warst du meine kleine Schwester, meine Freundin, meine Vertraute, und als du fortgingst, und das auch noch fast für immer, da war es, als risse man mir die Seele aus dem Leib. Du warst gerade vierzehn Jahre alt. Ich habe nie verstanden, warum du gegangen bist.
Als du gingst, dachte ich mit Sehnsucht an die Ausflüge zurück, die wir in Papas Llaüt gemacht haben. Erinnerst du dich, wie sehr Papa dieses kleine Holzboot geliebt hat? Fast mehr als uns …

Ihr Blick glitt übers Meer, jenes Meer, in dem sie geschwommen, an dem sie aufgewachsen waren. Sie wanderte im Geiste zurück zu ihrer Kindheit, zu den Buchten im Norden der Insel, zu dem alten Boot. Immerzu waren sie unterwegs zu windgeschützten kleinen Buchten gewesen. Sie sah Anna im Bug des Llaüt sitzen, jung, zerbrechlich, das helle Haar, das weiße Leinenkleid, gehalten von dünnen Trägern, ihr schlanker Hals, ihre zarte Figur. Das blonde Haar zerzaust von dem stets sanften Wind des Inselsommers. Sie streckte so gern ihre Arme aus und spielte mit den kleinen Wogen, die gegen die Bootswand schwappten. Schöpfte Wasser in die hohle Hand und öffnete dann langsam die Finger, um es hinausfließen zu lassen. Immer und immer wieder.

Dort, auf diesem alten Boot, erzählten sie einander ihre Geheimnisse, lachten miteinander, stritten sich und vertrugen sich wieder oder ließen einfach schweigend die Stunden verrinnen, ließen sich von der Meeresbrise wiegen, bis ihr Vater mit einem Schatz wiederkehrte, wie er es immer genannt hatte.

Marina steckte den Brief zurück in den Umschlag und dachte an den letzten gemeinsamen Bootsausflug. Es war nichts Besonderes vorgefallen, nichts Erinnerungswürdiges oder Einzigartiges. Außer dass sie diese drei Worte ausgesprochen hatten, die man sich unter Schwestern eigentlich nicht sagt. Sie waren aus dem Hafen von Valldemossa hinausgefahren, hatten die einsamste Bucht angesteuert, eine, in die sich sonst keine Sommergäste verirrten. Sie hielten vor der Cala Deià, wunderschön und von Bergen umschlossen. Nestór warf den Anker, der lange sank, bis er vollkommen verschwunden war. Dann spannten sie gemeinsam die weiße Stoffplane auf, die sie vor der stechenden Sonne schützen sollte.

»Flichtst du mir einen Zopf?«

Marina setzte sich im Bug auf den Boden und löste den Haargummi, der ihre wilde schwarze Mähne bändigte. Anna teilte das Haar der Schwester in drei Teile und befeuchtete sie mit Meerwasser. Dann flocht sie behutsam einen Zopf, hielt dabei jedes Mal inne, wenn sie eine Strähne über die andere legte, und dachte unwillkürlich, dass dies das letzte Mal war. Nie wieder würde sie ihre Schwester kämmen, nie wieder würden sie gemeinsam mit dem Boot aufs Meer fahren. Und auf dem Haar ihrer Schwester mischte sich das Meerwasser mit ihren Tränen. Anna blickte auf, und lange sahen sie einander traurig an, mit ihren haselnussbraunen Augen, die sie vom Vater geerbt hatten. Und dann sprach Anna jene drei Worte, die Schwestern eigentlich nicht zueinander sagen. Sie setzte sich neben Marina, legte den Kopf auf ihre Schulter und sagte zu ihr: »Ich liebe dich.«

Marina steckte den Brief in ihre Jackentasche. Sie betrachtete diese schmale, verängstigte Person, die noch immer die Asche ihrer Mutter umklammert hielt und sich schier die Augen ausweinte.

»Ich bitte dich, pass auf meine Tochter auf«, hieß es in dem Brief. »Sie ist ganz verloren auf ihrer Suche nach sich selbst. Begleite sie bitte auf ihrem Weg durch diese verwirrende Pubertät.«

Sie ging zu ihrer Nichte und setzte sich neben sie an den Rand der Steilküste.

»Wollen wir sie gehen lassen?«, fragte Marina sanft.

Ihre Nichte nickte und strich langsam über die Urne, ein letztes Mal.

Der Lärm eines Motorrads zerschnitt die Stille. Marina drehte sich um. Der Fahrer zog den Zündschlüssel ab und stieg von der Maschine. Den Helm nahm er ab und legte ihn auf den Motorradsattel. Er wirkte unsicher, schien nicht recht zu wissen, wie er sich verhalten sollte.

Marina wusste sofort, wer dieser Mann war, den hier niemand erwartet hatte und der dennoch dazugehörte. Denn Anna hatte diesen Ort gewählt, weil sie sich von den Menschen verabschieden wollte, die sie geliebt hatte. Von der Welt. Von ihm.

1

Mutterschaft oder Injera

Zutaten:

- 300 g Teffmehl
- 250 ml Wasser
- eine Prise Salz

Zubereitung im Keramik-Mogogo:

Teffmehl in einer Schüssel mit Wasser und Salz anrühren und abgedeckt einen bis drei Tage ruhen lassen, bis die Mischung fermentiert ist.

Den Mogogo mit Essig auswischen und bei mittlerer Temperatur aufs Feuer stellen. Den Teig auf dem Mogogo verteilen und ausbacken. Das Injera darf nur von einer Seite gebacken werden.

Es wurde dunkel. Am heißesten und entlegensten Ort des Planeten, in der Danakil-Wüste im Nordosten von Äthiopien, pfiff ein unbarmherziger Wind. Nichts als Salz, Sand und Schwefel in dieser endlosen Weite, wo die Temperatur auf sechzig Grad anstieg und es kaum Leben gab. Dort, mitten in der Stille und dem Nichts, versteckt in einem weißen Betonhäuschen, lag Marina nach dem Liebesakt eng umschlungen mit Mathias, und er liebkoste sie.

»Ausgerechnet eine *Bäckerei*«, sagte Mathias.

»Dauernd muss ich daran denken«, sagte Marina und legte ihre Hand sanft in die von Mathias. »Warum schenkt uns jemand eine Bäckerei? Warum Anna und mir? Man vermacht sein Haus und seinen Laden doch nicht einfach irgendwelchen Unbekannten.«

»War dem Testament denn kein Brief beigelegt?«

»Nicht dass ich wüsste. Meine Schwester stellt Nachforschungen an, aber noch wissen wir nicht, was uns mit dieser Frau verbindet.«

»Und die Mühle, ist die noch in Ordnung?«, fragte Mathias.

»Das Gebäude ist heruntergekommen. Aber die Bäckerei funktioniert schon noch. In Valldemossa war sie die einzige.«

Marina dachte eine Weile nach.

»María Dolores Molí ... Ich kann diesen Namen noch so oft aussprechen, bei mir klingelt einfach nichts ...«

»Dolores ... das heißt auf Deutsch Schmerzen, stimmt's?«, fragte Mathias.

Marina nickte.

»Merkwürdig, wie kann man nur seine Tochter Dolores nennen, das ist ja fast so, als würde man jemanden Angst oder Schwermut nennen«, setzte er hinzu.

»Dolores ist in Spanien ein ganz gewöhnlicher Name«, erklärte ihm Marina.

»Ich würde dich gerne begleiten. Ich bin wahrscheinlich

der einzige Deutsche, der noch nie auf Malorca war«, sagte Mathias mit einem Gähnen.

»Mallorca, mit zwei L«, erwiderte sie mit einem zärtlichen Lächeln.

Den Laut des Doppel-L gibt es nicht im deutschen Alphabet, und Mathias konnte noch so viele Spanischkurse machen, er machte immer denselben Fehler. Genau wie Marina, die das deutsche Ä und das Ö immer noch nicht aussprechen konnte. Sie sprachen Englisch miteinander, und manchmal brachten sie sich gegenseitig etwas aus ihrer Muttersprache bei. Vor zwei Jahren hatten sie sich in einer Buchhandlung am Flughafen von Barajas ein schwarzes Moleskine-Büchlein gekauft, in dem sie sich ihr ganz eigenes Wörterbuch angelegt hatten. Sie schrieben die Wörter hinein, die ihnen wichtig vorkamen. In der rechten Spalte die spanischen und in der linken die deutsche Übersetzung.

Marina streckte ihre Hand aus und griff nach dem Büchlein, das auf dem Nachttisch lag. Sie öffnete ihr Mäppchen und holte einen schwarzen Kugelschreiber heraus.

»Mit zwei Punkten?«

»Auf dem A.«

Marina schrieb *panadería* und daneben *Bäckerei.*

Seufzend legte sie das Büchlein auf den Nachttisch zurück.

»Jetzt bin ich schon über zehn Jahre nicht mehr auf Mallorca gewesen«, sagte Marina ein wenig traurig.

Mathias schaltete die nackte Glühbirne aus, die von der Decke hing. »Gute Nacht, Erbin, und denk nicht länger darüber nach, ich kenne dich doch. Solange du hier bist, findest du ohnehin keine Lösung.«

Marina drehte ihm den Rücken zu, und er schlang die Arme um sie.

Nach wenigen Minuten schlief Mathias ein. Mit dem Einschlafen hatte Marina immer Schwierigkeiten. Sie dachte noch einmal alle Probleme durch, die tagsüber bei der Arbeit angefallen waren, und überlegte sich Lösungen für den nächsten Tag. Aber diesmal kreisten ihre Gedanken nicht um die Arbeit, sondern um die Reise nach Mallorca, auf die sie zwar keine Lust hatte, die aber sein musste. Sie erinnerte sich an die letzten Worte in Annas Mail.

> Vielleicht ist diese mysteriöse Erbschaft am Ende dazu gut, dass wir uns wiedersehen, dass du endlich wieder nach Hause kommst.

Über den letzten Satz hatte Marina sich geärgert. Mallorca ist nicht mein Zuhause, hatte sie gedacht. Es ist der Ort, an dem ich geboren wurde und an dem ich einen Teil meiner Kindheit verbracht habe. Wo meine Eltern gelebt haben und wo heute nur noch Anna lebt. Nein, das ist nicht mein Zuhause. Nichts verbindet mich mehr mit dieser Insel.

Da Marina kein eigenes Haus besaß, gab es auch keinen Ort, an den sie an Weihnachten fahren konnte. Ein Ort, wie normale Familien ihn hatten, ein Ort, an dem sie die Feiertage verbrachten. Marina hatte zwar das nötige Geld, um sich ein Haus zu kaufen, aber den Wunsch nach eigenen vier Wänden hatte sie nie verspürt. Ihre Psychologin hatte einmal gesagt – und dabei einen Schriftsteller zitiert, dessen Name Marina entfallen war: »Zu Hause ist dort, wo man erwartet wird.« Dieser Satz hatte sie tage- und nächtelang verfolgt. Ihre Eltern waren schon gestorben. Mit anderen Verwandten hatte sie kaum Kontakt gehalten. Und natürlich war da noch Anna, ihre ältere Schwester. Anna und alles, was so lange zwischen ihnen gestanden hatte.

Marina hatte sich schon in ihrer Jugend entwurzelt gefühlt. Mit vierzehn war sie aufgebrochen, mittlerweile war sie fünfundvierzig und immer noch unterwegs. Ihre Arbeit zwang sie zum Reisen. Warum nur hatte sie dieses Nomadenleben gewählt? Immer von einem Ort zum andern. Sie wollte nirgendwo Wurzeln schlagen. Wo ist dein Zuhause, Marina? Wer wartet auf dich? Dass sie diese Frage nicht beantworten konnte, machte ihr manchmal Angst. Seit Jahren schon suchte sie nach einer ehrlichen Antwort und war irgendwann zu dem Schluss gekommen, dass ihr Zuhause, ihr echtes Zuhause, die ganze Welt war – die ganze Welt und Mathias. Das war die Antwort, die sie sich selbst gab. Eine Antwort, die sie beruhigte und die außerdem der Wahrheit entsprach, denn an allen Orten dieser Welt, an denen sie schon gewesen waren – mochten sie auch noch so klein, geheim und verborgen gewesen sein –, waren sie von den Menschen stets mit offenen Armen empfangen worden.

Diese Antwort beruhigte sie zwar, dennoch war eines gewiss: Sie hatte keinen festen Zufluchtsort, kein Ithaka wie ihre Freunde und Arbeitskollegen und wie Mathias natürlich, dessen Eltern in Berlin-Kreuzberg eine Wohnung besaßen, in der Bergmannstraße Nr. 11.

Sicher, Marina hätte sich auch für ein konventionelleres Leben entscheiden können. Ein Leben mit mehr Sicherheit. Mit mehr Beständigkeit. Sie hätte auf diesem vom Meer umschlossenen Fleckchen Erde bleiben können, auf dieser Insel, die hundert Kilometer lang und achtundsechzig Kilometer breit war. Wäre sie nach Mallorca zurückgegangen, wäre sie jetzt vielleicht verheiratet wie ihre Schwester, mit einem von den Männern aus dem Königlichen Segelclub von Palma, so wie ihre Mutter es ihr geraten hatte. Oder vielleicht würde sie, dem Wunsch ihres Vaters entsprechend, in der Geburtshilfe-und-Gynäkologie-Abteilung des Universitätskrankenhauses San Dureta arbeiten, das im Bezirk Poniente am Stadtrand von Palma lag.

Aber stattdessen war sie 7843 Kilometer von ihrem Geburtsort entfernt, mitten in der Danakil-Wüste, in den Armen des Mannes, den sie liebte.

Sie konnte noch immer keinen Schlaf finden. Sie drehte sich zu Mathias um und sah ihm zu, wie er friedlich schlief. Sie waren so verschieden, er war groß, kräftig, ungemein deutsch. Sie hatte dunklere Haut, schwarzes Haar, das ihr auf die Schulter fiel, sie war klein, etwas stämmig, ungemein spanisch. Liebevoll strich sie ihm übers Kinn, über den wilden braunen Bart. Dann strich sie ihm das Haar aus dem Gesicht, und ihre Finger fuhren sanft über die Haut rund um die Augen. Während sie diese Geste wiederholte, dachte sie an die zarten Fältchen, die sie langsam bekam. Er war fünfunddreißig Jahre alt. Sie selbst würde im August sechsundvierzig werden. Dieser Gedanke beunruhigte sie für einen Moment. Dann verbannte sie ihn sogleich wieder. Sie nahm seinen Arm und legte ihn sich um die Taille, denn es beruhigte sie und machte sie glücklich, im Arm dieses Mannes zu liegen, der so durch und durch gut war, zehn Jahre jünger als sie, der sie liebte und sie bewunderte. Marina schloss die Augen und fand endlich Schlaf. Unbewusst drückte er sie an sich. Sein Zuhause. Sein Heim.

Ein festes Klopfen. Marina hatte erst eine Stunde geschlafen. Sie schlug die Augen auf. Mit einem Ruck setzte sie sich auf. Wieder dieses Klopfen. Leise erhob sie sich und schlich zur Schlafzimmertür. Das Klopfen kam von der Haustür. Sie ging weiter durchs Esszimmer, hin zu dem kleinen Fenster. Sah hinaus. Es war zu dunkel draußen. Sie konnte niemanden erkennen. Wieder hämmerte jemand gegen die Tür, diesmal schon kraftloser.

Sie ging hin und machte auf. Auf dem Boden lag, halb bewusstlos, eine junge, schwangere Äthiopierin …

»Mathias!«, rief Marina und kauerte sich neben das junge Mädchen, das nicht älter als fünfzehn sein konnte.

»Ganz ruhig«, sagte sie zu ihr auf Englisch.

Sie legte die Fingerspitzen auf das Handgelenk der jungen Frau. Nahm den Puls. Er raste.

Mathias kam aus dem Schlafzimmer geeilt, schob die Arme unter die junge Frau und hob sie hoch. Auf der nackten Erde unter ihrem Körper hatte sich eine Blutlache gebildet. Sie rannten zu dem Haus nebenan, und Mathias wuchtete die junge Frau aufs Krankenbett. Marina griff sich ein Stethoskop von dem Metalltisch, auf dem das chirurgische Besteck und die Abhörinstrumente lagen. Mathias zerschnitt den marineblauen Schleier, der den Körper der Schwangeren bedeckte. Sie handelten schnell und ohne miteinander zu sprechen. Jeder wusste, was er zu tun hatte. Die junge Äthiopierin schloss die Augen und ließ alles still geschehen.

Marina hielt das Stethoskop an den Bauch der jungen Frau und überprüfte die Herztöne des Ungeborenen. Der Fötus lebte noch. Marina zog sich Latexhandschuhe an, öffnete die Beine der jungen Äthiopierin und setzte sich auf den kleinen Schemel, um ihre Scheide abzutasten. Wie alle Frauen vom Stamm der Afar hatte sie verstümmelte Genitalien, und durch den kleinen Spalt, den man nach der Infibulation offen gelassen hatte, konnte der Fötus nicht hindurch.

Sie führte die Finger in die Vagina ein und tastete sie ab. Der Gebärmutterhals war vernarbt und der Muttermund sieben Zentimeter weit geöffnet. Die Wehen hatten schon eingesetzt, wahrscheinlich schon vor über zwei Stunden, und der Fötus arbeitete nicht mehr mit.

Sie musste eine Entscheidung treffen. Sie tastete den Bauch ab. Eine Desinfibulation wäre sinnlos. Der Fötus lag zu weit oben, und das junge Mädchen hatte zu viel Blut verloren.

»Kaiserschnitt, schnell«, sagte sie zu Mathias.

Mathias nahm den Arm der jungen Frau, tastete ihn nach Venen ab und legte ihr eine Infusionsnadel.

»*Sëmëwot man nô?*«, fragte Mathias auf Amharisch.

Die junge Frau antwortete nicht.

»*Sëme Mathias nô.*«

»*Sëme Mathias nô.*«

Die junge Frau blickte ihn kurz an und schloss dann wieder die Augen. Sie wirkte erschöpft.

»Halte sie wach, so gut es nur irgend geht.«

Mathias brachte sie zum Sitzen. Marina schob sich hinter sie, die Injektionsnadel mit dem Novokain in der Hand. Sie setzte die Spritze und injizierte das Betäubungsmittel in den Rückenmarkskanal, und dann legten sie sie vorsichtig wieder zurück auf die Liege. Zwanzig lange Minuten mussten sie warten, bis die Anästhesie zu wirken begann. Die ganze Zeit sprachen sie mit ihr, halb auf Englisch, halb auf Amharisch, um sie wach zu halten, legten ihr ein paar sterile Tücher auf und pinselten den Bauch mit Jod ein. Anschließend bereiteten sie das OP-Besteck vor, Skalpell, Spreizklammern, Gefäßklemmen, Nadel und Faden. Unablässig tropften Schweißperlen von der Stirn der jungen Frau. Um die fünfunddreißig Grad musste es haben. Marina machte ein Tuch nass, fuhr ihr damit über die Stirn, hob ihren Kopf an und gab ihr zu trinken. Sie fragte sie wieder nach ihrem

Namen, ob sie im Nachbardorf wohne, ob sie einen Ehemann habe, aber sie antwortete nicht.

»Wie soll das Baby heißen?«, fragte Marina und gestikulierte, um sich verständlich zu machen.

Auch darauf antwortete sie nicht, vermochte kaum die verängstigten Augen offen zu halten.

»Sie verliert zu viel Blut«, sagte Mathias besorgt.

Noch zehn Minuten, dann würde die Anästhesie wirken. Marina legte dem jungen Mädchen die Hände aufs Haar. Sie fuhr ihr behutsam mit der Hand über die vielen pechschwarzen Zöpfchen, die ihren Kopf bedeckten. Sie setzte sich vor sie, damit sie sie gut sehen konnte, und indem sie mit beiden Händen die Bewegungen des Zöpfeflechtens nachahmte, gab sie ihr zu verstehen, dass sie ihr die Zöpfe genauso flechten sollte, sobald das Baby geboren wäre. Die junge Äthiopierin verstand die zärtliche Geste dieser weißen Frau, und auf ihren Lippen erschien ein kleines tapferes Lächeln.

Das Skalpell schnitt unter dem Bauchnabel in die Bauchwand. Marina öffnete mit leichtem Druck nach innen die Unterhaut und setzte einen vertikalen Schnitt bis zum Rand des Schamhaars. Dann nahm sie die Schere. Mit äußerster Vorsicht durchtrennte sie die Faszie. Sie griff mit den Fingern in den Schnitt und trennte das Gewebe, bis sie zu den Muskeln stieß. Klemmen. Mit einem präzisen Schnitt durchtrennte sie die Muskeln, bis sie zur Fruchtblase mit dem Fruchtwasser kam. Die Flüssigkeit mischte sich mit dem Blut, das reichlich floss. Mit einem präzisen Griff führte sie die Hand in den Uterus und spürte, dass die Plazenta wie ein Pfropfen auf dem Gebärmutterhals saß. Sie tastete nach dem Körper des Fötus. Dann drehte sie ihn in die richtige Lage, packte ihn bei den Füßen und zog ihn mit einer schnellen Bewegung aus dem Uterus. Der Fötus regte sich nicht. Mathias durchtrennte die Nabelschnur. Auch als sie das Baby von der mütterlichen Sauerstoffzufuhr abschnitten, reagierte es nicht.

Marina hielt das Baby mit dem Kopf nach unten und versetzte ihm mehrere kleine Schläge auf den Po. Es blieb still. Marina versuchte es erneut, packte das Baby im Nacken, richtete es auf und ließ es dann wieder mit dem Kopf nach unten hängen. Es blieb reglos und still. Marina zog sich die Handschuhe aus. Sie legte das Baby auf den Tisch, mit leicht überstrecktem Kopf. Mit der anderen Hand hob sie sein Kinn. Sie näherte sich seinem Herzen, legte Mittel- und Ringfinger der einen Hand auf das Sternum des Babys, und dann, sanft und rhythmisch, machte sie eine schnelle Herzmassage. Vielleicht hatte es im Uterus Kindspech geschluckt und die Atemwege waren verstopft.

Marina warf Mathias einen besorgten Blick zu. Er hatte bereits die Plazenta entfernt und nähte jetzt mit einem chirurgischen Faden den Körper der jungen Äthiopierin wieder zu, die viel Blut verloren hatte und mit offenen Augen und vollkommen still auf dem Krankenbett lag und ihr Baby betrachtete. Die erste Tochter, die sie zur Welt gebracht hatte.

Mit dem reglosen Baby auf dem Arm ging Marina zu ihr. Setzte sich an ihre Seite. Sie legte sich das Baby in den Schoß, nahm die Hand der Mutter, und dann versuchten sie gemeinsam eine Herzmassage.

Das Baby war jetzt schon über eine Minute aus dem Bauch, ohne Sauerstoff. Es würde nicht viel länger durchhalten. Marina wusste das. Mathias sah Marina an. Sie blickte zurück und senkte den Blick. Die Mutter würde es wahrscheinlich auch nicht schaffen. Zwei Tote mehr, neben den vielen anderen, die sie in den fünf Jahren, die sie nun schon gemeinsam für die NGO arbeiteten, nicht hatten verhindern können. Man konnte noch so oft miterleben, wie ein Mensch starb, man würde trotzdem nie unempfindlich werden gegenüber der Wucht, mit der einen das traf. Marina, die ihre Hand auf die Hand der äthiopischen Frau gelegt hatte, drückte noch einmal, jetzt mit mehr Kraft, auf den Körper des Babys.

Ganz unerwartet griff die junge Äthiopierin, die kaum bei Bewusstsein zu sein schien, mit letzter Kraft nach ihrer Tochter, nahm sie aus Marinas Schoß und legte sie sich auf die Brust. Das Baby hörte ihren Herzschlag, ganz wie in den letzten neun Monaten. Die junge Frau atmete tief ein. Sie sagte ein paar Worte in ihrer Sprache und nahm ihre Tochter wie zum Abschied fest in den Arm. Und als hätte das kleine Mädchen das Flehen seiner Mutter gehört, öffnete es schließlich seine kleine Lunge und schrie.

Die junge Äthiopierin hörte das Schreien ihrer Tochter, lächelte glücklich und sah die weiße Frau, die ihrer Tochter auf die Welt geholfen hatte, mit unendlicher Dankbarkeit an. Dann schloss sie die Augen und starb.

Im letzten Geburtshilfekursus, den Dr. Sherman gegeben hatte, sprach er über die internationale Zusammenarbeit. Er zeigte ihnen Dias, auf denen Ärzte, die alle einen weißen Kittel mit dem roten Ärzte-ohne-Grenzen-Logo trugen, auf dem afrikanischen Kontinent Patienten in Notfallsituationen behandelten. Damals hatte Marina nicht viel mehr gewusst als die meisten Studenten der Universität von Pennsylvania: dass die Welt ungerecht war und medizinische Versorgung das Privileg einiger weniger.

Seit jenem Kursus an einer der angesehensten Universitäten dieser Welt waren neunzehn Jahre vergangen, und mit diesem afrikanischen Kind in ihren Armen verstand sie besser als je zuvor, was Dr. Sherman meinte, als er gesagt hatte, es komme auf die Großzügigkeit einiger weniger an, die auf die Annehmlichkeiten der westlichen Welt verzichteten, um Menschenleben an den unwirtlichsten Orten des Planeten retten zu können.

Behutsam trug Mathias den Leichnam der jungen Frau aus dem Ambulanzraum. Marina blieb mit dem Baby zurück. Sie sah jetzt keinen Fötus mehr in ihm, sondern ein menschliches Wesen, und wurde plötzlich gewahr, dass sie eine Persönlichkeit vor sich hatte. Ein dunkelhäutiges, verklebtes und etwas klein geratenes Baby, das soeben Waise geworden war. In den zehn Jahren ihrer Arbeit als Entwicklungshelferin hatte sie bereits bei zahllosen Geburten assistiert, aber es war für sie das erste Mal, dass eine Mutter vor ihren Augen starb. Mit einem feuchten Tuch wischte sie die Mischung aus Blut, Fruchtwasser und Käseschmiere von seinem kleinen Körper. Dann wickelte sie es in ein Laken, das ebenso grün war wie das Tuch, das den Leichnam der Mutter bedeckte, und barg es in ihren Armen. Der Säugling machte den Mund auf und suchte nach der Brustwarze seiner Mutter, um daran zu saugen. Marina öffnete den Kühlschrank. Sie griff in einen Karton mit dem Logo der Ärzte ohne Grenzen und holte ein vorbereitetes Fläschchen heraus. Sie stellte es ins Fenster, um es von den ersten Sonnenstrahlen wärmen zu lassen.

Für den Buchteil einer Sekunde spielte das Baby mit dem Sauger, aber dann leerte es, als hätte es die Mutterbrust vor sich, die Flasche mit einer für ein Neugeborenes recht ungewöhnlichen Geschwindigkeit. Es bewegte weiter die Lippen und wollte mehr. Aber Marina fand, fürs Erste sei es genug. Sie wiegte das Kleine sanft in ihren Armen und legte sein Köpfchen nah an ihre Brust, damit es die Schläge ihres Herzens hören konnte. Es wirkte unruhig, und Marina lief mit ihm umher und verließ dann den Ambulanzraum. Der Tag brach an, es waren 48 Grad im Schatten. Der Himmel färbte sich orange und rosa, ein wunderschöner Anblick, wie jeden Morgen. Das Baby weinte. Marina streichelte es, und während sie es streichelte, sang sie ihm ganz leise ein Lied vor.

A la nanita nana, nanita ella, nanita ella,
mi niña tiene sueño, bendita sea.
Fuentecita que corre clara y sonora,
ruiseñor que en la selva cantando llora,
calla mientras la cuna se balancea.
A la nanita nana, nanita ella.

Es war das spanische Wiegenlied, das Großmutter Nerea in den milden mallorquinischen Nächten immer für sie gesungen hatte. Das Baby schlief sogleich ein. Und so stand sie mit ihm vor der Wüste von Danakil, bei Sand, Salz und Schwefel. Sie machte der Welt schon lange keine Vorwürfe mehr. Ganz wie eine Frau im ersten Ehejahr, die ihrem Mann vorwirft, seine Versprechen nicht zu erfüllen, hatte Marina in ihren ersten Jahren als Entwicklungshelferin der Welt so allerlei vorgeworfen. Als sie zwanzig gewesen war und noch diese herrliche Naivität der Jugend besessen hatte, hatte sie fest geglaubt, dass die Menschheit sich ändern werde. Mit dreißig war sie eine engagierte Aktivistin im Kampf für die Menschenrechte gewesen. Vor allem für die Rechte der Frauen. Für solche Frauen wie jene, die gerade unter ihren Händen gestorben war, und für das Mädchen, das jetzt in ihren Armen weiterlebte.

Aber die Naivität der Zwanzigjährigen und die Stärke der Dreißigjährigen waren mit der Zeit einer gewissen Abgeklärtheit und Mäßigung gewichen, und mittlerweile war Marina eine reife Frau, eine engagierte Ärztin mit viel Berufserfahrung, die sich aus ganzem Herzen für die Menschen einsetzte, die sie behandelte. Ihr einziger Ehrgeiz bestand darin, das Leben dieser Menschen zu verbessern. Und sie wusste: Wichtiger als jeder Kampf, jede Forderung, jede Petition und jede Bitte an die übernationalen Gesellschaften, die die Welt regierten, war es, das Leben dieses äthiopischen Babys zu schützen, das soeben auf die Welt gekommen war.

Auf ihrer Armbanduhr war es 7 Uhr 20 am Morgen. Es wurde schon wieder drückend heiß, die Hitze drang in das Behandlungszimmer, in das sie sich mit dem schlafenden Baby im Arm zurückgezogen hatte. Sie betrachtete das Kind, es war entzückend, schwarz, etwas mickrig und glatzköpfig. Es schlief ruhig. Sie setzte sich, sah es unverwandt an und spürte diesen Frieden, der von schlafenden Babys ausgeht, die gerade zur Welt gekommen waren. Sie lehnte ihren Kopf an die Wand und ließ sich erschöpft von der friedlichen Stille einhüllen.

Durch die Tür sah sie aus dem Dunst rötlicher Erde verschwommen ein paar weibliche Gestalten auftauchen. Sicher die Familienangehörigen des Mädchens, dachte sie erleichtert. Sie strich dem Baby zärtlich übers Kinn und stellte sich vor, wie sie das Kind einer anderen Frau übergab. Sie würde es aus dem grünen Laken herausnehmen und in einen dieser bunten Stoffe einwickeln, wie afrikanische Frauen sie so gerne tragen. Sie dachte an das Leben, das dieses Mädchen erwartete. Sie wusste, es würde ihr nicht an Liebe fehlen. Die Afar waren ein mildes und gütiges Volk, und sie liebten ihre Kinder. Obwohl das Mädchen eine Halbwaise war, würde sie vom Rest des Stammes alle Zuneigung bekommen, vom Vater, von ihren Tanten, von ihren zahllosen Cousinen, von den Großmüttern, von den Freundinnen ihrer Mutter. Denn in Afrika wird die Sorge für die Kinder auf sämtliche Frauen verteilt, die zum Clan gehören.

Zwar war Marina selbst keine Mutter, aber sie dachte oft darüber nach, dass die Mutterschaft für die europäischen Frauen, die völlig isoliert in ihren aseptischen Stadtwohnungen wohnten, ein Synonym für Einsamkeit war. Wie die Mutterschaft ihrer Schwester Anna, die eine Tochter hatte und mit ihrem Mann in dieser fünfhundert Quadratmeter großen Villa wohnte, ausgekleidet mit weißem Marmor und ausgestattet mit einem Schwimmbad mit Seeblick. Marina hatte gelernt, nicht zu urteilen, aber sie war sich dessen bewusst, dass die europäischen und die afrikanischen Frauen viel voneinander zu lernen hatten.

Sie strich diesem schwarzen Mädchen übers Kinn und dachte darüber nach, was für ein hartes Leben sie erwartete. Ein Nomadenleben. Diese dürre Erde würde die einzige Landschaft sein, die ihre Augen sehen würden. Immer über vierzig Grad Hitze. Sie würde ihr ganzes Leben mit der Suche nach Wasser verbringen, wie der Wind. Würde Reisighölzer auf dem Rücken tragen, aus denen sie auf irgendeinem Fleckchen Erde ihr Zuhause erschaffen würde. Sie würde mit Sicherheit weder lesen noch schreiben lernen, sie würde Ziegen melken, Holz sammeln, Getreide mahlen und Brotteig kneten, und was noch wichtiger war als all diese Haushaltspflichten: Wenn sie zwei Jahre alt wäre, würden vier Frauen sie, einer tausendjährigen Tradition folgend, im Morgengrauen abholen und unter einen Baum bringen. Dort würden sie sie zu Boden werfen. Zwei von ihnen würden sie an den Schultern festhalten, die anderen beiden würden ihr die Beinchen öffnen und sie festhalten, damit die Geburtshelferin des Clans ihr mit einer Rasierklinge die Klitoris herausschneiden könnte. Sie schloss die Augen, als sie daran dachte. Sie drückte den kleinen Körper des Babys an sich, als wollte sie es schützen.

»Schläft sie schon?«, fragte Mathias, der in der Tür stand.

Marina nickte.

»Samala ist gekommen. Ich löse dich ab.«

Sehr vorsichtig gab sie ihm das Baby. Sie ging zur Tür und hörte noch, wie Mathias ein paar Worte auf Deutsch zu dem Baby sagte, ganz leise, um es nicht aufzuwecken.

»Willkommen im Leben, du großartiges Mädchen«, sagte er.

Marina drehte sich zu ihnen um. Das Bild rührte sie zu Tränen: der so kräftige und so europäische Mathias, wie er dieses winzige schwarze Mädchen wiegte und aus seinen großen grünen Augen ansah.

»Ich glaube, ein paar von diesen Wörtern haben wir schon in unser kleines Buch aufgenommen«, sagte Marina von der Tür aus.

Mathias wartete auf die spanische Übersetzung seiner Frau: *Bienvenida a la vida, mi niña bonita.*

»Die müssen ein GPS im Hypothalamus haben«, sagte Marina, als sie sah, wie die afrikanischen Frauen durch die Wüste auf sie zukamen.

Jeden Morgen fragte sie sich dasselbe. Wie war es nur möglich, dass sie sich orientieren konnten in diesem gewaltigen Meer aus Sand, das in Marinas Augen in alle Richtungen gleich aussah? Die mobilen Kliniken der NGO waren flexibel und wurden in der Nähe der Afar-Dörfer errichtet. Aber es kamen auch Frauen aus ferner gelegenen Dörfern, die sich angeblich orientierten, indem sie im Morgengrauen den Sternen und den Wellen im Sand folgten.

Marina sah zu, wie sie langsam näher kamen; sie hatten ihre Babys auf den Rücken gebunden, und eine Gruppe von zwei- bis achtjährigen Kindern lief neben ihnen her. Die Afar waren schlanke Frauen von natürlicher Eleganz, die ihre Körper in große, mit bunten Mustern bedruckte Tücher wickelten, die herrlich mit ihrer schwarzen Hautfarbe kontrastierten. Marina ging auf sie zu.

»*Ëndemën aderu*«, sagte sie zu ihnen.

Die Frauen lachten, als sie hörten, wie Marina sie auf Kuschitisch begrüßte. Sie waren immer freundlich und dankbar für alles. Aber einige Babys wandten unter den Tüchern ihre Gesichter ab und plärrten los. Wahrscheinlich war es das erste Mal, dass sie eine weiße Frau sahen. Seltsamerweise erkundigte sich keine von ihnen nach der Schwangeren, und Marina gestikulierte und erklärte ihnen in den einfachsten englischen Wörtern, was in der Nacht geschehen war.

»Wisst ihr, wer sie ist, kennt ihr sie?«, fragte sie.

Sie wussten nichts von der jungen Frau. In dem Dorf, in dem sie lebten, war keine Frau verschwunden. Sie bat sie trotzdem, hinter das Betonhaus zu gehen, wo Mathias die Krankentrage mit dem Leichnam abgestellt und mit einem grünen Laken zugedeckt hatte. Vielleicht hatten sie sie ja schon einmal gesehen.

Bevor Marina diese Frauen und die vielen anderen Patienten behandelte, die im Laufe des Tages noch kommen würden, musste sie etwas essen, eine Dusche nehmen und vor allem Wasser trinken. Sie ging ins Haus. Samala war mit dem Backen von Injera beschäftigt, dem äthiopischen Brot, das sie jeden Morgen aßen. Samala gehörte zu dem lokalen Personal, das Ärzte ohne Grenzen eingestellt hatte, und es war ihre Aufgabe, die Schlafzimmer zu putzen, die Wäsche zu waschen, Lebensmittel einzukaufen und für die Entwicklungshelfer zu kochen. Ihre Kinder waren schon erwachsen, und vor fünf Jahren war sie Witwe geworden. Sie hatte in einem der einfachsten Kebeles[1] von Addis Abeba gehaust, in denen die Neuigkeiten von Mund zu Mund die Runde machten, und erfahren, dass einige europäische Ärzte gerade für ein Arbeitsprojekt Personal aus der Gegend einstellten. Es wurden vor allem Logistiker gesucht, Männer mit Führerschein, Männer mit Vorkenntnissen im Bau, Elektriker und Klempner, denn im ganzen Land sollten mobile Kliniken aufgezogen werden. Aber sie stellte sich trotzdem vor, denn sie konnte kochen und putzen, das hatte sie ihr Leben lang getan. Zwei Monate lang setzte sie sich dort täglich in die Bürotür und wartete, ob vielleicht einer der weißen Ärzte sie brauchen könnte. Eines Tages, an einem Montag, tauchte dann eine der angestellten Frauen nicht auf, und fortan war Samala ein Teil der großen Familie von Ärzte ohne Grenzen. Das war jetzt schon ein Jahr her. Zusammen mit Kaleb, dem örtlichen Organisator, bildeten sie das Team, das Marina und Mathias bei dem Mutter-Kind-Ernährungsprojekt in der Afar-Senke begleitete.

Nachdem Marina Samala herzlich begrüßt und sich fürs Frühstück bedankt hatte, nahm sie einen großen Schluck Wasser und ging in ihr Zimmer.

Die Dusche war ein haarfeiner Wasserstrahl, der nicht länger als zwei Minuten floss. Aber diese zwei Minuten waren ein solcher Genuss, dass Marina manchmal die hundert-

---

[1] Nach den Stadtbezirken die kleinste Verwaltungseinheit der Stadt

zwanzig Sekunden mitzählte, um sich zu zwingen, an nichts anderes als diesen seltenen Schatz der Wüste zu denken, der über ihren Körper floss. Aber der Geist ist ein seltsames Ding, und so kam ihr ganz ungewollt der Flug LH2039 der Lufthansa in den Sinn, der sie in drei Tagen wieder »nach Hause« bringen würde.

Den Tag über saßen immer wieder äthiopische Frauen, an die Wand der Ambulanz gelehnt, auf dem Boden und warteten darauf, von den Ärzten behandelt zu werden. Sie erzählten einander, was passiert war, und gingen gemeinsam zu der Krankentrage, auf der die tote junge Frau lag. Über sechzig Frauen gingen sich den Leichnam anschauen. Niemand wusste, wer sie war. Bis zum Abend war der Todesgestank unerträglich geworden. Vom Küchenfenster aus sah Marina, während sie dem Baby gerade das Fläschchen gab, wie Kaleb den leblosen Körper der Frau auf den Rücksitz des Jeeps hievte, der zum Besitz der NGO gehörte.

Der Logistiker schloss die Tür, schaltete den Motor an und fuhr durch die Wüste davon. Er würde ein paar Kilometer weiter ein Loch graben, das er nach Mekka ausrichten würde, und den Leichnam hineinlegen. Dann würde er es zuschaufeln, einen Steinhaufen bauen, wie es im Afar-Ritual vorgeschrieben ist, und zu Allah beten.

Der vom Jeep aufgewirbelte Staub hatte sich wieder vollkommen gelegt. Und diese so unbedeutende Einzelheit beunruhigte Marina. Sie spürte, wie ihr Herz schneller schlug, und es kam ihr so vor, als wäre die Temperatur innerhalb weniger Sekunden um mehrere Grade gestiegen. Während der zwölf Stunden, in denen die Leiche da gewesen war, hatte dieses kleine Menschenwesen, das Marina im Arm hielt, der toten Frau gehört, und so wurde es auch jedem erzählt, der in die Ambulanz kam. Aber jetzt, da die Leiche fort war, gehörte dieses Baby zu niemandem mehr. Es bedeutete niemandem etwas. Wenn es weinte, wenn es Durst hatte, wenn es Hunger hatte, wenn es sich bewegen wollte, würde kein anderer Mensch außer ihr ihm zu Hilfe eilen. Die große Einsamkeit dieses namenlosen Mädchens am Horn von Afrika ließ eine tiefe Traurigkeit in Marina aufsteigen. Und gerade weil es so schmerzvoll war, wurde die Traurigkeit zum Schuldgefühl. Sie hatte getan, was jeder andere Arzt auch getan haben würde. Aber das war es gar nicht, was ihr Sorgen machte, vielmehr gab es da eine Frage, die sie sich schon bei anderen medizinischen Einsätzen im Laufe ihrer Arbeit für Ärzte ohne Grenzen gestellt hatte.

»War es für diesen Menschen wirklich die beste Lösung, am Leben zu bleiben?«

Sie sah sich selbst als eine westliche Ärztin, die stolz darauf war, in den ärmsten Ländern der Dritten Welt Leben zu retten. Aber vielleicht war das alles ein Irrtum, und eigentlich sollte das Gesetz der Natur darüber entscheiden, wer leben sollte und wer nicht. Und vielleicht sollte das Baby, das sie jetzt in den Armen wiegte, in den Armen ihrer Mutter liegen, unter der Erde, in Frieden.

Marina fuhr sich mit der Hand über die Stirn und versuchte, diesen Gedanken wegzuwischen.

»Es ist merkwürdig, dass niemand gekommen ist, um sie zu holen. Bestimmt ist sie ein ungewolltes Kind, die Frucht einer Vergewaltigung«, sagte Kaleb.

Diese Antwort hatten Marina und Mathias nicht erwartet, und es war ihnen nicht wohl dabei.

»Ich kann sie ins Waisenhaus von Addis Abeba bringen«, fuhr Kaleb fort.

»Warten wir noch ein paar Tage, vielleicht kommt ja noch jemand«, erwiderte Marina. »Wenn niemand ein Anrecht auf sie geltend macht, dann bringen wir sie selbst auf dem Weg zum Flughafen im Waisenhaus vorbei.«

Wieder wehte ein starker Wind um das Haus aus Beton, in dem Marina, Mathias und das Baby schliefen. Und das Baby weinte wieder, so wie Neugeborene weinen, wenn sie Hunger haben – verzweifelt.

»Das ist doch nicht normal«, sagte Mathias und schlug besorgt die Augen auf. Es war das dritte Mal, dass das Mädchen in dieser Nacht wach wurde. Marina nahm das Baby wieder in ihre Arme. Mathias stand auf. Er übernahm die Aufgabe, das Fläschchen zu holen. »Jetzt verstehe ich, warum mein älterer Bruder sich in dem Jahr von seiner Frau getrennt hat, in dem sie einen Sohn bekamen.«

»Meine Nichte hat tage- und nächtelang geweint«, sagte Marina. »Um vier Uhr morgens setzten wir uns in unserer Verzweiflung ins Auto und fuhren herum, damit sie endlich einschlief.«

»Und ist sie eingeschlafen?«, fragte Mathias.

»Ja. Ist sie. Zumindest bis wir das Auto geparkt und den Zündschlüssel abgezogen hatten.«

Und so ging es noch zwei Tage und zwei Nächte weiter. Sie konnten kaum schlafen. Sie wechselten sich mit der Behandlung der Frauen und Kinder ab, die zu Hunderten in die Ambulanz kamen, und in der Sorge um dieses namenlose Mädchen, das niemand haben wollte.

Ihr alter schwarzer Rucksack war randvoll gepackt. Fünf weiße Hemden, drei Khakihosen mit Seitentaschen, Unterwäsche, Anorak, ein Necessaire und ein afrikanischer Stoff mit einem Muster in Grün, Gelb und Lila, sie hatte ihn mit Mathias im Kongo gekauft, und da, wo sie hinfuhr, würde er ihr als Tagesdecke dienen. Sie öffnete das Moleskine-Büchlein, legte das Flugticket und den Reisepass hinein und steckte es in die Seitentasche ihres Rucksacks. Dann holte sie das Stethoskop ihres Vaters aus dem Schrank. Sie hatte über dreißig Länder damit bereist, hatte nie ein anderes haben wollen. Es nach Mallorca mitzunehmen war eigentlich nicht sinnvoll, denn in weniger als einer Woche würde sie schon wieder zurück sein, aber ohne dieses alte Stethoskop ging sie nirgendwohin. Vorsichtig legte sie den flexiblen Schlauch des Bruststücks um den Ohrbügel und verschloss den Rucksack.

Das Baby lag auf dem Bett, und obwohl es erst zwei Tage alt war, verfolgte es mit seinen Äuglein Marinas Bewegungen. Von draußen roch es nach Injera. Marina ging zur Tür, um sich ihr Frühstück zu holen, und das Baby machte einen Laut. Marina drehte sich um und betrachtete es eine Weile. Da brabbelte das Mädchen wieder. Marina lächelte, als ihr einfiel, dass es sie rief. Sie ging zu ihm hin. Ihr wurde klar, dass das Mädchen sie bereits wiedererkannte. Es war jetzt drei Tage bei ihnen. Hörte ihre Stimmen. Ihr Lachen. Ihre täglichen Gespräche. Marina setzte sich zu ihm und nahm sein Händchen – das Baby schloss die kleine Faust um ihren Zeigefinger und brabbelte, als wollte es ihr etwas sagen … *Bleib bei mir*.

»Ich hole mir jetzt einen Kaffee und ein bisschen Injera mit Butter, und dann komme ich wieder«, sagte sie auf Spanisch.

Das Baby brabbelte.

»Nein, ich trödle nicht … Und ich bring dir dein Fläschchen mit.«

Wieder antwortete das Mädchen.

Marina streichelte das Baby, das weiter ihren Finger gepackt hielt und noch stärker drückte. Diese subtile kleine Geste, die alle Babys dieser Welt machen, erschreckte sie auf eine seltsame Art.

Der Jeep fuhr mit fünfzig Stundenkilometern in die Wüste. Kaleb kannte diese Straße wie seine Westentasche, beim Fahren erzählte er stolz von seiner Heimat in der Region Kaffa, aus der der Kaffee stammte, die Etymologie des Wortes verrät es ja schon, *Kaffa-Kaffee,* und sah immer wieder beschwichtigend zu Mathias hinüber, der auf dem Beifahrersitz saß, nickte und sich mit der einen Hand am Armaturenbrett festklammerte und mit der anderen am Griff unterm Seitenfenster.

Auf dem Rücksitz saß Marina mit dem schlafenden Baby im Arm. Sie achtete nicht auf das Gespräch, sondern schaute hinaus auf den kilometerweiten Sand. In der Ferne sah man eine Reihe von mit Salzblöcken beladenen Kamelen den Horizont entlangschreiten.

Sie kamen durch ein Dorf, in dem einige Nomadenfrauen Reisighütten bauten. Die einen legten Steine für den Sockel auf dem Boden aus, die anderen befestigten darüber das Geflecht aus Zweigen, das das Grundgerüst für die Hütte bildete, wieder andere gaben ihren Babys die Brust und saßen auf den kleinen Matten, die ihnen später als Dach dienen würden.

Der Jeep fuhr durch die Hüttensiedlung. Kinder kamen gelaufen und folgten dem Wagen, der sein Tempo drosselte.

»Hallo, hallo!«, riefen sie lachend.

»Doktor, Doktor!«

Marina lächelte ihnen zu. Sie freute sich, dass die Kinder sie erkannt hatten.

Kilometerweit nichts als Sand. Der Jeep fuhr auf eine tiefer gelegene heiße Ebene. Sie sah einen kreisförmig errichteten Steinhaufen, ein Zeichen dafür, dass hier jemand beerdigt worden war, und Kaleb bestätigte ihre Vermutung: Unter diesen Steinen lag die Mutter des Mädchens begraben, das in ihren Armen schlief.

Marina betrachtete das Baby. Es war fünf Mal aufgewacht in der Nacht, und jetzt schlief es friedlich, wahrscheinlich weil der Wagen so schön schaukelte. Fast sieben Stunden Fahrt hatten sie vor sich. Sie fuhren an den Salzbergen und den Schwefelseen am Seitenhang des Ertale-Vulkans vorbei, bis sie in die Nähe der Grenze zu Somalia kamen.

Eine Gruppe von Äthiopiern in Militäruniform hatte Kalaschnikows geschultert. Einer von ihnen hob die Hand. Kaleb brachte den Jeep zum Stehen und kurbelte das Fenster herunter. Der Militär kam näher und musterte die Seitentür des Wagens, auf der das große rote Logo von Ärzte ohne Grenzen prangte. Sie wechselten ein paar Worte auf Amharisch, dann steckte Kaleb ihm einen Geldschein zu, zehn Birr. Der Militär lächelte den Ärzten freundlich zu und ließ sie passieren. Dieser kurze Moment, in dem sie gehalten hatten, hatte genügt: Das Baby hatte keine Bewegung mehr gespürt und war aufgewacht. Marina sah es an und strich ihm zärtlich mit dem Finger übers Kinn. Das Baby lächelte. Sie wiederholte die Geste, und es lächelte erneut. Es bewegte die Hände und streckte sich auf diese seltsame, für Babys so typische Art. Marina wurde nachdenklich. Etwas hatte sie kurz beunruhigt. Sie beugte sich zum Vordersitz vor.

»Es hat keinen Namen«, sagte sie.

»Wie bitte?«, fragte Mathias.

»Das Baby. Es hat keinen Namen«, wiederholte Marina.

»Im Waisenhaus werden sie ihm einen geben«, mischte Kaleb sich ein.

Marina lehnte sich wieder zurück. Das Mädchen weinte, und ganz automatisch öffnete Mathias seinen Rucksack und reichte ihr das Fläschchen.

»Im Waisenhaus? Wer sollte ihr da einen Namen geben? Es ist wichtig, was für einen Namen man bekommt«, sagte sie mehr zu sich selbst.

Sie dachte darüber nach, aus welchem Grund ihre Eltern sie wohl Marina genannt hatten. Diese Frage hatte sie sich noch nie gestellt. Bei der Abiturvorbereitung hatte sie im Lateinunterricht entdeckt, dass Marina »die vom Meer Stammende« bedeutete, und daraus geschlossen, dass ihr Vater, der sich immer im Scherz damit brüstete, er sei Arzt und Seemann, diesen Namen ausgesucht hatte. »Ich bin ein echter alter Seebär«, hatte er immer im Brustton der Überzeugung verkündet, wenn er sein Llaüt bestieg, und seine Töchter damit zum Lachen gebracht. Und so schloss sie, dass ihr Name der Liebe geschuldet war, die ihr Vater, Néstor, für das Mittelmeer empfand. Marina war die Tochter des Seemanns, die Tochter des alten Seebärs.

Ihrer älteren Schwester hatten sie jenen Vornamen gegeben, den alle Erstgeborenen in dem Matriarchat, in das sie hineingeboren wurden, bekamen: Ana. Aber sie hatten noch ein zweites N hinzufügt, wie es alle Annas auf Mallorca im Namen tragen. Und Anna hatte die Familientradition fortgeführt und ihrer Tochter den gleichen Namen gegeben, den schon ihre Ururgroßmutter getragen hatte, ihre Urgroßmutter, ihre Großmutter, ihre Mutter und sie selbst. Aber diesmal ohne das zweite N.

Während Marina dem Baby zärtlich übers Kinn strich,

lächelte sie unwillkürlich bei der Erinnerung an ein Gespräch, das sie mit Anna am Strand von Mallorca geführt hatte. Sie hatten damals in der Sonne gelegen, Anna mit einem riesigen Bauch. Sie war in der achtunddreißigsten Schwangerschaftswoche gewesen und hatte Marina erklärt, warum ihre Tochter Ana mit nur einem N heißen würde.

»Meine Tochter wird Ana heißen. Ana ohne das zweite N. Ich lasse mir da überhaupt nicht reinreden. Mein Leben lang musste ich meinen Namen korrigieren, sei es an Schultafeln oder in amtlichen Dokumenten, und das will ich ihr ersparen. Einfach nur Ana. Anita«, sagte Anna im Brustton der Überzeugung. »Anita. Wir werden sie Anita nennen.«

Das kleine Mädchen öffnete ein wenig die Augen und zog seltsame Grimassen, weil die Sonne, die durchs Fenster schien, sie störte.

»Du brauchst einen Namen, meine Kleine, einen aussagekräftigen Namen, einen fürs ganze Leben«, sagte sie zu ihr.

Marina ließ im Geiste die einzelnen Buchstaben ihres Namens an sich vorbeiziehen. M, A, R, I, N, A. Das gleiche Spiel machte sie mit den Buchstaben des Namens ihrer Schwester: A, N, N, A; und mit denen von M, A, T, H, I, A, S. Dabei fiel ihr auf, dass vier Buchstaben ihres Namens mit den Buchstaben in Mathias übereinstimmten und die letzte Silbe mit der im Namen ihrer Schwester Anna, und während sie so mit dem Abc herumspielte, fand sie schließlich den Namen, der das Baby, das sie im Arm wiegte, für den Rest seines Lebens begleiten sollte: Naomi.

Schließlich konnte man in der Ferne die Silhouette von Addis Abeba sehen. Die luxuriösen Wolkenkratzer und daneben die Berghänge des Entoto-Gebirges. Marina seufzte erleichtert auf. Sie war erschöpft. Alles tat ihr weh, und ihre

Arme waren eingeschlafen, weil sie das Baby sieben Stunden lang gehalten hatte. Sie fuhren über eine asphaltierte Straße, vorbei am Gerippe eines noch im Bau befindlichen Gebäudes, dem zukünftigen prachtvollen Sitz der Afrikanischen Union, an dem etwa hundert Arbeiter im Einsatz waren. Sie fuhren am Hilton vorbei, am Sheraton, am Kaiserpalast und am Stadion, bis sie in die Churchill Avenue kamen, wo ein übergewichtiger Gemeindepolizist mit den Armen ruderte, um den Verkehr zu steuern.

Gehupe. Taxis. Autos. Motorräder. Afrikaner in Armani-Anzügen. Schöne Äthiopierinnen im Kostüm und mit Pfennigabsätzen. Kunsthandwerksläden. Touristen. Bettler. Eine europäische Straße, eine Fata Morgana am Horn von Afrika, die Marina, je öfter sie dort hinkam, immer weniger gleichgültig ließ... Direkt neben dem Luxus lag das Elend von Afrika, Hunderte von Lehm- und Wellblechhütten, ohne fließendes Wasser, ohne Licht und ohne jede Zukunft.

Sie fuhren in Schlangenlinien durch eine Gasse, durch Ziegenherden und kleine Märkte voller Menschen, bis sie einen ungepflasterten Weg erreichten, der sie vom Stadtzentrum weg und wieder in das echte Äthiopien führte. Neben der Straße lagen Getreidefelder, die von gebückten Frauen abgeerntet wurden. Nach weiteren anderthalb Kilometern kamen sie zu einer elenden Hütte mit mürben Wänden in Blassrosa. Das staatliche Waisenhaus: Minim Aydelem Children Orphanage. Kaleb parkte vor dem Gebäude. Mathias öffnete Marina die Wagentür. Sie zögerte einen Moment und sah sich durch die staubige Windschutzscheibe hindurch diesen Ort an, unendlich traurig kam er ihr vor. Sie betrachtete das Mädchen, das ruhig in ihrem Schoß lag und schlief.

»Wie still es hier ist«, sagte sie befremdet.

Sie stieg aus dem Wagen und versuchte, das Baby nicht aufzuwecken. Sie gingen zum Eingang des Waisenhauses. Mathias klopfte an die Tür. Eine äthiopische Frau mit gütigen Augen öffnete ihnen.

»Sprichst du Englisch?«, fragte Mathias.

Sie nickte. Marina erklärte ihr, wer sie waren und wie Naomi zur Welt gekommen war. Währenddessen sah sie unwillkürlich zu den Eisenbettchen hinüber, die zuhauf im Gang standen, mit stillen Babys darin. Einige waren wach und blickten aus den Bettchen ins Leere. Es roch nach Urin, verdorbener Milch und den Exkrementen der Babys. Die Stille an dem Ort störte sie. Es war viel zu still für ein Haus, das voller Kinder war. Es war der düsterste Ort, den sie in all den Jahren ihrer Arbeit als Entwicklungshelferin je gesehen hatte. Ihre Hände hatten verstümmelte Jungen im Kongo behandelt, an Ebola erkrankte Babys, erschöpfte Flüchtlingsmädchen im Sudan. Aber immer vor dem aufmerksamen Blick ihrer Mütter oder dem einer Großmutter, eines Bruders, irgendeines Verwandten. Nie hatte sie einen Ort wie diesen gesehen, wo die Kinder nicht weinten, um nichts baten, mit niemandem Blickkontakt hielten …

Die Frau zeigte ihnen das Bettchen, in das sie Naomi legen sollten. Ein kaputtes Eisenbettchen mit einer Plastikmatratze, die noch keinen Bezug hatte, und in dem außerdem schon ein anderes, ebenfalls wenige Tage altes Baby lag. Marina sah das Bettchen und warf Mathias einen Blick zu. Naomi war ganz ruhig, sie war gerade am Erwachen und hatte die Augen noch geschlossen. Mathias streckte die Hand nach dem Gesicht des Mädchens aus und streichelte sie. Marina betrachtete sie noch ein paar Sekunden, küsste sie auf die Wange und legte sie ausgestreckt auf die Plastikmatratze des kaputten Bettchens, und dann war ihr, als zerspringe ihr die Seele.

Sie wandte sich dem Ausgang zu und ging mit gesenktem Kopf zur Tür. Ohne sich umzusehen. Naomi machte kleine Geräusche beim Erwachen und wartete auf die Arme dieser Frau, die sie in den ersten drei Tagen ihres kleinen Lebens immer gewiegt hatte. Naomi ließ einen schärferen Ton vernehmen. Noch einen. Sie stieß einen Schrei aus. Noch einen und noch einen. Bis sie anfing zu weinen, um diese vertrauten Arme zu rufen. Marina schloss die Augen. Die Seele in tausend Scherben. Sie spürte den Schmerz in ihrem Herzen. Einen Schmerz, der sich mit Wut, Scham und Traurigkeit mischte. Beim Verlassen des Waisenhauses hatte sie das hysterische Weinen des Babys im Ohr. Sie spürte einen Druck auf der Brust, und aus ihrem Seufzer wurde ein Schluchzen. Sie atmete tief durch und lief schnell zum Jeep. In diesem Augenblick hatte sie verstanden, warum es in dem Waisenhaus so still war. Es gab nicht genug Hände dort, um den fünfzig weinenden Babys, die in ihren Bettchen lagen, zu helfen. Und so weinten und weinten sie in den ersten Tagen, bis sie sich an die Leere gewöhnt hatten und nach und nach verstummten.

Kaleb steckte den Zündschlüssel ins Zündschloss. Mathias saß schon auf dem Beifahrersitz und sah sie traurig an. Marina stieg ein, schloss die Tür und öffnete das Fenster. Naomis Weinen war so durchdringend, dass man es vom Auto aus hören konnte. Kaleb fuhr los, und Marina wandte den Blick wieder der verfallenen Hütte mit den mürben blassrosa Wänden zu.

»Halt an.«

»Wie bitte?«, fragte der Fahrer ungläubig.

»Bitte halt an, Kaleb.«

»In zwei Stunden geht dein Flieger, Marina«, sagte Mathias.

»Bitte halt an«, forderte sie hartnäckig.

Kaleb bremste. Marina öffnete die Tür. Sie rannte zum Waisenhaus, ging hinein und lief bis zu dem Eisenbettchen, in dem Naomi lag und verzweifelt weinte. Sie nahm das Baby hoch und legte es sich auf die Brust.

»Ganz ruhig«, flüsterte sie mit sanfter Stimme. »Du hast Hunger, mein Mädchen, stimmt's? Stimmt's, Naomi?«

Naomi hatte vor mehr als vier Stunden zum letzten Mal ihr Fläschchen bekommen. Ein kleines Mädchen, das eigentlich schon zu groß war, um noch länger in einem so kleinen Bettchen zu schlafen, beobachtete sie schweigend und mit traurigen Augen. Mit Naomi auf dem Arm ging sie zu einer der Türen, die in den rückwärtigen Teil führten. Sie gelangte in einen kleinen Patio mit einem Betonanbau, aus dessen behelfsmäßigem Kamin Rauch aufstieg. Darin stand eine Frau, die einen riesigen Topf Wasser mit schmutzigen Fläschchen darin zum Kochen brachte. Die Frau hörte Naomis Gewimmer und drehte sich zu ihnen um.

»Bitte«, sagte Marina, »könnten Sie mir Milch für die Kleine geben?«

Ohne Naomi auch nur anzuschauen, ging die Frau zu einem hölzernen Regalbrett, auf dem eine große Büchse Milchpulver stand.

»Wenn ich die Fläschchen ausgekocht habe, bringe ich Ihnen eins«, sagte sie und deutete auf den Topf.

»*Amesegënallô*«, sagte Marina.

Angesichts der respektvollen Geste Marinas, sich auf Amharisch bei ihr zu bedanken, lächelte die Frau.

Naomi weinte immer noch. Marina nahm sie so auf den Arm, dass die Kleine möglichst viel von ihrer Umwelt sehen konnte. Sie wiegte sie, ging durch den Patio zu einem kleinen Fenster und entdeckte die zehn Kinder, die schweigend in ihren Eisenbettchen lagen.

Naomi hatte Hunger und weinte immer lauter, und ohne es zu wollen, lief Marina eine Träne über die Wange, als sie dem Baby ganz zart das Wiegenlied ins Ohr sang, das Großmutter Nerea ihr in den lauen mallorquinischen Nächten immer vorgesungen hatte: »A la nanita nana«.

Die Passkontrolle am Internationalen Flughafen von Addis Abeba war kurz vorm Kollaps. Lächelnde Stewardessen begleiteten stolze Piloten, chinesische Geschäftsleute schüttelten afrikanischen Kollegen die Hände, mit Koffern beladene Touristen wimmelten die Straßenhändler ab, während das Reinigungspersonal unaufhörlich das futuristische Flughafengebäude durchputzte.

Hand in Hand mit Mathias stand Marina in der Schlange und wartete. Mathias nahm den Rucksack ab, während Marina ihren Zopf nach vorn auf die Brust legte, damit sie ihn aufsetzen konnte.

»Du wirst mir fehlen.«

»Es sind ja nur zehn Tage«, antwortete Marina und stellte sich auf die Zehenspitzen, um Mathias auf den Mund zu küssen. Dann kehrte sie ihm den Rücken zu und entfernte sich Richtung Passkontrolle. Mathias ging ihr ein paar Schritte hinterher und rief sie. Sie drehte sich um, und er ergriff ihre Hand.

»Liebst du mich?«, fragte er sie leise.

Marina sah ihn erstaunt an. Diese einfachen Worte waren das Letzte, was sie in diesem Augenblick erwartet hätte. Sie küsste ihn. »Aber ja doch …«

»Dann sag es mir bitte. Wenigstens ab und zu.«

Marina strich ihm zärtlich über die Wange. Sie wusste um ihre Schwächen, sie war keine offenherzige Frau, die gern ihre Gefühle zeigte. Sie war eher reserviert und in ihren Beziehungen stets zurückhaltend. Diesen Vorwurf hatte sie im Laufe ihres Lebens schon einige Male gehört. In der Liebe war sie wie jede andere Frau auch, vielleicht nicht ganz so leidenschaftlich, aber vollkommen ehrlich. Sie war treu und ohne Falsch. Mathias wusste das, ganz wie die wenigen anderen Männer, die in ihrem Leben eine Rolle gespielt hatten. Marina küsste ihn innig und sagte leise zu ihm: »Das sind doch nur Worte. Aber wenn du sie hören magst, kann ich sie dir jeden Tag und jede Nacht sagen, so oft du willst.«

»Ab und zu würde schon genügen.«

Da brachte Marina drei Abschiedsworte über die Lippen: »*Ich liebe dich*.«

»Die äthiopische Küche« stand auf dem Cover des Buches, das Marina in einem Duty-free-Shop im Terminal des Flughafens kaufte. Während sie das Abfluggate suchte, las sie das riesige Plakat mit dem Slogan, den die äthiopische Regierung sich ausgedacht hatte, um die Touristen ins Land zu locken. »Willkommen in Äthiopien, der Wiege der Menschheit«. Denn so hatten die Paläontologen dieses Land getauft. In Äthiopien war das erste weibliche Skelett gefunden worden, die erste Frau auf der Erde, beerdigt vor drei Millionen Jahren. Marina musste unwillkürlich an Naomis junge Mutter denken, die jetzt unter der Erde lag.

Sie gelangte zum Gate. Es war noch geschlossen. Sie setzte sich neben andere europäische Passagiere auf eine moderne, durchsichtige Bank von mehreren Metern Länge.

In wie vielen Flughäfen hatte sie schon gesessen und gewartet? Wie oft war sie in ihrem Leben schon geflogen? Und wie oft würde sie es noch tun? Internationale Flüge, Inlandsflüge, Flüge mit dem Propellerflugzeug in abgelegenere Gebiete. Auf diese Weise eilte Marina schon seit zehn Jahren im Dienst an der Menschheit von Kontinent zu Kontinent.

Mit der Ankunft in Äthiopien war paradoxerweise etwas Stabilität in ihr Leben gekommen. Ärzte ohne Grenzen war seit zwanzig Jahren in Äthiopien im Einsatz. Nur hier hatte die NGO eine beständige Einrichtung, denn aufgrund der dauerhaften Unterernährung eines Großteils der Bevölkerung galt in diesem Land der permanente Ausnahmezustand. Als Marina dreiundvierzig war, wurde ihr für ein Jahr die Stelle der Missionsleiterin in dem afrikanischen Land angeboten. Jetzt befand sie sich schon im dritten Jahr …

Sie holte das äthiopische Kochbuch aus der Tasche und strich mit der Hand übers Cover. Sie schlug es auf und blätterte darin. Das erste Foto zeigte eine afrikanische Frau beim Teigkneten. Neben dem Foto stand das Rezept für dieses Grundnahrungsmittel des äthiopischen Volkes. Der Lärm eines abhebenden Flugzeugs ließ Marina den Blick heben. Keine einzige Wolke. Blauer Himmel.

Anna würde das Buch gefallen. Schon als Kinder hatten sie beide Großmutter Nerea beim Brotbacken geholfen. Jeden Nachmittag hatte die Großmutter vor der Schule auf sie gewartet. Auf dem großen Holztisch standen schon die Zutaten für das dunkle Brot bereit, das angeblich so nahrhaft war, das *pa moreno amb farina de xeixa*. Sie mischten das Wasser mit dem Mehl und mantschten mit ihren kleinen Fingern in dem Teig herum. Es war unglaublich, aber selbst nach all den Jahren erinnerte sie sich immer noch an die genauen Mengenangaben für das *pa moreno*. Und daran, wie der Teig sich angefühlt hatte. Und an den Geruch. Dieser Geruch von frischem Brot, der das ganze Haus durchzog und sich in ihrem Herzen einnistete.

Es roch nach zu Hause.

»Your attention, please. This is the boarding announcement for flight number 2039 destination Frankfurt. Please proceed to gate number eleven.«

2

Freundschaft oder Chapati

Zutaten:

- 200 g Mehl
- 1 Messerspitze Salz
- 1 EL Olivenöl
- 1 Tasse Milch oder Wasser

Zubereitung:

Das Mehl mit dem Salz vermischen. Öl dazugeben und alles vermengen. Nach und nach Wasser dazugeben, bis eine homogene Masse entsteht, die nicht mehr an den Händen klebt. Eine halbe Stunde ruhen lassen. Kugeln formen und mit dem Nudelholz zu dünnen Teigfladen ausrollen. Eine Pfanne ohne Öl heiß werden lassen, dann die Chapati ausbacken. Den Teig langsam aufgehen lassen. Sobald der *Chapati*-Fladen Farbe bekommt, aus der Pfanne nehmen.

Marina schloss den Sicherheitsgurt. Sie war müde. Die letzten Tage waren anstrengend gewesen. Sie lehnte den Kopf an die Rückenlehne und sah aus dem Bullauge. Mathias war bestimmt schon wieder in der Stadt. Heute würde er in der Wohnung übernachten, welche die NGO für ihre Mitarbeiter in Addis Abeba angemietet hatte. Sie stellte sich vor, wie er sich jetzt zusammen mit seinem Freund Siegfried ein Moritz-Bierchen zu Gemüte führte. Siegfried war ebenfalls Entwicklungshelfer und ein enger Freund von ihnen beiden. Sie hatten ihm eine Nacht mit noch ein paar mehr Bierchen versprochen, falls er bereit wäre, als ihr Trauzeuge aufzutreten, sollten sie eines Tages heiraten wollen.

In der Wohnung wäre jetzt bestimmt auch Aritz Goikoechea, ein baskischer Ingenieur und Surfer, der Heimweh nach den Wellen von Mundaka hatte, sowie Ona, die katalanische Buchhalterin, die abends dem Ingenieur gegen sein Heimweh Lieder von Serrat vorspielte. Und natürlich Manolo, ein sympathischer Typ aus Sevilla (aus dem Stadtviertel Triana, wie er immer betonte), Organisator und Ex-Legionär, tätowiert vom Schädel bis zur Sohle. Der Mann aus Sevilla bereitete wahrscheinlich gerade eine Tortilla mit viel Zwiebeln zu, um sie mit allen zu teilen und vor allem, um die neue Entwicklungshelferin zu beeindrucken, eine affektierte Französin, die seltsamerweise in diesem Projekt gestrandet war.

Marina hätte sie alle gern gesehen. Es war immer eine Freude, ihnen zu begegnen, ihnen und all den vielen anderen, die fern ihrer Heimat durch die medizinischen Noteinrichtungen dieser Welt tourten. Sie waren eine große Familie, eine große Familie alleinstehender Menschen. Marinas Familie.

Das Brummen der Motoren verstärkte sich, Marina schloss die Augen, und das Flugzeug hob ab.

Die seltsame Blässe der Dinge. Das war immer das Erste, was Marina auffiel, wenn sie nach Europa zurückkam. Sie war jetzt ein Jahr lang nicht mehr aus Afrika fortgekommen, wo es ihr so vorkam, als sei trotz der extremen Armut alles in bunte Farben getaucht, in Orange und Grün und Gelb ... Sobald sie einen Fuß auf den Frankfurter Flughafen setzte, war es, als hätte man der Welt das Licht ausgeknipst. Alles wirkte traurig. Der Himmel über jener Stadt, die das Flugverkehrsdrehkreuz für Tausende von Europäern im Anzug darstellte, war stets bewölkt. Mit schwarzen Koffern in der Hand und ohne einen Blick füreinander eilten die Menschen voran.

Marina bahnte sich ihren Weg durch die anonyme graue Menschenmasse in der Halle zu Gate 45A, um den Anschlussflieger nach Barcelona zu nehmen.

Als sie das Terminal 2 des Flughafens El Prat verließ, konnte sie Atemwölkchen vor ihrem Mund sehen. Es war Nacht. Sie rieb sich die Hände, hauchte in die Handflächen und zog den Reißverschluss ihres Anoraks zu. Der plötzliche Temperaturunterschied machte ihr zu schaffen. Was sie letztes Weihnachten erlebt hatte, war ihr eine Lehre gewesen. Sie hatte Mathias nach Berlin begleitet, um mit seiner Familie zu feiern, und war innerhalb weniger Stunden von vierzig Grad im Schatten in Äthiopien zu zehn Grad minus in Berlin gewechselt. Was ihr die verheerendste Erkältung ihres Lebens beschert hatte.

Marina sah sich suchend um und entdeckte den klapprigen Mercedes Benz, davor stand ihre beste Freundin Laura und diskutierte mit einem Polizisten. Ganz gleich, wie lange sie fort wäre, selbst wenn Jahre vergehen sollten, Laura würde immer da sein und mit dieser alten weißen Klapperkiste auf sie warten.

Marina beeilte sich und rannte auf ihre Freundin zu, die, geistesgegenwärtig wie immer, den Kofferraum öffnete und zu dem Polizisten sagte: »Sehen Sie? Ich hab Ihnen doch gesagt, dass meine Freundin jeden Augenblick kommt…« Die beiden umarmten sich, während der Polizist kopfschüttelnd und mit einem Schnalzen weiterging. Geschwind stiegen sie ins Auto, und als Laura den Zündschlüssel umdrehte, ertönte sofort ein alter Song von Leonard Cohen, was auch sonst. Marina lächelte, als sie die Stimme des kanadischen Liedermachers hörte.

Laura war schon fünfzig und arbeitete für den psychosozialen Dienst von Ärzte ohne Grenzen, und zwar im spanischen Zentralbau der Organisation, einem alten Gebäude im Raval-Viertel in Barcelona.

Nachdem die NGO 1971 in Paris gegründet worden war, setzte sich allmählich der Gedanke durch, dass die Mitglieder bei der Rückkehr von ihrem Auslandseinsatz emotionale Unterstützung brauchten. Es war nicht leicht, einfach mit seinem Leben weiterzumachen, nachdem man dieses Grauen gesehen hatte, den Hunger, die Verstümmelungen und all die Grausamkeiten einer Welt, die sie zu heilen versuchten. Und so wurde schon bald die Gründung einer psychologischen Abteilung beschlossen. Es war kein Pflichtprogramm, aber früher oder später landeten die meisten der Entwicklungshelfer bei Laura. Weil sie sich alles von der Seele reden wollten oder weinen oder versuchen, alles zu verstehen. Weil sie Antworten suchten.

Fünfundfünfzig Prozent der Entwicklungshelfer, die ihren ersten Auslandseinsatz hinter sich hatten, trafen nach der Rückkehr die Entscheidung, nicht für die NGO weiterzuarbeiten. Sie setzten sich, völlig ausgelaugt und beschämt, in Lauras gemütliches Büro und blickten der Tatsache ins

Auge, dass sie aus psychischen Gründen nicht geeignet waren, weiter in einem Krisengebiet zu arbeiten. Es ist nicht leicht, Kinder verhungern oder verdursten zu sehen, das herzzerreißende Wehklagen ihrer Mütter zu hören oder blutüberströmte junge Soldaten zu behandeln.

Vor zehn Jahren war Marina nach der Rückkehr von ihrer ersten Mission zu Laura gefahren. Sie hatte sechs Monate lang an einem Programm zur Mutter-Kind-Gesundheit im indischen Bundesstaat Chhattisgarh teilgenommen. Und noch in derselben Minute, in der Marina ihr gegenüber Platz nahm, wusste Laura, dass Marina zu den fünfundvierzig Prozent gehörte, die stark genug waren. Heute betreute Laura Marina immer noch, aber nach all den Jahren in ihrer jeweiligen Rolle als Patientin und Therapeutin war es manchmal schwer zu sagen, wer was war, und so hatte sich eine tiefe Freundschaft zwischen ihnen entwickelt.

Der weiße Mercedes fuhr die Rambla de las Flores hinunter. Es war fast zehn Uhr abends. Samstag. Die Rambla war trotz der Kälte voller Touristen, die Lebensmittelläden hatten noch geöffnet, vor den Hotels war ein Kommen und Gehen von Ausländern, die Restaurants mit den großen Fensterfronten waren rappelvoll, aufgetakelte junge Frauen lächelten in ihre Handys. Gruppen von Afrikanern gingen vorbei, mit riesigen weißen Taschen voller gefälschter Markenklamotten, Hindu-Frauen im Sari gingen mit ihren Kindern an der Hand, einige Maghrebiner mit ernster Miene. Das war Barcelona …

Sie fuhren durch die Calle Hospital bis zur Rambla del Raval und parkten dort.

»Und Mathias?«

»Dem geht's gut. Wir sind immer noch ein gutes Team«, antwortete Marina mit einem Lächeln.

Von dem Feng-Shui, nach dessen Prinzipien Laura sich vor Jahren einzurichten versucht hatte, war nicht mehr viel übrig, stellte Marina lächelnd fest. Das süße Mädchen mit den blonden Korkenzieherlöckchen, das angerannt kam, um seine Mutter zu umarmen, war die Verursacherin des sympathischen Chaos, das in diesem Haus herrschte.

»Aber wieso bist du um diese Zeit noch wach?«

»Sie wollte warten auf Señora. Ich hab alles versucht, aber nichts hat geholfen, tut mir leid«, sagte eine sanfte junge Tibeterin in fragwürdigem Spanisch.

Das achtzig Quadratmeter große Loft war voller Psychologiebücher und vollgekritzelter Hefte, an den Wänden buntbekleckste Zeichnungen, überall verstreut Barbiepuppen, Spielzeug und Plastikdekokram. Die Heizung war wie immer voll aufgedreht.

»Sie ist hinreißend«, sagte Marina, die ihr Patenkind fast anderthalb Jahre nicht mehr gesehen hatte.

»Dafür ist wohl das Kompensationsgesetz verantwortlich«, antwortete Laura mit ihrem beißenden Humor.

Lauras Tochter war blond, hatte weiße Haut und sehr helle Augen. Eine fast schon außergewöhnliche Schönheit, die rein gar nichts von ihrer biologischen Mutter hatte. Laura war auf den ersten Blick keine schöne Frau. Breite Stirn, kleine Augen, vorspringende Nase und feines, schon leicht angegrautes Haar. »Intelligent ist sie ja, aber das arme Mädchen ist hässlich wie die Nacht«, hatte sie ihre Mutter eines Abends zu ihrem Vater sagen hören, als sie ein bisschen über den Durst getrunken hatten. Ein lapidar dahingesagter Satz, der ihre Tochter Laura tief im Herzen getroffen hatte und dort steckengeblieben war.

Laura reichte der tibetischen Frau dreißig Euro, und sie entfernte sich mit asiatischer Diskretion.

»Los, ab ins Bett. Weißt du eigentlich, wie spät es ist?«

Das Mädchen rannte zu der Tatami-Matte, die sie sich mit ihrer Mutter teilte. Marina und Laura folgten ihr und ließen sich neben ihr ins Bett fallen. Obwohl sie schon sechs war, lutschte sie immer noch am Daumen. Ein Vergnügen, das ihre Mutter ihr nie verboten hatte. Sie steckte sich den Daumen in den Mund, drehte sich zu Marina um, die Augen weit aufgerissen, und bat ihre Patentante, ihr eine Geschichte zu erzählen.

»Mal überlegen«, sagte Marina, die in ihrem ganzen Leben noch keine Gutenachtgeschichte erzählt hatte. »Es war einmal …«

Ihr fiel rein gar nichts ein.

»Tja, also … Ich bin es nicht gewohnt, Geschichten zu erzählen, meine Süße. Die Mama kann das besser.«

Laura lachte.

»Nein warte. Jetzt hab ich was«, sagte Marina. »Es war einmal eine Prinzessin, die lebte in einem fernen Land namens Äthiopien. Sie hieß Naomi und hatte schwarze Haut. Sie lebte inmitten von Getreidefeldern … in einem bunten Haus, einem rosa Haus.«

»Rosa?«, fragte das Mädchen interessiert und nahm den Daumen aus dem Mund.

»Mach die Augen zu«, befahl Laura ihrer Tochter.

Marina erzählte mit ruhiger Stimme, allmählich immer leiser werdend, die erste Gutenachtgeschichte ihres Lebens, bis die Kleine schließlich einschlief.

Sie ließen das Mädchen auf der Tatami-Matte liegen und stellten eine spanische Wand auf.

»Ich weiß ja nicht, wie viele Jahre das noch so weitergehen soll, dass wir zusammen in einem Bett schlafen. Sie tritt mich manchmal ganz schön …«

Laura genoss ihre Mutterrolle in vollen Zügen. Und zwar wirklich. Bevor sie schwanger wurde, hatte sie fünfzehn Jahre lang gearbeitet und sich kaum Ausschweifungen gegönnt, sodass sie genügend Geld angespart hatte, um über den kurzen viermonatigen Mutterschaftsurlaub hinaus, der den Frauen per Gesetz zustand, zwei Jahre zusätzlichen Urlaub beantragen zu können, den sie ausschließlich der Erziehung ihrer Tochter widmete. Sie hatte das Mädchen die ganzen zwei Jahre lang gestillt. Hatte sie ewig in einem Mbotou mit sich herumgetragen, dem traditionellen afrikanischen Tragetuch, das Marina ihr in einem kongolesischen Dorf an den Ufern des Ébola gekauft hatte, und bei vielen Gelegenheiten hatte sie den Maclaren-Buggy benutzt, den die Kollegen von Ärzte ohne Grenzen ihr geschenkt hatten. Und natürlich genoss sie das Co-Sleeping: Von Anfang an hatten Mutter und Kind in einem Bett geschlafen. Außerdem sprach Laura seit dem Tag, an dem ihre Tochter ihren Bauch verlassen hatte, mit ihr ganz wie mit einer Erwachsenen. Keine Anrede in der dritten Person, auch kein Hutschigutschi, Wauwau und Happahappa. Sie glaubte felsenfest an den Zusammenhang zwischen mütterlicher Ansprache und Intelligenzentwicklung. Und natürlich hatte die Kleine für ihre sechs Jahre einen unglaublichen Wortschatz.

»Was würdest du gerne zu Abend essen?«

»Irgendwas Leichtes, mir ist noch ganz schlecht vom Fliegen.«

»Wollen wir Chapati machen? Und dazu ein bisschen Salat?«

Laura holte das Mehl aus dem Schrank. Marina nahm ein Nudelholz aus der zweiten Schublade. Dieses einfache indische Brot hatten sie schon oft zusammen zubereitet. Laura fand, dass es Unsinn war, jeden Tag ein Brot zu kaufen, wenn man mit ein wenig Mehl, Wasser, Salz und zehn Minuten seiner Zeit sein eigenes Brot machen konnte.

»Wer ist die äthiopische Prinzessin?«, fragte die Psychologin und goss ein Gläschen Wasser ins Mehl.

Marina warf ihr einen verschwörerischen Blick zu. Es gab kaum etwas, das ihrer Freundin entging.

»Ich war bei der Geburt dabei, die Mutter ist gestorben«, antwortete sie schnell und knetete den Teig.

Laura sagte nichts weiter und ließ sie reden.

»Manchmal glaube ich ...« Marina hielt im Kneten inne. »Vielleicht wäre es besser gewesen, dieses Kind hätte nicht überlebt.«

»Sag sowas nicht, Marina.«

»Ich habe sie in einem hundsmiserablen Waisenhaus zurückgelassen.«

Laura beobachtete Marina, während diese ernst den Teig mit den Knöcheln bearbeitete.

»Alles in Ordnung?«

Marina wich ihrem Blick aus. »Kinder, die besser nicht hätten geboren werden sollen, werden geboren, und Kinder, die vielleicht besser hätten geboren werden sollen, werden nicht geboren ... weil ihre Mütter es nicht zulassen«, schloss sie und warf den Chapati-Fladen in die Pfanne.

Laura wusste, dass dieser Teil ihres Lebens Marina immer wieder heimsuchen würde. Zu oft schon hatte sie mit Fotografinnen, Ärztinnen, Krankenschwestern, Organisatorinnen gesprochen, lauter starken und intelligenten Frauen, die auf der Höhe ihrer Karriere angekommen waren, dafür auf die Mutterschaft verzichtet hatten und an irgendeinem Punkt ihres Lebens, nach einem Blick in ihre tiefste Seele, diesen Verzicht auf etwas, das so untrennbar zum Leben einer Frau dazugehört, bereut hatten. Aber bei Marina musste sie ein wenig tiefer schürfen, um zu verstehen, dass nicht nur beruflicher Ehrgeiz sie dazu bewogen hatte, den Fötus wegmachen zu lassen.

»Du bist fähig, ein Kind zu lieben, Marina. Daran darfst du niemals zweifeln. Du bist nicht deine Mutter«, hatte Laura ihr vor zehn Jahren gesagt und dabei die Hand auf Marinas Bauch gelegt. Wenige Stunden später hatte sie sie zu einer Abtreibungsklinik in Barcelona gebracht, obwohl Marina wusste, dass der Vater des Kindes, das sie im Bauch trug – Jeremy, dreißig Jahre älter als sie, Professor der Perelman School of Medicine der Universität von Pennsylvania –, ihr immer geholfen hätte.

»Ich habe ihr den Namen Naomi gegeben.« Marina lächelte traurig.

»Das ist ein sehr schöner Name.«

»Kaleb meinte, das Kind sei bestimmt die Frucht einer Vergewaltigung.«

»Na ja. Das werden wir nie wissen. Wieso sollte es jetzt noch wichtig sein, wer der Vater war? Du hast getan, was du tun musstest. Dieses Kind wird eine Adoptivfamilie finden und glücklich sein.«

»Vielleicht.«

»Da bin ich mir ganz sicher.«

Laura holte Salat, Mais, Sellerie und Tomaten aus dem Kühlschrank, während Marina den Chapati aus der Pfanne nahm.

»Wo wir gerade von Eltern sprechen … Ich muss dir etwas sagen.« Laura drehte den Wasserhahn auf und wusch den Salat.

Marina sah sie erwartungsvoll an.

»Er ist Schwede.«

»Wer ist Schwede?«

»Der Samenspender, Marina. Wer sonst?«

»Aber ... wie hast du das herausgefunden?«, antwortete Marina überrascht.

»Über die Ärztin, die die Behandlung durchgeführt hat. Bei einer der letzten Untersuchungen hatte ich bemerkt, dass sie Augenringe hatte und etwas dünner geworden war, und obwohl wir uns kaum kannten, fragte ich sie, ob alles in Ordnung sei, und da hat sie zu weinen angefangen. Einfach so.«

»Echt?«

»Sie wusste, dass ich Psychologin war, und ich nehme an, sie wollte sich einfach jemandem anvertrauen. Es war der Klassiker: Der Ehemann lässt sein Handy zu Hause liegen, und die Frau erfährt auf diese Weise, dass er seit wer weiß wie lange schon ein Verhältnis hat, und dann auch noch – und das hatte ihr den Rest geben – ausgerechnet mit der Frau, die sie für ihre beste Freundin hielt.«

Sie trugen den Chapati und den Salat ins Wohnzimmer und setzten sich aufs Sofa.

»Und dieses Jahr hat sie mir dann, wahrscheinlich zum Dank für die kostenlosen Therapiestunden und weil sie gesehen hat, was für eine blonde Schönheit ich da zur Welt gebracht habe, den kleinen Tipp gegeben, sie hätten damals, als sie nicht mehr genug Sperma hatten, bei einer schwedischen Firma nachgekauft ...«

Über die Frage, wer der Samenspender sein könnte, hatten Laura und Marina sich schon oft unterhalten. In Spanien war es gesetzlich verboten, Informationen über die Spender weiterzugeben. Daher hatten sie mit der Unterstützung von Jeremy die amerikanische Firma Criobank Association gefunden. Das war eine Privatfirma, ein führendes Unternehmen auf dem Gebiet künstlicher Befruchtung, das ausschließlich Studenten der Universitäten Harvard, Yale und Stanford als Samenspender akzeptierte. Weshalb sie auch fünfmal so teuer waren wie alle anderen Unternehmen in diesem Sektor. Bei der Criobank Association konnten die Empfängerinnen des universitären Spermas noch zusätzlich die Hautfarbe des Spenders auswählen, die Haarfarbe, die Augenfarbe und die Größe und sich sogar seine Stimme anhören.

Laura fand die Vorstellung sehr verlockend, nach Amerika zu reisen, um das beste Sperma für ihr künftiges Kind auszusuchen, aber sie war eine misstrauische Frau, noch dazu ganz besonders misstrauisch gegenüber allem, was aus Amerika kam.

Eines Abends, als sie im Gotischen Viertel zusammen in einer Bar saßen, zwischen Rotweingläsern und Sardellentapas, entwarf Laura das Bild des zukünftigen Spenders, eines mickrigen Studenten der Naturwissenschaften, der in Downtown Philadelphia in einem winzigen schalldichten Raum seine Levis' 501 runterließ, sich mit der Hand in die Unterhose fasste und dann bei einem Film zu masturbieren begann, in dem ein muskulöser Kerl mit einem Pimmel, dreimal so groß wie seiner, eine vor Lust jaulende Blondine mit gewaltigen Brüsten flachlegte. Weitere Sardellentapas folgten, es wurden noch mehr Gläser Wein geleert, und die Phantasie gab ihnen noch viele andere Vorstellungen ein … Schließlich kamen sie zu dem Schluss, dass der elitäre Samensammelprozess dem in den spanischen Samenkliniken weitgehend ähneln dürfte. Mit dem kleinen Unterschied, sagte Laura, dass der Typ, der sich einen runterholte, vielleicht irgendein Depp war, der in der achten Klasse von der Schule geflogen war.

Nachdem Laura das Thema tausendfach gedreht und gewendet hatte, beschloss sie schließlich, sich in ihrem Vaterland befruchten zu lassen. Nicht nur, weil sie an der edlen Herkunft der Spermien zweifelte, sondern auch weil sie sonst für drei bis neun Monate in die Staaten hätte ziehen müssen, da laut Statistik die Wahrscheinlichkeit, gleich beim ersten Versuch schwanger zu werden, bei zwanzig Prozent lag. Und so ließ sie den Zufall darüber entscheiden, welches Spermium ihr durch eine aseptische Kanüle in der reproduktionsmedizinischen Abteilung der Klinik Dexeus in Barcelona injiziert wurde. Und neun Monate später zog Marina in dem Loft, in dem sie gerade saßen, zur Musik von Leonard Cohen das wunderhübsche Mädchen, das sie empfangen hatte, aus dem Bauch ihrer Freundin.

»Seit ich das weiß, spukt dieser anonyme Spender, der biologische Vater meiner Tochter, in meinen Träumen herum, und das quält mich, ehrlich. Manchmal jedenfalls. Ich sehe dann den Vater im Traum. Ich weiß gar nicht, warum ich ihn Vater nenne«, sagte sie und verzog das Gesicht. »Also der Spender ist darin ein ruhiger und gutmütiger Kerl mittleren Alters, blond, sehr gutaussehend, wie meine Tochter …, und dann beobachte ich sie aus der Ferne, ich sehe mich selbst auch in dem Traum, es ist wie in einem Film … Er läuft durch eine Wüste, und meine Tochter rennt freudestrahlend auf ihn zu.«

»Das ist ein schöner Traum.«

»Ja, der schon. Manchmal träume ich auch, er wäre ein alkoholabhängiger Penner, der einen Einkaufswagen voll kaputtem Krempel durch die vereisten Straßen der Arbeiterviertel von Stockholm karrt«, schloss Laura mit einer gewissen Beklemmung.

»Seit du diese tibetische Babysitterin hast, gehst du viel ins Kino, stimmt's?«, sagte Marina mit einem Lächeln, um dem komplexen Thema, mit dem ihre Freundin zu kämpfen hatte, ein wenig den Stachel zu nehmen.

Sie lachten beide. Aber die Wahrheit war, nach dem Gespräch mit der Ärztin, die die Befruchtung vorgenommen hatte, hatte sich Laura eine endlos weite Traumwelt geöffnet, in der sie lieber nicht wandeln würde, was sich aber nicht vermeiden ließ, denn in ihren Träumen erschien ihr zuverlässig die andere Hälfte ihrer Tochter.

»Und das Schlimmste von allem ist«, sagte Laura, »dass Schweden ein Gesetz zur Aufhebung der Anonymität verabschiedet hat, demnach ein mit Fremdsamen gezeugtes Kind im Alter von achtzehn Jahren ein Anrecht darauf hat, den Namen seines biologischen Vaters zu erfahren.« Kurz darauf fügte Laura hinzu: »Auch wenn ich ihr davon nichts sagen werde.«

»Jetzt möchte ich dich mal selbst zitieren … Es gibt keine guten Lügen«, sagte Marina milde.

»Lassen wir das Thema, meine Liebe, und jetzt erklär mir doch mal, wieso du nach allem, was geschehen ist, deinem Schwager das Recht zugestehst, sich in deine Angelegenheiten einzumischen.«

»Was hätte ich denn tun sollen? Anna ist nicht in der Lage den ganzen Schreibkram zu bewältigen, der mit der Erbschaft anfällt. Wie es aussieht, sind da tausend Dinge zu erledigen«, Marina runzelte die Brauen, »und sie unternimmt nichts, ohne ihn vorher um Rat zu fragen. Aber vollkommen freie Hand habe ich ihm nicht gewährt. Meine Schwester und ich haben das letzte Wort.«

»Mir macht das Angst …«

Und so ging es bis vier Uhr morgens, zwischendurch hechelten sie auch ein bisschen den jüngsten Klatsch bei Ärzte ohne Grenzen durch, tauschten sich über die letzten Monate aus, in denen sie sich nicht gesehen hatten, und gaben ihrer Freundschaft neue Nahrung, die sie über die Jahre hinweg mit aufrichtigen Gesprächen und einem respektvollen Umgang gepflegt hatten. Die beiden Freundinnen würden sich sicher monatelang nicht sehen, vielleicht würde ein Jahr vergehen, vielleicht mehr. Aber das war nicht wichtig, sie zählten zu jenen glücklichen Frauen, denen das Leben ein Geschenk gemacht hatte: eine unverbrüchliche Freundschaft. Eine Freundschaft fürs ganze Leben, auf die sie bis ins hohe Alter bauen konnten.

Im Winter schickte die Trasmediterránea nur eine einzige Fähre von Barcelona nach Mallorca. Die Fähre war ausgerichtet für die Unterbringung von fünfhundertneunundachtzig Passagieren, aber an dieser Überfahrt nahmen wahrscheinlich nicht mehr als fünfzig teil. Im Winter kamen nur wenige Menschen auf die Insel.

Die wenigen, die hinwollten, zogen den zwanzigminütigen Flug von Barcelona nach Palma de Mallorca vor, anstatt der acht Stunden Überfahrt mit dem Schiff, die Marina bis zur Ankunft im Hafen von Peraires hinter sich bringen müsste. Die Wolken waren dicht, und es gelang nur einem einzigen schüchternen Sonnenstahl, kurz zwischen ihnen hindurchzulinsen. Nach dem Betreten des Schiffes begaben die Passagiere sich eilig ins Innere und machten es sich, eingemummelt in ihre Mäntel, in den Lehnstühlen bequem. Marina dagegen war vor bis zum Bug gegangen. Auf der Kommandobrücke ließ der alte Kapitän die Motoren an. Das Schiff war hundertachtzig Meter lang und fünfundzwanzig Meter breit, es gab so gut wie keine Besatzung. Die *Sorrento* sah aus wie ein Geisterschiff. Ein paar Möwen zogen ihre Kreise und stießen heisere Schreie aus, in der

Hoffnung, irgendein großzügiger Fischer werde sich ihrer erbarmen. Unter kräftigem Geflatter flogen sie auf, dann breiteten sie die Flügel aus und glitten dahin. Marina lehnte sich an das verrostete Geländer am Bug des Schiffes und sah den Vögeln zu.

Endlich war sie dort angekommen, wo sie hinwollte.

Natürlich wäre es praktischer gewesen zu fliegen, und es wäre sogar noch schneller gegangen, wenn sie den Direktflug von Frankfurt nach Palma genommen hätte, aber Marina zog diese langsame Überfahrt vor. Diese acht Stunden Fahrt durch die Fluten des Mittelmeers. Es war die gleiche Überfahrt, die ihr Vater und sie am 21. Dezember 1981 gemacht hatten. Damals war sie siebzehn Jahre alt gewesen. Sie konnte sich an jedes einzelne Wort des Gesprächs erinnern, das sie mit dem Mann geführt hatte, den sie in ihrem Leben am meisten geliebt hatte, mit Néstor Vega, ihrem Vater, unter dem Deck einer Fähre, die dieser hier recht ähnlich sah. Sie blickte zum Horizont. Damals war es auch ein kalter Winter gewesen. Es war Marinas letztes Schuljahr vor dem Abitur, sie hatte ein hoch angesehenes Mädcheninternat besucht, die Saint Margaret's School in Philadelphia, und war, wie jedes Jahr, an Weihnachten zurück nach Hause gekommen.

»Mein Schatz, du bist ja eine richtige Frau geworden. Es gefällt mir, wie du dich verändert hast«, sagte ihr Vater. »Wenn ich dich so sehe und höre, dann könnte ich stolzer nicht sein.«

Das waren die ersten Worte, die ihr Vater an sie richtete, als sie vor über fünfundzwanzig Jahren die Fähre betrat.

»Papa … was sagst du da für Sachen.«

»In meine Sprechstunde kommen jedes Jahr Hunderte von Menschen, und ich versichere dir, es gibt sie in allen

Ausführungen: wundervolle Menschen, weniger wundervolle, ganz normale, perverse und abstoßende.«

Marina lächelte. Ihr Vater war ein kritischer Mensch, manchmal überkritisch.

»Ich denke, die Mühe zahlt sich aus. Ich bin mir dessen bewusst, dass es für dich nicht einfach gewesen ist, von uns fortzugehen, von mir, von Anna, von Großmutter Nerea«, er hielt kurz inne, aber dann sagte er es doch: »... und von deiner Mutter.«

Marina wandte den Blick ab. Warum musste er sie erwähnen? Er wusste, dass sie ihre Mutter nicht vermisst hatte. Néstor ergriff die Hand seiner Tochter. Er würde alles dafür tun, dass dieses Weihnachten ein ruhiges Fest würde. Ohne Geschrei, ohne Vorwürfe. Er wusste, dass Mutter und Tochter keine zwei Tage zusammen sein konnten, ohne dass die Sache aus dem Ruder lief, ohne dass am Ende die eine weinte und die andere mit irgendeiner Krankheit kompensierte. Seine Tochter Marina hatte sich ein paar ruhige Weihnachtstage verdient... Sie würden mit dem überdachten Llaüt rausfahren, sofern der Winter eine Segeltour gestattete.

»Und wie sehen deine Zukunftspläne aus, Töchterchen... Was willst du mit deinem Leben anstellen?«, hatte Néstor seine Tochter gefragt.

»Was meinst du damit, Papa?«

»Na, dein Leben halt. Das Leben, das vor dir liegt, sobald du Saint Margaret hinter dich gebracht hast.«

»Ich weiß es nicht.«

»Auf der Insel gibt es keine Universität, du könntest in Madrid studieren wie ich damals oder hier in Barcelona. Oder du könntest...«

»Ich weiß es noch nicht, Papa. Ehrlich gesagt finde ich

das gar nicht so einfach: Man soll mit siebzehn entscheiden, was man für den Rest seines Lebens machen möchte.«

»Ja, das stimmt. Aber so ist es nun mal.«

»Ich kann mir nicht vorstellen, wieder in eine neue Stadt zu ziehen. Wieder von vorn anzufangen. Wieder allein… Manchmal denke ich, ich sollte nicht studieren.«

Néstors Züge verhärteten sich. »Aber was redest du denn da? Das wäre jammerschade. Du bist jetzt seit vier Jahren auf einem der besten amerikanischen Internate, damit wirst du an jeder Universität der Welt aufgenommen. Deine Noten sind exzellent… Du hattest mir gar nicht erzählt, dass du die Wahl hast, an der Universität von Madrid oder in Barcelona zu studieren, aber der Direktor von Saint Margaret hat mir geschrieben.«

»Das weiß ich schon, Papa«, unterbrach Marina ihn erneut. »Ich könnte vielleicht ein Stipendium für die Medizinische Fakultät in Philadelphia bekommen«, fuhr Marina ohne jeden Enthusiasmus fort. »Er hat schon mit mir gesprochen.«

»Freut dich das denn gar nicht? Weißt du überhaupt, was das für deine Zukunft bedeuten könnte?«

»Der Direktor glaubt, dass ich eine Zulassung bekommen könnte. Aber bis dahin ist es noch eine ganz schöne Strecke. Und ich muss eine Art Aufnahmeprüfung bestehen, und die ist nicht leicht.«

»Du schaffst das, mein Mädchen. Du wirst die Prüfung bestehen. Mit Auszeichnung. Davon bin ich überzeugt. Sie werden dir ein volles Stipendium anbieten, und du wirst die beste Arztausbildung erhalten, die man überhaupt bekommen kann. Das hast du verdient.«

Marina wollte weder über ihre akademischen Fortschritte noch über ihre Zukunft reden und auch sonst über nichts von alledem, wofür man sie so schätzte. Sie wollte einfach nur still sein, wollte, dass ihr Vater sie in den Arm nahm, hier auf dieser alten Fähre. Wollte die verlorene Zeit wieder aufholen. Ihn nur zweimal im Jahr zu sehen war nicht genug. Sie lebte neun Monate im Jahr tausende von Kilometern von ihm entfernt, und jetzt, da nur wenige Millimeter sie beide trennten, brauchte sie bloß Stille und Liebe… Aber Néstor hatte kein Gespür für ihre Stimmungslage.

»Schau mal, ich erzähl dir was… Erinnerst du dich an meinen Besuch im vergangenen Jahr? Erinnerst du dich, dass ich aus Washington kam, von einem Medizinerkongress?«

Marina nickte, ohne ihn anzusehen. Warum hörte er nicht endlich auf zu reden?

»Also, auf dem Kongress habe ich einen amerikanischen Gynäkologen kennengelernt. Der Pharmakonzern hatte uns im gleichen Hotel untergebracht, und am ersten Abend sind wir uns am Tresen der Pianobar begegnet. Ein recht schmächtiger, sehr alter und unglaublich trauriger Pianist spielte gerade eine Version von ›Fly me to the moon‹ von Frank Sinatra.«

Beim Gedanken daran lächelte Néstor.

»Papa, worauf willst du hinaus?«

»Warte einen Augenblick, sei nicht so ungeduldig. Der Pianist war erbärmlich schlecht, und der Gynäkologe sagte zu mir: ›Ich weiß nicht, ob wir ihm nicht besser seinen Lohn für diese Nacht zahlen und ihn bitten sollen, uns nicht länger zu quälen.‹« Wir lachten. »Danach reichte er mir ganz bescheiden die Hand und stellte sich vor. Ich sage ›bescheiden‹, weil wir alle auf dem Kongress wussten, wer er war, nämlich eine Koryphäe in der Frauenheilkunde, und zwar weltweit… Er hieß Jeremy Sherman. Ein liebenswerter Kerl, ein bisschen älter als ich, und er hatte seltsamerweise ein Faible für Mallorca. Er war mit seiner Frau viel gereist, bevor sie geheiratet hatten, und was noch besser war, er hatte schon einmal im Wirtshaus von Valldemossa *arroz brut* gegessen. Unglaublich, nicht?« Néstor sah seine Tochter an, die mit gesenktem Kopf zuhörte, obwohl sie gar nicht zuhören wollte. »Na ja, und den Rest der Woche sind wir dann gemeinsam von Vortrag zu Vortrag gezogen. Wir haben gewissermaßen Freundschaft geschlossen … Später haben wir uns fleißig geschrieben, und außerdem hat er mir Fachzeitschriften geschickt, die auf der Insel nicht zu bekommen waren. Dieser Mann, Marina, ist der Dekan der Perelman School of Medicine der Universität von Pennsylvania. Und ich weiß, dass er uns helfen wird, falls du dort studieren möchtest.«

Marina hörte zu und blickte dabei aufs Meer, das ganz ruhig in der winterlichen Kälte lag.

»Am letzten Kongresstag haben wir uns zusammen neben den Pianisten auf den Klavierstuhl gesetzt und ›Fly me to the moon‹ gesungen. Es war zum Davonlaufen … Jeremy ist wirklich in Ordnung. Er wird uns helfen.« Beifallheischend blickte Néstor seine Tochter an.

»Ich will nach Mallorca zurück, Papa. Ich will nicht noch einmal siebentausend Kilometer von euch fort sein … Verstehst du das nicht?« Néstors Blick wurde ungeduldig, und Marina versuchte selbstsicher zu wirken. »Ja, ich will arbeiten, Papa. Wie es so viele junge Leute tun, die sich gegen ein Studium entscheiden.«

»Wieso solltest du nicht studieren wollen, mein Mädchen? Und was willst du denn arbeiten?« Er hatte zwar nicht die Stimme gehoben, aber der Ton war schärfer geworden, und seine Tochter kannte ihn gut. Marina nahm ihn bei der Hand, denn sie wusste, dass sie ihren Vater gerade enttäuschte. Sie wusste es, und es tat ihr weh. Aber sie hatte viel zu früh selbstständig werden müssen, und nun war sie wild entschlossen, selbst über ihr Schicksal zu bestimmen, auch wenn sie erst siebzehn war. Néstor entzog ihr seine Hand und stützte sich auf die Reling. Er verstand seine Tochter nicht.

»Papa, ich weiß nicht, was ich mit meinem Leben anfangen werde. Aber eines weiß ich sehr wohl. Und zwar, dass ich zurückkommen möchte. Ich möchte wieder nach Hause, Papa. Ihr habt mir so sehr gefehlt ... ich bin in den Staaten so viele Nächte allein gewesen. Ich will in deiner Nähe sein und in der von Großmutter Nerea, so vergesslich sie auch sein mag und obwohl sie mich gar nicht wiedererkennt, und bei Anna. Das ist das Einzige, das ich ganz sicher weiß. Dass ich zurückkehren möchte.«

Die Möwen flogen weiterhin über ihr, es kam Marina so vor, als zögen sie keine Kreise mehr, sondern hätten ein Dreieck gebildet. Der Koch der *Sorrento* ging mit einem trockenen Brot in der Hand auf die Reling zu.

»Sie warten schon auf mich ... Sie wissen, dass ich sie nicht im Stich lasse«, sagte der Koch mit ernster Stimme zu Marina.

Sie sah, wie zwei Matrosen die Taue von der Mole von Botafort lösten und die *Sorrento* sich langsam Richtung Mallorca in Bewegung setzte.

Anna nahm an, dass die Fähre schon aus dem Hafen von Barcelona ausgelaufen war. Sie fragte sich wieder, warum Marina lieber acht Stunden lang in der Kälte auf diesem ungemütlichen Schiff ausharren wollte, statt einfach die Ryanair-Verbindung für sechzig Euro zu nehmen, die Anna ihr herausgesucht hatte. Beim Anblick der extradünnen Nadel, die man ihr gleich in den Rand der Oberlippe stechen würde, vergaß sie ihre Schwester wieder. Weit riss sie die Augen auf und sah zu, wie der Daumen der plastischen Chirurgin langsam den Kolben der Spritze herunterdrückte und die Botox-Kochsalzlösung einspritzte, die man in der durchsichtigen Spritzenhülse sehen konnte. Das war der erste von den zwanzig Stichen, die sie noch in ihren Falten-Barcode setzen musste.

Cuca zog die Spritze aus Annas Gesicht. Anna spürte keinen Schmerz, aber ihr wurde schwindlig, und um die Nadel nicht mehr sehen zu müssen, sah sie sich in dem aseptischen Behandlungsraum um. Metallschubladen, Flüssigkeiten, Injektionsspritzen, Wattetupfer und große Behälter mit Alkohol. Wieder spürte sie die Nadel in ihrer Haut, spürte, wie ihr der kalte Schweiß auf die Handflächen trat. Sie öffnete die Hände und klammerte sich an die Metallliege, auf der sie halbschräg lag. Unwillkürlich wurde sie an die panische Angst erinnert, die sie als kleines Kind vor Spritzen gehabt hatte. Sie erinnerte sich an eine Nacht, als sie gerade sieben geworden war und sich mit Marina versteckt hatte. Sie hatten nämlich gesehen, wie ihr Vater seinen schwarzen Koffer geöffnet hatte und lauter Injektionsnadeln darin steckten. Und dann waren sie beide ins Zimmer der Großmutter und unters Bett geflohen. Eine halbe Stunde später hatte Néstor seine Töchter gefunden und sie nach einer ordentlichen Standpauke gegen die Pocken geimpft. Anna hatte gebrüllt, als werde die Welt untergehen, und gar nicht gemerkt, dass ihre kleine Schwester ganz ruhig blieb und, nachdem sie sich hatte impfen lassen, ohne eine einzige Träne zu vergießen, die Spritzen ihres Vaters aus dem Koffer geholt und in einer Reihe vor sich ausgelegt hatte.

Sie spürte, wie die Nadel aus der Haut gezogen wurde, und biss die Zähne zusammen. Ihr Kiefer war angespannt. Ein Baumwolltupfer wurde auf die Lippe gelegt. Sie konzentrierte sich auf die weißen Latex-Handschuhe, die den Baumwolltupfer hielten. Sie atmete ganz flach und versuchte, keinen einzigen Muskel zu bewegen. Jetzt war der kalte Schweiß schon in den Achseln angelangt. Sie spürte, wie ihr ganz weich wurde in den Beinen. Die Ärztin nahm den Tupfer fort, der ein klein wenig rot gefärbt war. Anna sah ihr Blut und schloss die Augen.

In der Nacht zuvor hatte sie die grandiose Idee gehabt, sich den Computer ihrer Tochter zu schnappen und das Wort *Botox* zu googeln. Achtunddreißig Millionen Einträge. *Clostridium botulinum*, ein Bakterium. Der erste Satz, den sie las, ging so: »Ein einziges Gramm Botulinumtoxin reicht aus, um eine Million Meerschweinchen zu töten.« Der Text wurde illustriert mit verschiedenen Fotos misshandelter Meerschweinchen aus einem Labor in irgendeiner nicht näher benannten nordamerikanischen Stadt.

Sie öffnete ein Auge. Nur eins. Das linke. Sie sah Cuca fest an, die wieder mit dem Daumen den Kolben der Spritze herunterdrückte.

Anna dachte: Sollte diese Schnepfe sich in der Dosis geirrt haben, werde ich von dieser Liege nie wieder aufstehen.

Die Ärztin, die sich vom linken Auge ihrer Patientin beobachtet fühlte, lehnte sich zurück. »Alles in Ordnung?«, fragte sie und hielte die Spritze wieder von Annas Gesicht weg.

»Es ist ein bisschen heiß hier, nicht wahr?«, fragte Anna und richtete sich auf.

»Von wegen heiß! Ich kann mich nicht erinnern, wann wir schon einmal einen so kalten Winter hatten. Ich dreh die Heizung ein bisschen runter, wenn du magst.«

»Das sind vielleicht die Wechseljahre«, versuchte Anna einen Scherz. Sie hatte noch ein paar Jahre bis dahin und bekam immer noch regelmäßig ihre Tage.

»Möchtest du vielleicht ein bisschen Wasser?«

Cuca war letztlich so etwas wie eine Freundin. Zumindest war sie das, solange nicht das Gegenteil bewiesen war. Sie waren beide in San Cayetano zur Schule gegangen. Cuca war zwei Jahre jünger und in einer Klassenstufe mit Marina gewesen. Außerdem waren Cucas Ehemann Curro, ein bekannter mallorquinischer Notar und Gründungsmitglied von J&C Baker, einer gefürchteten Anwaltsvereinigung der Insel, und Annas Ehemann Armando ebenfalls alte Schulfreunde und alle beide Mitglieder im Königlichen Segelclub von Palma. An einem Tag schipperten sie gemeinsam mit dem Boot des einen, am anderen Tag mit dem des anderen herum. Außerdem nahmen Anna und Cuca an den Damenabenden teil, die der Club veranstaltete; dort konnten sie Freundschaften schließen und sich über ihre Kinder, ihre Ehemänner und ihre Falten austauschen.

Cuca brachte ihr ein Glas Wasser.

»Vielleicht liegt es daran, dass ich gestern was gelesen habe über das, was du mir da gerade injizierst«, sagte Anna und deutete überflüssigerweise auf die Spitze, »man erzählt sich ja grauenvolle Sachen. Ich habe gelesen, es sei dreißig Millionen Mal so gefährlich wie Kobragift und al-Qaida sei gerade dabei, daraus eine Massenvernichtungswaffe zu entwickeln.«

»Wie bitte?« Cuca stützte sich auf den Tisch.

»Besser, man geht nicht ins Internet«, sagte Anna, nachdem sie von dem Wasser getrunken hatte, »da steht so viel Blödsinn drin … Aber klar kriegt man da Angst. Wir werden ja sehen, ob ich jetzt den Löffel abgebe, nur weil ich ein paar Falten loswerden wollte.«

Cuca fand bestätigt, was sie bereits vermutet hatte, dass ihre Freundin nicht nur naiv, sondern geradezu dumm war.

Vor ein paar Jahren hatte Cuca, als sie gerade topless auf der Yacht ihres Mannes lag und in der Zeitschrift *Naturaleza y Vida* blätterte, gelesen, Botox könne als Massenvernichtungswaffe eingesetzt werden und sei deshalb durch das Genfer Abkommen verboten worden. Aber dieser Science-Fiction-Artikel, mit dem man das Sommerloch hatte stopfen wollen, hatte sie eher belustigt, und da die Nebeneffekte von Botulinumtoxin gering waren, war ihr damals schon klar gewesen, dass sie sich nicht weiter mit dem mageren Arztgehalt zufrieden geben wollte, das die gesetzliche Krankenkasse hergab. Sie hatte zu viele Nachtdienste im Universitätskrankenhaus von Son Dureta absolviert, zu viele Jahre lang zu viele Patienten behandelt, ohne über zweitausend Euro im Monat hinauszukommen. Dank des *Clostridium botulinum* konnte sie nun ihre eigene Privatklinik aufziehen.

»Sollen wir morgen weitermachen?«

»Nein, nein«, sagte Anna und legte sich wieder auf die Liege. »Ich bin nur überängstlich. Hättest du vielleicht ein Ibuprofen?«

Cuca drehte sich ein wenig verärgert um und öffnete einen Schrank voller Flaschen und Medikamente. Sie nahm eine Sechshunderter-Tablette und gab sie ihr.

»Ich hab kein Wasser mehr«, sagte Anna mit einem schüchternen Lächeln.

Cuca füllte das Glas voll, reichte es ihr und bereute fast schon den Preisnachlass, den sie ihr versprochen hatte, da sie doch Freundinnen waren. »Ich mach etwas Musik für dich an. Das wird dich entspannen.« Cuca brauchte jetzt einfach ihre Entspannungsmusik, die sie jeden Nachmittag im Kundalini-Yoga-Center von Mallora hörte, zusammen mit vielen anderen Frauen mittleren Alters, die der Anleitung von Carlos Ahnakar Awhit folgten, der in Wirklichkeit Carlos Fernández hieß. Ein dreister Aufreißer, der einmal im Jahr in einen hinduistischen Ashram verschwand und dem es gelungen war, seine eigene Schule aufzuziehen – und natürlich ging Cuca ab und zu mit ihm ins Bett.

Den Saiten einer Sitar wurde Entspannungsmusik entlockt. Die 600 Milligramm Ibuprofen begannen zu wirken.

Annas Kreditkarte glitt durch das Kartenlesegerät in Cucas Praxis. Sie dachte daran, dass sie noch vieles hatte tun wollen, bevor Marina zu ihr kam. Beim Supermarkt vorbeigehen und frischen Fisch kaufen, im Blumenladen einen Strauß getrockneten Lavendel besorgen, die Anzüge ihres Mannes in der Reinigung holen, Anita von der Schule abholen und, was ihr am meisten Sorgen machte, Marinas Zimmer vorbereiten. Sie hatte der philippinischen Hausangestellten genaue Anweisungen gegeben, wie sie das Zimmer herrichten sollte, aber Anna wollte vor Marinas Ankunft alles noch einmal überprüfen.

Eine siebzigjährige Dame betrat die Praxis. Durch das viele Botox wirkten ihre Augen weit aufgerissen, die Lippen waren extrem geschwollen und die Stirn übermäßig glatt. Aber ganz offensichtlich fand die alte Dame sich sehr attraktiv. Anna hoffte, sie werde sich nicht am Ende in so ein Gespenst mit Froschaugen verwandeln.

Der Kartenleser ließ ein kontinuierliches Piepsen vernehmen.

»Er nimmt sie nicht«, sagte die kaugummikauende Sprechstundenhilfe.

»Was heißt das, er nimmt sie nicht?«

Die Sprechstundenhilfe schüttelte den Kopf.

»Dann stimmt vielleicht mit dem Kartenleser was nicht«, sagte Anna mit einer gewissen Nervosität. Es war der erste Februar. Das musste ein Irrtum sein.

»Wir haben heute schon einige Abbuchungen gemacht, immer völlig problemlos«, versicherte ihr die Sprechstundenhilfe. »Haben Sie das Geld vielleicht in bar dabei?«

»Aber nein, Señorita. Ich trage nie so viel Bargeld mit mir herum«, sagte sie verlegen mit Blick auf die Siebzigjährige, die sie anstarrte. Sie zückte ihr Louis-Vuitton-Handy und rief ihren Mann an. Vielleicht handelte es sich um einen Irrtum der Bank? Sie wusste, er würde nicht ans Telefon gehen, blieb aber mit dem Handy am Ohr stehen. Dann sah sie wieder die Froschaugendame an. Sie legte auf. Versuchte es erneut. Nichts zu machen. Während sie ihr Smartphone wieder in der Tasche verstaute, dachte sie an die wundervolle Erbschaft, die wie vom Himmel gefallen war. In so eine peinliche Situation wie diese hier würde sie nicht noch einmal geraten. Was für eine Blamage!

Sie sah Cuca auf sich zukommen.

»Das tut mir leid … Wahrscheinlich ist die Karte kaputt.«

»Dann gib es mir beim nächsten Abendessen im Club.« Cuca zögerte ein wenig: »Oder wann immer es dir möglich ist. Es eilt nicht.«

Anna spürte in diesem kurzen Moment, in dem Cuca zögerte, dass sie über die wirtschaftliche Situation, in der sie und ihr Mann sich gerade befanden, irgendwie Bescheid wusste. Eigentlich war das klar, schließlich war Curro als Anwalt mit Armandos rechtlichen Angelegenheiten betraut, aber die beiden Frauen hatten nie darüber gesprochen, und so schämte sie sich jetzt umso mehr.

»Ich bring es dir gleich heute Nachmittag vorbei.«

»Mach dir mal keine Gedanken, wirklich, du wirst es mir schon geben, ich vertraue dir, wir sind doch Freundinnen.«

3

Die Familie oder Zitronenkuchen mit Mohn

Zutaten:

- Schalen von 2 Zitronen vom Baum von Großmutter Nerea
- 30 g Mohnsamen
- 350 g Vollkornmehl
- 200 g brauner Zucker
- 250 ml Vollmilch
- 200 g Butter
- 3 Eier
- 1 Päckchen Backpulver
- 1 TL Salz

Zubereitung:

Mehl, Backpulver und Salz gut mischen. In einer zweiten Schüssel die Eier mit dem braunen Zucker und der Zitronenschale aufschlagen. Sobald eine festere Creme entsteht, die Milch hinzugeben. Die Butter auf kleiner Flamme schmelzen lassen, langsam in die feuchte Masse einrühren. Ist eine gleichförmige Teigmasse entstanden, die Mischung aus Mehl, Backpulver und Salz untermengen, zum Schluss die Mohnsamen zügig, aber ohne den Teig weiter zu schlagen, unterrühren. Den Kuchen in den auf 180 °C vorgeheizten Ofen schieben und eine Stunde backen.

❧

Imelda wusste genau, wie wichtig der Señora der Besuch ihrer Schwester war, und so saugte sie sorgfältig das ganze Haus durch. Sie hatte kaum je von dieser Schwester gehört. Sie wusste, dass sie Marina hieß, in Afrika wohnte und Ärztin war. Einmal hatte sie an Weihnachten die Señora sagen hören, dass sie es sehr schön fände, wenn Marina hier wäre, aber kein anderes Familienmitglied hatte dem Wunsch je eine besondere Bedeutung beigemessen.

Sie strich mit der Hand über die dicke weiße Wolldecke, die auf dem Bett im Gästezimmer lag. Sie zog die Laken darunter glatt, wie Señora Anna es ihr aufgetragen hatte, und klappte das obere Laken so über die Überdecke, dass die himmelblauen aufgestickten Buchstaben *N & A* gut zu sehen waren.

Eine Woche zuvor hatte die Señora sie gebeten, eine Plastikkiste aus der Mansarde herunterzuholen, in der diese uralten Laken aufbewahrt wurden. Die Laken hatten schon einen Gelbstich gehabt, aber die Señora hatte nicht zulassen wollen, dass man sie in die Waschmaschine steckte. Sie sollten ausgekocht und dann zwei Tage in die Sonne gelegt werden. »Auf keinen Fall Waschmittel oder irgendwas Chlorhaltiges benutzen«, befahl sie, »das würde nur die blaue Stickerei ausbleichen.« Die Filipina sah zufrieden auf ihr Werk. Die Laken waren strahlend weiß geworden.

Und die Initialen hatten nichts von ihrer blauen Farbe eingebüßt, darauf war es der Señora vor allem angekommen. Sie strich über das N, das für Néstor stand, und das A, das für seine Frau Ana de Vilallonga stand, die Eltern von Anna und Marina. Die Initialen hatte Großmutter Nerea für ihren Sohn und ihre Schwiegertochter aufgestickt. Und diese alten Laken sowie das Haus waren Teil der Mitgift.

Für Imelda war das Zimmer, in dem sie gerade sauber machte, das schönste, auch wenn es in den vierzehn Jahren, die sie jetzt schon dort arbeitete, nie benutzt worden war. Es war eine kleine Oase in dem vollgestopften und erdrückenden Haus. Die restlichen Wohnräume waren vollgepackt mit Dingen, die sie penibelst sauberhalten musste. Dennoch strahlte dieses schmucklose kleine Schlafzimmer mit den weißen Wänden, das so gut wie leer war, Frieden aus und wirkte gemütlich. Neben dem Bett stand ein Nachttisch aus Holz und darauf eine Lampe mit aufgeklebten nautischen Motiven. Am Fußende des Bettes stand eine riesige, imposante Holztruhe, die in Imeldas Augen sehr alt sein musste und die sie an die Seemannskisten der philippinischen Seemänner erinnerte.

An ihrem ersten Arbeitstag in diesem Haus hatte die Señora ihr den Auftrag gegeben, diese alte Truhe aus dem Keller zu holen und hier hinzustellen. Imelda hatte es erst alleine versucht, aber die Truhe war zu schwer gewesen. Also hatten sie sie gemeinsam und mit Hilfe einer verrosteten Sackkarre ins Schlafzimmer verfrachtet. Señora Anna hatte ihr gezeigt, wie man sie mit einem trockenen Tuch reinigen und mit einem Anti-Holzwurmmittel behandeln konnte, beides in einem Eisenwarengeschäft in Palma gekauft.

Imelda hatte einmal täglich das ganze Haus durchzuputzen, das Schlafzimmer, das Zimmer der Tochter, die Küche und die Badezimmer. Dagegen musste sie das Gästezimmer, das ja nie benutzt wurde, nur einmal monatlich durchsaugen. Und trotzdem sollte diese alte Truhe täglich gereinigt werden. Und so hatte sie es die ganzen vierzehn Jahre, die sie jetzt schon in diesem Haus angestellt war, auch tatsächlich gehalten. Ihres Wissens nach war diese Truhe während der ganzen Zeit nie geöffnet worden. Zu gern hätte sie gewusst, was denn drin war.

Sie sprühte Glasreiniger auf die Fensterfront. Während sie das Fenster sauberwischte, fiel ihr Blick aufs Meer, das endlose Meer, vielleicht war ja genau dieses Wasser durch das Flussbett des Pasig geflossen, des Flusses ihres Lebens. Er mündete in die Hauptstadt Manila, in der sie vor vierzehn Jahren ihre Tochter in der Obhut ihrer Mutter zurückgelassen hatte. Imelda war nach Spanien ausgewandert, mit dem einzigen Ziel, ihrer vierjährigen Tochter ein besseres Leben zu ermöglichen. Imelda hatte Glück gehabt. Viel Glück, wie ihr andere Filipinas sagten, die auf der Insel arbeiteten, denn kaum war sie angekommen, hatte sie auch schon im Haus der Familie García Vega eine Arbeit gefunden. Señora Anna hatte gerade ihr Kind geboren und brauchte Hilfe beim Putzen, vor allem aber bei der Pflege des Neugeborenen. Und so half sie ihr. Seit Imelda in dieses Haus gekommen war, wiegte sie dieses fremde Kind, als wäre es ihr eigenes. Und so war Imelda vierzehn Jahre später immer noch in diesem Haus, machte die Betten, wischte Staub, putzte die Waschbecken, kochte und schlief bei einer Familie, die nicht die ihre war. Von Montag bis Sonntag arbeitete sie, und am Donnerstag- und Sonntagnachmittag hatte sie frei. Hier kannte man den Namen ihrer Tochter nicht, wusste nicht, dass diese auch vierzehn Jahre später noch geduldig an den Ufern des Pasig saß und auf sie wartete.

Zweimal hörte man den Wagen der Señora hupen.

Anna öffnete das Verdeck ihres BMW Cabrio in Blau Metallic.

»Heute haben Sie aber wenig eingekauft, Señora Anna«, sagte Imelda, als sie die eine nach Fisch riechende Tragetasche aus dem Kofferraum des BMW hob.

»Ich hatte viel zu erledigen, da ist mir die Zeit davongerannt«, log Anna.

Nach dem Vorfall mit der Kreditkarte hatte sie die Klinik für Schönheitschirurgie verlassen, ihren abgewetzten Louis-Vuitton-Geldbeutel aus der Tasche geholt und festgestellt, dass sie noch zwei Zwanzig-Euro-Scheine und ein wenig Kleingeld hatte. Das war zwar nicht genug, um die Rechnung für eine Botox-Session zu begleichen, wohl aber, um auf dem Marktplatz Fisch zu kaufen.

Sie wollte die Zeit totschlagen, indem sie eine Weile an den Modeboutiquen der Plaza Weyler und der Avenida Jaume III entlangschlenderte, bis der Markt schließen würde und die Fischverkäuferinnen mit den Preisen runtergingen, was immer noch besser war, als den frischen Fang wegzuwerfen. Und genauso machte sie es auch. Wenn sie kaum noch Geld auf dem Konto hatte, ging sie immer erst kurz vor Schluss auf den Markt. Aber auch damit würde es jetzt ein Ende haben. Ihr Mann war ein guter Spekulant, er würde bestimmt einen Käufer für diese hübsche Erbschaft finden, die ihnen da vom Himmel gefallen war …

»Meine Schwester wollte um acht kommen. Hat sie nicht

angerufen?«, fragte Anna, schloss den Kofferraumdeckel und stieg die Treppe am Ausgang der Garage hinauf.

»Nein, Señora, es hat niemand angerufen.«

»Es waren noch Kartoffeln da, nicht wahr?«

»Ja, Señora.«

Sie gingen direkt ins Wohnzimmer, einen Salon im französischen Stil, mit einem leichten Rokoko-Einschlag. Anna und ihre Mutter hatten ihn vor der Hochzeit eingerichtet und sich dabei von den Villen des spanischen Jetset inspirieren lassen, die man aus der Zeitschrift *¡Hola!* kannte. Sie wählten im Salon einen Grauton für die Wände und Perlglanzfarben für die Möbel. Ein Ledersofa beherrschte den Raum. Vor dem Sofa stand eine Schreibkommode aus dem neunzehnten Jahrhundert, ein Geschenk ihrer Schwiegermutter. Dazu ein Bücherregal aus Mahagoni, in dem ungelesene Kostbarkeiten standen, daneben eine wertvolle Porzellanfigur sowie Souvenirs, eine chinesische Vase, ein tibetischer Buddha, eine japanische Trommel und eine aztekische Maske. Und das letzte Element in dem üppigen Wohnzimmer: vor dem riesigen Plasma-Bildschirm eine mit Leopardenmuster bezogene Chaiselongue, auf der sie immer eine kleine Siesta hielt, bevor sie ihre Tochter Anita von der Schule abholte, dem Colegio San Cayetano. Anna zog den Mantel aus, griff nach der Fernbedienung und ließ sich aufs Sofa fallen. Die Nachrichtensendung hatte gerade begonnen. Nichts Neues. Krieg, Tod und Hunger.

Imelda stellte Anna ein Tablett mit einem Gericht aus grünen Bohnen und Kartoffeln auf den Schoß. Dann ging sie zurück in die Küche. Sie schöpfte sich selbst einen Teller voll und setzte sich damit an den Küchentisch, sodass auch sie den Bildschirm im Salon sehen konnte.

»Imelda, die Kartoffeln sind hart. Ich hab Ihnen doch

schon gesagt, dass Sie bitte beides in verschiedenen Töpfen kochen sollen«, sagte Anna mit leicht erhobener Stimme und ohne sich zu ihr umzudrehen, in einem vertraulichen Tonfall, der keinerlei Vorwurf enthielt, als sei es nur eine weitere der Plaudereien mit ihrer Hausangestellten, die sie seit vierzehn Jahren führten.

»Das hab ich getan, ganz so, wie Sie es mir gesagt haben«, antwortete Imelda in einem geleierten Ton, wie eine oft gebrauchte Floskel.

»Dann lass sie länger drin und bring mir bitte das Salz.«

Imelda stand auf. Sie ging ins Wohnzimmer und brachte Anna das Salz. Dann ging sie zurück in die Küche. Sie setzte sich an ihren Tisch und aß weiter, während sie die Nachrichten verfolgte.

Die Nachrichtensendung fing mit den Inlandsberichten an. Inflation, Arbeitslosigkeit, soziale Unzufriedenheit, und was vor allem dafür sorgte, dass Anna die Sache mit den harten Kartoffeln vergaß, war die Berichterstattung über einen Korruptionsskandal auf Mallorca, den die Polizei »Operation Schminke« genannt hatte. Die Journalistin erläuterte nicht, wie man auf diesen komischen Namen für die Operation gekommen war. Anna wusste genau, dass die mutmaßliche Angeklagte, der man Steuerhinterziehung, Veruntreuung öffentlicher Gelder, Parteiverrat und Amtsbetrug vorwarf, außerdem eine eifrige Besucherin von Cucas Praxis war, dass ihr Loewe-Necessaire voll war mit Cremes von Shiseido, Wimperntusche von Yves-Saint-Laurent, Lippenstiften von Dior und Kaviarserum. Sie war eine gute Freundin ihres Mannes, und sie waren einander einmal auf der Toilette des Königlichen Segelclubs von Palma begegnet. Mallorca war eine sehr kleine Insel.

Anna aß in Ruhe weiter, während sie sich den Bericht

über die bereits sattsam bekannten Fälle politischer Korruption in Spanien anhörte, bis schließlich der Auslandsbericht kam. Anna verfolgte täglich mit großer Spannung die Nachrichten aus Afrika. Ganz gleich, welcher Krieg oder welche Dürre gerade in diesem riesigen Nachbarkontinent herrschte. Sie hörte aufmerksam zu und war stolz darauf, dass ihre kleine Schwester dort war und den Menschen half.

Die 600 Milligramm Ibuprofen, die sie vor Stunden eingenommen hatte, führten dazu, dass Anna einschlief, bevor der Wetterbericht den Sturm ankündigte, der auf der Insel aufzog.

Imelda war bald fertig mit dem Essen, ging ins Wohnzimmer und schaltete den Fernseher aus. Sie deckte die Señora mit einem Plaid zu. Dann spülte sie das Geschirr. Die Señora hatte sie gebeten, den Tisch im Wohnzimmer für das Abendessen mit ihrer Schwester zu decken. Das war ungewöhnlich, denn dieser Tisch wurde eigentlich nur sonntags gedeckt; in der restlichen Woche wurde mit Tabletts vor dem Fernseher gegessen.

Imelda holte die weiße Tischdecke, die Porzellanteller und das Silberbesteck aus dem Schrank. Ganz vorsichtig, um die Señora nicht zu wecken, deckte sie den Tisch. Anschließend zog sie sich auf ihr Zimmer zurück. Sie musste sich umziehen, denn sie hatte einen wichtigen Termin im Stadtzentrum.

Anderthalb Stunden später stiegen sie gemeinsam in den BMW. Imelda trug jetzt die Haare offen, sie hatte sich leicht geschminkt und trug einen schwarzen Plüschmantel. In diesem schwarzen Mantel, ohne die klassische, mit rosa Streifen gemusterte Hausangestelltenuniform, wirkte sie wie eine ganz andere Frau.

»Wie schön du dich gemacht hast, Imelda. Der Mantel steht dir gut«, lautete Annas aufrichtiger Kommentar.

»Danke, Señora. Heute hat nämlich meine Tochter Geburtstag. Sie ist achtzehn geworden.«

»Ach ja? Und ein neues Parfüm haben Sie auch aufgelegt«, setzte Anna hinzu.

Die Filipina nickte lächelnd.

Eine Viertelstunde später setzte Anna Imelda in einem dreckigen Laden im Stadtzentrum von Palma ab, der Sai Baba Telekom. Der Besitzer war Pakistani, und in seinem Schaufenster hingen die Poster von zahllosen Telefongesellschaften, über die man für wenig Geld jede Stadt dieser Welt anrufen konnte. In dem Laden stand eine lange Reihe von PCs, und vor den Computern gab es zehn winzige Kabinen, in jeder davon ein Telefon und ein Schemel, und von dort aus rief Imelda, für den Anlass schick gekleidet und nach Parfüm duftend, ihre Tochter an, um ihr alles Gute zum Geburtstag zu wünschen.

Anna parkte den BMW quer. Sie ließ die Heizung laufen. Cuca hatte recht, es war einer der kältesten Winter seit zehn Jahren.

Sie sah eine Gruppe von Müttern vor der Tür fröhlich miteinander plaudern. Obwohl man die Botox-Einstiche kaum sehen konnte, wollte sie lieber nicht aussteigen, und um mit keiner der Mütter Blickkontakt aufnehmen zu müssen, holte sie ihr Smartphone aus der Tasche und sah aufs Display.

Sie wusste genau, dass keine Nachricht für sie drauf war, aber sie dachte, Marina hätte doch längst anrufen müssen, um ihre Ankunft in Barcelona zu bestätigen und ihr zu sagen, dass sie die Fähre genommen hatte. In der Mail, die sie ihr vor einer Woche geschickt hatte, hieß es: »Ich werde am 1. Februar abends mit der 8-Uhr-Fähre ankommen. Ich ruf dich zu Hause an, sobald ich da bin.«

Ein Pfarrer öffnete die Pforten von San Cayetano. Zuerst kamen die Kleinsten heraus – die Mädchen im marineblauen Rock, passend zu den blauen Strumpfhosen und dem himmelblauen Blazer, die Jungs im gleichen Blazer mit Flanellhosen, gerade geschnitten und ebenfalls marineblau. Genau die gleiche Schuluniform, die sie und ihre Schwester schon vor dreißig Jahren getragen hatten. Sie sah zu, wie die Fünfzehnjährigen aus der Klasse ihrer Tochter aus dem Gebäude kamen, die meisten hatten viel zu kurze Röcke an, vor Kälte eine Gänsehaut und keine Mäntel dabei, die Schulranzen saßen ihnen schief auf den Schultern, die unter den langen Mähnen gar nicht mehr zu sehen waren. Die Allerkühnsten zündeten sich Zigaretten an und scherten sich nicht darum, ob sie erwischt wurden. Wieder andere blödelten mit den Schülern aus einer der höheren Klassen herum.

Es war eine Schule für Mallorcas Oberschicht, und das sah man auch. Alle taten so, als würden sie ein glückliches und fröhliches Leben führen. Ein Leben im Wohlstand. Normalerweise unterhielt Anna sich mit den anderen Müttern über die Prüfungen, über außerschulische Aktivitäten, über die Dreisprachigkeit im Klassenzimmer, über die Kämpfe der AMPA, des Schulvereins von Palma. Seit Anita im Alter von drei Jahren auf das Colegio San Cayetano gekommen war, waren das ihre allnachmittäglichen Gesprächsthemen. Mit einigen dieser Mütter hätte sie gerne näher Bekanntschaft geschlossen. Aber die Vorstellung, die anderen könnten sich über ihr Leben das Maul zerreißen, behagte ihr nicht. »Der äußere Schein muss gewahrt bleiben. Hören, sehen und schweigen.« Einer der lapidaren Sätze ihrer Mutter Ana de Vilallonga, den sie sich gut gemerkt hatte.

Endlich kam ihre Tochter aus dem Gebäude, wie immer allein, ohne eine Gruppe von Freundinnen, die in dem Alter doch so wichtig waren. Sie ging mit gesenktem Kopf, in eine dicke Jacke gepackt, unter der sie ihren Körper versteckte. Sie war kräftig und untersetzt wie ihr Vater Armando. Sie hatte breite Hüften und breite Schultern und eine robuste Konstitution, und durch die vielen Schichten, die sie anhatte, wirkte sie nur doppelt so kräftig. Außerdem war sie eine begeisterte Schwimmerin und bekam ein immer breiteres Kreuz.

»Wir hätten unsere Tochter nicht Anita – kleine Anna –, sondern Anota – dicke Anna – nennen sollen«, scherzte Armando bei einem Solidaritätsessen im Königlichen Segelclub und erntete Gelächter. Dann gab er zum Besten, wie Anita mit fünf Jahren unter dem Weihnachtsbaum ein Trikot, ein Tutu, ein paar Beinwärmer und ein rosa Jäckchen gefunden, alles ihrer Mutter in den Schoß gelegt und gesagt hatte (um lustiger zu wirken ahmte Armando an dieser Stelle ihre Kinderstimme nach):

»Das is Mist.«

Und die ganze Tischgesellschaft prustete laut los, wie immer, wenn der sympathische und redegewandte Armando Geschichten erzählte. Sie schütteten sich alle aus vor Lachen, nur seine Frau natürlich nicht, die lächelte gezwungen, denn das Maskuline und Linkische, das ihre Tochter an sich hatte, gefiel ihr ganz und gar nicht.

Was Armando nicht wusste und was er seinen Freunden vom Segelclub von Palma folglich auch nicht erzählen konnte, war, dass Anna den Protest ihrer Tochter überhaupt nicht beachtet hatte, sie hatte ihre Tochter mit ein paar Bonbons bestochen und sie für ihre erste Ballettstunde von Kopf bis Fuß in Rosa gekleidet. Da das Mädchen keine Ahnung hatte, wohin sie gingen, kam sie völlig unvorbereitet in den Saal, in dem zwanzig weitere Kinder im rosa Tutu ein *Relevé* machten, das sie sich von einer dürren Dreißigjährigen abgeschaut hatten.

Nachdem sie am zweiten Unterrichtstag schon fünf Bonbons eingesackt hatte, klammerte sie sich wenige Meter vor dem Eingang zur Tanzschule an einen Laternenpfahl und sagte, sie werde diesen schrecklichen Ort nie wieder betreten. Aber Anna bestand darauf, ihre Tochter müsse Ballett lernen. Weil das eine gute Methode sei, etwas femininer zu werden. Weil sie so ein bisschen Stil entwickeln könne. Außerdem habe sie schon die Anmeldegebühr und die Unterrichtsstunden für ein Trimester bezahlt.

Anna bot ihrer Tochter eine ganze Tüte Süßigkeiten an, versprach ihr, Erdbeerkaugummi zu kaufen und Colaschlangen mit viel weißem Zucker drauf. Anita, die sich immer noch an den Laternenpfahl klammerte, begann zu weinen und sie anzuflehen und zu schwitzen, und es lief ihr schon der Rotz aus der Nase. Sie sah eher aus wie eine kleine Wilde, die sich im Amazonas an einen Baum krallt, als wie ein dickes Oberschichtkind, das in eine angesehene Ballettschule geht. Die anderen Mütter, die ihre braven Töchter mit einem perfekten Dutt ablieferten, aus dem kein Härchen mehr hervorstand, musterten sie im Vorbeigehen, taten so, als wäre nichts, waren aber in Wirklichkeit vollkommen entsetzt …

»Na, da bin ich ja mal gespannt, ob die Kleine sich einen Stromschlag holt«, sagte eine Großmutter mit ihrer Enkelin an der Hand.

»Wieso einen Stromschlag?«, fragte Anna alarmiert.

»Gestern ist in Sóller ein Mast explodiert. Es heißt, da war irgendwas wegen dem vielen Regenwasser. Das sind halt sehr alte Laternen.«

»Aber was reden Sie denn da!«, fuhr Anna sie an und ließ nicht nach in ihrem Bemühen, ihre Tochter von dem Pfahl fortzuzerren.

»Wenn ich mir ansehe, wie diese Kleine schwitzt…«, schloss die Alte und verschwand durch die Schultür.

Und so endete der Ausflug von Anita in die Welt des Tanzes. Drei Jahr später bat sie ihre Mutter, sie im Schwimmverein anzumelden. Seither trainierte sie jeden Wochentag.

Eines hatte Anita dann doch von der Familie Vega geerbt: Sie war mit ausdrucksstarken haselnussbraunen Augen zur Welt gekommen, mit den Augen von Großvater Néstor und ihrer Mutter, die auch Marina geerbt hatte, aber statt sie zu zeigen, versteckte Anita sie hinter einem schiefen Pony, den sie sich selbst geschnitten hatte.

Anita kam lustlos aufs Auto zugelaufen. Mit ernster Miene öffnete sie die Tür und grüßte knapp, ohne ihrer Mutter in die Augen zu schauen.

»Wie war dein Tag, mein Schatz?«

»Wie immer.« Anita streckte den Arm zum Armaturenbrett aus und drehte ohne zu fragen die Heizung herunter. Mieslaunig zog sie sich den Mantel aus.

Anna gab Gas und winkte noch einmal den anderen Müttern zu, die fröhlich mit ihren Töchtern schwatzten.

»Wie war der Test in Mathe, mein Liebes?«, fragte Anna, um Harmonie bemüht.

»Weiß nicht. Die Note haben wir noch nicht bekommen. Wir haben ihn ja heute erst geschrieben.«

»Schon klar, aber wie ist es dir dabei ergangen?«

Anita zuckte mit den Schultern und runzelte die Brauen.

»Ich hab dir dein Pausenbrot in die Schwimmtasche gepackt.«

»Ich habe keinen Hunger.«

Schweigend fuhren sie zum Schwimmbad.

»Wenn du mir das Moped kaufst, um das ich dich schon seit einem Jahr bitte, dann musst du nicht mehr jeden Tag den Chauffeur spielen.«

Anna ließ sich auf dieses Gespräch gar nicht erst ein. Das Thema hatten sie schon zu oft diskutiert. Fünf Minuten später waren sie vor der Sporthalle angelangt. Anna parkte, und Anita schnappte sich die Schwimmtasche vom Rücksitz.

»Mach bitte pünktlich Schluss, heute Abend kommt Marina.«

»Ja, Mama, das hast du mir schon heute Morgen gesagt«, antwortete sie, während sie die Tür des BMW öffnete.

»Ja, das stimmt. Es ist nur …«

Die Autotür wurde zugeknallt.

Anna sah ihrer Tochter hinterher. Sie ging gebeugt, blickte unentwegt zu Boden. Sie hatte so gar nichts Frauliches. Cucas Tochter ging für ihr Leben gern shoppen. Zweimal im Jahr, immer zu Winteranfang und Sommeranfang, nahmen sie einen Flieger nach Madrid und gingen stundenlang in die Läden mit den großen Marken im Salamanca-Viertel und in die Vintage-Läden im Malasaña-Viertel.

Anita dagegen war glücklich mit ihren dunklen Jogginghosen mit den weißen Streifen und den Kapuzen-Sweatern, die sie sich selbst im zweiten Stock von Alcampo kaufte. Anna hatte versucht, sie zum Frisör zu schleppen, aber sie bestand stur darauf, sich selbst diesen Schnitt zu verpassen, der ihr so gar nicht stand. Sie hatte versucht, sie zu einer Kosmetikerin mitzunehmen, um die schwarzen Mitesser wegmachen zu lassen, die man in der Pubertät so schnell bekam. Aber Anita lehnte es ab, dass ihr jemand ins Gesicht fasste. Um ihr dieses Elefantengetrampel abzugewöhnen, hatte Anna versucht, ihr beizubringen, wie man elegant geht. Anita wandte das Gesicht ab, wenn ihre Mutter ihr zu erklären versuchte, man müsse zuerst die Schuhspitze aufsetzen und dann den ganzen Fuß.

Sie hatte versucht, ihrer Tochter beizubringen, wie man für Fotos posiert, indem man nach oben blickt und gleichzeitig das Kinn nach unten hält, wie die Presley und ihre Tochter es machten. Aber Anita betrachtete das Foto in der Zeitschrift *¡Hola!*, das ihre Mutter ihr auf die Knie gelegt hatte, damit sie sich diese Kopfhaltung aneignete, und fragte sie wortwörtlich, ob sie bekifft sei.

Anna hatte versucht, ihr beizubringen, wie man lächelt, wie man beim Reden nicht unnötig mit den Händen herumfuchtelt, wie man sich abgewöhnt, ständig »okay« zu sagen, wie man sich bedankt. Letztlich, wie man zeigt, dass man Klasse hat.

»Es ist wichtig, dass man Klasse hat. Klasse hat man durch die Geburt, aber man kann auch etwas dafür tun« – noch so einer dieser lapidarischen Sätze ihrer Mutter Ana.

Aber Anita weigerte sich, irgendetwas von dem zu tun, was ihre Mutter sich wünschte. Sie wollte weder ihrer Mutter ähnlich sein noch irgendeiner der Damen vom Segelclub.

Der *Dickhäuter* näherte sich der Schwimmhalle. Anna sah, wie ihre Tochter in ihren Schwimmbeutel langte. Sie wusste genau, was sie suchte, das Sandwich. Und so war es auch. Anita holte das Sandwich aus der Tasche und wickelte es aus. Sie ballte die Alufolie zu einer Kugel, hob die Hand und schmetterte die Kugel drei Meter weit in den Papierkorb. Treffer. Sie sah das Sandwich mit der fetten, würzigen Paprika-Wurst an, die sie so gern aß. Sie grub ihre Zähne hinein, und nach einem Bissen war schon die Hälfte vertilgt.

»*Anota*«, sagte Anna seufzend und drehte den Zündschlüssel um.

Der Badeanzug, das Handtuch, die Bluse, der Uniformrock und die Beinwärmer drehten sich in der Waschmaschinentrommel.

Anita schnappte sich die Sobrasada, die von einer Metallstange in der Küche hing. In dem Moment kam Imelda herein.

»Hallo, Imelda«, sagte Anita.

»Kann ich etwas für dich tun? Soll ich dir eine Scheibe Brot abschneiden?«, antwortete die Filipina. Eine leichte Traurigkeit lag in ihrer Stimme, von der Anita aber nichts merkte.

»Nein, danke. Ich warte nur auf das Abendessen mit meiner Tante. Aber vorher brauch ich noch was Kleines, ich sterbe vor Hunger. Heute bin ich fast hundert Bahnen geschwommen«, sagte sie zu sich selbst. »Was gibt es denn zum Abendessen?«

»Wolfsbarsch mit Bratkartoffeln.«

Anita zog ein Gesicht, dass Imelda lachen musste, denn sie wusste, Fisch hatte Anita schon als kleines Kind gehasst. Als Anita noch ein Baby war, hatte Imelda Hunderte Male versucht, sie mit Fischbrei zu füttern, ohne dass es ihr gelungen wäre, auch nur ein Löffelchen in den kleinen Mund zu bekommen. Der Brei landete auf dem Boden oder aber auf ihrer Schürze mit den altrosa Streifen. Als Anita drei war, lernte sie verschiedene Wurstsorten kennen: Camaiot, Sobrasada, Morcilla sowie guten Käse, und von diesen Lebensmitteln ernährte sie sich.

Imelda sah in den Brotkasten. Von heute Morgen war noch ein Baguette übrig.

»Lass mal, Imelda, ich mach das schon.« Anita ließ Imelda nur noch wenige Dinge für sie tun. Sie wusch ihre Kleider selbst. Sie machte ihr Bett selbst. Das Bad hinterließ sie immer aufgeräumt, und die Handtücher hängte sie schön zum Trocknen auf die Stange. Imelda saugte täglich ihr Zimmer durch, weil die Señora ihr das aufgetragen hatte, aber eigentlich war das nicht nötig.

Anita schnitt das Baguette in zwei Teile.

Imelda zerdrückte eine Strauchtomate, nahm Olivenöl und Meersalz aus dem Schrank.

»Soll ich dir auch eins machen?«, fragte Anita.

Imelda zögerte. Sie hatte schon zu Abend gegessen, aber nach all den Jahren auf Mallorca war sie ganz versessen auf *pa amb oli con tomàtiga de ramellet*.

Anna saugte noch einmal das Gästezimmer durch, in dem Marina schlafen sollte. Sie strich mit der Hand über die weiße Decke aus Kaschmir und Baumwolle, obwohl die gar keine Falten hatte. Sie strich die Laken glatt und klopfte die Kissen auf. Dann lächelte sie still, denn das war das Bett, unter dem sie sich einmal mit Marina versteckt hatte, um der Impfung zu entkommen.

Sie nahm das lila Sträußchen aus getrocknetem Lavendel, das sie am Morgen gekauft hatte, und legte es behutsam auf die alte Seemannskiste.

Auf ihrer Armbanduhr war es 7:55 Uhr. Marina würde gleich von Bord gehen.

Sie holte das Handy aus der Gesäßtasche ihrer Jeans, versicherte sich, dass die Uhr auch richtig ging. Seit vier Jahren schon funktionierte sie einwandfrei …

Ein letzter Blick ins Zimmer. Dann schloss sie die Tür und ging über den Flur in ihr Zimmer und von dort ins Bad. Betrachtete sich im Spiegel. Trat ganz nah an den Spiegel heran, um herauszufinden, ob das Botox irgendeinen Effekt gehabt hatte. Nicht den geringsten. Drei Tage hatte Cuca gesagt. Creme durfte sie noch nicht auftragen, aber die Augen schminken, schon. Sie nahm Mascara aus ihrem Schminktäschchen und schüttelte sie fest, denn es war kaum noch Tusche darin. Sie steckte das Bürstchen weit hinein und holte mit kreisenden Bewegungen das bisschen heraus, was noch übrig war. Dann schminkte sie sich sorgfältig die Wimpern. Sie dachte, sobald sie das Geld von der Erbschaft auf dem Konto hätte, würde sie sich als Allererstes die Wimperntusche von Yves Saint Laurent kaufen, genau die, welche die korrupte Politikerin ihr auf der Toilette im Segelclub von Palma ausgeliehen hatte. Dann schminkte sie sich die Lippen mit dem Kakaobutterstift mit Lipglosseffekt. Einer kleinen Schachtel entnahm sie ein paar klassische Perlenohrringe und legte sie an. Dann bürstete sie sich und trat wieder nah an den Spiegel. Fertig. Sie freute sich, ihre Schwester wiederzusehen. Das tat sie wirklich. Aber sie war auch in Sorge, wie wohl die erste Begegnung verlaufen würde. Vor allem die zwischen Armando und Marina. Nach außen hin war ihr Mann ein großer Unterhalter und

Charmeur, aber sobald er über die Schwelle seines Hauses getreten war, kam sein herrischer und aufbrausender Charakter zum Vorschein, und Anna wollte nicht noch einmal so ein schreckliches Streitgespräch miterleben, wie ihre Schwester und ihr Mann es das letzte Mal geführt hatten. Sie wünschte sich nur eines: dass sie in den wenigen Tagen, die Marina bei ihnen wohnen würde, ihre Ruhe hätten. Sie holte wieder ihr Handy aus der Hosentasche. Zehn nach acht. Die Trasmediterránea war gerne mal unpünktlich. Aber Armando? Wo steckte Armando?

Sie hatte ihren Mann ausdrücklich darum gebeten, um acht zu Hause zu sein. Sie steckte ihr Handy wieder in die Hosentasche und verließ das Badezimmer. Sie öffnete den Schrank und schnappte sich einen kamelfarbenen, eleganten Mantel, von dem sie wusste, dass er ihr gut stand. Dann ging sie die Treppe hinunter ins Wohnzimmer. Sie nahm den Hörer vom Festnetztelefon, das auf der Schreibkommode stand, und wählte die Nummer vom Büro ihres Mannes. Niemand nahm ab. Armando mochte es nicht, wenn man ihn auf dem Handy anrief. Das war heute schon das zweite Mal … Aber er hatte ja auch nicht zurückgerufen. Sie rief ihn an.

Der Anrufbeantworter sprang an. Sie legte auf.

Sie ging in die Küche. Imelda und Anita saßen da und aßen Camaiot.

»Imelda, ist der Fisch schon zubereitet?«

»Ja, Señora, er ist im Kühlschrank.«

Anna machte den Kühlschrank auf und überzeugte sich, dass die Kartoffeln in feine Scheiben geschnitten waren und die Zwiebeln in Streifen; der Knoblauch war auch in dünne Scheiben geschnitten, und der Fisch lag obendrauf. Perfekt.

»Sobald meine Schwester anruft, heizen Sie bitte den

Backofen vor. Sie können noch ein bisschen Weißwein über den Wolfsbarsch gießen. Und nach zwanzig Minuten ab damit in den Ofen.«

Imelda nickte. Anita wischte sich mit einem Tuch die Hände ab und ging aus der Küche.

»Du isst doch mit uns zu Abend, oder?«, rief Anna ihr hinterher.

»Ja« war die knappe Antwort.

Das Handy klingelte. Ein Griff in die Hosentasche. Auf dem Display stand: Armando. Anna nahm den Anruf schnell entgegen. Ein paar Arbeitskollegen aus Panama seien gekommen, und er müsste mit ihnen zu Abend essen. Diese Abendessen waren Teil seiner Arbeit. Es war wichtig, dass er daran teilnahm. Er bat sie um Entschuldigung. Er sagte ihr, er müsse gleich weiter, nicht ohne sie vorher daran zu erinnern, dass der Verkauf der Mühle von Valldemossa am Montag um Punkt siebzehn Uhr über die Bühne gehen werde und dass sie ihre Schwester daran erinnern solle.

Armando legte auf.

Dass ihr Mann sie versetzte, nahm Anna völlig ungerührt zur Kenntnis. Anna fühlte schon seit Jahren keine Enttäuschung mehr. Diese Phase hatte sie vor langer Zeit hinter sich gelassen. Manchmal blickte sie zurück und fragte sich, in welchem Augenblick ihr Glück geendet hatte. War ich bei meiner Hochzeit glücklich gewesen? Diese Frage hatte sie sich an ihrem zehnten Hochzeitstag gestellt, nachdem ihr Mann sie wieder einmal versetzt hatte. Sie betrachtete das Foto auf der Marmorkonsole des Kamins im Wohnzimmer, das vor fast fünfundzwanzig Jahren aufgenommen worden war. Sie sah sich an und erkannte sich nicht wieder. Sie betrachtete diese zarte blonde Frau mit den sanften Augen, die verlegen in die Kamera blickte. Sie trug einen langen weißen Schleier und ein luxuriöses Hochzeitskleid, geschneidert nach dem Vorbild des Kleides, das Lady Di bei ihrer Hochzeit getragen hatte, weißer Satin mit großen Rüschen am Ausschnitt und Puffärmeln. Und diese sanfte junge Frau kam ihr wie eine andere Person vor, sie erkannte sich nicht in ihr. Auf dem Foto war auch Armando im schwarzen Anzug zu sehen, wie er sie auf die Wange küsste. Auch Armando hatte sich in einen anderen Mann verwandelt. Dieses Foto bestätigte ihr wieder, dass sie damals tatsächlich glücklich gewesen war. Dessen war sie sich ganz sicher.

Vielleicht waren die Plagen der Mutterschaft daran schuld, dass sie sich voneinander entfernt hatten. Ihr Kinderwunsch war genauso stark gewesen wie der ihrer Freundinnen vom Segelclub, aber Armando hatte das nie verstanden. Zehn Jahre lang hatten sie versucht, ein Kind zu bekommen, und es hatte nie geklappt. Zehn Jahre lang hatten sie miteinander geschlafen, fast ohne einander noch zu begehren. Zehn Jahre lang hatte Anna immer wieder auf der Toilette gesessen und enttäuscht die Blutflecken in ihrem Höschen angestarrt. Zehn Jahre wachsender gegenseitiger Verständnislosigkeit. Denn Armando brauchte kein Kind und verstand nicht, warum das für seine Frau so wichtig war und warum sie immer trauriger wurde. Jedes Jahr ein bisschen mehr. Sie fühlte sich innerlich leer. Hohl. Unfruchtbar. Sie sah die Bäuche ihrer Freundinnen wachsen, und in ihr verkrampfte sich alles. Zu dieser Traurigkeit gesellte sich die Scham, eine verbitterte Yerma zu sein. Eine Frau, die nicht imstande war, Kinder zu bekommen … Zehn Jahre.

Und eines Tages dann, als Anna schon gar nicht mehr damit gerechnet hatte, wurde sie schwanger. Und lächelte wieder. Und dann kam Anita, und sie dachte, dass mit ihr auch die Fröhlichkeit wieder im Haus einziehen würde, aber nichts war so, wie sie es sich erhofft hatte. Ein Jahr lang war an Schlaf nicht zu denken gewesen, denn Anita weinte ständig. Tag und Nacht. Sie wollte zu jeder Tageszeit die Brust ihrer Mutter. Der Schlafmangel machte Armando reizbar, und die Tränen, die Anna vergoss, weil sie sich von ihrer Mutterrolle überfordert fühlte, waren gefährlich für diese Ehe. Sie stellten Imelda ein, die half, wo immer sie konnte. Aber Anita brüllte immer weiter, und Armando brachte das auf die Palme, denn er dachte an seine Immobiliengeschäfte und wie fatal sich der Schlafmangel auf seine Konzentration auswirkte. Anna gab im zweiten Monat das Stillen auf, und von da an schlief Anita im Zimmer der philippinischen Hausangestellten. Endlich waren Armando und Anna wieder allein … Aber Armando hatte genug von seiner Frau und begann ständig nach Panama zu reisen, mit der Entschuldigung, er müsse schließlich das große Geld verdienen, wie er es nannte. Anna nahm ihre Einsamkeit als etwas hin, das zu ihrer Ehe dazugehörte. Das Teil ihres Lebens war. Und im Lauf dieser Metamorphose verwandelte sie sich selbst in eines ihrer Möbelstücke, die ihre Hausangestellte abstaubte. Und das Möbelstück beklagte sich nicht und war einfach weiterhin anwesend.

Viertel vor neun.

Sie holte das Telefonbuch aus der Schreibkommode und suchte nach der Nummer der Trasmediterránea. Eine Stimme vom Band stellte sie vor die Wahl, entweder die Eins für Reservierungen zu wählen oder die Zwei für die Vertretung. Sie drückte die Eins. Eine weitere Stimme bat sie darum, den Ausgangshafen anzugeben.

»Palma.«

Dann bemerkte sie den Fehler und korrigierte sich.

»Barcelona!«

»Sagen Sie ja, falls Sie Palma gesagt haben«, sagte die Stimme vom Band.

»Nein«, antwortete sie.

»Entschuldigen Sie, wir haben Sie nicht verstanden. Nennen Sie noch einmal laut und deutlich den Ausgangshafen.«

Anna seufzte.

Sie wiederholte das Spiel und sah dabei die ganze Zeit auf ihre Armbanduhr und das Display ihres Handys. Nach ein paar Minuten gelang es ihr endlich, mit einer Mitarbeiterin aus Fleisch und Blut zu sprechen, die ihr bestätigte, dass das Schiff vor vierzig Minuten in den Bestimmungshafen eingelaufen war. Sie fragte, ob man nicht vielleicht in der Passagierliste nachschauen könnte, ob ihre Schwester Marina Vega de Vilallonga an Bord gewesen sei. Die freundliche Antwort lautete, dazu sei sie leider nicht berechtigt. Anna legte schlechtgelaunt auf und rief im Hafen an. Niemand nahm ab.

»Señora, ich gehe auf mein Zimmer. Geben Sie mir doch bitte Bescheid, sobald Ihre Schwester kommt.«

»Ja, sicher, Imelda. Heizen Sie bitte noch den Backofen vor.«

Anna sah, dass Imelda den Tisch schon gedeckt hatte. Sie nahm den Teller und das Besteck für ihren Mann vom Tisch und stellte beides wieder in den Küchenschrank. Dann ging sie zum Tisch zurück und ordnete die Teller anders an, sodass Marina am Kopfende saß. Sie wollte nicht untätig herumsitzen und warten. Sie legte sich den kamelfarbenen Mantel über die Schultern und ging aus dem Wohnzimmer. Energisch betrat sie die Garage, stieg in den BMW und steckte den Zündschlüssel ins Schloss. Und wenn Marina sich ein Taxi genommen hatte? Dann bestünde die Möglichkeit, dass ihre Wege sich kreuzten. Im gleichen Moment dachte sie, dass im Winter normalerweise keine Taxis in der Siedlung Son Vida herumfuhren, da die wenigen Touristen, die auf die Insel kamen, in Hotels im Zentrum wohnten. Sollte sie ein Taxi sehen, wüsste sie, dass Marina darin saß. Dann würde sie hupen, und ihre Schwester würde sie erkennen.

Sie fuhr los. Auf der Straße, die hinunter ins Zentrum führte, gab sie Gas. Sie achtete auf jedes Fahrzeug, das ihr begegnete – ein Jaguar, ein Audi, noch ein Audi. Sie fuhr an der Villa von Cuca vorbei. Das Tor stand offen, und der Geländewagen ihrer Freundin war weg. Wahrscheinlich ist sie zum Yoga gefahren, dachte Anna. Sie ist ja mittlerweile richtig süchtig danach, dachte sie. Vielleicht sollte ich das auch mal ausprobieren.

Zehn Minuten später war sie am Hafen. Sie parkte auf dem einsamen Parkplatz am Meer. Dann stieg sie aus dem Wagen und sah sich um, machte aber die Tür nicht zu. Es standen drei Autos geparkt. Ansonsten war weit und breit niemand zu sehen. Sie knöpfte sich den Mantel zu. Eine Fähre der Trasmediterránea lag an der Mole vertäut, aber es kamen auch Fähren aus Valencia, Menorca und Ibiza. Sie müsste nachfragen gehen, ob das die Fähre aus Barcelona war. Eilig lief sie über die Mole von Peraires zu dem schwach erleuchteten Gebäude, in dem sich das Schifffahrtsbüro befand. Eine Digitaluhr neben dem Eingang zeigte in roten Ziffern 9 Uhr 1 an. Sie ging hinein. Das Gebäude war leer. Nur ein junger schläfriger Mallorquiner saß hinter einem Schalter.

»Ja, das ist die Fähre aus Barcelona«, bestätigte er. »Sie ist vor einer Stunde eingelaufen.«

»Bitte«, sagte Anna flehend in fehlerhaftem Mallorquinisch, obwohl sie die Antwort des jungen Mannes schon kannte, »könnten Sie nicht vielleicht nachschauen, ob sich eine Passagierin namens Marina Vega de Vilallonga auf dieser Fähre befand?«

Als sie wieder in ihren BMW stieg, dachte sie, dass Marina vielleicht etwas passiert war. Vielleicht war sie ja immer noch in Äthiopien. Ein Unfall. Eine Entführung. Vielleicht hatte sie sich mit etwas angesteckt. Anna gab Gas und fuhr in Richtung Stadtzentrum und dann wieder durch ihre Siedlung. Wer würde ihr Bescheid geben? Bei Ärzte ohne Grenzen hatten sie ihre Nummer nicht. Sie hatte einmal eine Freundin von Marina kennengelernt, eine gewisse Laura. Wenn etwas passiert wäre, hätte sie bestimmt angerufen, dachte sie, aber dann fiel ihr ein, dass Laura ihre Nummer ja auch nicht hatte. Sie müsste die Zentrale von Ärzte ohne Grenzen in Barcelona anrufen. Die müssten doch wissen, wo Marina sich aufhielt. Aber es war schon spät, die Zentrale bestimmt schon geschlossen.

Schließlich kam sie nach Hause. Ohne das Licht anzuknipsen, warf sie den kamelfarbenen Mantel aufs Sofa. Sie ging in die Küche, die nur durch das Licht erhellt war, das aus dem Innern des eingeschalteten Backofens leuchtete. Sie machte die Backofentür auf und ließ die Hitze entweichen, die sich in der Stunde angestaut hatte, die er überflüssigerweise angeschaltet gewesen war. Sie hatte Hunger und sah im Kühlschrank nach. Der kalte Wolfsbarsch starrte sie mit großen Augen an, Augen wie die der Siebzigjährigen aus Cucas Praxis.

Sie fühlte sich allein.

Die Taue der *Sorrento* wurden auf die Mole von Peraires geworfen. Schwarze Wellen brachen sich am Hafendamm, wo zwei mallorquinische Seeleute in dicken Jacken und mit dunkelblauen Wollmützen die Taue auffingen und anschließend an den in den Boden eingelassenen Pollern festmachten. Der alte Kapitän auf der Kommandobrücke schaltete den Motor aus.

Marina beobachtete alles vom Bug aus. Und dachte über diese Seemänner nach, deren Leben so ganz anders war als das ihre. Sie machte das oft, betrachtete das Leben der anderen. In Äthiopien die Leute auf dem Markt, in Barcelona die Tausenden von Touristen, die die Rambla rauf- und runterliefen. Die Menschen in den Hunderten von Flughäfen, in denen sie schon gewesen war. Wie sah wohl ihr Leben aus? Wen liebten sie? Was bereitete ihnen Kummer? Was raubte ihnen den Schlaf? Wie war ihre Kindheit verlaufen? Jeder hatte ein anderes, einzigartiges und unwiederholbares Leben.

Ihr war kalt. Sie zog den Reißverschluss ihres Anoraks hoch.

Fünf Taxis warteten an der Mole. Einige Passagiere, die wussten, dass es im Winter immer nur wenige Taxis gab, stürzten sich auf sie.

Eine Digitaluhr neben der Eingangstür zum Gebäude der Trasmediterránea zeigte in roten Ziffern 7 Uhr 45 an.

Marina lief zum Gebäude der Schifffahrtsgesellschaft hinüber und ging hinein. Sie steuerte den Schalter an, an den ein junger, schläfriger Mallorquiner mit seinem Smartphone die Zeit totschlug.

»Guten Abend.«

Der junge Mann hob die Hand, machte aber den Mund nicht auf. Er legte sein Smartphone auf die Theke.

»Könnten Sie mir sagen, wie ich nach Valldemossa komme?«

Der junge Mann beugte sich leicht nach vorn.

»*Uy, està lluny això*. Das ist sehr weit. Am besten, Sie nehmen ein Taxi. Machen Sie sich keine Sorgen, da kommen noch welche nach.«

»Ich würde gerne den Bus nehmen.«

Sie hatte keine Eile. Außerdem fuhr sie nicht gerne mit dem Taxi. Sie war zwar nicht knickrig, aber sie konnte sich nicht freimachen von dem Bewusstsein, dass man mit den sechzig Euro, die eine so lange Fahrt kosten würde, eine afrikanische Familie einen Monat lang ernähren konnte.

»Wenn Sie aus dem Hafen hinausgehen, finden Sie gleich gegenüber das Wartehäuschen. Nehmen Sie die Linie eins bis Plaza España und warten Sie dort … Also, ich an Ihrer Stelle würde ein Taxi nehmen«, wiederholte er beharrlich.

Der junge Mann öffnete eine Schublade unter der Theke und holte ein fotokopiertes Blatt mit dem Fahrplan für die Inselbusse heraus. Er reichte es Marina. Die Busse fuhren jede Stunde, und den letzten würde sie bestimmt nicht erwischen.

»Gibt's hier eine Telefonzelle?«

»Vor dem Parkplatz. Die wurde aber letzte Woche von ein paar Rowdys zerstört. Sie ist noch nicht wieder repariert worden … Heutzutage hat ja jeder ein Handy, da legt sich die Telefongesellschaft nicht so ins Zeug. Da müssen Sie halt schauen.«

Marina bedankte sich und verließ das Gebäude. Der junge Mann griff nach seinem Telefon und wandte sich wieder seinen Angelegenheiten zu.

Tatsächlich war das Plastik der Telefonkabine verbrannt und der Hörer kaputt.

Es fuhr ein Taxi auf die Mole. Marina ging darauf zu.

»*Qué val un viatge a Valldemossa?*«, fragte sie klugerweise in dem bisschen Mallorquinisch, das sie noch beherrschte.

Sie wusste, es war günstiger, einen Preis mit ihnen auszuhandeln, als die Taxiuhr laufen zu lassen. Die armen Ausländer wurden einmal um die Insel gekarrt und dann mit Phantasiepreisen geschröpft.

»*Diset kilòmetres …*«

Der Taxifahrer tat so, als würde er rechnen. »*Seixanta.*«

Sie musste feilschen, aber sie hatte keine große Lust dazu und fühlte sich auch nicht recht wohl dabei. Manolo, der Freund aus Sevilla, handelte auf den Märkten von Addis Abeba ständig mit den Leuten und bezahlte für egal welche Produkte immer nur ein Drittel dessen, was Marina ausgab. Sechzig Euro waren die Hälfte von dem, was der Taxifahrer den Russen abknöpfte, zwanzig Euro weniger als das, was ein Deutscher, Norweger, Schweizer oder Engländer bezahlen musste – je nachdem, ob sie nach Magaluf fuhren oder zu einem Fünf-Sterne-Hotel –, und fünfzehn Euro weniger, als ein Italiener berappen müsste. Am Ende einigten sie sich auf fünfundfünfzig Euro und brausten über die Ma-1110 davon.

Während ihre Freundin mit ihrer Tochter diskutiert hatte, die sich in den Kopf gesetzt hatte, ein Sommerkleid ohne Strumpfhosen anzuziehen (da sah man wieder, dass sie halbe Schwedin war), hatte Marina sich Lauras Computer geschnappt, im Internet nachgeschaut und in Valldemossa ein kleines Hotel mit acht Zimmern gefunden. Angerufen hatte sie nicht. Es war keine Hauptsaison, da würde schon ein Zimmer frei sein.

Nach zwanzig Minuten sah Marina zwischen den Bergen

die kleinen Steinhäuser des Dörfchens Valldemossa. Der Anblick gab ihr einen kleinen Stich ins Herz. Nicht so sehr wegen des Dorfes selbst als vielmehr wegen der Straße, die ihr Vater, ihre Schwester und sie immer genommen hatten, um zum Hafen zu gelangen und mit dem Llaüt rauszufahren.

Sie fuhren in das kleine Dorf. Es war schon dunkel geworden, die gepflasterte, menschenleere Hauptstraße war von alten schmiedeeisernen Straßenlampen erleuchtet, die ein orangefarbenes Licht verströmten. Mit seinen Steinmauern, die sich entlang der Gässchen drängten, wirkte das Dorf wie aus einem mittelalterlichen Märchen. Der Taxifahrer hielt auf einem kleinen Platz.

»*Agafi sa tarja que som pocs taxis treballant al hivern.*«

Marina zahlte und nahm die Visitenkarte entgegen. Das Taxi fuhr davon. Keine Menschenseele weit und breit. Sie betrachtete die Berge, die das einsame Dorf umgaben, und wusste nicht recht, weshalb sie einen solchen Frieden verspürte.

Sie las die Namen der kleinen Gässchen, die vom Platz abgingen, und fand die Calle Uetam, in der sich Es Petit Hotel de Valldemossa befand – »Das kleine Hotel von Valldemossa«. Die Tür war verschlossen, aber drinnen brannte Licht. Sie klingelte. Niemand öffnete. Sie wartete einen Augenblick und klopfte wieder. Es begann leicht zu regnen. Sie ging durch die Gasse und suchte nach einem anderen möglichen Eingang. Auf der Homepage hieß es »dreihundertsechzig Tage im Jahr geöffnet«. Was hätte es sie gekostet, vorher anzurufen? Sie fischte die Visitenkarte des Taxifahrers aus ihrer Hosentasche. Jetzt musste sie nur noch eine Telefonzelle finden. Sie seufzte.

»Ich komme schon! Ich komme!«, rief da eine männliche Stimme von drinnen.

Ein Mann öffnete die Tür, er war in seinen Sechzigern und hatte ein warmes Lächeln.

»Entschuldigen Sie bitte. Wir wohnen im dritten Stock und haben niemanden erwartet.«

»Ich hätte vorher anrufen sollen«, beeilte Marina sich zu sagen und trat ein.

»So ist das bei Leuten, die viel reisen. Die improvisieren gern«, erwiderte er lächelnd und entlockte damit auch Marina ein Lächeln.

»Ich heiße Gabriel«, sagte er und streckte ihr die Hand hin. »Willkommen.« Marina mochte gastfreundliche Menschen, und das kleine Hotel, das sie gerade betreten hatte, strahlte die gleiche Warmherzigkeit aus wie sein Besitzer Gabriel. Er war elegant gekleidet und trug einen weißen, zerzausten Bart. Marina starrte den dicken marineblauen Wollpullover an, den er bis zum Hals zugeknöpft hatte und der dem Pullover ähnelte, den ihr Vater an Sonntagen im Sommer immer getragen hatte.

»Wie viele Tage möchten Sie bleiben?«

»Das weiß ich noch nicht. Zwei, drei Tage … vielleicht auch länger.«

»Ich bin vor zwanzig Jahren für zwei, drei Tage hergekommen und bin immer noch hier«, sagte er, ohne sie anzusehen, holte einen Schlüssel aus der Tasche seiner Kordsamthose und legte ihn auf den Tresen. »Sie können so lange bleiben, wie Sie wollen, Sie sind der einzige Gast.«

Marina kramte ihren Pass aus der Tasche, und Gabriel füllte das Anmeldeformular aus.

»Haben Sie ein Telefon?«

Unter dem Tresen zog er ein altes blassgrünes Telefon mit Wählscheibe hervor. »Möchten Sie etwas zu Abend essen?«

»Nein danke.«

Gabriel gab ihr den Pass zurück. Marina wählte Annas Nummer.

»Dann lasse ich Sie sich ausruhen. Ihr Zimmer ist im zweiten Stock. Wir wohnen im dritten. Falls irgendetwas ist, geben Sie mir bitte Bescheid.«

»Vielen Dank.«

Sie versuchte es noch einmal bei ihrer Schwester, aber es kam immer noch das Besetztzeichen. Sie stützte den Ellbogen auf den Tresen. Sie konnte warten oder in ihr Zimmer hinaufgehen, eine Dusche nehmen, sich aufwärmen und es später noch einmal versuchen.

Das Steinhaus war klein und gemütlich, ein dickes weißes Federbett lag auf dem Bett. Sie nahm den Rucksack ab und setzte sich. Jetzt war es schon über achtundvierzig Stunden her, dass sie die Afar-Wüste verlassen hatte. Auf dem Flug von Addis Abeba nach Frankfurt hatte sie nur wenige Stunden schlafen können und im Haus von Laura auch nur fünf Stunden. Sie war erschöpft.

Sie öffnete den Rucksack und holte ihren Kulturbeutel heraus. Dann ging sie ins Bad, drehte die Dusche auf, löste ihren Zopf und zog sich aus. Ein kräftiger warmer Wasserstrahl schoss aus dem Duschkopf über ihren Körper, und sie empfand das gleiche Vergnügen wie unter dem kleinen Strahl kalten Wassers, mit dem sie in der Hitze der Wüste Erfrischung fand. Wie unterschiedlich die Welt doch sein konnte! Sie seifte sich die Haare mit der Honig-Naturseife ein, die sie sich auf dem Markt von Addis Abeba gekauft hatte, und entwirrte sie sorgfältig. Nach der Dusche rieb sie sich mit dem großen Badetuch trocken, das für sie bereitlag, und zog sich ein altes T-Shirt von Mathias an. Unter der Bettdecke dachte sie schließlich, dass sie ihre Schwester genauso gut morgen anrufen könnte. Aus dem Rucksack zog sie das schwarze Moleskine-Büchlein, strich zärtlich über den Einband und schlug es dann auf der letzten Seite auf.

Te echo de menos	*Ich vermisse dich*
Panadería	*Bäckerei*

Sie dachte an Mathias und schloss die Augen, aber Marina konnte nicht einschlafen, es passierte gerade zu viel in ihrem Leben. Und ungewollt kam ihr dieser letzte Monat wieder ins Gedächtnis, den sie damals mit Anna verbracht hatte. Sie erinnerte sich an jedes Detail dieser unerwarteten und unheilvollen Wendung, die ihre Beziehung vor mittlerweile schon vierzehn Jahren genommen hatte… Marina war damals einunddreißig gewesen und Anna dreiunddreißig.

»Dringender Anruf aus Spanien für dich!«, hatte eine Krankenschwester gerufen, die zur Tür hereingeplatzt kam.

Marina, die gerade im Krankenhaus von Pennsylvania bei einer komplizierten Zwillingsgeburt assistierte, sah erschrocken Doktor Sherman an, und der gab ihr durch ein Nicken zu verstehen, sie könne gehen. Schnell zog sie die blutverschmierten Latex-Handschuhe aus. Dringend? Spanien? Anna? Es war vier Uhr morgens, sie warf die Handschuhe in einen Abfallkorb, drückte energisch die Tür auf und rannte über den Gang, wich Pflegern und Patienten aus. Atemlos gelangte sie zur Rezeption und schnappte sich das Telefon.

»Ja?«

»Marina, hier ist Anna. Weißt du was? Ich bin schwanger!!!«

Marina hätte sie umbringen können. Ja. In diesem Moment hätte sie ihre Schwester umbringen können. Aber Anna war nun mal so – naiv, einfältig, egoistisch. Marina schluckte ihren Ärger hinunter und beglückwünschte Anna zu dem Ereignis, auf das sie nun schon seit zehn Jahren wartete. Ihre Schwester hatte nur ein Ziel im Leben, nämlich eine gute Ehefrau zu sein, und nur einen Wunsch, und zwar den, Mutter zu werden, und Marina verzieh ihr, dass sie ihr so einen Schrecken eingejagt hatte, denn sie verstand, dass Anna ihr die Neuigkeit unbedingt hatte mitteilen wollen.

»Das Kind wird Anfang Juni zur Welt kommen. Ich hätte gerne, dass du den letzten Schwangerschaftsmonat hier mit mir verbringst. Bitte sag ja.«

Marina antwortete nicht. Seit über anderthalb Jahren schrieb sie an ihrer Doktorarbeit über Gebärmutterhalskrebs bei amerikanischen Frauen. Es waren harte anderthalb Jahre, in denen sie viele Stunden ihres Schlafes geopfert hatte, um ihren Beruf als Frauenärztin am Krankenhaus von Pennsylvania mit der intensiven Forschungsarbeit zu verbinden. Am fünfzehnten Juni sollte vor dem Prüfungskomitee der Perelman School of Medicine die mündliche Verteidigung ihrer Doktorarbeit stattfinden. Der Termin stand schon seit einem Jahr fest, und es war nicht daran zu rütteln.

»Marina? Was ist los? Wären Mama oder Papa noch am Leben, würde ich dich nicht darum bitten.«

Dieser Satz ihrer Schwester traf sie im Innersten. Obwohl der ganze Atlantische Ozean sie trennte, sah Marina ihre ängstliche kleine Schwester vor sich, die von ihren Eltern immer viel zu sehr behütet worden war …

»Anna? Du erinnerst dich doch bestimmt: Ich hab dir erzählt, dass ich eine Doktorarbeit geschrieben habe, die es mir ermöglicht, als Professorin an der Universität zu lehren? Am fünfzehnten Juni habe ich meine mündliche Prüfung, und wenn ich den Termin platzen lasse, dann muss ich ein Jahr warten, bis ich wieder antreten kann. Am fünfzehnten nehme ich den Nachtflug nach Spanien, und dann bin ich bei dir.«

»Aber dann ist das Baby ja schon auf der Welt, Marina. Ich will, dass du mich bei der Geburt begleitest. Dass du an meiner Seite bist.«

»Armando wird an deiner Seite sein.«

»Aber ich möchte, dass du das machst.«

Sie versprach ihr, sie am folgenden Tag anzurufen, um ihr eine Antwort zu geben.

In jener Nacht lag Marina in ihrer Wohnung in Downtown Philadelphia an der Brust ihres Doktorvaters, ihres Freundes, ihres Liebhabers, in den Armen von Doktor Sherman, Jeremy, und bat ihn um Rat. Es hatte sie so viel Kraft gekostet, sich auf die Prüfung vorzubereiten, 553 Tage lang hatte sie still in Bibliotheken gesessen und geforscht und die 257 000 Wörter niedergeschrieben, aus denen ihre Doktorarbeit bestand, 553 Tage Vorbereitung auf die mündliche Verteidigung. Das war zu viel Zeit und zu viel Einsatz, um die Prüfung ein weiteres Jahr aufzuschieben.

»Ob du den Doktortitel ein Jahr früher oder später erwirbst, was macht das schon für einen Unterschied?«, sagte Jeremy und strich ihr zärtlich übers Haar. »Ich erinnere mich schon nicht mehr an die wahnsinnigen Anstrengungen, die ich in diesen endlosen Studienjahren auf mich genommen habe. Aber ich erinnere mich sehr wohl an die kleinen Augenblicke des Glücks im Schoß meiner Familie. Ich denke, die Geburt deiner Nichte ist einer dieser wichtigen Augenblicke in deinem Leben.« Jeremy nahm sich ein paar Sekunden Zeit, bevor er fortfuhr: »Néstor hätte gewollt, dass du sie begleitest.«

Mitte Mai flog Marina von New York nach Madrid und von Madrid nach Mallorca. Anna erwartete sie mit ihrem riesigen Achtmonatsbauch und offenen Armen am Ausgang des Flughafens von Palma.

Sie würden drei Wochen alleine sein. Armando war auf Geschäftsreise in Panama, daher konnten sie sich im Haus ihrer Kindheit so breit machen, wie sie nur wollten. Marina wunderte sich, warum ihr Schwager es mit seiner Reise so eilig gehabt hatte, und zugleich musste sie sich eingestehen, dass es sie freute, dass er weg war.

Sie stiegen in Annas neuen BMW und fuhren zu dem großen Steinhaus, in dem sie ihre Kindheit verbracht hatten. Das Haus hatte Großmutter Nerea ihrem Sohn Néstor vermacht, dieser hatte es seinen Töchtern vermacht, und Marina hatte es in ihrer Großzügigkeit und ohne Zögern Anna überlassen, als diese sie darum bat, damit sie glücklich mit Armando darin leben konnte, denn Marina selbst hatte sich schon in den Vereinigten Staaten ein Leben aufgebaut. Schon damals empfand sie dieses Haus nicht mehr als das ihre, aber irgendwie erfüllte es sie immer mit Wehmut, wenn sie wieder dorthin zurückkehrte. Das Gartentor, die Steinfassade, der Zitronenbaum von Großmutter Nerea.

Doch sobald sie die Schwelle übertreten hatte, befand sie sich in einem Haus, das ganz anders war als das, in dem sie als Schwestern gelebt hatten, denn es war von Grund auf umgebaut worden. Die Natursteinmauern waren mit Beton verputzt und in den Farben angemalt worden, die bei Mallorcas Jetset gerade angesagt waren. Der Boden war aus Marmor, die Dekoration opulent. Es hatte einen Wechsel gegeben, der ihr missfiel, oder besser gesagt, der sie traurig stimmte. Die Küche, in der sie mit Großmutter Nerea immer den Brotteig geknetet hatten, war nun die Rumpelkammer des Hauses und voll mit Werkzeug, chemischen Reinigungsmitteln für das Boot, Schläuchen, Heckenscheren, Autoreifen und vergessenen Plastikstühlen. Die staubbedeckte Truhe ihres Vaters stand auch darin.

Nur Großmutter Nereas Schlafzimmer hatte den Charme der alten Villa ihrer Kindheit behalten, und dort wollten sie in den drei Wochen bis zur Ankunft des Babys nächtigen. Sie schliefen in dem Bett, unter dem sie sich damals versteckt hatten, damit ihr Vater sie nicht finden und impfen würde.

Sie verlebten wunderbare Wochen. Am Morgen öffneten sie das Verdeck des BMW und fuhren zu einem der Strände im Norden der Insel, badeten im ruhigen Wasser am Strand von Ses Assussenes, an den Sandstränden von Can Picafort, Son Bauló und Ses Casetes des Capellans. An einem wundervollen Morgen fuhren sie zur Abwechslung in die andere Richtung, nach Osten, und badeten nackt in dem ruhigen, glasklaren Wasser am Strand von Es Pregons Petits. Sie aßen, wann immer ihnen danach war, hörten Musik, tanzten, plauderten miteinander und versprachen einander dasselbe wie jedes Jahr: dass sie sich öfter sehen würden, obwohl der Atlantik sie trennte.

Als Marina aus dem Fenster des Petit Hotel de Valldemossa sah, erinnerte sie sich an die Nacht der Geburt. Sie war gegen fünf Uhr morgens aufgewacht, weil sie vor Hitze schier umkam. Er war der erste Juni. Sie schlug die Augen auf und betrachtete ihre Schwester, die ihre Hände auf den Bauch gelegt hatte und friedlich schlief. Sie erinnerte sich, wie zerbrechlich und unglaublich verletzlich Anna ihr erschienen war. Anna war ihre Familie. Die Einzige, die sie hatte. Die Einzige, die ihr geblieben war. Sie wusste jetzt, sie hatte die richtige Entscheidung getroffen. Ihre Doktorprüfung konnte warten. Vor dem Schlafengehen hatte sie Anna noch abgetastet, der Muttermund war schon offen gewesen und das Baby in der richtigen Lage für die Geburt. Unwillkürlich überkam sie eine große Wut auf ihren Schwager, dem seine bevorstehende Vaterschaft offenbar gleichgültig war und der es für ausreichend hielt, seine Frau einmal die Woche anzurufen.

»Kümmere dich um meine Mutter und ruf sie täglich an«, sagte Armando zu Anna bei seinen seltenen Anrufen.

Seit Marina da war, hatte Anna ihre Schwiegermutter nicht ein Mal angerufen. Ihre Schwiegermutter dagegen rief sie jeden Tag um neun Uhr an, das war so sicher wie das Amen in der Kirche. Von Montag bis Sonntag. Die Schwiegermutter hatte nichts Besseres zu tun, als sich um ihre Schwiegertochter zu sorgen. Die Schwiegermutter hatte sie zu sämtlichen gynäkologischen Untersuchungen begleitet. Die Schwiegermutter hatte sie auch beim Kauf des Baby-Tragekörbchens und der Wiege begleitet. Die Schwiegermutter hatte beschlossen, dass sie das Kinderzimmer blassrosa streichen würden. Die Schwiegermutter hatte die Kirche ausgewählt, in der das Kind getauft werden sollte, und das gesmokte Taufkleidchen auch. Die Schwiegermutter entschied alles, und Armando setzte ihr keine Grenzen, im Gegenteil, er ermunterte sie noch, und Anna mit ihrem unterwürfigen und entsetzlich harmoniesüchtigen Charakter hielt den Mund und kuschte.

Marina erinnerte sich daran, dass sie sie hatte schlafen lassen und hinuntergegangen war, um zu frühstücken. Sie wusste, dass sie nicht wieder einschlafen würde. Sie machte sich einen Tee und ging, auf der Suche nach Erinnerungen, in die alte Küche von Großmutter Nerea hinunter, die man in eine Rumpelkammer verwandelt hatte. Dort stand eingestaubt die altehrwürdige Seemannstruhe, in der ihr Vater die kleinen Schätze, die er im Meer gefunden hatte, aufbewahrt hatte. Sollte Marina eines Tages ein eigenes Haus besitzen, würde sie Anna vielleicht um diese Truhe bitten, die ganz gewiss ein besseres Zuhause verdient hatte. Sie stellte die Tasse Tee auf dem Boden ab und setzte sich im Schneidersitz vor die Kiste. Vorsichtig hob sie den Deckel und sah hinein. Drinnen waren, wie sie schon erwartet hatte, bunte Steine, die Armbänder, die sie beim Warten am Strand aus Muschelschalen gebastelt hatten, während ihr Vater den Llaüt vom Salz befreite, ehe er ihn zum Ablegesteg zog. Muscheln, Angelhaken, Stücke vom Netz, der Seestern aus der Cala Ratjada, die rot angemalte, verrostete Metallbüchse mit den alten Fotos darin, die man, aus welchem Grund auch immer, nicht für wert erachtet hatte, sie in die in Samt eingeschlagenen Alben der Familie Vega de Vilallonga einzukleben. Statt diese Fotos in den Müll zu werfen, hatte Néstor sie auf den Vorschlag seiner Frau hin in dieser verrosteten Büchse in der Seemannskiste aufbewahrt. Marina holte sie heraus und öffnete sie. Sie wusste genau, sich diese Bilder anzusehen würde sie traurig machen. Sie fand ein paar unscharfe Fotos der beiden Schwestern im Llaüt. Dann noch eine Serie, in der Marina an der Hand von Anna durch ein Klatschmohnfeld rannte. Diese Serie erschien ihr wunderschön, obwohl sie beide im Gegenlicht fast nicht mehr zu erkennen waren. Marina erinnerte sich noch genau an den Tag. Sie hatten gerade einen Bootsausflug unternommen und waren mit dem Auto an einem Mohnfeld vorbeigefahren, und sie hatte ihrem Papa gesagt, sie wolle einen kleinen Strauß für die Großmutter pflücken und Mohnsamen für ihren Geburtstagskuchen ernten. Es war der 15. August 1971, der Tag, an dem sie sieben Jahre alt wurde.

Marinas Augen wurden feucht. Dann kam das Foto, bei dem sie immer lachen musste. Darauf war sie vier Jahre alt und heulte wie ein Schlosshund, während Anna versuchte, ihr die Haare zu flechten. Es gab Fotos von Großmutter Nerea neben ihrem Zitronenbaum und auch eines von einem jungen Kindermädchen, eines der vielen, die eingestellt worden waren, um auf sie aufzupassen. Sie trug eine weiße Schürze und hielt die kaum zwei Jahre alte Anna im Schoß. Als Marina gerade dieses Foto betrachtete, hörte sie Anna schreien. Sie hatte wohl ihre erste Wehe. Ohne die Kiste zu schließen, rannte Marina hinauf in den ersten Stock, ins Schlafzimmer. Ihre Schwester lag reglos da, mit panischer Angst im Gesicht. Marina lächelte sie erleichtert an. Endlich …

Seit Marinas Ankunft auf Mallorca hatten sie immer wieder über den Augenblick der Geburt gesprochen. Marina hatte ihr erklärt, dass Geburten unter Umständen sehr lange dauerten, dass sie sich bis zu zwei Tage hinziehen konnten und dass sie ihr, falls sie das wollte, bei einer Hausgeburt helfen könnte.

Marina setzte sich zu Anna ans Bett.

»Öffne die Beine.«

Sie führte die Finger in die Vagina ein.

»Du bist noch nicht so weit. Das sind erst drei Zentimeter. Wir müssen noch warten.«

Es war noch zu früh, um ins Krankenhaus zu fahren. Wenn man eine Geburt zu sehr in die Hände der Mediziner legte, war das weder für die Frau noch für das Baby gut. In den drei Wochen, die sie nun schon zusammenlebten, hatte Marina versucht, Anna die irrationale Angst vor der Geburt zu nehmen. Sie wusste, dass der Körper ihrer Schwester perfekt auf eine komplikationslose Geburt vorbereitet war. Um sie zu beruhigen, lieh sie ihr aus der Stadtbibliothek von Palma Bücher aus, in denen alles über die natürliche Geburt in den Ländern Nordeuropas stand. Dort wurde erklärt, wie Frauen in aller Ruhe in ihrem gewohnten Umfeld gebären konnten, ohne Dammschnitt, ohne Dehnung des Geburtskanals, ohne Wehencocktail und ohne Monitorüberwachung, indem sie lernten, in Gegenwart des Partners und einer Hebamme gegen den Schmerz anzuatmen. Falls Anna das wollte, könnten sie auch gemeinsam eine Hausgeburt machen. Sie beide. Natürlich rechneten sie mit Armando …

Marina überredete ihre Schwester zu einer Dusche. Eine Stunde später kam die zweite Wehe. Anna hielt sich tapfer, trotz ihrer großen Furcht. Es verging eine weitere Stunde, in der sie kaum Wehen hatte. Marina kochte Tee, den sie in aller Ruhe gemeinsam tranken.

Pünktlich um neun das kalte Klingeln des Telefons.

»Anna«, sagte Marina und hob ein wenig die Stimme, »das ist deine Geburt, und das ist deine Tochter. Du musst dieses Erlebnis nicht mit ihr teilen, wenn du das nicht willst.«

Heute, vierzehn Jahre später, dachte Marina im Rückblick, dass sie das damals besser nicht hätte sagen sollen. Vielleicht wäre es besser gewesen, Anna hätte den Anruf ihrer Schwiegermutter entgegengenommen. Vielleicht wäre dann vieles von dem, das dann passierte, nicht passiert … aber wer konnte das schon wissen. Anna lief ruhelos und mit ängstlichen Äuglein umher und wartete auf den Schmerz, der mit jedem Mal stärker wurde.

»Marina, ich möchte lieber ins Krankenhaus gehen.«

»Wenn dir das lieber ist, dann musst du es nur sagen.«

Sie packten rosa Bodys, rosa Mützchen und rosa Fäustlinge in eine Tasche.

Eine Stunde später tastete eine etwa fünfzigjährige, dickbäuchige und kurz angebundene Hebamme Anna in einer luxuriösen Privatklinik in Palma ab.

»Schätzchen, du bist schon bei fünf Zentimetern. Wir legen dich an den Tropf und schieben dich runter in den OP.«

»Aber ich kann den Schmerz noch ein bisschen aushalten, meine Schwester ist Frauen…«

»Ui, Schätzchen, stell dir einfach vor, du hast solche Schmerzen wie jetzt, nur zehn Mal so doll«, schnitt sie ihr das Wort ab.

Marina riss sich zusammen und schwieg.

Sie fuhren hinunter in den OP. Marina würde bei der Geburt dabei sein. Anna setzte sich auf den Gebärstuhl. Sie nahmen sie bei der Schulter und baten sie, sich vorzubeugen. Dann injizierten sie ihr eine PDA. Sie öffneten ihre Beine. Hoben sie auf die Arme des Gebärstuhls. Banden ihre Beine mit Klettband fest. Dann kam der Gynäkologe ins Zimmer. Grüßte. Führte die Hände in die Vagina seiner Patientin ein. Öffnete die Fruchtblase. Griff nach einer Schere. Führte sie in die Vagina ein und schnitt sie zwei Zentimeter bis zum Rektum auf. Dann nahm er die Geburtszange. Führte sie in die Vagina ein. Holte den Fötus heraus. Der Fötus weinte und wurde der Hebamme übergeben. Die Hebamme nahm den Fötus und ging mit ihm zu einem Metalltisch. Während der ganzen Prozedur sah Marina zärtlich ihre Schwester an und hielt ihr still die Hand. Sie atmete tief ein, als sie sah, wie würdelos diese beiden Personen behandelt wurden, die Teil ihres Lebens waren. Aber sie riss sich weiter zusammen und streichelte ihre ängstliche Schwester. Während der ganzen Prozedur schwieg sie, aber zum Schluss konnte sie sich eine Einmischung nicht verkneifen. Sie hätte weiter den Mund halten sollen. Vielleicht wäre nichts passiert, wenn sie geschwiegen hätte, gar nichts.

»Bringen Sie das Mädchen bitte meiner Schwester?«, sagte Marina ernst zu der Hebamme.

»Wie bitte?« Die Hebamme drehte sich zu ihr um.

»Bringen Sie ihr das Mädchen und legen es ihr auf die Brust?«

»Erst mach ich sie sauber«, antwortete die Frau schroff.

Vielleicht hätte Marina nicht tun sollen, was sie dann tat, aber sie tat es, ohne ein Wort zu sagen. Das hysterische Schreien ihrer Nichte im Ohr, ging sie zu der Hebamme und nahm ihr das Kind ab. Die Hebamme warf ihr einen verächtlichen Blick zu, aber Marina hatte nur noch Augen für ihre dicke, kleine brüllende Nichte und reichte sie ihrer Schwester, die schon die Arme nach ihr ausstreckte. Anna nahm ihre Tochter entgegen, legte sie sich auf die Brust und schloss die Arme um sie, mit all dem Blut und der Käseschmiere, und sah jetzt endlich, nach zehn Jahren des Wartens, ihren großen Wunsch nach einem Kind erfüllt.

Sie verbrachten zwei Nächte im Krankenhaus, fast ohne ein Auge zuzutun. Anita wollte immer nur an die Brust ihrer Mutter und saugte an der Brustwarze, aus der noch kein Tropfen Milch herauskam, nur Vormilch. Aber diesem vier Kilo und zweihundertfünfundsiebzig Gramm schweren Baby schien Kolostrum nicht zu reichen, und die richtige Milch würde erst nach dreißig bis zweiundsiebzig Stunden einschießen. Außerdem war es unmöglich, in der Klinik zu schlafen. Wenn Anita sie nicht weckte, dann der Gynäkologe, der Kinderarzt, die Hebamme, die jetzt noch unfreundlicher war als zuvor. Und so nickten sie ein, wann immer sie konnten, und dazwischen bestaunten sie verzaubert dieses kräftige Mädchen mit der Boxernase und der gerunzelten Stirn. Körperlich glich sie ihrem Vater. Und der kam schließlich auch vorbei. Wie es so seine Art war. Behandelte alle wie seine Vasallen. Sprach zu laut.

»Anna! Aber warum hast du meiner Mutter nicht Bescheid gegeben? Hallo Marina.« Armando setzte sich neben seine Frau und seine Tochter aufs Bett.

Marina sah, wie ihre Schwester ihren Mann mit einer Mischung aus Liebe und Traurigkeit anlächelte. Sie spürte das Verlangen ihrer Schwester, von diesem kräftigen Mann, der an ihrer Seite saß, in die Arme genommen zu werden. Anna näherte ihre Lippen denen ihres Mannes, und er küsste sie … recht lieblos. Endlich hatte Anna die Familie, die sie sich immer gewünscht hatte. Die Familie García Vega war komplett. Marina wusste nicht, warum das Bild der drei im Bett sie an die amerikanische Plakatwerbung einer Lebensversicherung erinnerte, die auf den Autobahnen von Philadelphia hing und auf der zwei Models vor einer künstlichen Kulisse ein Silikonbaby hielten. Dieses Bild der Familie García Vega kam ihr, genau wie die Autobahnwerbung, wie eine große Lüge vor.

Kurz darauf traf die Schwiegermutter ein, die auch zu laut sprach, zuerst ihren Sohn abbusselte und ohne zu fragen ihre Enkelin den Armen der Mutter entriss.

»Heute Abend leistet meine Mutter dir Gesellschaft«, sagte Armando. »Ich bin vierzehn Stunden geflogen, ich muss mich ausruhen.«

Marina erinnerte sich gut, was Anna für ein Gesicht gemacht hatte, als sie von ihrem Mann diesen Satz hörte.

Anna war kurz vorm Heulen, während Marina angesichts der Gleichgültigkeit ihres Schwagers und der Unterwürfigkeit ihrer Schwester die nackte Wut packte. Marina sah ihre Schwester an. Wehr dich. Das ist dein Leben, Anna. Dein Leben. Sag etwas. Hab keine Angst. Die beiden Schwestern kannten einander so gut, Anna konnte das allein schon aus Marinas Blick herauslesen, aber sie jammerte bloß eine Minute, senkte dann den Blick, nahm den flüchtigen Kuss ihres Mannes entgegen und sah dabei auf die Füße ihrer Schwiegermutter hinunter.

Marina erinnerte sich an das oberflächliche Gespräch, das sie mit ihrem Schwager geführt hatte, als sie zusammen zum Haus gefahren waren. Eingeleitet wie immer mit einem »Du wirst aber auch mit jedem Jahr schöner«, einem Satz, den Marina hasste und den sie überflüssig fand, für den sie sich aber immer höflich bedankte, ohne im Geringsten auf das Spiel einzugehen, das er so gerne gespielt hätte. Armando war einfach so, er hielt sich für einen Verführer mit donjuanesken Fähigkeiten und umschmeichelte Frauen. Anfangs fand sie das noch lustig, aber mittlerweile machte es sie aggressiv. Armando sagte zu ihr, sie könne bleiben, solange sie wolle. »Es ist dein Haus… es ist immer noch dein Haus.« Vermutlich war es Armando ganz recht, dass sie hier war, seine Frau bespaßen und sich um das Mädchen kümmern konnte.

An jenem Abend kam es ihr seltsam vor, ohne ihre Schwester im selben Haus wie Armando zu schlafen. Um einem Abendessen mit ihrem Schwager aus dem Weg gehen, legte sie sich ins Zimmer der Großmutter und schlief auf der Stelle ein. Am folgenden Tag wurde sie vom Weinen ihrer Nichte geweckt. Sie öffnete die Augen und setzte sich auf. Ein Himmelreich für eine Schlafkur… Im Wohnzimmer saßen sie nun alle – Schwiegermutter, Schwager und Schwester – und versuchten, das Baby zu beruhigen.

»Es hat Hunger. Großen Hunger. Und sie hat so kleine Brüste«, schnatterte ihre Schwiegermutter, »wir müssen Fläschchenmilch aus der Apotheke holen. Das ist das Beste. Da wird sie schnell an Gewicht zulegen.«

»Ich habe sie jetzt schon seit zwei Stunden an der Brust. Und die Windeln hab ich auch schon gewechselt. Sie hört einfach nicht auf zu weinen«, sagte Anna verzweifelt, als Marina zu ihnen trat.

»Babys weinen nun mal. Mach dir keine Sorgen, Anna. Wir wollen doch mal schauen, was dem kleinen Dickerchen fehlt«, sagte sie, legte den kleinen Körper bäuchlings über ihren rechten Arm und massierte ihm mit der linken Hand den Rücken.

»Milch aus Milchpulver«, schnatterte die Schwiegermutter wieder.

Zu dritt gingen sie in das kleine Zimmer von Großmutter Nerea. Anna schloss die Tür und setzte sich aufs Bett. Marina massierte der Kleinen sanft den Rücken, bis sie sich beruhigt hatte, dann legte Marina sie aufs Bett.

»Sie wacht alle zwei Stunden auf und will an meine Brust. Ich glaube, ich kann das nicht.«

»Klar kannst du das, Anna. Einem Baby die Brust geben hat etwas mit Hingabe zu tun. Ich bin ja keine Mutter, aber ich habe das Stillen immer als einen Akt der Liebe zwischen Mutter und Kind erlebt. Ich nehme an, Fläschchengeben ist einfacher, aber probier es doch einfach mal einen Monat lang aus, wenn es nicht klappt, kannst du es ja immer noch anders machen. Willkommen im Club der Mütter.«

Anna stand auf, um das Fenster zu öffnen. Die Schwiegermutter in ihrer schwarzen Strickjacke über der weißen

Bluse, dazu trug sie einen schwarzen knöchellangen Rock, lief durch den Garten und sammelte einzelne verdorrte Blätter auf.

»Sie hat was von einer Elster.«

Marina ging zum Fenster. »Stimmt, hat sie«, sagte sie lachend.

»Glaubst du, Mama hat uns die Brust gegeben?«

Marina zuckte mit den Schultern. Diese Frage hatte sie sich nie gestellt. Anna ließ sich aufs Bett fallen, schloss die Augen, und in weniger als einer Minute war sie eingeschlafen. Marina deckte sie mit dem Laken mit den eingestickten blauen Initialen zu. Der Anblick dieser beiden, die so friedlich dalagen und schliefen, rührte sie.

Aus dem Wohnzimmer dröhnte Armandos Stimme herüber. Er telefonierte und war bester Dinge. Marina setzte sich in den kleinen Sessel am Fenster. Während sie die Elster beobachtete und die Stimme ihres Schwagers hörte, spürte sie intuitiv, dass hier etwas ganz falsch lief. Anna hatte sie gebeten, in der Zeit des Wochenbetts bei ihr zu bleiben, und Marina hatte nicht auf ihre innere Stimme gehört und sich darauf eingelassen.

In dieser Nacht entdeckte Anna, als sie im ehelichen Schlafzimmer neben ihrem Mann lag, einen kleinen Riss in ihrer entzündeten Brustwarze. Einen kurzen Augenblick darauf schimmerte ein weißliches Tröpfchen auf der Wange ihrer Tochter. Sie lächelte. Das war die erste Nacht, die sie gemeinsam zu dritt verbrachten. Anna war glücklich. Die Familie García Vega war komplett. Armando, Anna und Anita waren endlich eine echte Familie.

Anita schlief zwei Stunden. Sie weinte. Sie trank an der einen Brust. Dann an der anderen. Schlief wieder ein. Anita schlief zwei weitere Stunden. Sie weinte. Nuckelte an einer Brust. Machte in die Windel. Anna wechselte ihr die Windel und schlief wieder ein. Anita schlief eine Stunde. Das Baby weinte. Nuckelte an der einen Brust. Dann wieder an der anderen. Spuckte alles wieder aus. Anna wechselte ihr die Windel. Das Baby weinte wieder. Schlief ein. Anita schief noch eine Stunde. Dann weinte sie. Trank an der einen Brust. Dann an der anderen. Schlief ein. Weinte.

»Geh ins Wohnzimmer, um sie zu stillen! Morgen habe ich eine wichtige Versammlung! Ich muss schlafen!«, forderte Armando barsch.

Marina wurde von Armandos harter Stimme geweckt. Sie machte die Tür auf und sah Anna mit dem Baby an der Brust und völlig am Boden zerstört aus dem Schlafzimmer kommen. Sie brachten den Babykorb ins Zimmer der Großmutter, und von da an bildeten die Schwestern ein kleines Team. Sie fanden einen Rhythmus, der es allen dreien erlaubte, Schlaf zu finden. Wenn Anna ihrer Tochter die Brust gegeben hatte, nahm Marina ihre kleine Nichte auf den Arm, ging aus dem Zimmer und lief im Erdgeschoss ein bisschen mit ihr umher. Unterdessen konnte Anna weiterschlafen oder eine Dusche nehmen oder in aller Ruhe frühstücken. Und so wechselten sie einundzwanzig Tage und einundzwanzig Nächte lang einander ab. Obwohl Marina sie also nach Kräften unterstützte, sehnte Anna sich natürlich nach der Gegenwart ihres Mannes. Und Armando, der jede Nacht alleine schlief, verkroch sich weiter in seine Arbeit und ließ sich von den Klagen seiner Frau nicht erschüttern. Wenn sie sich mehr Hilfe wünschte, könne die Schwiegermutter einspringen, bot er an.

In dieser Familie, die nicht ihre eigene war, nahm Marina deutlich wahr, welche emotionale Distanz zwischen den

Eheleuten bestand. In ihren Augen herrschte Armando wie ein Tyrann. Natürlich brachte er das Geld nach Hause, aber Geld hatten sie eigentlich genug. Was gab es für eine Notwendigkeit, noch mehr davon zu produzieren, und konnten diese Transaktionen nicht vielleicht noch einen Monat warten? Immerhin war es der erste Monat im Leben ihrer Tochter. Konnte er wirklich nicht dreißig Tage lang aufhören zu arbeiten? Was bedeutete schon ein Monat in der Biographie eines Geschäftsmannes, und sei er als Unternehmer noch so erfolgreich? Wie viele Millionen konnte er in diesem Monat, der für seine Frau und seine Tochter doch so bedeutend war, schon verdienen? Und kurz nachdem sie sich die Frage gestellt hatte, aus welchen Gründen ihr Schwager sich so egoistisch verhielt, wurde im Morgengrauen der Konflikt geschürt, der schließlich zur Trennung der beiden Schwestern führte.

In jener Nacht hatte Anita unter Koliken so viel geweint wie noch nie. Sie beide kümmerten sich verzweifelt um das Baby, das so durchdringend brüllte, wie nur Babys das können. Sie wechselten ihr die Windel. Anna legte sie an die Brust. Die wollte sie aber nicht. Sie massierten ihr den Bauch. Sie flößten ihr mit einem Teelöffel Wasser ein. Mitten in ihrer Verzweiflung und unter dem Effekt des Schlafmangels bekamen sie einen absurden Lachanfall. Sie wussten nicht weiter. Wussten nicht, ob sie lachen oder weinen sollten. Anna ging aus dem Zimmer, um Wasser für sie beide zu holen, und vergaß dabei, die Schlafzimmertür zuzumachen. Marina stellte sich mit der hysterisch brüllenden Nichte ans Fenster. Sie sah aus dem Fenster, die Sonne kam ganz allmählich hinter dem Meer hervorgekrochen, und es sah so aus, als würde das Baby sich nach und nach beruhigen.

»Könnt ihr denn nicht dafür sorgen, dass sie ein für alle Mal die Klappe hält!!!«

Marina drehte sich zu ihrem Schwager um. Anita fing wieder zu weinen an.

»Was hast du gesagt?«, fragte Marina.

»Geht mit ihr zum Arzt, zum Kuckuck, die hat doch irgendwas!«

Marina wollte nicht glauben, was ihr Schwager da gerade gesagt hatte.

»Aber … wie kannst du nur so …«

»So *was?*«, fragte Armando mit einem Drohen in der Stimme.

Ihr gingen tausend Beleidigungen durch den Kopf, aber am Ende sagte sie nur: »… so begriffsstutzig sein.«

Dieses Wort, bei dem Armando an seine Grundschulzeit erinnert wurde, brachte ihn völlig aus der Fassung. Er hatte mit irgendeinem deftigen Schimpfwort gerechnet. Nur nicht mit diesem.

»Begriffsstutzig? Für wen hältst du dich, dass du glaubst, du kannst mich in meinem eigenen Haus begriffsstutzig nennen? Du lebst jetzt schon fast zwei Monate hier wie die Made im Speck, meine Gute.«

»Du lässt deine Frau im Stich«, sagte sie leise, ohne sich zu verteidigen und allein mit dem Ziel, Anna beizustehen.

»Was ist los?«, rief Anna und stürmte mit zwei Gläsern Wasser die Treppe herauf.

»Du bist schon viel zu lange in diesem Haus, du packst jetzt mal schön deine Siebensachen zusammen und fährst zurück in dein geliebtes Amerika.« Drohend baute er sich vor Marina auf. »… und gib mir meine Tochter«, sagte er und riss ihr das Mädchen aus dem Arm.

»Meine Mutter wird heute mit dir zum Arzt gehen, und

dann ist die Sache vergessen. Wir kaufen Milchpulver in der Apotheke und basta«, sagte er zu seiner Frau, »dein Schwesterchen geht jetzt schön zu dem alten Yankee zurück, mit dem sie lebt, und lässt uns hier in Frieden.«

»Armando, bitte hör auf damit«, flehte Anna ihn an.

»Sie soll verschwinden und uns unser Leben leben lassen, denn hier brauchen wir sie nicht. Und jetzt«, setzte er hinzu und sah dabei seiner Schwägerin in die Augen, »pack deine Sachen und verschwinde.«

»Armando, bitte, beruhige dich doch.«

»Wieso zum Teufel soll ich mich beruhigen? Für wen hält sich diese Schnepfe? Für eine ganz Ausgeschlafene, was? Ich reiß mir den Arsch auf, damit… Warum rechtfertige ich mich hier eigentlich?«, zischte er.

»Armando, bitte«, flehte seine Frau ihn noch einmal mit ängstlichem Blick an.

Armando drückte seiner Frau das Kind in den Arm und steuerte das eheliche Schlafzimmer an. Bevor er es betrat, drehte er sich noch einmal zu seiner Schwägerin um.

»Da hast du im Krankenhaus ja eine tolle Nummer abgezogen vor der Hebamme, hört man. Du bist so erbärmlich.« Er schnalzte mit der Zunge und verschwand im Zimmer.

Marina erinnerte sich, dass sie ihre Schwester angesehen und darauf gehofft hatte, dass sie diesem Egoisten, den sie da geheiratet hatte, endlich einmal die Stirn bot. Mit irgendeinem Satz. Womit auch immer. Und sei es ein noch so kleiner Satz, nur auf ihre Seite sollte sie sich schlagen. Sie wartete eine Sekunde. Zwei. Drei. Das Weinen des kleinen Mädchens bohrte sich ihr bis tief unter die Schädeldecke, schlimmer als sonst. Vier Sekunden. Fünf. Sechs. Marina ging ins Schlafzimmer. Anna folgte ihr.

»Ich werde mit ihm reden. Ich komme gleich.«

Marina klappte ihren Koffer auf. Sie erinnerte sich, wie ihr das Blut in den Schläfen pochte, während sie sich die Kleider vom Vortag anzog.

Sie packte schnell ihre Sachen und ging aus dem Zimmer. Sie erinnerte sich, dass sie, während sie die Treppe hinunterging, nur das hysterische Weinen ihrer Nichte hören konnte und dazu das unterwürfige Geheule ihrer Schwester.

Warum, Anna? Warum bleibst du bei diesem Mann? Du brauchst ihn nicht. Du lebst in dem Haus, das Papa uns vererbt hat. Es gehört dir. Es ist unser Haus. Wirf ihn raus. Besser allein als in schlechter Gesellschaft. Aber diese Worte waren das Gegenteil von dem, was sie ihr Leben lang aus dem Mund ihrer Mutter gehört hatten. »Eine Frau sollte nicht alleine durchs Leben gehen. Eine Frau braucht einen Ehemann an ihrer Seite. Manchmal ist die Ehe nicht so, wie man es sich erhofft hat. Aber das muss man durchstehen. Sehen, hören und schweigen.«

Siebzehn Stunden später betrat Marina ihre Wohnung in Downtown Philadelphia. Seit jenem Tag waren vierzehn Jahre vergangen, und sie hatten sich seither nicht wiedergesehen.

Als ihre Gedanken bei diesem unheilvollen Ereignis ihres Lebens angekommen waren, schlief sie in diesem in den Bergen verlorenen Hotel endlich ein.

Beim ersten Klingeln des Telefons nahm Anna den Hörer ab.

»Marina, es geht dir gut!«

»Ja sicher, Anna, mir geht's gut.«

»Ich habe dich gestern erwartet. Ich konnte die ganze Nacht nicht schlafen… Ich dachte, vielleicht ist dir was passiert.«

»Entschuldige… Ich habe versucht, dich von der Mole aus anzurufen, aber das Telefon war kaputt.«

»Aber wo bist du denn?«

»In Valldemossa.«

»In Valldemossa? Und was machst du da? Ich komme dich abholen. Und dann essen wir etwas bei uns zu Hause, einverstanden?«

»Ich habe mir schon einen Bus rausgesucht, mach dir keine Umstände. Ich komme zu dir.«

Der Bus nach Palma fuhr um ein Uhr mittags. Da blieb ihr noch Zeit, dieses mysteriöse Erbe kennenzulernen. Sie folgte Gabriels Anweisungen, überquerte die Plaza Ramón Llull, ging weiter bis zur Plaza de Santa Catalina Tomás und bog dann in das schmale Rosengässchen ein, das kleine, dichtgedrängte Steinhäuser beherbergte und auf dessen Anhöhe die Mühle stand.

Imposant, alt und aus Stein, überragt von mächtigen Flügeln. Sie ging mit einem seltsamen Gefühl langsam darauf zu. Dieser Steingigant gehörte ihr, war ihr Besitz. Daneben lag das Steinhaus mit der Backstube.

Sie kam zur Eingangstür, an der ein Schild hing.

Holzofenbrot
Can Molí
Wood-fired bread
Gegründet 1920

Sie versuchte die Tür zu öffnen, aber es war abgeschlossen. Vor der Fassade stand eine Bank. Sie stieg darauf und versuchte hineinzulinsen, doch durch die geschlossenen Läden konnte man nichts sehen. Ein Wassertropfen fiel auf ihren Anorak. Sie stieg von der Bank, und obwohl es anfing zu regnen, setzte sie sich und betrachtete die Nachbarhäuser, die dichtgedrängt neben der Mühle standen. Bei einigen kam Rauch aus dem Schornstein. Sie ließ den Blick über den schönen mallorquinischen Frühling schweifen, über die hundertjährigen Olivenbäume, die jetzt blattlos waren, über die Felder der Affenbrotbäume und das wunderhübsche Schauspiel in Weiß und Rosa, das die blühenden Mandelbäume veranstalteten, die hier jeden Winter von neuem auflebten.

»Warum hast du uns das vermacht, María Dolores Molí? Hat es sonst niemanden gegeben, dem man diesen zauberhaften Ort hätte hinterlassen können?«

Das Bellen eines alten Golden Retrievers riss sie aus ihren Gedanken. Der Hund näherte sich Marina und beschnüffelte sie. Eine alte Dame mit weißem, zu einem Knoten gedrehtem Haar kam langsam, auf einen Stock gestützt, den Weg herunter. Sie war groß, trug einen dunkelbraunen Wollmantel, der ihr bis zu den Knöcheln ging, und um den Hals ein blaues Kaschmirtuch.

»Niebla, komm, lass die Señorita in Ruh«, sagte die alte Dame zu dem Hund.

Marina grüßte die alte Dame. Sie hatte ein faltenzerfurchtes Gesicht und riesige blaue Augen. Sie kam Marina wunderschön vor, trotz der achtzig Jahre, die sie alt sein mochte.

Die Hündin ignorierte ihr Frauchen und setzte sich neben Marina.

»Schau, ich mach jetzt die Tür zu.« Die Señora wartete, auf ihren Stock gestützt. »Na los, Niebla, lass uns gehen ... Sei doch nicht so dumm, es ist schweinekalt«, beharrte sie mit leichtem mallorquinischen Akzent und steckte den Schlüssel in die Tür des Hauses neben der Bäckerei. In diesem Moment legte die Hündin die Pfoten übereinander und rückte näher an Marinas Füße heran. »Du verrücktes Tier!« Die Hündin legte den Kopf auf die Pfoten. »Du wirst schon noch an der Tür kratzen, wenn dir die Kälte ins Fell kriecht«, schloss die Alte und verschwand im Haus.

Marina betrachtete das Tier, das offenbar nicht die geringste Absicht hatte, sich vom Fleck zu rühren. Die Hündin, ganz Unschuldslamm, sah sie ebenfalls an. Und so blieben sie beide sitzen, in einem leichten Regen, den Blick verloren in den Mandelbaumfeldern der Serra de Tramuntana.

Sie setzte sich in die erste Reihe hinter den Busfahrer. Es gab nur drei weitere Passagiere, die Marina zwar wahrnahm, denen sie aber keine große Aufmerksamkeit schenkte. Es war eine junge Familie mit einem kleinen Mädchen, das auf dem Schoß seiner Mutter saß und eine Scheibe sehr weißes, industriell hergestelltes Kastenbrot mit viel Erdbeermarmelade aß, wie Marina einige Sekunden nach dem Streit feststellen konnte, den jene Frau, die Marta hieß, mit ihrem Mann anfing, weil dieser seiner Tochter ein Marmeladenbrot geschmiert hatte, mit dem sie ihr jetzt einen Fleck auf ihr neues Kleid gemacht hatte.

Marina war nervös, sie hatte sich schon oft diese Wiederbegegnung ausgemalt. Damals, am Tag nach dem Streit mit ihrem Schwager hatte in ihrer Wohnung in Philadelphia das Telefon geklingelt. Marina hatte die Nummer auf dem Telefondisplay gesehen und war nicht rangegangen. Drei Wochen lang hatte Anna sie jeden Tag angerufen, aber Marina war nie drangegangen. Denn es war nicht dieser Streit und es war auch nicht die Tatsache, dass sie ein Jahr warten musste, bis sie ihre Doktorarbeit verteidigen konnte, das war schon nicht mehr so schlimm. Auf dem Flug von Madrid nach New York hatte sie darüber nachgedacht, was sie so verletzte, und hatte begriffen, dass Anna durch und durch egoistisch war. Sie dachte nur an sich, und so war es schon immer gewesen. Als Marina mit vierzehn nach Saint Margaret ins Internat kam, hatte sie ihre Schwester zu unzähligen Gelegenheiten angerufen. Weil Marina die Stimme ihrer größeren Schwester hören musste, mit der sie aufgewachsen war, mit der sie vierzehn Jahre lang in einem Zimmer geschlafen hatte. Anna war die einzige Person, die wusste, wie Marina wirklich war. Wenn sie an Weihnachten und im Sommer nach Hause kam, verbrachten sie die Zeit gemeinsam und trennten sich nie, aber immer drehte sich alles um Anna. Um ihre Freundinnen. Um ihren Matrosenfreund. Um die Fächer, in denen sie durchgefallen war. Außerdem hatte sie Marina in den fünfzehn Jahren, die sie in den Vereinigten Staaten lebte, nicht ein einziges Mal besucht. Einmal wäre es fast dazu gekommen, nämlich als sie mit ihrem Ehemann bei einer organisierten Reise Amerikas Ostküste entlang unterwegs gewesen war. Sie hatten in Washington, Boston und New York Halt gemacht, aber da sie als Gruppe reisten, war es ihnen nicht möglich gewesen, in Philadelphia vorbeizukommen. Auch zur Verleihung ihres akademischen Titels war Anna nicht gekommen, obwohl Marina sie mehrmals telefonisch darum gebeten hatte. Damals waren Néstor und Ana de Vilallonga schon gestorben, und Marina war die einzige Akademikerin in schwarzer Toga, die ihren Doktorhut in die Luft warf, ohne dass sich irgendein Angehöriger mit ihr freute. Das hatte sie wirklich tief getroffen. Aber sie hatte es Anna trotzdem nicht nachgetragen und war jedes Jahr zu Weihnachten nach Mallorca gereist, um mit ihrer einzigen Familie zusammen zu sein, mit Anna. Doch jetzt hatte sie genug ertragen, und die Opferhaltung, die ihre Schwester bei dem Streit mit ihrem Mann eingenommen hatte, war der Tropfen gewesen, der das Fass zum Überlaufen gebracht hatte. Als die Maschine am Flughafen John Fitzgerald Kennedy landete, hatte Marina beschlossen, den Kontakt zu ihrer älteren Schwester abzubrechen. Sie konnte gut auf die jährlichen zwanzig Telefonanrufe verzichten und auf ihre kurzen Besuche auf der Insel auch.

Nach zahllosen vergeblichen Versuchen, telefonisch Kontakt mit Marina aufzunehmen, hatte Anna beschlossen, ihrer Schwester Briefe zu schreiben. Jede Woche einen. Ohne eine Woche auszulassen. In diesen Briefen bat sie sie um Verzeihung, dass sie so schwach war, dass sie ihrem Mann nicht die Stirn bot. »Ich brauche dich in meiner Nähe«, schrieb sie ihr immer. »Ich muss wissen, dass du hier bist, auch wenn du sechstausend Kilometer entfernt bist.« Und ganz zum Schluss berichtete sie ihr immer von Anitas kleinen Fortschritten … Und um ihr ein kleines Lächeln zu entlocken, erzählte sie auch von ihrem Leben mit der Elster.

Marina lebte weiter mit Jeremy zusammen, ging ganz in ihren Studien und in ihrem Beruf als Frauenärztin auf. Sie las Annas Briefe, aber sie konnten an der Entscheidung, die sie getroffen hatte, nichts ändern. Eines Tages im Dezember holte Marina den letzten Brief ihrer Schwester aus dem Briefkasten.

Liebe Marina,
ich möchte dir mit diesem Brief einen guten Rutsch ins neue Jahr wünschen. Ich hoffe, deine Träume gehen in Erfüllung und dass du mir alles verzeihen kannst.
Jetzt verabschiede ich mich wirklich, bis du es dir überlegt hast, mit einem: Ich liebe dich und werde dich immer lieben.
Deine Schwester und Freundin
Anna

Dieser Brief war der einzige, den sie noch besaß, als ein Jahr später die Beziehung mit Jeremy in die Brüche ging und ihre Karriere als Entwicklungshelferin bei Ärzte ohne Grenzen ihren Anfang nahm. Sie brauchte zehn Jahre, um auf diesen letzten Brief zu antworten. An einem kalten Morgen, es war der 25. Dezember 2007, steckte Marina einen Umschlag in den Briefkasten in der Bergmannstraße in Berlin. Der Anfang des darin enthaltenen Briefes lautete:

Geliebte Schwester, geliebte Freundin,
die Zeit vergeht wie im Flug, und ich sehe keinen Sinn mehr in der Distanz, die zwischen uns herrscht. Mich jedenfalls macht dieses Weihnachten traurig und wehmütig. Ich weiß nicht recht, wie ich es sagen soll. Ich habe viele Jahre gebraucht, aber heute ist mir das schmerzlich bewusst. Also, hier bin ich, falls du möchtest, dass ich zurückkomme.

Von da an schrieben sie einander Briefe. Später kamen auch Mails dazu, und es folgten ein paar Telefonanrufe. Aber dabei blieb es dann auch. Jeder hatte sein eigenes Leben, und sie hatten schon so viel Zeit getrennt voneinander verbracht, doch nun hatte diese unerwartete Erbschaft eine Begegnung ermöglicht.

Es regnete stark. Die Gartentür stand halb offen, und es genügten ein paar Sekunden, um zu sehen, wie sehr das Haus seit ihrer Kindheit verfallen war. Die Steinfassade erschien ihr so alt wie nie. Der Zitronenbaum im Garten war tot. Das Wasser im Schwimmbecken grünlich.

Sie musste gar nicht erst klingeln, Anna machte ihr gleich auf. Sie sahen sich in die Augen. Vierzehn Jahre waren eine lange Zeit. Marina sah augenblicklich, welchen Kampf ihre Schwester gegen das Altern führte. Sie sah die vom Botox aufgeschwemmten Falten, die reglose Stirn, das geglättete Haar, die blonden Strähnchen, den mageren Körper, der jetzt von einem silikongefüllten Busen beherrscht wurde, der unter einem alten hellbraunen Kaschmirpullover mit V-Ausschnitt prangte. Anna dagegen sah, dass ihre Schwester aussah wie immer: das lange, glatte Haar zu einem Zopf geflochten, ein paar Fältchen mehr in den Augenwinkeln, sobald sie lächelte, und dann die süßen Grübchen.

Marina wusste nicht, weshalb, aber sie bekam sofort Schuldgefühle, als sie sah, wie viel Hoffnung sich in den Augen ihrer Schwester spiegelte. Denn wenn sie Anna so in die Augen sah, wurde ihr klar, was sie längst wusste: Anna war eine gute Seele, eine zerbrechliche Seele, die niemandem wehtun konnte, die sich selbst nicht verteidigen und schon gar nicht zur Verteidigung eines anderen aus sich herausgehen konnte. Das alles schoss ihr im Bruchteil einer Sekunde durch den Kopf. Es war Anna, die den ersten Schritt machte, auf sie zukam und sie in den Arm nahm. Wortlos. Marina starrte zunächst zu Boden, hob dann aber die Arme und legte sie ihrer Schwester um die Taille. So standen sie lange in stiller Umarmung.

»Hallo Lieblingsschwägerin! Wie geht es dir?«

Armandos laute Stimme trennte sie, und es fühlte sich an wie ein Überfall, ganz wie sie erwartet hatte. Er ging mit ausgebreiteten Armen auf sie zu, umarmte sie und gab ihr einen Klaps, gefolgt von einem Kuss auf die Wange. Marina lächelte ihren Schwager an, ganz wie es sich gehörte. Er war so kräftig wie noch nie, nur die Mähne war etwas grauer, er trug das Hemd mit dem Pferdchen auf der Brust, das Hemd wirkte ein klein wenig abgenutzt, marineblaue Jeans und die Martinelli-Brille.

»So hübsch wie immer. Dir sieht man die Zeit aber auch gar nicht an. Schau nur, was für eine schöne Gesichtsfarbe sie hat«, sagte er mit Blick auf seine Frau. »Alles vergeben und vergessen, was? Komm doch bitte rein.«

Anna schwieg noch immer und folgte ihrem Mann ins Wohnzimmer. Dieses Verhalten bestätigte Marina, was sie schon befürchtet hatte, nämlich dass sich in dieser Ehe nichts geändert hatte.

»Ich werde unserer Pubertistin sagen, dass du da bist. Ich bin gleich zurück«, sagte Armando, nahm die Treppe und verschwand im ersten Stock.

Marina zog ihren Anorak aus, und Anna nahm ihn und hängte ihn auf einen Bügel. Sie setzten sich aufs Sofa, sahen einander an und wussten nicht, was sie sagen sollten. Die Filipina brach das Schweigen, indem sie ein Tablett mit Herzmuscheln, Oliven und einen Krug Wasser hereinbrachte.

»Das ist Imelda.«

»Guten Tag, Imelda. Wie geht es dir?«, sagte sie, erhob sich vom Sofa und küsste die Frau links und rechts auf die Wange. »Ich bin Marina. Freut mich sehr.«

Anna riss die Augen auf, als sie sah, wie ihre Schwester die Hausangestellte begrüßte. Keine ihrer Freundinnen aus dem Segelclub von Palma hätte sich für Imelda erhoben – und sie geküsst schon gar nicht.

»Guten Tag, Señora. Ich habe mich schon so gefreut, Sie kennenzulernen«, sagte Imelda aufrichtig. »Möchten Sie etwas trinken?«

»Wasser ist gut. Danke.«

Imelda lächelte, zog sich diskret zurück und ließ die beiden Schwestern allein.

»Wie geht es dir?«

»Gut. Sehr gut.«

»Und dir?«

»Auch gut.«

Wieder ein Lächeln und ein unangenehmes Schweigen. Marina holte das Kochbuch, das sie im Flughafen von Addis Abeba gekauft hatte, aus ihrem Rucksack.

»Vielen Dank. Wie aufmerksam von dir«, sagte Anna, im Buch blätternd. »Wenn ich ehrlich bin, koche ich überhaupt nicht mehr … das wäre ja vielleicht ein guter Anlass, wieder damit anzufangen. Das heißt, heute schon«, sie sah ihre Schwester mit einem Lächeln an, »heute habe ich uns etwas ganz Besonderes gekocht.« Wieder sahen sie einander an. Anna wäre gerne etwas näher an Marina herangerückt, hätte sie umarmt und an einen Ort weit weg geschleppt, um all die verlorenen Jahre nachzuholen. »Wie seltsam sich das anfühlt«, sagte sie und versuchte, das, was in ihr schwelte, gar nicht erst hochkommen zu lassen.

»Ja, das stimmt. Habt ihr noch irgendetwas über die Bäckerei herausgefunden?«, fragte Marina.

»Nein«, sagte Anna schulterzuckend, »eine Verwandte ist sie nicht. Wie war noch ihr Name?«

»María Dolores Molí«, antwortete Marina.

»Ich glaube, es ist Armando gelungen, die Mühle an den Mann zu bringen, für einen ganz schönen Batzen. Der Quadratmeterpreis ist sehr hoch«, sagte sie mit einem halben Lächeln, rieb sich die Hände und sah Marina an.

Marina kannte diese nervöse Geste ihrer Schwester und hoffte, sie würde endlich herausrücken mit dem, was sie sagen wollte. »Die Dinge laufen gerade nicht so gut bei uns«, sagte Anna dann endlich, während sie die Stimme senkte und einen flüchtigen Blick zur Treppe warf. »Erinnerst du dich an die Immobilieninvestitionen in Panama?«

Marina nickte.

»Ich verstehe nicht recht, was damals genau passiert ist, aber sie stellten sich als großer Betrug heraus.« Sie hielt wieder inne und spähte hinauf. Dann sagte sie leise: »Wir sind ruiniert.«

Anita kam in ihrem schwarzen Jogginganzug die Treppe herunter, sie ließ sich bei jedem Schritt mit dem ganzen Gewicht auf die Stufe plumpsen. Es sah aus, als falle ihr das Laufen schwer.

»Hallo, Anita!«, sagte Marina und erhob sich. Sie fand es unglaublich, wie das kleine Schreibaby sich in die kräftige Frau hatte verwandeln können, die sie hier vor sich sah.

»Hallo«, antwortete Anita leise und hielt ihr scheu die Wange hin, ohne ihr einen Kuss zu geben. Marina küsste sie trotzdem und strich ihr zärtlich über die Arme.

Sie setzten sich zusammen, und plötzlich herrschte betretenes Schweigen. Auf Anitas Sweatshirt prangte groß das Foto einer Frau in schwarzer Lederjacke, die eine Gabel hielt, und darunter stand geschrieben: »Eat the rich«.

»Magst du Patty Smith?«, fragte Marina und zeigte auf das Sweatshirt.

»Du kennst sie?«, fragte ihre Nichte erstaunt.

»Klar kenne ich sie. Hat deine Mutter dir nicht erzählt, dass ich mein halbes Leben in den Vereinigten Staaten verbracht habe? Ich war vor vielen Jahren auf einem Konzert, das sie in einer kleinen Bar in New York gegeben hatte. Das ist jetzt über zwanzig Jahre her.«

»Echt?«, fragte Anna fasziniert, als würde sie die unglaublichste Geschichte hören, die je in diesem Haus erzählt worden war, in dem man keine andere Musik zu hören bekam als die aus dem Fernseher.

Wie sich herausstellte, kannte Anita sämtliche Lieder und Songtexte der amerikanischen Rocksängerin, die heute »Godmother of Punk« genannt wurde. War es nicht erstaunlich, dass Anita nicht wie neunundneunzig Prozent ihrer Freundinnen aus San Cayetano zum Rhythmus der verrücken Lady Gaga tanzte oder zu dem Song von Ex-Hannah-Montana »Party in the U.S.A«, sondern stattdessen lieber allein in ihrem Zimmer saß und über Kopfhörer »People have the Power« von dieser alten amerikanischen Aktivistin hörte. Anna hatte offenbar nicht die leiseste Ahnung, wer die Dame auf dem Sweatshirt ihrer Tochter eigentlich war.

»Ihr Hübschen, wir wollen essen«, sagte Armando, der nun ins Wohnzimmer kam.

Sie erhoben sich vom Sofa. Anna hatte sich diese Szene den ganzen Monat über mit Schrecken ausgemalt. Vor Marinas Ankunft hatte sie ihren Mann gebeten, nett zu ihr zu sein. Armando war kein Idiot … Der Verkauf dieser Mühle bedeutete, dass er die Schulden zurückzahlen konnte, die er in Panama gemacht hatte. Außerhalb der vier Wände, in denen er lebte, war er der große Charmeur. Er musste das heute einfach auch daheim schaffen.

Imelda kam mit der vollen Suppenschüssel herein und tat ihnen auf.

Armando machte als Erster den Mund auf, und anders als die beiden Schwestern gedacht hatten, war das Gespräch, das ihr Essen begleitete, zwar oberflächlich, aber entspannt. Armando erkundigte sich nach ihrer Arbeit als Entwicklungshelferin, und Marina antwortete freundlich, indem sie ihm detailliert schilderte, an welchen Orten sie schon gearbeitet hatte. Anna erzählte, wie sehr die Insel sich in den letzten vierzehn Jahren verändert habe, und Armando sprach über die neue Siedlung. Über den Tourismus, der den Mallorquinern die Taschen füllte, und dass es offiziell bereits fünfzigtausend Deutsche gab, die Grundbesitz auf der Insel besaßen. Einer von ihnen würde die Mühle übernehmen, die sie geerbt hatten.

»Also, dann wollen wir mal zum Korn der Sache kommen… wenn ich so sagen darf…«, sagte Armando und lachte über seinen eigenen Witz. »Es ist mir gelungen, sie für zwei Millionen Euro zu verkaufen«, sagte er stolz, »eine Million für jede von euch.«

Anna lächelte und sah ihre Schwester an, die sich nicht übermäßig zu freuen schien. Armando erklärte ihnen, der Käufer heiße Helmut Kaufmann. Er sei ein stämmiger Wurstfabrikant, einer, der diese Würstchen herstellte, mit denen die meisten Brauereien von Deutschland beliefert würden, und dass er die Absicht habe, die Bäckerei Can Molí weiterzuführen. Das traditionelle dunkle Brot, das *pa moreno* aus *Xeixa*-Mehl, wolle er zusammen mit der Weißwurst aus seiner eigenen Schweinezucht bei Frankfurt verkaufen. Helmut werde am nächsten Tag um drei Uhr mittags mit dem Flugzeug in Palma ankommen. Armando werde ihn abholen, und um fünf Uhr würden sie dann alle beim Notar erwartet, wo sie den Kaufvertrag unterzeichnen würden.

Imelda brachte den Nachtisch, den Anna am Morgen mit aller Sorgfalt zubereitet hatte. Sie wusste, dass Marina diesen Rührkuchen liebte, den Großmutter Nerea Zitronenbrot mit Mohn genannt hatte. Vielleicht würde sein Geschmack Erinnerungen bei ihr wecken. Die glücklichen Erinnerungen der Kindheit. Dieses süße Brot, so hatte die Großmutter ihnen erzählt, enthalte eine magische Zutat, die sie ihnen nie verraten würde, die aber dafür sorge, dass dieser Rührkuchen so köstlich schmecke. Beide hatten unbedingt wissen wollen, um was für eine mysteriöse Zutat es sich handelte, aber die Großmutter hatte sich stets geweigert, es ihnen zu verraten ... Bis sie schließlich an dem Tag, an dem Marina sieben Jahre alt wurde, beide an den Holztisch in der Küche setzte und sie schwören ließ, dieses Geheimnis für sich zu behalten. Schließlich hatte sie sich zu ihnen hinuntergebeugt und ihnen flüsternd verraten, worum es sich handelte.

Marina lächelte Anna dankbar zu. Zu gerne hätte Anna den Rührkuchen mit den Zitronen aus Großmutters Garten gebacken, denn die Großmutter hatte immer gesagt, die Zitronen von diesem Baum hätten ein ganz einzigartiges Aroma. Leider war der Baum vor ein paar Monaten eingegangen. Anna hat seinen Tod sehr betrauert und war vor dem Gärtner in Tränen ausgebrochen, als dieser ganz besonders witzig sein wollte und zu ihr sagte: »Señora, dieser Baum ist toter als Michael Jackson.« Der Gärtner war entsetzt gewesen beim Anblick der Tränen, die der Señora über die Wangen rollten, er hatte sich entschuldigt und war seither von zwei Dingen überzeugt: zum einen, dass Anna ein glühender Fan des Wunderkinds der Jackson Five war, und zum anderen, dass die reichen Barbiepuppen aus der Siedlung Son Vida echt einen an der Waffel hatten.

Heute Morgen war Anna mit ihrem BMW nach Alcampo gefahren, um zehn Zitronen zu kaufen. Nach verschiedenen Telefonaten mit ihren Freundinnen vom Segelclub fand sie sogar einen Bioladen, der erst vor kurzem aufgemacht hatte und in dem eine junge Deutsche im orangefarbenen Sari ihr die zehn Packungen Mohn verkaufte, die sie noch vorrätig hatte. Zurück im Haus hatte Anna nervös den Ofen eingeschaltet, dann ganz ohne Eile die Zutaten gemischt und dabei versucht, sich an die exakten Mengen zu erinnern, die ihre Großmutter verwendet hatte. Der erste Kuchen geriet zu bitter, weil sie zu viel Zitronenschale in den Teig getan hatte. Der zweite verbrannte ihr, und der dritte schließlich war genauso locker, wie Marina ihn immer gemocht hatte.

»Jetzt kann man also mit Fug und Recht behaupten, dass ihr, du und Anna, Millionärinnen seid«, sagte Armando großspurig.

»Habt ihr den Schlüssel?«, fragte Marina und nahm ein Stück von dem Rührkuchen.

»Den Schlüssel«, wiederholte Armando.

»Ja. Den von der Mühle und den von der Bäckerei.«

Stille.

»Ja.«

»Gibst du ihn mir bitte?«, fragte Marina.

Armando verzog verärgert das Gesicht. Anna hörte auf zu kauen und sah ihren Mann ängstlich an.

»Wozu?«, fragte Armando. Er klang ernster als bei dem zahmen Gespräch der letzten Stunde, jedoch nicht ganz so ernst wie damals, als er Marina aus dem Haus geworfen hatte.

Die Hälse von Anita und Anna drehten sich Richtung

Marina. Es donnerte, aber niemand sah aus dem Fenster, denn der Sturm war bereits mitten im Haus.

»Ich bin neugierig und möchte sie mir ansehen. Um herauszufinden, wer diese so großzügige Dame ist, die uns zu Millionärinnen machen wird. Dort findet sich bestimmt irgendetwas, das uns Aufschluss gibt.«

Die Hälse von Anna und Anita drehten sich wieder Richtung Armando.

»Es gibt nicht viel zu sehen. Es ist eine alte Bäckerei voller Mehlsäcke, mit einem Arbeitstisch und einem Holzofen. Sonst nichts. Die Mühle funktioniert schon seit Jahren nicht mehr und ist … am Zerfallen. Fast schon eine Ruine. Eine direkte Verwandte ist sie nicht. Wir haben den Nachnamen ihrer Eltern überprüft, den ihrer Großeltern und ihrer Urgroßeltern … Mal ganz ehrlich, das ist doch völlig egal«, sagte er mit einem gezwungenen Lächeln, »die zwei Millionen Euro gehören euch.« Armando faltete seine Serviette, erklärte damit das Gespräch für beendet und machte Anstalten, sich vom Tisch zu erheben.

»Gibst du mir bitte die Schlüssel, Amando?«, sagte Marina fest und sah ihm in die Augen.

Da sahen sie dreißig oder vierzig Windmühlen auf dem Feld vor ihnen, und kaum hatte Don Quijote sie erblickt, sagte er zu seinem Knappen:
»Das Glück lenkt unsere Geschäfte besser, als wir hätten hoffen können, denn vor dir, Sancho Panza, mein Freund, siehst du wenigstens dreißig grimmige Riesen, mit denen ich eine Schlacht zu schlagen gedenke, bei der mir alle über die Klinge springen sollen. Und mit der Beute legen wir den Grundstein unseres Reichtums, da es ein gerechter Krieg ist und eine wahrlich

gottgefällige Tat, derlei Schandgezücht vom Erdboden zu tilgen.«

»Was für Riesen?«, fragte Sancho Panza.

»Die du da vor dir siehst«, erwiderte sein Herr, »die Arme so lang, dass sie bei manchen fast zwei Meilen messen.«

»Aber seht doch, Herr«, antwortete Sancho, »was dort erscheint, sind keine Riesen, sondern Windmühlen, und was wie Arme erscheint, sind ihre Flügel, die im Wind wirbeln und den Mahlstein bewegen.«

Cuca gähnte.

»Cuca, bitte, nimm Rücksicht auf den Rest der Klasse«, sagte die Literaturlehrerin von San Cayetano.

»*Señu*, es ist neun Uhr morgens, wer verträgt sowas schon um diese Uhrzeit?«, antwortete Cuca.

Die neunundzwanzig übrigen Schüler der Klasse lachten, und die Lehrerin seufzte. Cuca war immer so frech, aber sie hatte ja auch irgendwie recht, kein Jugendlicher konnte sich für dieses Buch begeistern, nicht einmal für die vereinfachte Schülerversion, die sie hier lasen. Die Lehrerin hatte das Buch während ihres Philologiestudiums lesen müssen, das war nun schon etliche Jahre her. Dabei hatte sie zwar ein paar Wörter gelernt, aber die Lektüre hatte sie unglaublich gelangweilt, was sie damals allerdings für sich behielt, denn sie wollte ja nicht als Ignorantin gelten, zumal ihre Kommilitonen fasziniert waren von den denkwürdigen Abenteuern des tapferen Ritters von der traurigen Gestalt. Sie hatte wohl einfach ein zu schlichtes Gemüt.

»Klappt euer Buch zu«, schloss die Lehrerin. »Steckt es in eure Taschen und zieht eure Jacken an, wir machen einen Spaziergang.«

Die Schüler jubelten vor Freude. Geschwind zogen sie sich die Jacken über die Schuluniformen und rannten im Pulk aus dem Klassenzimmer. Die Lehrerin suchte ihre Siebensachen zusammen und packte sie in ihre Schultasche. Es war nur noch eine Schülerin übrig, sie saß reglos in der letzten Reihe und sah wie abwesend aus dem Fenster.

»Marina?«

Marina schaute die Lehrerin an.

»Ist alles in Ordnung mit dir?«

Marina nickte und erhob sich von ihrem Stuhl. Sie nahm ihren Mantel und ging zum Ausgang. Nein. Nichts war in Ordnung. Zu Hause war es unerträglich. Sie hasste ihre Mutter und hatte das Gefühl, ihre Mutter hasste sie auch. Am Vorabend hatten sie sich wieder gestritten, wie jeden Abend, und es war laut geworden. Es war darum gegangen, wie sie die Gabel hielt. An anderen Tagen ging es darum, dass ihr Haar zu lang war, dass sie den Zopf, den sie sich auf keinen Fall abschneiden lassen wollte, nicht sorgfältig genug geflochten hatte, dass sie kein Parfüm benutzte, dass ihr Zimmer immer so unordentlich war und dass in den alten Medizinbüchern, die sie aus dem Haus ihrer Großmutter angeschleppt hatte, die Milben wären. Um ihre Weigerung, sonntags nach den Bootsausflügen in den Gottesdienst zu gehen. Vor allem aber verabscheute ihre Mutter die Verbundenheit Marinas mit ihrer älteren Schwester und mit der Großmutter väterlicherseits und vor allem mit ihrem Vater. Außerdem erhob Marina nie die Stimme und parierte die mütterliche Kritik immer überlegt und mit Argumenten, die deren Prinzipien gründlich in Frage stellten.

Marina hatte das Gefühl, dass ihre Mutter sich schon durch ihre bloße Anwesenheit gestört fühlte. Sie verstand diese Frau einfach nicht, die ihr vierzehn Jahre zuvor das Leben geschenkt hatte. Anna hingegen war in den Augen ihrer Mutter die perfekte Tochter. Sie war nach ihrem Bilde geschaffen. Schön, zart, naiv, ordentlich und wohlriechend. Aber Marina wusste genau, wie auch ihre Mutter, dass Anna nur eine ganz gewöhnliche Jugendliche war, die sich außer für neue Kleider für nichts groß interessierte und keinerlei Erwartungen ans Leben hatte.

In der Schule war sie Mittelmaß, die Noten selten besser als Vier minus, und dank des freiwilligen Beitrags für den Pfarrer von San Gaetan auch schon mal eine glatte Vier. Und so waren die Einser von Marina für ihren Vater ein Grund zum Stolz, konnten ihrer Erzeugerin aber nur ein laues Lächeln abringen.

Marina gewöhnte sich am Ende daran, dass ihre Mutter in Néstors Abwesenheit immer schimpfte. Sie hörte auf, ihrer Mutter handfeste Argumente entgegenzuhalten, und lernte sich zusammenzunehmen, nicht zu reagieren. Wenn ihre Mutter sie wegen irgendetwas schalt, stand sie einfach auf, was dem Naturell einer Pubertierenden völlig entgegengesetzt war, und ging in ihr Zimmer. Ihre Mutter folgte ihr, setzte ihre Vorwurfslitanei in der Tür zu ihrem Zimmer fort. Bis Marina sich eines Tages dank der zweihundert Peseten, die sie von der Großmutter zu Weihnachten bekommen hatte, einen Riegel kaufte. Hinter der nun verschlossenen Tür wurde das Geschimpfe leiser, jedoch nahm die Verzweiflung ihrer Mutter zu, die sich in die Arme des Vaters warf und ihm etwas über die unbezähmbare Jugendliche vorheulte, die sie großgezogen hatten. Außerdem war Ana de Vilallonga zartbesaitet, und ihre Sorgen schlugen unmittelbar in körperliche Leiden um, wurden zu Hautausschlägen, Gerstenkörnern und Lippenbläschen. Die Spannung im Haus wuchs immer mehr … bis ihre geliebte Mutter am Ende wegen eines ausgeprägten Hautausschlags im Gesicht erreichte, was sie schon seit mehreren Monaten geplant hatte und was der Grund war, warum Marina so reglos dasaß und aus dem Fenster starrte, während ihre Klassenkameradinnen in San Cayetano lärmend auf den Schulhof stürmten: Man würde sie in ein Internat stecken.

Die dreißig Schüler und die Literaturlehrerin waren in dem alten Seemannsviertel Es Jonquet angekommen, das von ein paar alten Mühlen überragt wurde.

»Seht ihr sie?«

»Was sollen wir denn sehen?«, sagte Cuca.

Der Rest der Schüler schwieg, wie immer. Die einen, weil sie nicht verstanden, worum es ging, die anderen, weil sie nicht zugehört hatten.

Die Pubertät ist eine Phase im Leben, in der der Mensch ein paar Jahre lang zum Idioten mutiert, dachte die junge Lehrerin bei sich. »Na, die Windmühlen!«

Sie liefen weiter, bis sie zum Fuß einer der Windmühlen kamen, und dort angekommen, wählte sie einen pickligen, hochaufgeschossenen und schlaksigen Schüler für den Don Quijote und ein Dickerchen für den Sancho Panza. Cuca bestand darauf, die Passage der Dulcinea zu lesen, woraufhin dem Schlaksigen alle Farbe aus dem Gesicht wich; wie viele Schüler am San Cayetano träumte er davon, dem am meisten entwickelten Mädchen an den Busen zu fassen.

Diese Literaturstunde verging zwischen Gelächter und Applaus und blieb sämtlichen Anwesenden für immer im Gedächtnis. Außerhalb der Schulmauern war es gar nicht so schwer, die Jugendlichen zu begeistern, hatte die junge Literaturlehrerin gedacht.

Der Bus fuhr die Serpentinen der Landstraße entlang. Der Regen prasselte heftig gegen die Scheiben, und der Busfahrer fuhr ganz vorsichtig und langsam, um seinem einzigen weiblichen Fahrgast Gelegenheit zu geben, die einsame Landschaft der Serra de Tramuntana zu bewundern.

Angekommen, suchte sie Schutz im Wartehäuschen. Der Regen prasselte mit Macht auf die Pflastersteine. Sie zog sich die Kapuze des Anoraks über den Kopf und rannte die dreihundert Meter bis zum Hotel. Dort wollte sie warten, bis es aufhörte zu regnen, und dann zur Mühle gehen.

Gabriel und Isabel saßen im Wohnzimmer vor dem Feuer und spielten Schach. Sie grüßten sie freundlich. Sie waren etwa gleich alt, gingen auf die sechzig zu, waren sich irgendwie ähnlich und strahlten eine ruhige und gelassene Energie aus, die Marina wohltat.

»Ich muss eine Mail schreiben. Hättet ihr vielleicht einen Computer mit Internetverbindung?«, fragte Marina.

»Schon. Aber wir haben gerade versucht, mit unserem Sohn zu skypen, und kamen einfach nicht ins Netz. Bei Regen ist das manchmal so, tut mir leid. Sobald es wieder funktioniert, gebe ich dir Bescheid.«

Den ganzen restlichen Tag fiel ein peitschender Regen, und in der Nacht ging es gerade so weiter. Es gab immer noch kein Internet, und Marina schlief ein. Im Wachzustand hatte sie ihre Schwester und sich selbst durch ein Mohnfeld laufen sehen, dann hatte sie plötzlich das äthiopische Kind gesehen, das sie in einem Eisenbettchen zurückgelassen hatte, und im Schlaf, in ihren tiefsten Träumen, war sie Mathias begegnet.

Von: mathiasschneider@gmail.com
Gesendet: 2. Februar 2010 (gestern)
An: marinavega@gmail.com
Betreff:

Liebe Marina,
wir haben gerade einen Notruf aus der Zentrale erhalten. In Haiti brauchen sie Verstärkung. Nach dem Erdbeben gibt es jetzt eine Cholera-Epidemie, und sie sind dort völlig überfordert. Sie bitten uns für sechs Monate um Unterstützung. Ich konnte nicht Nein sagen. Morgen geht mein Flug nach Barcelona. Ich warte dort auf dich. Ich weiß, dass du Äthiopien nicht verlassen willst, aber ich glaube, in Haiti werden wir mehr gebraucht. Ich übernachte bei Ona und gehe gleich ins Büro von Ärzte ohne Grenzen. Bitte ruf mich dort an.
Te amo. Ich liebe dich.
Dein Mathias

Marina wurde blass. Sie schlug die Hände vors Gesicht, ohne den Blick vom Computer zu wenden. Sie las die E-Mail noch einmal. Sie wünschte, diese Zeilen wären nie geschrieben worden. Beim zweiten Lesen versuchte sie herauszufinden, ob es sich um einen Irrtum handelte. Aber die Nachricht war eindeutig: Mathias verließ Äthiopien, um sich in einen neuen Kampf zu stürzen. Sie holte Luft.

Diese neue humanitäre Katastrophe hatte gerade keinen Platz in ihrem Leben. Mit dieser Planänderung hatte sie nicht gerechnet. Das Land in den Antillen würde jahrelang die Hilfe von Ärzten aus dem Ausland benötigen. Wieder an einen anderen Ort gehen? Sich an eine neue Kultur gewöhnen? An ein neues Team von Entwicklungshelfern? Wieder im Zelt oder in unbekannten Hotels schlafen?

Sie seufzte und versuchte, diese Angst zu bekämpfen, die langsam in ihr hochstieg. *Aber Mathias, es ging uns doch so gut in Äthiopien. Warum bist du fortgegangen?*

Sie arbeiteten und lebten jetzt schon drei Jahre in Äthiopien. Es klang vielleicht merkwürdig, aber das Haus, das als Basislager für die Entwicklungshelfer diente, war ihr Platz auf dieser Welt geworden. Es war zu einem Ort geworden, an dem sie sich sicher und gut fühlte. Man konnte es nicht gerade ein Zuhause nennen, und doch waren es vier Wände, die ihr eine gewisse Sicherheit gaben. Damals war die Stelle für ein Jahr ausgeschrieben worden, aber als das Jahr vorüber war, bat sie darum, ein weiteres Jahr bleiben zu dürfen, nachdem sie zuvor Mathias überzeugt hatte. Mathias hatte Äthiopien nur ein einziges Mal verlassen, war nach Myanmar gereist, um den Opfern des Zyklons Nargis zu helfen. Bei Ärzte ohne Grenzen lief kein Arbeitsvertrag länger als drei Jahre. Ihr blieb noch eines. Sollte man ihr keine Verlängerung ihres Einsatzes gewähren, würde sie versuchen, für eine der Nichtregierungsorganisationen zu arbeiten, die sich in Äthiopien niedergelassen hatten. Sie hatte auf einer Feier, die die UNO in der Zentrale in Addis Abeba veranstaltet hatte, ein paar Entwicklungshelfer von Ärzte der Welt und Oxfam kennengelernt, die ihr versichert hatten, am Horn von Afrika würde es immer Arbeit für sie geben. Also war das ihr Plan gewesen.

Aber nach dieser Mail war alles anders. Äthiopien und Mathias waren eins für sie. Sie stellte sich vor, sie müsste ohne ihn dort sein, in der Dürre der Afar-Wüste. Dass er fortging, konnte sie ihm nicht zum Vorwurf machen. Er hatte ihr nie etwas vorgemacht, sie wusste, dass er nicht den Rest seines Lebens in Äthiopien verbringen wollte. Aber Marina hatte ihm geantwortet, dass es doch ganz gleich wäre, in welchem Land sie kranke Menschen behandelten.

Im Jahr 2004, an ihrem vierzigsten Geburtstag, war Mathias in ihr Leben getreten, und während der ersten drei Jahre ihrer Beziehung reisten sie unentwegt um die Welt. Immer gemeinsam. Und das wurde nicht nur toleriert, sondern auch gefördert. Unter extremen Bedingungen zu arbeiten war, wie alles andere im Leben auch, in Gesellschaft des Liebespartners leichter. In jenem Jahr waren Mathias und Marina in einem Flüchtlingscamp im Südsudan gelandet, in dem sie sechs Monate verbracht hatten, von dort war es dann für vier Monate in die Zentralafrikanische Republik gegangen, und zum Jahresende waren sie nach Tschetschenien geflogen. 2005 kämpften sie vier Monate lang in Bolivien gegen die Chagas-Krankheit, das restliche Jahr über versuchten sie den Ärztemangel in Sri Lanka auszugleichen, und im Dezember arbeiteten sie in Simbabwe an einer Erweiterung des HIV-Programms. Ende 2006 kümmerten sie sich im Jemen um die afrikanischen Flüchtlinge, die völlig erschöpft in kleinen Holzbooten aus Somalia ankamen. Diese Arbeit war ein psychisches Desaster für Marina gewesen, und als 2007 die Stelle in Äthiopien ausgeschrieben wurde, zögerte sie nicht, sich darum zu bewerben. Zehn Jahre mit dem Rucksack auf dem Rücken waren genug, sie hatte nicht mehr die Energie wie noch mit dreißig. Das spürte sie körperlich und psychisch. Sie wusste, ohne westliche Hilfe war Äthiopien aufgeschmissen, man würde dort immer auf sie angewiesen sein. Sie hatte geträumt, sie könnte für den Rest ihres Lebens zusammen mit Mathias in diesem Winkel der Erde bleiben.

Sie schloss ihren Google-Account, ohne die Mail zu beantworten. Wie betäubt erhob sie sich von ihrem Stuhl, nahm den Anorak von der Lehne und zog ihn an. Dann ging sie zur Tür von Es Petit Hotel de Valldemossa. Sie sah auf ihre Armbanduhr. Noch fünf Stunden bis zur Unterzeichnung des Verkaufsvertrags. Sie steckte die Hände in die Taschen ihres Anoraks und spürte den eisernen Schlüsselring und die Schlüssel zur Mühle. Dann ging sie ins Dorfzentrum und folgte dabei dem gleichen Weg wie am Vortag, aber mehr aus Trägheit, einfach weil sie das für heute geplant hatte, bevor sie zum Notar gingen, denn in diesem Moment war die Neugierde auf das Erbe plötzlich vollkommen verschwunden, und in ihrem Kopf pochte nur noch eine schlichte Frage mit Macht an ihre Schläfen: Äthiopien oder Haiti?

In der Calle de la Rosa begegnete sie wieder der alten Frau mit den hellen Augen und dem Golden Retriever mit den Schlappohren. Sie grüßten einander mit einem kurzen Nicken, und dann ging jede ihres Weges. Marina erreichte die Mühle, holte den Schlüsselbund heraus und sperrte die Tür auf. Die Mühle war leer, nur eine alte Schreibmaschine stand darin. Sie stieg über die Wendeltreppe in den ersten Stock hinauf, wo sich das Mahlwerk befand. Sie blickte durch eine der Fensterluken hindurch, sah das Meer zwischen den Flügeln, die aus dieser Perspektive doppelt so lang wirkten, und wälzte wieder die Frage in ihrem Kopf: Äthiopien oder Haiti?

Dann ging sie zum Haus. Im Erdgeschoss befand sich die Bäckerei, und dort stand der Arbeitstisch. Ein langer massiver Pinienholztisch. Dahinter leere Backbleche, rechter Hand der Holzofen, die Knetmaschine, Hunderte von aufgestapelten Mehlsäcken, Brennholz von der Steineiche und dem Mandelbaum, Eisenwaagen.

Sie stieg ein paar Stufen hinauf in den ersten Stock, betrat einen Raum, der gleichzeitig als Küche und Wohnzimmer genutzt wurde. Breite Holzbalken gingen über ihrem Kopf von einer Seite zur anderen. An den Wänden hingen Kochtöpfe aus Eisen und über dem Herd und einem steinernen Spülbecken alte Pfannen. Auf der einen Seite standen ein altes, mit gestreiftem Stoff bezogenes Sofa sowie ein Speiseschrank, dessen Türen und Schubladen offen standen. In einer Schublade lag das Besteck wild durcheinander. In einer anderen lagen die Servietten in einem ebenso wilden Chaos. Sie schloss die Schubladen und Türen und sah sich weiter um. Neben dem Sofa gab es noch einen zweiten Raum, der ihr auf den ersten Blick chaotisch und unordentlich vorkam. Es war eine Abstellkammer, die fast so groß war wie die Küche, die Regale und der Boden waren vollgestellt, in der Kammer gab es Besen, Wischmopps, Konservendosen, Garn, Fingerhüte, Werkzeuge und Gerätschaften, Knöpfe, Scheren…

Im zweiten Stock befand sich ein schmuckloses Schlafzimmer, es gab ein Bett ohne Laken, auf einer Seite einen Nachttisch, auf der anderen einen Korbstuhl. Sie öffnete die Fensterläden und ließ die Morgenbrise herein. In der Ferne, hinter den Bergen, sah man das Meer. Ohne die Fensterläden zu schließen, ging sie wieder zu dem Bett der verstorbenen Bäckerin und setzte sich darauf. Erneut kamen ihr die beiden Länder in den Sinn. Äthiopien. Haiti. Verzweifelt ließ sie sich nach hinten aufs Bett fallen, ohne den Blick abzuwenden von der Serra und dem Stückchen Meer, das man in der Ferne sah. Sie legte den Kopf in ihre Handflächen. Ganz unerwartet stahl sich ein Sonnenstrahl durch die Wolken und schien durch das Fenster des Schlafzimmers auf ihren Körper, der sich so schwach anfühlte wie noch nie. Und so ließ Marina sich von der Sonne, dem Nordwind und jener Duftmischung aus Mandelbaum und Mittelmeer in den Schlaf wiegen.

Um halb vier am Nachmittag kam Helmut mit einem Koffer voller Geldscheine am Flughafen von Palma an. Armando erwartete ihn am Ausgang mit seinem Audi A6, der frisch aus der Autowaschanlage kam. Sie umarmten sich, eine dieser sehr männlichen Umarmungen, bei denen die Hand den Rücken nur für das typische, hohl klingende Rückenklopfen berührt. Nach der Umarmung noch ein Lächeln und gleich darauf die Kofferübergabe.

Da Armando ein großer Immobilienspekulant war, zahlte er cash und ließ sich cash bezahlen, das war nichts anderes als Schwarzgeldhandel, Steuerhinterziehung, ein mafiöses Geschäft. Aber wie wir alle wissen, war das in Spanien damals etwas völlig Normales, und natürlich wollte keiner, vom Maurer, der mit seiner Maurerkelle den Backstein setzte, bis hin zum Bauunternehmer, der die Häuser verkaufte, in die Fänge des Fiskus geraten. Soweit war alles in bester Ordnung. Das eigentlich Schlimme an der Sache war, dass dieses Geld, das Armando für den Verkauf des Hauses einsackte, nicht nur an der Steuer vorbeigemogelt werden sollte, sondern auch der Ehefrau und der Schwägerin geraubt wurde, die beide gar nicht ahnten, wie leicht man Unterschriften fälschen konnte. Armando steckte bis über beide Ohren in Schulden. Einer spanischen Bank schuldete er über eine Million Euro und eine weitere Million einer Bank in Panama. Angesichts der wachsenden Zinsen der bereits angesammelten Schulden verschärfte sich seine Situation mit jedem Tag. Er hatte nicht lange darüber nachgedacht, sein Freund Curro würde ihm dabei helfen, die Mühle und das Haus mit notariell beglaubigter Verkaufsurkunde für offizielle zwei Millionen Euro zu verkaufen, und eine dritte Million sollte Armando in 500-Euro-Scheinen in einem geschlossenen Koffer übergeben werden.

Marina fuhr mit dem Bus nach Palma. Der Fahrer, der gleiche wie an den Vortagen, hatte sie wiedererkannt und grüßte sie freundlich. Trotz der Stimmung, in der sie sich befand, war Marina froh um diese Geste, und sie dankte es ihm mit einem kleinen Gespräch über die Sonnenstrahlen, sie sich zwischen den Bergen zeigten. Sie hatte sich bereits von Gabriel und Isabel verabschiedet, und in dem schwarzen Rucksack auf dem Sitz neben ihr befanden sich ihre Sachen. Sie würde den Verkaufsvertrag unterzeichnen und mit dem letzten Nachtflug nach Barcelona zurückkehren. Nach dem Besuch in der Mühle war sie ins Hotel zurückgekehrt und hatte dort auf demselben Computer, auf dem sie die E-Mail gelesen hatte, die ihr Leben ändern sollte, einen Last-Minute-Flug nach Barcelona gebucht, um diese Nacht bei Mathias schlafen zu können. Die Wege des Audi A6 und des Busses kreuzten sich auf der Plaza de España.

Immobilienkaufvertrag

Mallorca, 2. Februar 2010

Es erschienen wie folgt

1.) Die Verkäufer: Anna Vega de Vilallonga und Marina Vega de Vilallonga

2.) Der Käufer: Helmut Kaufmann
Alle Anwesenden handeln und sprechen in eigenem Namen und Recht. Beide Parteien erkennen gegenseitig die notwendige legale Befugnis zur Ausfertigung und Unterzeichnung vorliegenden Verkaufsvertrags an, durch den Folgendes erklärt wird:

I. Anna Vega und Marina Vega befinden sich im Besitz folgender Immobilien:
- dreistöckiges Haus mit 110 m^2 Grundfläche
- Getreidemühle

Grundbucheintrag: Die Immobilie ist im Grundbuch von Mallorca eingetragen.

II. Die Unterzeichnenden erklären sich einverstanden, dass Frau Anna Vega und Frau Marina Vega den genannten und vorbeschriebenen Grundbesitz Herrn Helmut Kaufmann übereignen, und sofern dieser sich zum Erwerb bereiterklärt, wird vorliegender Kaufvertrag unter Beachtung folgender Klauseln geschlossen.

Klauseln:

1. Die Erschienenen - nachfolgend auch »Verkäufer« genannt - verkaufen hiermit an den erschienenen Herrn Helmut Kaufmann - nachfolgend auch »Käufer« genannt - den vorbeschriebenen Grundbesitz.

2. Der Kaufpreis beträgt 2 000 000 Euro, die Summe wird folgendermaßen beglichen: 20 000 Euro werden zur Bestätigung des durch die Unterschrift für gültig erklärten vorliegenden Kaufvertrags bar gezahlt, und der Erhalt vom Verkäufer durch eine Quittung an Herrn Helmut Kaufmann bestätigt. Über die Restsumme stellt der Käufer einen Scheck aus, der im Augenblick der Übergabe der notariellen Beurkundung des vorliegenden Vertrages ausgehändigt wird. Beide Parteien vereinbaren, die notarielle Beurkundung des vorliegenden Vertrages spätestens drei Monate nach Unterzeichnungsdatum bei einem Notar ausstellen zu lassen, auf den beide Parteien sich geeinigt haben.

3. Die Schlüsselübergabe der Immobilie an den Käufer erfolgt zeitgleich mit der notariellen Beurkundung des vorliegenden Vertrages.

4. Der Verkäufer verpflichtet sich mit der Schlüsselübergabe an den Käufer zur Übernahme sämtlicher Ausgaben, welche die Eigentumsübernahme mit sich bringt, vor allem der Gemeindeabgaben.

5. Was die übrigen Kosten und Steuern anbelangt, welche in ursächlicher oder in unmittelbarer Folge dieses Verkaufes anfallen, werden diese von Gesetzes wegen zu gleichen Teilen auf beide Parteien verteilt.

6. Die Verkäufer sind gegenüber dem Käufer gemäß der diesbezüglichen gesetzlichen Bestimmungen zur vollständigen Räumung und Reinigung verpflichtet.

Zum Zeichen ihres Einverständnisses unterzeichnen beide anwesenden Parteien den vorliegenden Vertrag, der in allen Teilen als Abschrift vorliegt, Ort und Datum wie auf Seite 1 des Dokuments vermerkt.

Die Verkäufer
Anna Vega de Vilallonga
Marina Vega de Vilallonga

Anna V. de Vilallonga

Der Käufer
Helmut Kaufmann

H. Kaufmann

Die Hand, in der Marina den Füller hielt, schwebte zitternd über dem Vertrag. Sie spürte, wie ihre Schwester, ihr Schwager, Helmut und Curro sie anstarrten. Sie hob den Blick von dem Vertrag und sah die anderen an.

Los, Marina, entscheide dich! Marina holte tief Luft, senkte den Blick auf den Vertrag, schrieb das M ihres Namens darauf. Dann schloss sie einen Moment die Augen.

»Ich will noch nicht unterzeichnen«, sagte sie und legte den Montblanc fein säuberlich neben dem Vertrag nieder.

»Wie bitte?«, sagte Curro. »Bist du mit irgendeiner Klausel des Vertrags nicht einverstanden?«

Ein paar Sekunden lang sagte Marina überhaupt nichts. Die Anwesenden sahen sie erwartungsvoll an.

»Gebt mir bitte noch ein paar Wochen«, antwortete sie mit leiser Stimme.

»Was?«, entfuhr es Armando mit einem Gesichtsausdruck, von dem Marina sich nicht sicher war, ob es Wut, Hass oder Angst war.

Anna sah erschrocken ihre Schwester an, dann wanderte ihr Blick gleich weiter zu ihrem Mann, genauer gesagt zu der blauen Vene, die in diesem Augenblick offenbar kurz vorm Platzen war.

»Dieser Herr ist extra von Deutschland hierhergeflogen, um hier und heute den Vertrag zu unterzeichnen«, brauste Armando auf.

»Herr Kaufmann, es tut mir sehr leid«, sagte Marina auf Deutsch zu ihm. »Es tut mir leid. Wirklich. Ich bitte tausendfach um Entschuldigung«, sagte sie schließlich auf Englisch. Marina stand mit den Schlüsseln in der Hand vom Stuhl auf, unter den ungläubigen Blicken ihrer Schwester, ihres Schwagers und Curros. »Es tut mir leid«, wiederholte sie.

»Was heißt das, es tut dir leid? Du unterschreibst und basta. Was zum Kuckuck ist los mit dir?«, sagte Armando.

»Gebt mir bitte noch ein bisschen Zeit«, sagte Marina leise.

»Scheiße, was glaubst du eigentlich, wer du bist?«, fragte Armando und erhob sich.

Curro erhob sich ebenso, packte Armando beim Arm und versuchte, ihn zu beruhigen.

»Das ist nicht das letzte Wort, Marina«, sagte er drohend.

Helmut Kaufmann, der nicht wusste, wie er auf diesen unerwarteten Zwischenfall reagieren sollte, blieb stumm, und Monate später würde er im Frankfurter Golfclub zu seinem Freund Rudolf, während er den Golfschläger parallel zum Ball schwingen würde, sagen: »So etwas passiert nun mal in Spanien, das ist typisch für diese Kultur. Das gehört zum Land dazu, genau wie die Siesta, die Paella, die Sangría, die hübschen Frauen und der Mangel an Kontrolle.« Und während er seine Hüfte um fünfundvierzig Grad drehen und den Schläger heben würde, würde er hinzufügen: »Und weißt du was, mir ist das sogar ganz sympathisch.«

Marina setzte sich auf der Plaza de España in ein Wartehäusschen. Sie musste den Einser-Bus nehmen, wenn sie zum Flughafen wollte. Ihr blieben noch zwei Stunden bis zum Abflug nach Barcelona. Ihr Herz raste. Sie verstand nicht, warum sie sich so entschieden hatte. Sie war eine patente Frau und hatte, seit sie achtzehn war, all ihre Entscheidungen allein getroffen. Auf eine überlegte Art, Pro und Contra gegeneinander abwägend. Sie wusste, dass es in allen Bereichen so am besten für sie war. Sie hatte eine Million Euro ausgeschlagen. Warum hatte sie das bloß getan? Vielleicht wollte sie sich dieses Mal nicht entscheiden, vielleicht wollte sie sich von Schicksal überraschen lassen. Vielleicht flüsterten diese baufälligen Wände in Valldemossa ihr zu: »Bleib!«

Es wurde Nacht. Marina blieb im Wartehäuschen sitzen, sie hatte Watte im Kopf und ließ die Autobusse vorbeifahren.

Von: marinavega@gmail.com
An: mathiasschneider@gmail.com
Gesendet: 2. Februar 2010 (gestern)
Betreff:

Lieber Mathias,
ich bin nicht geflogen. Das Zentralbüro ist geschlossen, deshalb schreibe ich dir eine Mail. Ich habe weder die Mühle noch das Haus verkauft... Ich weiß selbst nicht, warum ich mich so entschieden habe. Wenn du doch nur hier wärst, mir geht es furchtbar schlecht. Morgen rufe

ich dich im Zentralbüro an, aber gehe du bitte nach Haiti. Ich weiß noch nicht wann, aber ich komme zu dir, sobald ich herausgefunden habe, wer die Frau ist, die mir diese Mühle mitten in den Bergen geschenkt hat. Ich habe dem Zentralbüro schon geschrieben und um zwei zusätzliche Urlaubswochen angefragt.
Te quiero. Ich liebe dich.
Deine Marina

»Nach Valldemossa zu kommen ist schwer, aber es zu verlassen noch viel schwerer«, sagte Gabriel, der überrascht war, Marina wieder ins Hotel zurückkommen zu sehen, obwohl sie sich am Morgen erst von ihnen verabschiedet hatte. Er zog seine alte grobe Wolljacke aus und hängte sie auf einen Holzbügel.

»Hast du schon was gegessen?«

Gabriel, Isabel und Marina aßen gemeinsam beim Kamin zu Abend. Es war ein angenehmer Abend mit diesen beiden Unbekannten, die immer noch miteinander lachten, obwohl sie schon so viele Jahre zusammenlebten. Marina konnte sehen, dass eine große Verbundenheit zwischen ihnen bestand. Diese wunderschöne Verbundenheit reifer Paare, die sich immer noch lieben, wenn auch auf andere Weise. Sie erzählten ihr noch ein bisschen mehr, was sie über die Bäckerei wussten, viel war es nicht. María Dolores war eine sehr fleißige Frau gewesen, die von Montag bis Sonntag jeden Morgen um fünf Uhr aufstand, um für das ganze Dorf Brot und noch einen köstlichen Zitronenkuchen zu backen, von dem ihre Stammkunden ein Stück geschenkt bekamen. Die Bäckerei war an dreihundertfünfundsechzig Tagen im Jahr geöffnet, und Gabriel erzählte, in den ganzen dreißig Jahren, die er jetzt schon auf der Insel war, habe diese Frau sich nicht einen Urlaubstag gegönnt. María Dolores hatte mit Catalina zusammengearbeitet, einer anderen Bäckerin, die im gleichen Alter war. Wenn irgendjemand über das Leben dieser Frau Bescheid wusste, dann war das ihre beste Freundin Catalina.

Marina stieg direkt zum Schlafzimmer der verstorbenen Bäckerin hinauf. Gabriel hatte ihr eine starke Lampe mitgegeben, und jetzt war sie hier in diesem verlassenen Haus. Sie öffnete die Fensterläden, und der Mond schien herein.

Neben dem Schrank stand ein Öfchen. Sie drehte das Ventil oben an der Gasflasche auf und betätigte einen kleinen Hebel. Eine Flamme entzündete reihum die anderen Flämmchen. Leichter Gasgeruch und Wärme umgaben Marina.

Sie öffnete den dunklen Holzschrank und leuchtete mit der Lampe hinein. Die Kleiderbügel waren leer, aber der Schrank randvoll mit lieblos hineingestopften Kleidungsstücken, auf dem Boden lagen Volants, Unterröcke und saubere Blusen. Sie kniete nieder, um die schweren Schubladen aufzuziehen. In der ersten gab es ein paar zusammengeknüllte Laken und Handtücher, aber sie schienen sauber zu sein. Sie nahm einen Matratzenschonbezug und ein Laken heraus. Dann öffnete sie die zweite Schublade, ebenfalls voll mit zerknüllter Unterwäsche. Es kam ihr komisch vor, dass alles so sauber, aber so unordentlich war.

Sie beugte sich vor und wollte schon den Schrank schließen, da sah sie ihr Gesicht in dem rechteckigen Spiegel, der innen in der Tür hing. Sie betrachtete sich, während sie ihren Zopf löste, und dachte dabei, dass die verstorbene Bäckerin die letzte Frau gewesen war, die sich in diesem Spiegel betrachtet hatte. Das fühlte sich seltsam an.

Die Matratze war aus Wolle, eine von der Sorte, wie man sie früher im Dorf hergestellt hatte. Sie zog das saubere Laken auf. Und eine Decke, die auf dem Korbstuhl gelegen hatte.

Es nieselte wieder. Sie fühlte sich allein. Wäre sie geflogen, würde sie jetzt schon neben Mathias liegen und schlafen. Sie seufzte. Sie sah das Bett fast verschämt an. Langsam begann sie sich auszuziehen, es war merkwürdig, die Nacht allein an diesem Ort zu verbringen. Plötzlich, sie hatte ihn nicht gehört, kam der alte Hund ihrer Nachbarin in aller Seelenruhe ins Schlafzimmer getappt. Marina stieß einen Schrei aus. Der Hund sah sie mit traurigen Augen an und kam langsam auf sie zu. Er stupste ganz zutraulich mit der Schnauze ihre Hand und leckte sie. Marina wusste nicht recht, was sie tun sollte, sie betrachtete dieses lammfromme Tier und streichelte ihm schließlich über den Kopf. Die Hündin kauerte sich unter dem Fenster zusammen… wo sie ihr Leben lang geschlafen hatte.

Marina erwachte vom Bellen der Hündin, die sie in der vergangenen Nacht aus dem Schlafzimmer locken konnte, indem sie ihr ein kleines Schokoladentäfelchen aus dem Flugzeug von Addis Abeba hinhielt, das sie in einer Seitentasche ihres Rucksacks aufbewahrt hatte. Marina zog sich die Jeans an, die sie am Vortag auf den Korbstuhl gelegt hatte, dann noch T-Shirt, Pulli und Anorak. Als sie über die Türschwelle nach draußen trat, wurde sie von der Besitzerin der Hündin überrascht.

»Hast du das Haus gekauft?«, fragte die Señora sie und schaute sie erstaunt an.

Die Hündin lehnte sich zufrieden an Marina und ließ sich hinter den Ohren kraulen.

»Ich habe es geerbt.«

»Tatsächlich? Aber bist du denn mit María Dolores verwandt?«

»Nein«, sagte Marina und streckte der Frau die Hand hin. »Ich heiße Marina.«

»Ursula«, sagte sie und ergriff die Hand.

»Wenn ich ehrlich sein soll, ich weiß nicht, wer diese Frau ist. Ich weiß nicht, wer María Dolores ist, und ich würde gerne mehr über sie herausfinden. Die Erbschaft war eine große Überraschung.«

»Tatsächlich?... Dann bist du ja wirklich ein Glückskind. Landhäuser wie dieses sind nämlich sehr gefragt.«

»Haben Sie sie gekannt?«

»Ja... Man kann sagen, dass wir Freundinnen waren, wir haben einander Gesellschaft geleistet. Wir waren beide ledig. Es ist uns ehrlich gesagt nie in den Sinn gekommen darüber zu reden, wem wir mal unser Hab und Gut vermachen würden.«

Niebla bellte, weil sie wollte, dass man mit ihr Gassi ging.

»Was für ein lästiger Hund. Das ist nicht mein Hund, müssen Sie wissen. Er gehörte Lola, wie wir María Dolores genannt haben«, sagte sie und schlug mit dem Stock nach der Hündin, die ihr auswich. »Still, die ist aber auch nie still, so ein blödes Vieh. Ich hätte sie ins Tierheim bringen sollen.«

Die Hündin lief schon die Gasse hinunter ins Dorf.

»Weißt du was?... Komm mit mir, ich zeig dir das Haus von Catalina. Catalina und Lola waren schon in Kindertagen Freundinnen, außerdem haben die beiden hier immer zusammen Brot gebacken, seit ich auf die Insel kam.«

»Ich erinnere mich, Gabriel hat mir gestern von Catalina erzählt.«

»Du hast Gabo schon kennengelernt? Sobald der eine schöne Frau sieht, stürzt er sich auf sie. Er ist harmlos, aber manchmal …«

Sie gingen die Calle de la Rosa hinunter, und die Hündin bellte unablässig. Ursula ging zwar am Stock, hatte dabei aber eine sehr aufrechte Haltung. Sie hatte tiefblaue Augen, war groß und schlank. Marina hatte das Gefühl, diese Frau habe ein bewegtes Leben hinter sich und warte hier an diesem Ort mit der Würde einer alten Dame auf den Tod, ohne jemandem zur Last zu fallen.

»Leben Sie schon lange hier?«

»Das Haus habe ich vor fünfunddreißig Jahren gekauft … Vor dem Ende des Franco-Regimes waren diese elenden Hütten gar nichts wert. Aber damals kam ich und ging ich, wie ich Lust hatte. Ich habe mich erst vor fünf Jahren hier niedergelassen.« Sie machte eine Pause, in der sie nach einer bestimmten Erinnerung an einen bestimmten Augenblick suchte, und fuhr fort. »Mein Mann und ich hatten gerade beschlossen, für immer hierherzukommen, da ist er einfach gestorben, der Dummkopf … Jetzt bist du also hier mit dieser alten Deutschen mit dem argentinischen Akzent, die bloß zuschaut, wie die Stunden vergehen.«

»Sie sind Deutsche?«, fragte Marina erstaunt.

»Ach, siez mich doch bitte nicht, dann fühle ich mich noch älter, als ich ohnehin schon bin. Wenn ich ehrlich sein soll, ich weiß gar nicht so recht, wo ich herkomme. Ich habe noch nie an einem Ort das Gefühl gehabt, da gehöre ich hin. In den dreißiger Jahren floh ich im Bauch meiner Mutter aus Deutschland, und dann wuchs ich in Argentinien auf, in der Kolonie der deutschen Immigranten in Buenos Aires … und dann schickten meine Eltern mich, als ich zwanzig wurde, nach Heidelberg zum Studieren, das ist ein wunderschönes, kleines Universitätsstädtchen, und dort blieb ich acht Jahre … Ich verliebte mich in einen Musiker und blieb dort. Aber ich vermisste Argentinien so sehr und hab ihn überredet, mit mir nach Buenos Aires zu gehen … Und dann ging es mein ganzes Leben lang zwischen hier und dort hin und her.« Ursula blieb stehen. »Aber, ach, ich bin eine alte Vettel und hab niemanden, der mit mir redet, und jetzt kaue ich dir hier das Ohr ab.«

»Ursula, es ist ein Vergnügen, Ihnen zuzuhören«, erwiderte Marina aufrichtig.

»Sag doch bitte du zu mir«, wiederholte sie noch einmal und stemmte den Stock gegen einen kaputten Pflasterstein. »Morgens, vor allem jetzt im Winter, frage ich mich oft, was zum Teufel ich eigentlich auf dieser Insel verloren habe.«

Kurz darauf kamen sie zu einem Steinhaus. In Valldemossa sahen so gut wie alle Häuser gleich aus.

»Das ist das Haus von Catalina«, sagte Ursula und deutete mit dem Stock darauf. Sie betätigten den Türklopfer. Es öffnete ihnen eine pausbäckige Frau in den Sechzigern, mit einer Brille mit dicken Gläsern und sehr buschigen, zusammengewachsenen Brauen. Von innen hörte man den Fernseher donnern.

»Hallo Ursula. *Com anem?* … Ja sieh mal einer an, da ist ja die Niebla«, sagte Catalina und streichelte den Hund, der mit dem Schwanz wedelte und an ihr hochsprang.

»Cati, das ist Marina … Sie sucht dich, denn … sie hat die Bäckerei geerbt.«

Catalina musterte Marina ein paar Sekunden lang. »Wie geht's? *En què et puc ajudar?*«, sagte sie dann kurz angebunden auf Mallorquinisch.

»Hör auf, Cati. Wir verstehen kein Mallorquinisch.«

»Dabei bist du schon Jahre hier, Ursula. Du könntest doch inzwischen was gelernt haben.« Marina lächelte in sich hinein. Diese beiden Frauen dürften sich schon seit vielen Jahren kennen.

»Ich verstehe Mallorquinisch, aber ich spreche es nicht«, sagte Marina.

»Na gut – womit kann ich dir helfen?«, sagte Catalina und sah Marina an.

»Wenn ich ehrlich sein soll, Catalina, dann weiß ich überhaupt nichts über María Dolores, und meine Schwester und ich, also wir haben diese Erbschaft gemacht und sind total überrascht … Ich suche nach dem Warum. Warum wir? Sie kannte uns überhaupt nicht.«

»*Jo no sé res*. Ich weiß nichts«, sagte Catalina schnell und senkte den Blick. »Ich weiß nur, dass so ein verfluchter Herzinfarkt mir von einem Tag auf den anderen meine Freundin genommen hat. Und jetzt ist sie fort und meine Arbeit auch. Das war fast alles, was ich hatte. Und das ist alles, was ich dir sagen kann.«

»Das tut mir leid, Catalina. Ich … ich suche einfach nur nach Antworten. Versuche zu verstehen, warum. Man hinterlässt doch ein so wertvolles Haus nicht einfach jemandem, den man nicht kennt. Jemandem, der einem nichts bedeutet.«

Sie standen da und sahen einander schweigend an. Catalina sagte nichts mehr.

»Hat sie einmal von Nerea Vega gesprochen?«

»Nein.«

»Wirklich nicht? Nerea Vega war meine Großmutter. Ihr Mädchenname war Nerea Arroyo.«

»Ich habe noch nie von Ihrer Großmutter gehört.«

»Mein Vater hieß Néstor. Meine Mutter Ana de Vilallonga.«

»Diese Namen habe ich im Leben noch nicht gehört.« Catalina schüttelte den Kopf. Marina wartete ein paar Sekunden. Sie hatte das untrügliche Gefühl, dass die Frau mehr wusste, als sie zugab.

»Na dann. Ich möchte Sie nicht weiter stören. Danke, dass Sie sich die Zeit genommen haben, Catalina.«

»Schon gut. *Que vagi be*«, erwiderte diese, schloss die Tür und ließ die beiden Frauen einfach stehen.

»Da kannst du's sehen, die Mallorquiner sind verschlossen wie ein Puppenarsch. Aber jetzt mal ehrlich, meine Erfahrung sagt mir, dass es nicht normal ist, so einsilbig zu sein. Sie war ihre einzige Freundin«, sagte Ursula.

Sie entfernten sich vom Haus.

»Catalina ist völlig am Ende. Sie waren jeden Tag zusammen, und jetzt das! Dabei haben sie ihr ganzes Leben lang gemeinsam Brot gebacken. Sind im Morgengrauen aufgestanden. Jetzt schließt sie sich im Haus ein, sieht sich die ganzen Talkshows im Fernsehen an und kümmert sich um ihre Mutter. Ich bin ja schon alt, aber die dürfte ein Fossil sein. Das ist hier so üblich, weißt du. Wer sein ganzes Leben lang gearbeitet hat, geht durch die Hölle, wenn er in Rente geht ... Und dann vergehen die Tage und die Monate, und man gewöhnt sich daran ...«

»Die Mühle ist voll mit Mehlsäcken. Es ist eine Schande, dass das Mehl verdirbt. Vielleicht kann ich ja weitermachen, solange ich hier bin. Ich weiß ehrlich gesagt noch nicht so recht, wie lange ich bleiben werde.«

»Weißt du, da würdest du der Cati und dem ganzen Dorf einen Riesengefallen tun, denn es ist der einzige echte Holzofen zum Brotbacken. Jetzt gehen alle nach Sóller und kaufen im Supermarkt diese weißen Kastenbrote, die nach gar nichts schmecken.« Sie machten kehrt und stellten sich erneut vor Catalinas Haus. Diese öffnete ihnen, mit einem Gesicht, als würde sie gleich aus der Haut fahren.

»*I ara que voleu*«, sagte sie auf Mallorquinisch. »Was wollt ihr jetzt schon wieder.«

Marina verstand den Satz, Ursula ebenso. Aber so widerborstig sie auch sein mochte und so sehr sie auch fluchte, diese ungeschlachte, kurzsichtige Frau mit den zusammengewachsenen Brauen schüchterte Marina dennoch nicht sonderlich ein.

»Catalina, ich weiß nicht recht, wie ich es sagen soll. Aber könnten Sie nicht weiter in der Bäckerei arbeiten, solange ich hier bin? So viel Mehl wegzuwerfen, das wäre doch eine Schande!«

»*Hi ha farina per sis mesos. Ho sé.* Es ist Mehl da für sechs Monate.« Weiter sagte die Bäckerin nichts. Sie wirkte unentschlossen.

»Na, komm schon. Das *pa moreno de xeixa* machst du besser als jede andere, und jetzt sitzt du schon zwei Monate vor dem Fernseher und zählst die Fliegen«, schaltete Ursula sich ein.

»*Quins organs que tenen auqest alemanys, ah*. Eine richtige Invasion ist das, und dann werfen sie einem einfach irgendwas an den Kopf«, erwiderte Catalina.

»Was fällt dir ein, ich bin keine Deutsche, ich bin Argentinierin. Wir kennen uns doch jetzt schon seit Jahren!«

Catalina musterte Marina. Marina wartete ab und sagte nichts weiter.

»Allein kann ich das nicht machen ... Es gibt viel zu tun in so einer Bäckerei, da reichen zwei Hände nicht«, sagte die Bäckerin schließlich.

»Na mich braucht ihr gar nicht erst zu fragen, ich hab Arthrose«, sagte Ursula.

»Fällt dir sonst niemand ein?«

Catalina schnalzte mit der Zunge. »*Miri, jo, senyoreta, tot això ho trob molt raro* … Das ist schon merkwürdig, ich kenne Sie ja gar nicht. Außerdem hab ich jetzt andere Dinge zu tun. Wenn Sie mich entschuldigen würden.« Sie wollte ihnen schon die Tür vor der Nase zumachen.

»Sollten Sie Ihre Meinung noch ändern, Sie wissen ja, wo Sie mich finden können.«

Catalina schloss die Tür.

»Die ist ein harter Brocken.«

»Und ich bin stur wie ein Esel«, erwiderte Marina.

Sie sah sich die Bäckerei genau an, als sehe sie sie zum ersten Mal. Machte den leeren Ofen auf und wieder zu, stellte die Mehlsäcke in einer Reihe auf und zählte sie durch. Inspizierte die Feuerholzbündel, über denen an einem Nagel die weißen Schürzen hingen. Auf dem Tisch, auf dem wahrscheinlich immer der Teig von Hand geknetet worden war, sah sie etwas, das sie am Vortag noch nicht dort gesehen hatte, es war mit Reißzwecken angeheftet, zwei vergilbte handschriftliche Blätter. Sie ging näher und las. Wie kindlich die Schrift war und wie ausgeblichen das Papier. Diese Blätter dürften schon viele Jahre an der Wand gehangen haben. Das hatte mit Sicherheit ein Kind geschrieben, es hatte sich sehr konzentriert und versucht, die Zeilen schön gerade zu schreiben.

Auf dem ersten Blatt standen die Zutaten zu einem traditionellen süßen Gebäck von Valldemossa.

Coca de Potata

(Mallorquinische Kartoffelbrötchen)

Mehl	Hefe	Eier	Zucker	gekochte Kartoffeln + Schweineschmalz
1	8	2	250	250 g
2	16	4	500	500 g
10	80	20	2500	2500 g
20	160	40	5000	5000 g

❧

Sie erinnerte sich, dass sie diese Kartoffelbrötchen schon des Öfteren gegessen hatte. Dann las sie, was auf dem zweiten Blatt stand, und hatte das Gefühl, ihr bliebe das Herz stehen. Was hier stand, hatte für niemanden sonst irgendeine Bedeutung. Aber für sie war es nicht nur irgendein Rezept. Es war das geheime Rezept. Es war das Rezept, das nur sie und ihre Schwester kannten und das ihnen Großmutter Nerea gezeigt hatte. Das Rezept für den Zitronenkuchen mit Mohn.

Als sie sich wieder gefasst hatte, griff sie die Rolle mit den Mülleimerbeuteln, die sie in der Abstellkammer auf dem Boden gefunden hatte, und ging ins Schlafzimmer. Sie öffnete den Schrank, nahm einen traditionellen mallorquinischen Rock heraus, tastete ihn sorgfältig ab, suchte nach einem Täschchen, einem gefalteten Stück Papier, irgendeiner Fährte. Vier weitere Röcke. Sie fand nichts. Dann nahm sie eine rote Damenstrickjacke mit einer Seitentasche und untersuchte sie. Nichts. Und so ging sie die Kleidungsstücke der verstorbenen Bäckerin eines nach dem anderen durch.

Nachdem sie sich jeweils überzeugt hatte, dass nichts darin versteckt war, faltete sie sie wieder zusammen und legte sie in den Müllsack. Zum Schluss knotete sie die Müllsäcke zu und setzte sich aufs Bett. Dann öffnete sie die Schublade des Nachttischchens – eine gebrauchte Kerze, ein paar Heiligenbildchen der Heiligen Catalina Tomás, ein paar Kastagnetten.

Die Kleidersäcke brachte sie in die Küche hinunter. Dann öffnete sie den Speiseschrank und durchsuchte das Besteck, bei dem überhaupt keine erkennbare Ordnung herrschte und Löffel, Gabeln und Messer wild durcheinander in der Schublade lagen. Nichts, das ihr weiterhelfen könnte. Dann öffnete sie die Speisekammer. Sie ging alle Regale durch, die umgekippten Dosen, die Besen und Wischmopps auf dem Boden, ein großer leerer Pappkarton, der mitten im Raum stand. Nichts. Kein Foto. Kein Schriftstück. Auch nicht die Rechnung für Wasser, Licht und Gas. Sie füllte die Mülleimerbeutel und stellte alles in die Mitte des Raumes.

Während sie ein wenig enttäuscht die Tür wieder abschloss, hatte sie das Gefühl, dass jemand hier gewesen war und alles durchwühlt hatte. Dass jemand vor ihrer Ankunft hier etwas hatte finden wollen.

»Marina!«

Sie hörte die Stimme ihrer älteren Schwester. Marina packte den vollen Kleidersack und ging hinunter ins Erdgeschoss.

»Hallo Anna«, sagte sie mit einem kleinen Lächeln.

»Was hast du denn da in der Hand?«

»Ich versuche etwas herauszufinden.«

»Geht es dir gut?«, fragte ihre Schwester besorgt. Marina nickte. »Sicher? Ich bin gestern Abend hier gewesen. Du warst nicht da. Ich habe auf dich gewartet. Warum das alles? Warum wolltest du nicht unterschreiben? Hast du etwa hier übernachtet?«

Marina nickte.

»Willst du auf Mallorca bleiben? Du hast ja keine Ahnung, wie Armando sich aufgeführt hat, nachdem du gegangen warst«, sagte sie verängstigt.

»Komm«, sagte Marina. Sie hatte keine Antwort auf all diese Fragen, sie wusste ja selbst nicht, warum sie tat, was sie tat. Sie nahm ihre Schwester bei der Hand und führte sie in die Backstube.

»Sieh dir das an.« Sie deutete auf das Rezept für den Zitronenkuchen mit Mohn.

Anna beugte sich vor, um es zu lesen. »Das ist das Rezept unserer Großmutter«, bestätigte sie.

»Überrascht dich das nicht? Dieses Rezept hat Großmutter sich ausgedacht, und diese María Dolores Molí kannte es. Seltsamerweise hat sie es hier an die Wand gepinnt, und zwar, so wie das Blatt aussieht, offenbar schon vor vielen Jahren.«

»Wahrscheinlich hat unsere Großmutter es gar nicht erfunden, und außerdem, wen kümmert das schon?«

»Mich kümmert's! Aber interessiert dich das denn gar nicht herauszufinden, wer diese Frau ist, Anna?«

»Ich weiß nur, dass wir so gut wie ruiniert sind und dass wir diese eine Million Euro brauchen, um ein paar Schulden zu begleichen ... Ich habe keine Ahnung, wie hoch die Schulden meines Mannes sind. Er ist nervös. Sehr nervös«, sagte Anna verängstigt.

Marina fragte sie ganz direkt und ohne große Umschweife: »Warum bist du immer noch bei ihm?«

In diesen Augenblick ging die Tür zur Bäckerei auf, und Armando kam herein. Anna schlug das Herz schneller. Ihn hatte sie hier nicht erwartet. »Hallo Armando«, sagte sie mit fester Stimme, obwohl sie nervös war.

»Was machst du denn hier, Anna? Wolltest du nicht in die Werkstatt fahren?«

»Doch, klar, ich hab einfach einen kleinen Umweg gemacht, weil …« Anna senkte verängstigt den Blick.

»Was willst du, Armando?«, ging Marina dazwischen.

Armando starrte seine Schwägerin angewidert an. »Zunächst einmal …«, einigermaßen aufgebracht blickte er zu seiner Frau hinüber, denn er wollte nicht, dass sie sah, wie er sich klein machte. »Gestern habe ich mich ein bisschen gehen lassen. Ich bitte dich um Entschuldigung.«

Marina sagte nichts darauf. Armando meinte kein Wort von dem, was er sagte, das spürte sie ganz genau.

»Aber schau …«, fuhr Armando fort und griff sich nervös ins Haar. »Helmut möchte das Grundstück unbedingt, und er bietet uns eine halbe Million Euro zusätzlich. Die kannst du behalten.«

Marina wartete ein paar Sekunden, ehe sie antwortete.

»Armando, hier geht es nicht um Geld. Ich brauche noch etwas Zeit … Außerdem muss ich erst herausfinden, wer diese Frau war, die uns das alles hinterlassen hat.«

Armando holte tief Luft, damit sein Temperament nicht wieder mit ihm durchging. »Du schlägst anderthalb Millionen Euro aus, um deine Neugier zu befriedigen?«

»Wenn Helmut nicht warten kann, werden wir schon einen anderen Käufer finden.«

»Nein, meine Hübsche«, erwiderte er impulsiv und fiel unmerklich wieder in diesen großspurigen Tonfall zurück, »niemand wird uns so viel Geld zahlen, das versichere ich dir.«

»Diese Dame hat mir und meiner Schwester ein Erbe hinterlassen. Nicht dir, Armando. Und jetzt tu mir bitte den Gefallen und halte dich da raus«, antwortete sie hart. Sie sah den Zorn in den Augen ihres Schwagers funkeln. Einen Zorn, den er kaum zu bändigen vermochte. Er war verzweifelt. Marina spürte das wohl, und zugleich sah sie, wie ihre Schwester sich hinter ihm unsichtbar machte.

»Gib mir einen Monat. Anfang März werde ich dir eine Antwort geben.«

»Es ist unglaublich, dass du dir herausnimmst, eine Summe von über einer Million Euro einfach auszuschlagen«, schloss Armando.

»Ich bin eben eine…«, Marina dachte einen Moment nach, ehe sie schließlich antwortete, »sehr begriffsstutzige Frau.«

4

Mit dir, Brot und Zwiebeln bin ich glücklich

Zutaten:

- 1 kg Mehl (Egal welche Sorte: Weizenmehl, Maismehl, Reismehl, Roggenmehl, Dinkelmehl, Kamut. Irgendeins.)
- 500 ml lauwarmes Wasser (Auch egal welches. Falls es kein anderes gibt, auch Meerwasser.)
- 2 TL Hefe oder Sauerteig
- 1 EL Salz (Nur wenn kein Meerwasser verwendet wird.)
- 1 TL Zucker (Muss nicht sein, nur wenn der Geldbeutel es gestattet.)

Zubereitung:

Während du den Ofen vorheizt, mische ich das Mehl mit dem Wasser. Dann kneten wir den Teig, ganz ohne Hast, wir beide, gemeinsam. Wir lassen ihn ein paar Stunden gehen, und während ich den Ofen öffne, schiebst du den Teig hinein. Dann schließen wir den Ofen wieder und warten und sehen zu, wie der Teig aufgeht, bis er fast platzt.

Ich brauche nur ein bisschen von diesem *Brot*, ein wenig *Zwiebel* und *deine Liebe*, um mit dir an egal welchem Ort dieser Welt zu leben, für den Rest meines Lebens.

❧

Sie folgte dem A6 ihres Mannes bis zum Dorfausgang. An einer Kreuzung mussten sie auf die Straße nach Palma abbiegen. Armando gab Gas, ohne auf sie zu warten. Einen Traktor und mehrere Autos musste sie vorbeilassen, ehe Anna in ihrem alten BMW aufs Gas drücken konnte.

Sie war erst dreißig Meter gefahren, als der Motor abzusaufen begann. Sie hatte gewusst, dass ihr das früher oder später passieren würde... Schon seit einigen Wochen hatte sie das Gefühl, dass mit dem Motor etwas nicht stimmte. Aber das hier war weder der richtige Zeitpunkt noch der richtige Ort, um eine Panne zu haben...

Eine Weile versuchte sie vergeblich, das Auto wieder in Gang zu bringen. Was für ein Ärger! Sie rief ihren Mann an, obwohl sie genau wusste, dass er nicht rangehen würde, und zwar nicht, weil er gerade Auto fuhr, sondern weil er generell nie ranging, wenn sie anrief. Meistens hinterließ sie ihm eine Nachricht, und er rief dann zurück, sobald er konnte. Und das tat sie auch jetzt, in der Hoffnung, er werde vielleicht später am Nachmittag ihre Nachricht abhören.

Sie öffnete das Handschuhfach, kramte die Broschüre des Spanischen Automobilclubs RACC heraus, suchte die Nummer der Pannenhilfe und rief dort an. Wie zu erwarten war, lief ein Band mit einer sehr sanften weiblichen Stimme, die sie in die Warteschleife setzte, wo sie über weitere Versicherungsangebote informiert wurde.

Fünf Minuten später entschuldigte eine Dame sich für die

Wartezeit. Sie fragte Anna nach ihrem Vor- und Zunamen, nach der Adresse und dem Autokennzeichen. Dann legte sie Anna wieder in die Warteschleife. Kurz darauf schaltete sie sich wieder ein und teilte Anna mit, der Abschleppdienst werde in vierzig Minuten bis anderthalb Stunden bei ihr sein.

»Anderthalb Stunden?«, wiederholte Anna betroffen. »Was mache ich anderthalb Stunden lang mitten in einem Mandelbaumfeld? Es ist kalt, Señorita, und die Autoheizung geht nicht. Und dafür zahle ich Versicherungsbeiträge.«

»Es tut mir sehr leid, Señora. Alle Abschleppwagen sind im Einsatz.«

Offenbar war die junge Frau solche Gespräche mit verärgerten Kunden schon gewöhnt, wie eine gesprungene Schallplatte wiederholte sie ihre Entschuldigung. Beim fünften *Es tut mir sehr leid*, explodierte Anna.

»Hören Sie auf, mir zu sagen, dass es Ihnen leidtut, und schicken Sie mir einfach nur diesen verfluchten Abschleppwagen!« Sie warf das Handy auf den Beifahrersitz und wunderte sich, dass sie so aggressiv war. So aggressiv war sie nur sehr selten, und schon gar nicht gegenüber jemandem, der ihr gar nichts getan hatte.

Anderthalb Stunden … Sie könnte noch einmal ins Dorf zurücklaufen, zusammen mit ihrer Schwester in der Bäckerei warten und versuchen, sie vielleicht doch zu überzeugen, aber Marina war störrisch wie ein Esel, das hatte schon ihre Mutter immer gesagt. Marina hatte gesagt, in einem Monat werde sie sich entscheiden, also würde sie auch dabei bleiben. Außerdem wollte Anna lieber hier in der Eiseskälte warten, denn sie fing an sich zu schämen. Marina konnte nicht verstehen, wieso sie an dieser Ehe festhielt. Wie auch, sie war nie verheiratet gewesen und hatte keine Kinder. Wie sollte sie das verstehen können? Das Zusammenleben ist in keiner Ehe einfach, und eine Frau hat die moralische Verpflichtung auszuharren und sei es nur der Kinder wegen. Marina hatte keine Kinder und würde in ihrem Alter auch keine mehr bekommen.

Nach zwanzig Minuten bekam sie eine Nachricht. Sie nahm das Handy vom Beifahrersitz und sah aufs Display. Es war ihre Tochter. Sie öffnete die Nachricht: »Ich komme spät.«

»Und was heißt spät?«, sagte sie laut.

Außerdem, wieso hatte Anita während der Schulzeit ihr Handy eingeschaltet? Das war dort absolut verboten. Sie rief sie an. Anita ging nicht ran. Sie versuchte es noch einmal. Nichts. Anna tippte eine Nachricht in ihr Handy. »Übermorgen musst du eine Schularbeit nachschreiben. Um halb sechs bist du zu Hause.«

Warum nur hatte sie eine so komplizierte und so wenig umgängliche Tochter? Manchmal beobachtete sie Anita, und wenn sie nicht die Gewissheit hätte, sie neun Monate lang in ihrem Bauch ausgetragen zu haben, würde sie nicht glauben, dass das ihre Tochter war. Denn Anita hatte nichts von Anna. Überhaupt nichts.

Es erwartete sie ein anstrengender Abend mit ihrem Mann und ihrer Tochter. Allein schon der Gedanke daran machte sie nervös.

Dreißig Minuten später sah sie den Abschleppwagen auf der Straße entgegenkommen. Er parkte vor dem BMW. Anna stieg aus ihrem Wagen und ging auf den Abschleppwagen zu. Der Fahrer stieg ebenfalls aus, er trug ein kurzärmeliges Hemd. Allein schon bei dem Anblick wurde ihr kalt. Er dürfte so alt sein wie sie, war kräftig, nicht sehr groß, braungebrannt, ein typischer Inselbewohner. Eigentlich wollte sie ihm ein paar Sachen an den Kopf werfen, denn sie hatte immer noch eine Wut im Bauch, aber als sie näher kam, dachte sie, vielleicht würde der Kerl dann auch wütend werden und sie noch weitere zwei Stunden warten lassen.

Der Mann vom Abschleppdienst schnappte sich ein Fensterleder und versuchte, sich Schmierfett von den Fingern zu wischen.

»Hallo. Guten Tag. Na endlich« war alles, was sie an Tadel herausbrachte. »Ich glaube, es liegt an der Batterie«, fuhr Anna fort.

»Guten Tag«, sagte der Mechaniker und warf der BMW-Besitzerin nur einen kurzen Blick zu, während er den fettigen Lappen durch ein Seitenfenster zurück ins Auto warf.

Dieser kurze Blick von der Seite, nur diese Zehntelsekunde, in der ihre Blicke sich kreuzten, und schon begann Anna zu zittern. »Antonio«, sagte sie leise. Anna hatte seine schwarzen Augen wiedererkannt. Seine stets sonnengebräunte Haut. Seine kraftvolle Haltung und die Selbstsicherheit, die er immer ausgestrahlt hatte und von der in all der Zeit nichts verloren gegangen war. Stumm blickten sie einander an, und jeder las im Gesicht des anderen, wie viel Zeit vergangen war. Und während Anna die Liebe ihres Lebens betrachtete, schlug ihr Puls schneller, und sie vergaß die Kälte, die Schulden ihres Mannes, die schwierige Pubertät ihrer Tochter, ihre frisch angekommene Schwester, das Erbe.

Antonio kam näher, um sie links und rechts auf die Wange zu küssen, und dabei verriet ihn eine leichte Erektion. »Wie wunderschön du bist«, sagte Antonio und ließ sie wieder los. Anna lächelte schüchtern.

»Ich bin erwachsen«, erwiderte sie.

»Ich bin auch erwachsen«, antwortete er.

Sie schwiegen und wussten nicht, was sie sagen sollten.

»Ich bin erst nach dreißig Jahren wieder auf die Insel zurückgekommen«, brach Antonio das Schweigen und sah ihr fest in die Augen.

Sie senkte den Blick, denn sie war sich dessen bewusst, dass sie in ihrer Jugend ihr Versprechen nicht gehalten hatte. Als sie siebzehn war, hatte er ihr im Hafen von Valldemossa ins Ohr geflüstert: »Wir hauen ab von dieser verfluchten Insel. Für immer, du und ich.«

Sie erinnerten sich beide an diesen Satz, als hätte er ihn soeben erst ausgesprochen.

»Ich hänge jetzt dein Auto an den Abschlepphaken, und dann setzen wir uns in den Wagen, bevor du dich erkältest«, sagte er und zerschlug damit den Bann dieses Augenblicks.

Anna setzte ihren hockhackigen Schuh auf das Trittbrett, nahm etwas Schwung und stieg in den Laster. Antonio steuerte den Wagen und sah dabei in den Rückspiegel. Anna betrachtete seine Hände, sie erkannte sie augenblicklich wieder. Starke Hände. Immer sonnengebräunt. Die ersten Hände, die ihren nackten Körper berührt hatten.

»Mitten auf dem Atlantik verließen uns die Nordpassatwinde ... das war hart«, erzählte Antonio und deutete ein Lächeln an.

Er hatte es getan. Er hatte den Traum, den sie mit siebzehn gemeinsam geträumt hatten, Wirklichkeit werden lassen. Er hatte es gewagt, von der Insel zu fliehen, so wie sie es geplant hatten, und die Welt zu sehen, die hinter dem Mittelmeer lag. Er war an Bord der *Lord Black* gegangen, eines alten vierundfünfzig Fuß langen Segelschiffs, das einem gewissen Sir Peter Black gehört hatte.

Antonio war schon als Baby von den Wassern des Mittelmeers gewiegt worden. Er war der Sohn eines Fischers von S'Estaca, einem aus vierzehn kleinen Häusern bestehenden Dorf zwischen dem Hafen von Valldemossa und Sa

Foradada. Er hatte den Beruf des Fischers von seinem Vater gelernt und dieser hatte ihn von seinem Großvater, in seiner Familie hatte es nie einen anderen Beruf gegeben. Aber Antonio hatte schon als kleiner Junge, als er den bescheidenen Llaüt mit dem Lateinersegel bestieg und den Familienberuf erlernte, die herrlichen und imposanten Segelschiffe mit den riesigen Segeln bewundert, auf denen Fremde aus der ganzen Welt angereist kamen und nahe bei ihren Fischerhütten vor Anker gingen.

Einer dieser Ausländer, ein englischer Adliger, ging von Bord seines Segelschiffes und fuhr mit einem kleinen Beiboot zur Küste von S'Estaca. Sir Peter Black sprach ein klein wenig Spanisch und erklärte den Fischern, die in diesem Augenblick in einer Pfanne ihre Sardinen brieten, er suche nach Mannschaftsmitgliedern für seine Abenteuerreise. Antonio trat vor und streckte ihm die Hand hin. Er war noch jung, aber alles, was er wusste, hatte das Meer ihm beigebracht. Er überzeugte den englischen Adligen, dass seine Verlobte an Bord als Köchin arbeiten könnte. Und an einem Morgen im Oktober 1980 wartete er auf sie, um mit ihr zusammen auf dem Segelschiff, das ihnen das Tor zur Welt öffnen würde, zu fliehen.

»Erzähl mir, was ich alles verpasst habe«, antwortete Anna ihm fast schon beschämt, »bitte.«

Er erzählte ihr, wie sie den Hafen von Valldemossa verlassen und in Banús in Málaga angekommen waren. Von dort ging es zum Hafen von Santa María in Cádiz und drei Tage später nach Ayamonte und Huelva. Dem folgten Fuerteventura, Senegal, Kap Verde. Auf Kap Verde mussten sie drei Wochen lang ausharren, bis der sogenannte elysische Wind wehte, der Nordostwind, und dann segelten sie drei Wochen unter guten Winden auf dem Atlantik, bis eine Flaute kam. Zwei Wochen lang bewegten sie sich fast nicht vom Fleck. Später kam ein erbarmungsloser Hurrikan auf, und schließlich gelangten sie zur Dominikanischen Republik. Anna lauschte Antonio, ohne ihn zu unterbrechen.

Die ganze Geschichte hätte genau so ablaufen sollen, nur mit ihr selbst an Bord des Segelschiffs.

»Und als du dort ankamst?«

»Arbeit zu finden war leicht. Ich brauchte nur im Hafen zu fragen. Es legen immer Schiffe an, die Seeleute für ihre Mannschaft suchen, und so habe ich dreißig Jahre lang als Seemann in der Karibik gelebt. Ich bin auch nach Brasilien gefahren, nach Argentinien, nach Uruguay … Ich bin immer wieder an Bord gegangen.«

Er sah in den Rückspiegel und redete weiter.

»Dann habe ich eine Dominikanerin kennengelernt, und … wir bekamen eine Tochter, die heute zwanzig Jahre alt ist. Dann trennten wir uns, und hier bin ich wieder.« Er sah ihr in die Augen und lächelte. »Auf der Felseninsel. Und du, Anna? Wie ist dein Leben verlaufen?«

»Ich bin nicht viel von hier fortgekommen … Die eine oder andere Pauschalreise mit Halcón Viajes.«

Sie lachten beide.

»Hast du geheiratet?«

»Ja … ich habe eine vierzehnjährige Tochter«, sagte Anna bloß. Was sie in diesem Moment am wenigsten wünschte, war, sich an irgendetwas aus ihrem Leben zu erinnern oder ihm von ihrem Elend zu erzählen. »Und wie ist es gekommen, dass du jetzt einen Abschleppwagen fährst?«, fragte sie, um das Thema zu wechseln.

»Bei meiner Ankunft habe ich im Hafen von Palma um Arbeit nachgefragt. Aber die Zeit von Januar bis April ist nicht günstig, und in der Werkstatt eines Bekannten wurde jemand gesucht. Vom Schiffsmechaniker zum Automechaniker ist es nicht weit. Und da bin ich nun. Im April werde ich noch einmal im Hafen nachfragen. Aber mit der Autoreparatur verdiene ich gar nicht so schlecht. In der Karibik gibt es für einen Seemann immer Arbeit. Aber hier arbeiten die Seemänner nur in der Sommersaison, und in meinem Alter noch einmal mit der Fischerei anzufangen, wie mein Vater, danach steht mir nicht der Sinn.«

In der Werkstatt angekommen, ließ Antonio das Auto vom Haken. Er öffnete die Motorhaube und leuchtete mit einer Taschenlampe hinein. Dem Auto fehlte es an allem, es hatte kein Kühlwasser und kein Öl mehr, und die Batterie war tatsächlich leer. Der Wagen müsste in der Werkstatt bleiben, und Anna könnte ihn am folgenden Tag abholen kommen.

Dann kam der Moment des Abschiednehmens. Sie küssten einander auf die Wange. Und lächelten scheu.

»Immer kommst du mir zu Hilfe. Wenn es nicht die Seeigel sind, dann ist es die Autobatterie.«

Antonio blickte zu Boden, und dann sah er sie wieder an. Es sah so aus, als wollte er etwas sagen, aber dann ließ er es doch bleiben. Es gab nur eine Sache, die er sie gerne gefragt hätte. Etwas, das ihm mehr wehtat als die Tatsache, dass sie nicht mit auf die Reise gekommen war, die sie zusammen geplant hatten.

Warum, Anna? Warum hast du meine Briefe nie beantwortet?

Ein Sardinenschwarm von über fünfzig Metern schwamm unter dem Boot hindurch, auf dem Antonio zusammen mit seinem Vater geduldig ein Schleppnetz hielt. Es war Ende

August, die Fortpflanzungszeit der Sardinen, aber bis zu diesem Tag hatten sie kein Glück gehabt, denn in diesem Sommer 1979 war das Wasser nicht so warm gewesen wie erwartet, und die Sardinenweibchen hatten lieber in den Gewässern im Süden ihre Eier abgelegt. Nur dieser eine Schwarm hatte beschlossen, in den Gewässern von Mallorca zu laichen, aber die Fische hatten Pech und wurden von zwei armen Fischern aus S'Estaca herausgefischt, zu deren großer Freude. Über fünfzig Kilo frische Sardinen brachte Antonios Vater in die Fischauktionshalle von Palma. Sein Sohn Antonio machte an der Landungsbrücke des Hafens von Valldemossa den Llaüt sauber und wartete auf ihn, damit sie gemeinsam wieder zurück ins Dorf fahren konnten.

Antonio schüttete gerade einen Eimer Süßwasser ins Innere des Bootes und lauschte dem Gespräch, das ein junges Mädchen, der Art zu sprechen nach gehörte sie zur Oberschicht, mit ihrem Vater führte.

»Ich bleibe hier, Papa. Wir haben Nordwind, und warum auch sollte ich mich langweilen, während du Schätze suchst?« Sie zog eine lustige Schnute und setzte dann hinzu: »Außerdem ist es ohne Marina öde. Und Papa, du solltest heute nicht rausfahren. Es ist gefährlich.«

»Na komm mit, mein Schatz. Wir fahren nach Es Port d'es Canonge, frühstücken dort in einer der Hütten, und dann kommen wir wieder zurück. Los, komm schon«, sagte ihr Vater und machte den Knoten los, der den Llaüt an den Anlegesteg band.

»Nein, Papa, ich möchte aber nicht. Ich warte hier auf dich.«

»Na gut, tu, was du magst, mein Schatz. In zwei Stunden bin ich zurück.«

Das kleine Boot fuhr davon. Das Mädchen zog sich die

Sandalen aus, raffte ihr Kleid zusammen, ging mit den Füßen ins Wasser und lief dann langsam meerwärts. Es war Ende Mai und das Wasser immer noch kalt. Antonio beobachtete sie verstohlen und putzte weiter seinen Llaüt. Er war neunzehn Jahre alt und ein ziemlicher Draufgänger oder besser gesagt draufgängerischer als je zuvor. Er fand sie so zart, so wunderschön, so zerbrechlich … Sie warf dem jungen Seemann, der ohne Hemd und in Jeans das Boot sauber machte, einen Blick zu, aber sie sah in ihm wohl nichts anderes als einen jungen, braungebrannten und starken Fischer. Mit langsamen Schritten ging sie weiter hinaus. Sie spürte, wie die kleinen Steinchen ihr die Füße massierten, und hatte ihren Spaß daran.

»Ahhh!«, schrie sie auf.

Antonio, der sie nicht aus den Augen gelassen hatte, kam zum Ufer gelaufen. Anna befand sich etwa zehn Meter vom Ufer entfernt.

»Geht es dir gut?«, fragte er vom Ufer aus.

»Mich hat etwas gestochen«, antwortete sie.

Antonio zögerte nicht lange und watete ins Wasser. Seine Hosen wurden komplett nass.

»Halt dich an meinem Hals fest«, sagte er.

»Ach, lass doch«, antwortete Anna.

»Los, halt dich fest.«

Schüchtern schlang Anna die Arme um Antonios Hals, und er packte sie bei der Taille und hob sie auf seine Arme.

Am Ufer setzte er sie behutsam auf einem Felsen ab.

»Lass mal sehen«, sagte er und griff nach ihrem Knöchel.

»Wie peinlich.«

Antonio nahm ihren Fuß, ohne auf ihre Worte einzugehen. Wahrscheinlich hatte sie sich die Stacheln eines Seeigels in den Fuß gerammt. Das war ihm selbst schon oft passiert.

Und tatsächlich, sie hatte um die zwanzig Stacheln in der Fußsohle stecken. Antonio ging zum Llaüt und holte eine Pinzette aus einem schwarzen Plastiknecessaire. Dann kam er zurück, setzte sich neben sie und zog ganz vorsichtig einen Stachel nach dem anderen heraus. Sie jammerte, wenn Antonio ein bisschen herumstochern musste, um den Stachel zu packen, und dann hielt er eine Sekunde inne, machte ihren Fuß mit Meerwasser nass und fuhr fort. Anna war das Ganze peinlich, sie wagte kein Wort zu sagen. Antonio dagegen war ein lustiger Kerl, mit einer gewissen seemännischen Redegewandtheit, auch wenn er in seinem ganzen Leben noch kein einziges Buch gelesen hatte, was auch der Grund war, weshalb er mit vierzehn von der Schule abging. Aber er war geistreich und brachte seine Freunde, seine vielen Freundinnen und die Familie leicht zum Lachen. Dank der Schlagfertigkeit, die Gott ihm gegeben hatte, fiel ihm das Flirten leichter als seinen Kumpels. Mit den Mallorquinerinnen war das natürlich schwieriger, denn sie waren katholisch und sehr streng, aber bei den Ausländerinnen, die jeden Sommer auf die Insel kamen, war er heiß begehrt. Er radebrechte ein paar Worte auf Englisch, packte sie bei der Taille und nahm sie unter Aufbietung seiner ganzen Kunst und mit ein bisschen Calimocho mit zum Strand. Mit vierzehn verlor er seine Unschuld an eine Schwedin, die einen Kopf größer war als er und außerdem sehr freizügig, und in den zwei Monaten, die sie auf der Insel blieb, zeigte sie ihm sämtliche ihrer erogenen Zonen. Von da an kehrte er nachts nie ohne Beute zurück. Aber aus irgendeinem Grund fühlte er sich gehemmt bei dieser jungen Frau, der er die Stacheln aus dem Fuß zog, und während er bei jeder anderen jetzt irgendeinen Unsinn geredet hätte, um sie zum Lachen zu bringen, fiel ihm in ihrer Gegenwart absolut nichts ein.

Am folgenden Tag kehrten Anna und ihr Vater zum Hafen von Valldemossa zurück. Als Anna die Autotür zuzog, sah sie gleich zu dem Boot hinüber, in der Hoffnung, Antonio könnte dort sein, aber am Ufer war nur eine Gruppe von Engländern, die ihre Kayaks zu Wasser ließen. Das Meer war ruhig, die Sonne schien, es war ein perfekter Tag zum Segeln. Anna, die Schmerzen im Fuß vorschützte und außerdem behauptete, sie habe ihre Tage, blieb an Land und hoffte, er werde auftauchen, und natürlich tauchte er auch bald auf. Er setzte sich zu ihr und küsste sie auf die Wange. Sie sprachen miteinander, wie Menschen es tun, die Gefallen aneinander gefunden haben – etwas verschämt und immer bemüht, keine Stille aufkommen zu lassen. Und so ging es einen Tag und noch einen und noch einen und immer so weiter, den ganzen Sommer lang, denn Néstor respektierte stets, dass seine Tochter nicht mit dem Llaüt fahren wollte, mit der Begründung, sie fühle sich ohne Marina auf dem Boot so allein. Sie wartete lieber an Land auf ihn und sonnte sich. Und so verbrachten diese beiden jungen Inselbewohner den Sommer 79 damit, einander jeden Morgen ihr Leben zu erzählen.

Anna erzählte ihm, sie habe noch ein Jahr vor sich, dann werde sie in San Cayetano ihr Abitur machen und anschließend eine Ausbildung zur Sekretärin. Antonio sollte in Palma eine Ausbildung beginnen, um Schiffsführer zu werden, denn er wollte kein Fischer werden, sondern lieber Seefahrer und die ganze Welt bereisen.

Obwohl sie an so vielen Tagen in dem Boot im Hafen von Valldemossa saßen, hatten sie sich nicht geküsst. Er hatte noch nie eine Frau so sehr begehrt, aber er nahm an, dass diese junge Frau aus der Oberschicht, blass und zerbrechlich, ein zu großer Fang für einen armen Fischer war, dessen Familie nur ein bescheidenes Häuschen am Meer besaß.

Sie hatte noch nie die Lippen eines Mannes geküsst, aber jeder Kuss auf die Wange und jede Berührung ihrer Haut weckten in ihr unbekannte Empfindungen. Sie versuchte, sich ihren schweren Atem nicht anmerken zu lassen, damit er von dieser unbekannten Lust, die seine Gegenwart in ihr weckte, nichts mitbekam.

Am fünfzehnten September begann in San Cayetano die Schule wieder. Montag, Dienstag, Mittwoch ... Anna zählte die Tage, die Stunden der Tage, die Minuten der Stunden, die Sekunden, die es noch dauerte, bis sie am Wochenende wieder mit ihrem Fischer zusammen am Meer sein konnte.

»Ende Oktober holt mein Vater den Llaüt aus dem Meer«, sagte Anna und blickte dabei aufs Wasser, »dann können wir uns nicht mehr sehen.«

Anna steckte die Hände zwischen die Steinchen am Strand und blickte auf die Wellen. An ihren traurigen Augen sah er schließlich, dass Anna ihn ebenso begehrte wie er sie. Er nahm ihr Gesicht in die Hände und drehte es so, dass sie ihn ansehen musste. Da wurde Annas Körper wieder von diesem seltsamen Gefühl durchströmt. Er kam ihr mit dem Mund ganz nah, und dann verharrte er geduldig, bis sie ein wenig die Lippen öffnete und es zuließ, dass er sie mit der Zunge berührte. Ganz ohne Eile, ganz zart, erkundete er genussvoll jeden Winkel bei diesem Kuss, nach dem er sich so gesehnt hatte. Er fuhr ihr mit der Zunge über die Zähne, übers Zahnfleisch und spielte ganz langsam mit Annas Zunge. Die Augen des Mädchens, die geschlossen waren, und der halb geöffnete Mund baten um mehr. Da küsste er sie drängender und mit mehr Ungeduld, und sie erwiderte sein Drängen und ergab sich zum ersten Mal in die Umarmung dieses Mannes, der für immer die Liebe ihres Lebens werden sollte.

Ende Oktober zog Néstor den Llaüt aus dem Wasser. Wie jedes Jahr würde er ihn bis Ende April in einem Bootshaus im Hafen von Valldemossa lassen, und nur am ersten Januar würde er ihn, wie das Ritual es vorschrieb, ganz gleich, wie kalt es sein würde und ob ein Wind ging oder nicht, zu Wasser lassen, um das neue Jahr zu begrüßen.

»Ich werde dich jeden Tag mit meinem Motorrad besuchen kommen«, sagte Antonio.

Und genau das tat er auch. Sie trafen sich nach Schulschluss in einer kleinen Gasse, in der sie vor den Blicken ihrer Schulkameradinnen geschützt waren. Sie sagte ihrer Mutter, sie solle sie doch bitte zwei Stunden später als üblich abholen, schließlich sei sie jetzt schon siebzehn. Ana de Vilallonga war damit nicht einverstanden, denn es schickte sich nicht für ein junges Mädchen, mit ihren Freundinnen durchs Dorf zu ziehen.

»Mama, deine jüngste Tochter lebt siebentausend Kilometer von hier entfernt, und mich lässt du nicht einmal alleine um die Ecke gehen. Ich möchte nach der Schule einfach ein bisschen Zeit mit meinen Freundinnen verbringen, bitte«, sagte sie.

Aber erst als Néstor sich einschaltete, war ihre Mutter zur Vernunft zu bringen.

Mit ihrer Schuluniform und einem Helm stieg sie aufs Motorrad, lehnte sich an den Rücken ihres Freundes, der Gas gab und talwärts losbrauste. An manchen Tagen brachte Anna Stücke von einem köstlichen Kuchen mit, den sie selbst gebacken hatte, und sie aßen sie am Strand von Palma. An anderen Tagen, als es schon kalt zu werden begann, gingen sie in ein Café außerhalb des Zentrums, wo sie Ensaïmadas aßen und sich gegenseitig den Zucker vom Mundwinkel leckten. Antonio war zum Fan einer andalusischen Sängerin und Liedermacherin geworden, er sang ihr ihre Lieder vor, klatschte dabei in die Hände, und Anna starb fast vor Lachen, wenn sie ihn so sah. An anderen Tagen erklärte er ihr, wie hart der Winter für die Fische sei. Anna wurde von Tag zu Tag glücklicher und verliebte sich immer mehr in diesen humorvollen Jungen… Aber es gab etwas, das ihr auf der Seele lag und das es ihr nicht gestattete, sich voller Zuversicht auf die erste Liebe ihres Lebens einzulassen. Sie wusste, ihre Mutter würde einer Verbindung mit einem Jungen wie ihm niemals zustimmen. Niemals.

Oktober, November und Dezember gingen vorüber, und die Liebe zwischen ihnen wuchs immer mehr.

Ende Dezember kehrte Marina von dem amerikanischen Internat zurück, um mit ihrer Familie Weihnachten zu feiern. Endlich konnte Anna jemandem von dem erzählen, was sie auf dem Herzen hatte und was sie niemals ihren Klassenkameradinnen von San Cayetano erzählen würde, selbst wenn einige von ihnen schon einen Freund hatten und mit Jungs ausgingen, die natürlich allesamt zur mallorquinischen Oberschicht gehörten.

Am ersten Januar schien die Sonne. Es war sehr kalt, aber Anna und Marina baten ihren Vater, ihn zum Hafen von Valldemossa begleiten zu dürfen, sie wollten das Jahr auch damit beginnen, dass sie das Meer begrüßten. Sie wussten, dass ihrer Mutter in dem kleinen Boot immer schlecht wurde und sie daheim bleiben und den Plan, den sie gemeinsam geschmiedet hatten, nicht in Gefahr bringen durften.

Angetan mit Gummistiefeln und Anoraks, zogen sie den Llaüt ins Meer. Der Hafen von Valldemossa lag ganz in der

Nähe der Fischerhütten von S'Estaca. Nachdem sie alle drei an Bord gegangen waren, segelten sie in der Sonne und bei großer Kälte los.

»Papa, schau mal!«, sagte Anna und deutete auf S'Estaca.

Der Rauch eines Kohlenbeckens stieg zum Himmel auf. Eine Gruppe von Fischern feierte das neue Jahr mit gebratenen frischen Fischen.

Néstor wollte weitersegeln. Wollte einmal um die Insel fahren, falls der Winter es zuließ, aber da seine Töchter darauf bestanden, hielten sie dort.

Antonio wartete auf sie und gab ihnen ein Zeichen, näher zu kommen.

Zu Néstors Überraschung grüßte Anna ihn schüchtern.

»Kennst du die?«, fragte Néstor befremdet.

»Ja, Papa. Ich habe sie im Sommer kennengelernt.«

Sie benutzte den Plural, denn sie traute sich nicht, ganz aufrichtig zu sein.

Sie kamen zum Ufer. Antonio zog sich die Schuhe aus, krempelte die Jeans hoch und half Néstor, das Boot beim Anlegesteg hochzuziehen. Zu Weihnachten hatte er sich ein weißes Hemd gewünscht, wie es die jungen Männer aus gutem Hause in Palma trugen, eines mit einem Pferdchen auf der Brust, und Anna fand, dass er so gut aussah wie noch nie.

»Sehr erfreut, Señor Vega«, sagte Antonio und reichte Néstor mit einer gewissen Nervosität die Hand, aber mit dem für ihn so typischen sympathischen Lächeln.

»Hallo Marina«, sagte er und gab ihr zwei Küsschen. »Ich habe so viel von dir gehört. Ich wollte dich schon lange einmal kennenlernen.«

An dem Anlegesteg standen die Großeltern, Eltern, Onkel und Tanten, Nichten und Neffen und Nachbarn dicht gedrängt um das Kohlenbecken und warteten auf ihr Frühstück, frische Sardinen, mit denen sie das neue Jahr feiern wollten. Antonios Eltern kamen auf sie zu.

»Willkommen in S'Estaca. Mein Sohn hat mir schon erzählt, dass Freunde kommen würden«, sagte Antonios Vater auf Mallorquinisch und bot ihnen einen Teller Sardinen an, »fangfrisch, von heute Morgen.«

Dann begann Néstor ein Gespräch mit Antonios Vater, einem alten Seewolf. Anna hätte das alles nicht geplant, hätte sie nicht gewusst, dass ihr Vater ein weiser und umgänglicher Mann war, der den Herzog von Palma, mit dem er bekannt war, ebenso behandelte wie jeden anderen Menschen auch, mit dem er zu tun hatte, und sei es ein einfacher, ungebildeter Fischer.

Sie setzten sich auf die Felsen, aßen mit den Händen und lauschten den Erzählungen des Patriarchen der Familie.

Anna wusste, dass sie eine Weile fehlen konnte, ohne dass man sie sehr vermissen würde. Sie entschuldigte sich und mischte sich unter die Fischer, und so liefen sie bis zum Rand des kleinen Dorfes. Das letzte Haus war Antonios. Sie traten ein. Es war winzig klein, aus dunklen Steinen gebaut und feucht. Anna wunderte sich, dass man hier leben konnte, es war so kalt, aber sie sagte nichts und folgte Antonio an der Hand bis ins Schlafzimmer. Eine Matratze mit vielen Decken darauf. Eine sehr alte Weltkarte, die mit Tesa an die Steinwand geklebt war, bildete das Kopfende. Von einem kleinen Fenster beim Bett aus konnte man das Meer sehen. Jenes Meer, das zu all den anderen Meeren in Antonios Träumen führte.

Er küsste sie. Es war das erste Mal, dass sie sich in einem geschlossenen Raum befanden, nur sie beide. Sie sah ihn an. Streichelte ihm übers Gesicht.

»Ich liebe dich, Anna.«

Anna verging innerlich, konnte nichts erwidern. Das war das erste Mal, dass sie diese Worte aus dem Mund eines Mannes hörte, der nicht ihr Vater war.

Sie ließ sich von ihm den Anorak ausziehen. Trotz der Kälte hatte sie das Gefühl, dass ihr Körper glühte. Er fasste sie um die Taille und ließ seine Hände langsam den Rücken hinaufwandern. Dann küsste er sie, während seine Hände sanft ihren Nacken streichelten. Er ließ die Hände zur Brust hinunterwandern. Vorsichtig streichelte er sie mit den Fingerspitzen. Er küsste Anna immer weiter, streichelte dabei ihre Brüste. Er spielte mit ihnen ohne jede Hast, und Anna spürte, wie ihr Geschlecht pulsierte. Er öffnete den Knopf ihrer Jeans, dann langsam den Reißverschluss, und seine Hand glitt bis zu dem feuchten Geschlecht der Frau, die er liebte, und Anna stöhnte.

»Bitte hör auf.«

»Entschuldige, mein Schatz. Tut mir leid ... Es ist nur ...«

Eilig machte er ihre Jeans wieder zu und küsste sie erneut auf den Mund. »Wann immer du willst«, flüsterte er bebend, während er ihren Mund küsste.

Sie nickte schüchtern und senkte den Blick. »Mein Vater wird Verdacht schöpfen.«

Als sie sich wieder zu den anderen gesellten, trank Néstor in aller Seelenruhe einen Mandellikör mit Antonios Verwandten und hatte die Abwesenheit seiner Tochter nicht einmal bemerkt. Anna sah ihre Schwester an, die allein auf einem Felsen saß, ihre Knöchel umklammert hielt und sie beobachtete. Marina lächelte ein wenig, als sie sie kommen sah. Anna lächelte zurück und winkte sie zu sich heran.

Die Fischer hatten ein Lagerfeuer angezündet, und gemeinsam sangen sie mallorquinische Volkslieder, was Antonios Sohn peinlich war. Néstor schmetterte die paar Strophen, die er gerade gelernt hatte, gleich mit, was wiederum seiner Tochter peinlich war.

Dann segelten sie in ihr altes Leben zurück.

»Das bleibt zwischen dir und mir. Mach dir keine Gedanken«, sagte Néstor zu seiner ältesten Tochter. Denn Anna musste nichts erklären, Néstor wusste auch so, dass sie sich zum ersten Mal verliebt hatte. Seine Frau würde diese unschuldige Beziehung niemals akzeptieren, aber er würde Anna diese Erfahrung machen lassen, denn er wusste, dass es eine unmögliche Liebe war, ganz so, wie er sie selbst einst erfahren hatte. Man konnte voraussagen, dass sie ein trauriges Ende nehmen würde, aber er wusste, dass es den Schmerz wert war.

Marina kehrte in die Vereinigten Staaten zurück. Nach den Feiertagen begannen für Anna und Antonio wieder die Ausfahrten mit dem Motorrad, die selbstgebackenen Kuchen, das Aneinanderkuscheln am Meeresufer, der Zucker im Mundwinkel und das Spiel der Hände, die ohne Eile jeden Winkel von Annas Körper erkundeten.

Endlich kam der April und mit ihm das schöne Wetter. Der Llaüt wurde zu Wasser gelassen, kurz darauf kamen die Touristen auf ihren Segelschiffen und weckten Antonios Träume, die er jetzt gemeinsam mit Anna träumte.

Eines Sonntags dann, als ihr Vater mit Marina davonsegelte, nahm Antonio sie an seinen Lieblingsort auf der Insel mit, an die Steilküste von Sa Foradada. Von diesem Ort konnte man endlos weit blicken. Sie stiegen vom Motorrad, und er führte sie zum äußersten Ende der Steilküste. Nur sie beide. Sie setzten sich auf den Felsen und ließen die Beine übers Meer baumeln. Er holte die Weltkarte aus dem Rucksack, die in seinem Zimmer über dem Bett gehangen hatte. Er nahm ihre Hand und legte sie auf die Insel Mallorca. Ohne ihre Hand loszulassen, ließ er seine Finger übers Mittelmeer bis nach Gibraltar gleiten, von dort nach Kap Verde im Atlantik, dann überquerten sie den Ozean, bis sie auf den Karibischen Inseln angekommen waren, und von dort ging es weiter nach Süden, nach Venezuela, Brasilien, Uruguay, Chile und Peru. Sie fuhren mit ihren Händen auf der Karte entlang, bis sie in Asien angekommen waren.

»Das möchte ich alles mit dir bereisen.«

»Und wie?« Sie lächelte bei dem Gedanken an den Traum, mit dem er da spielte.

»Mit dem Schiff.«

»Mit dem Llaüt deines Vaters oder meines Vaters?«, sagte Anna mit einem spöttischen Lächeln.

»Am Hafen werden Seemänner gesucht. Mein Onkel ist Matrose bei der Handelsmarine und ist bis nach Kuba gekommen, einmal im Jahr reist er von hier nach dort.«

»Und ich? Was soll ich auf einem Schiff machen? Mich werden sie ja wohl kaum einstellen.«

»Da wird uns schon was einfallen ... Ich möchte weg von dieser Insel, Anna, und zwar mit dir«, sagte er und ergriff ihre Hand. »Jeden Tag raus aufs Wasser. Immer dasselbe Stückchen Meer. Meine Eltern sind noch nie woanders gewesen. Noch nie, Anna. Nie.« Er sah ihr ernst in die Augen wie vorher nur selten. »Ich möchte so nicht leben. Ich will die Welt sehen. Ich will ein anderes Leben, an einem anderen Ort dieses Planeten, zusammen mit dir.« Er küsste sie auf den Mund. »Du wirst bald achtzehn. Wir müssen uns nicht mehr verstecken. Néstor wird das verstehen, und deine Mutter wird sich damit abfinden müssen.«

»Und wovon sollen wir leben?«

»Seemänner bekommen einen guten Lohn. Immer wenn wir in einen Hafen kommen, suche ich mir eine Arbeit. Das wird nicht schwer sein. Ich habe alles bedacht. Wir bleiben immer nur so lange, wie wir möchten. Ein Jahr, zwei Jahre. Sobald wir genug haben, suchen wir uns einen anderen Hafen. Ich brauche nicht viel zum Leben, Anna. Ich habe ja dich. Ich habe das Meer, und ich habe meine Hände, damit kann ich das wenige, das wir brauchen, verdienen.«

Anna antwortete nicht. Sie wusste, dass Antonio aus tiefstem Herzen sprach. Das war keine seiner üblichen lustigen Geschichten. Diese Worte waren ernst gemeint.

»Ich weiß, es ist verrückt, Anna. Aber wir können es doch zumindest versuchen. Wenn es nicht funktioniert, bleibt uns immer noch diese verfluchte Insel, die rührt sich schließlich nicht vom Fleck.«

Sie lachten beide ...

Antonio ließ sich auf den Boden sinken, und sie lehnte sich an seine Brust und träumte von dem einfachen Leben, das sie führen würden. Sie sprachen kein Wort, hatten die Augen geschlossen und ließen sich von der Sonne wärmen.

»Weißt du, was ich denke?«, sagte Anna, den Kopf auf seiner Brust. »Seemänner braucht es in jedem Hafen ..., aber Bäcker auch. Und Backen ist etwas, das ich wirklich sehr gut kann.«

Im letzten Jahr vor dem Abitur verschlang Anna ihre Geographiebücher geradezu, und Antonio lieh sich in der kleinen Seebibliothek an der alten Mole von Palma ein Buch über nautische Kartographie und ein weiteres über die Seewinde aus. Sie lernten einiges über die Passatwinde aus Nordost, die so wichtig waren, wenn man den Atlantischen

Ozean überqueren wollte, über die Tropenstürme, denen sie unter allen Umständen aus dem Weg gehen mussten, über die Monsune in Asien. Über Längen- und Breitengrade, Meilen und Knoten. Anna stahl ihrem Vater ein Buch aus dem Regal. Es hatte sie fasziniert, seit sie ein kleines Kind war, nicht etwa weil sie es lesen wollte, sondern weil das Bild auf dem Einband ihr solche Angst machte, ein großer Wal war darauf, der mit einem Boot zusammenstieß, auf dem verängstigte Matrosen saßen. Das Buch hieß »Moby-Dick« und war von einem gewissen Melville. Es stand zwischen den Medizinbüchern, und bevor sie es in die Tasche steckte, las sie, um sich zu vergewissern, dass es sich auch wirklich um ein Buch über Abenteuer auf See handelte, die ersten Zeilen:

»Nennt mich Ismael. Ein paar Jahre ist's her – unwichtig, wie lang genau –, da hatte ich wenig bis gar kein Geld im Beutel, und an Land reizte mich nichts Besonderes, und so dacht ich mir, ich wollt ein wenig herumsegeln und mir den wässrigen Teil der Welt besehen.« Ja. Das war ein Buch für Antonio. Nach der Schule waren sie nachmittags an ihren kleinen Geheimstrand gegangen, und während sie dort Zitronenkuchen mit Mohn aßen, fingen sie an, gemeinsam »Moby-Dick« zu lesen. Das erste Buch, das sie beide mit Leidenschaft lasen.

Anna kaufte sich ein Notizbuch und schrieb alle Brot- und Kuchenrezepte ihrer Großmutter ab. Sie bekam hundert Peseten Taschengeld die Woche, und zusammen mit dem Ersparten aus der Sparbüchse kam sie auf zehntausend. Antonio sparte schon seit Jahren, er hatte zwar nur wenig mehr als zwanzigtausend Peseten beisammen, aber er hatte gehört, dass man mit sechzigtausend in Lateinamerika schon als reich galt.

Die beste Zeit für eine Atlantiküberquerung war von November bis Februar. Sobald es September wurde, begann Antonio, im Hafen von Palma herumzufragen. Er hätte auf vielen Schiffen mitfahren können, aber Anna als Köchin mitzunehmen, dazu war niemand bereit. Es gab männliche Köche, die ihre Arbeit anboten, die waren für das raue Leben auf See besser gerüstet. Eines Tages tauchte Sir Peter Black mit seinem klassischen Segelschiff aus Holz bei S'Estaca auf. In seiner Jugend war er Regattas gesegelt und verspürte immer noch eine große Abenteuerlust. Er hatte genug Geld, in Häfen anzulegen und so lange dort zu bleiben, wie es ihm gefiel, besser gesagt, seiner Frau, die ihn stets begleitete und die, wann immer er sie ließ, das Leben im Hafen, an den Stränden und auf den Sommermärkten genoss, wo sie bei den Kunsthandwerkern stöberte. Er mochte diese Märkte überhaupt nicht, und die Vorstellung, eine Frau dabeizuhaben, die nicht nur kochen, sondern seine Frau auch noch beim Kauf von Armbändern und Ohrringen begleiten könnte, erschien ihm phantastisch.

»Wir fahren, Anna. Morgen«, teilte Antonio ihr überglücklich mit, hob sie hoch und drehte sich dreimal mit ihr im Kreis.

Er küsste sie fünfmal hintereinander, war vollkommen aus dem Häuschen, und Anna lächelte, so gut sie konnte, denn anders, als er dachte, wurde ihr bei den Worten ihres Freundes schwindelig, und sie bekam Angst. Große Angst. Denn bisher war alles nur ein Spiel gewesen. Ein unmöglicher Traum, den sie jeden Tag fütterte wie einen kleinen Fisch in einem Goldfischglas. Einen kleinen Fisch, der davon träumt, im großen Meer zu schwimmen, in einem riesigen und gefährlichen Meer, das er nicht kennt und auf das er nicht vorbereitet ist, nachdem er nun schon so viele Jahre in seinem Goldfischglas im Kreis geschwommen ist.

Als sie an jenem Tag nach Hause ging und mit Néstor und ihrer Mutter zu Abend aß, weinte sie. Néstor wusste sofort, dass der junge Fischer etwas mit dem nicht enden wollenden Tränenfluss seiner Tochter zu tun haben musste, aber nachdem er sie einmal gefragt und nur ein »Nichts, Papa« zur Antwort erhalten hatte, respektierte er das. Anna schloss sich im Zimmer ihrer Schwester ein, dem Einzigen, das man verriegeln konnte. Sie ergab sich ihrer Furcht und Trauer, während ihre Mutter von draußen gegen die Tür hämmerte und eine Erklärung verlangte.

Sie schlief in Marinas Zimmer. Das erste Morgenlicht weckte sie. Ganz benommen richtete sie sich auf. Öffnete den Riegel und ging in die Küche. Noch zwanzig Stunden bis zur Abreise, dann würde sie die Felseninsel verlassen, auf der sie geboren war, und um die Welt segeln. Sie goss sich eine Tasse Milch ein, aber schon beim ersten Schluck wurde ihr übel. Ihr war schwindelig, und sie setzte sich aufs Sofa. Den ganzen Tag war sie unruhig und wandelte vom Sofa zum Bett und vom Bett zum Sofa. Sie zählte die Minuten und die Sekunden.

Noch fünfzehn Stunden. Ihre Mutter kam zum Fiebermessen. Nur leicht erhöhte Temperatur. Also nichts Schlimmes, aber sie verabreichte ihr ein Ibuprofen zur Entspannung.

Ana de Vilallonga rief ihren Mann im Krankenhaus an, denn sie machte sich Sorgen um ihre Tochter, die sich noch nie so aufgeführt hatte. Néstor, der von ihrem Herzeleid wusste, beruhigte seine Frau.

Anna wollte nicht zu Abend essen und legte sich schon bald ins Bett. Noch sieben Stunden bis zur Abfahrt. Sie wartete, bis ihre Eltern schliefen, und in einen schwarzen Rucksack, ein Geschenk von Marina, packte sie Hosen, T-Shirts, zwei Pullis, Unterwäsche und den Anorak. Sie wischte sich die Tränen fort, die ihr über die Wangen kullerten, während sie den Reisepass, die ersparten Peseten und das Büchlein mit den Brot- und Kuchenrezepten in eine wasserdichte Tasche packte, die Antonio ihr gekauft hatte. Die Tasche steckte sie in den Rucksack und saß dann da und wartete hundertachtzig Minuten, bis es fünf Uhr morgens war.

Den Kopf auf die aufeinandergelegten Hände gebettet und wie ein Fötus zusammengerollt, lag sie schluchzend auf ihrem Kissen. Sie hörte, wie ihr Vater über den Flur ging. Schnell versteckte sie den Rucksack unterm Bett.

»Was ist los mit dir?«, fragte er mit sanfter Stimme von der Tür her und kam in ihr Zimmer. Er setzte sich neben sie und strich ihr zärtlich übers Gesicht. »Ist etwas mit Antonio?« Néstor wartete geduldig. Anna schien etwas sagen zu wollen, tat es dann aber doch nicht. »Ich habe mich auch einmal in eine Frau verliebt, die so ganz anders war als ich.«

Anna schnitt ihm das Wort ab. Sie musste sich jemandem anvertrauen, und das tat sie jetzt… Sie erzählte ihm von dem Plan, den sie mit Antonio geschmiedet hatte.

»Wie kann man nur so dumm sein. Wovon willst du leben?«, fragte Ana de Vilallonga und tauchte im Türrahmen auf. »Du bist eine Lügnerin und Néstor, das ist auch so ein Lügner. Dass du mir nichts davon erzählt hast! Wie lange weißt du schon von der Geschichte?«

»Ana beruhige dich. Geh ins Bett«, befahl Néstor seiner Frau.

»Solltest du dieses Haus verlassen, brauchst du nicht wiederzukommen«, sagte Ana zu ihrer Tochter und ging aus dem Zimmer.

Ana blieb an der Tür stehen und hörte zu, wie ihre weinende Tochter in alle vier Himmelsrichtungen ihre unmögliche Liebe zu diesem armen Fischer hinausschrie, wie sie von ihren Hochzeitsplänen erzählte, von dem Geld, das er verdiente und das sie verdienen könnte, indem sie in den Häfen dieser Welt Brot buk, und dabei hoffte sie, die Zustimmung ihrer Eltern zu finden und vor allem den entscheidenden Schubser, der ihr den Mut geben würde, ihr Goldfischglas zu verlassen.

»Aber jetzt mal ehrlich, mein Schatz. Du hast ja bestimmt nicht an dieses Märchen geglaubt – von wegen *Mit dir, Brot und Zwiebeln bin ich glücklich, mehr brauche ich nicht*, was? Dieser Hungerleider will nur an unser Geld.«

»Schluss, Ana, jetzt reicht's! Lass uns bitte allein«, herrschte Néstor seine Frau an.

Sie zog sich ohne ein weiteres Wort zurück. Vater und Tochter blieben allein. Annas Blick verlor sich im Nirgendwo. Néstor streichelte sie.

»Bist du dir sicher, mein Schatz? Ist das wirklich das, was du willst?«, fragte er und ergriff ihre Hand. »Du wirst bald achtzehn. Dann bist du frei und kannst gehen, wohin du willst. Ich weiß nicht, ob du schon so weit bist, dass du den Atlantik überqueren möchtest? Es ist nicht dasselbe, auf den Nordwind zu warten, um Mallorca zu umsegeln, oder auf die Passatwinde für eine Atlantiküberquerung. Das ist gefährlich, mein Mädchen. Ist das auch wirklich das, was du willst?«

»Ich liebe ihn. Aber …«, sie senkte den Blick. »Ich will nicht von hier weg. Ich will Mallorca nicht verlassen.«

Sie sah auf ihre Armbanduhr. Viertel vor fünf. Noch fünfzehn Minuten, dann würde Antonio mit dem Motorrad auf sie warten. Jetzt trat Anna das Meer in die Augen, ein schmerzendes Meer, ein wildes Meer, ein Meer, das wütend und feige war wie nie zuvor.

»Geh du zu ihm, Papa. Ich wage es nicht, ihm in die Augen zu schauen … Sag ihm, er soll mir täglich schreiben, bitte. Ich werde auf ihn warten, bis er zurückkommt. Ein Leben lang.«

Marina telefonierte vom Hotel aus mit Mathias. Sie erklärte ihm ihren Entschluss, einen weiteren Monat auf der Insel zu bleiben. Mitte März würden sie sich auf Haiti treffen. Sie ging zum Haus zurück und richtete sich mit den wenigen Dingen ein, die sie dabeihatte. Zum Schluss legte sie das Stethoskop und das Moleskine-Büchlein auf den Nachttisch und bedeckte das Bett mit dem afrikanischen grün, gelb und lila gemusterten Stoff, den sie mit Mathias in der Republik Kongo gekauft hatte. Und während sie ihn glattstrich, erinnerte sie sich an ihre erste Begegnung.

Sie zog gerade den Reißverschluss eines dichten Polyethylen-Overalls hoch. Ihre Mitarbeiter waren ein kongolesischer Arzt, zwei ebenfalls einheimische Krankenpfleger, ein amerikanischer Anthropologe und ein junger Arzt, der vor Kurzem eingetroffen war, Mathias. Vollkommen schweigend zogen sie sich alle den biologischen Schutzanzug an, während das örtliche Personal darauf achtete, dass sie die strengen Anweisungen für die persönliche Schutzkleidung befolgten: aseptischer Overall, Gummistiefel, Sicherheitsbrille, doppelte Handschuhe, wasserundurchlässiger Schutzkittel, Mundschutz.

Marina band ihr Haar zu einem Zopf zusammen und steckte ihn in den Schutzanzug. Sie hatte bereits den Reißverschluss bis zum Kinn hochgezogen und legte sich nun das Gummiband der Maske um den Hals.

Dann näherte sie sich dem jungen deutschen Arzt. Sie war die Missionsleiterin dieses Projekts, und aus seinem erwartungsvollen Blick schloss sie, dass er sich zum ersten Mal in dieser Gegend befand.

»Danke, Mathias. Mir wurde gesagt, dass du heute dazugestoßen bist.« Sie lächelte. »Wir sind Helden, das weißt du, nicht wahr?«, sagte sie zärtlich und mit sanfter Stimme und sah ihm in die Augen. Sie wollte Mathias diese Worte sagen, dabei war sie weit davon entfernt, sich als Heldin zu sehen. Die Arbeit der Entwicklungshelfer könnte man als heroisch bezeichnen, aber dieser junge Arzt mit dem naiven Blick würde gleich etwas erleben, das er nicht erwartet hatte. Es würde ein harter Schlag werden. Marina arbeitete jetzt schon fünf Jahre für die NGO, und sie wusste, sobald er bei dieser verheerenden Mission zu arbeiten anfing, würde er diesen wundervollen Blick mit einem Mal verlieren.

Sie zogen den Mundschutz hoch, und wie ein Trupp Astronauten betraten sie den Hochrisikobereich des Ebola-Isolationszentrums. Die Hölle. Einundvierzig Grad. Halbnackte Kinder, mutterseelenallein auf lakenlosen Betten. Frauen, auf die Seite gerollt, die Blut in Eimer spuckten. Vor und neben den Betten menschliche Exkremente. Das Personal eilte hin und her und war nur noch am Putzen. Gegen Ebola gab es keinen Impfstoff und kein Heilmittel. Jeder Arzt bekam seine eigene Bettreihe zugeteilt und ging von Patient zu Patient, zu Menschen, die mit dem Tod rangen, verabreichte ihnen eine Mischung aus Wasser, Mineralsalzen, Paracetamol und Antibiotika und maß Fieber, um zu prüfen, ob sie es in den Griff bekommen hatten.

In einem Schutzanzug hielt man es nicht länger als vierzig Minuten aus, die Hitze war extrem, den Entwicklungshelfern lief der Schweiß in die Augen und trübte den Blick. Marina sah, wie Mathias als Erster wieder hinausging und der Rest des Teams ihm folgte. Sie hielt es noch ein paar Minuten länger aus und behandelte eine schwangere kongolesische Frau, die sie mit flehenden Augen ansah.

Die Ärzte machten eine halbe Stunde Pause und sprachen kaum ein paar Worte miteinander. Sie tranken etwas und gingen wieder hinein.

Am Spätnachmittag wurden Marina, Mathias und das restliche Helferteam von Hygiene-Spezialisten mit einer Chlorlösung besprüht und befolgten das strenge Desinfektionsprotokoll. Anschließend folgten sie den Anweisungen zum Ausziehen der Schutzkleidung. Erst die Schürze, dann die Gummistiefel, die man nicht mit bloßen Händen anfassen durfte, dann der Kittel und die Handschuhe, die man umstülpen musste. Hinterher die Sicherheitsbrille und immer erst ganz zum Schluss der Mundschutz, den man von hinten ausziehen musste.

»Bitte vergesst nicht, dass ihr euch untereinander nicht anfassen dürft. Ihr dürft euch keine Gegenstände reichen. Und *nichts* heißt: nicht einmal einen Kuli, das Salz, die Zahnpastatube. Nichts. Ihr vergesst das manchmal. Passt bitte auf. Bis ihr wieder in Europa seid, dürft ihr euch nicht gegenseitig anfassen«, ermahnte der kongolesische Pfleger Mathias.

Marina beobachtete Mathias dabei, wie er dem Krankenpfleger zuhörte, und sah, was sie sich schon gedacht hatte, seine Augen waren jetzt gerötet. Sein Blick verloren und verängstigt. Der Blick nach dem ersten Mal – dem ersten Mal, dass man den Schmerz der anderen nicht nur am

Fernsehbildschirm sah, sondern unmittelbar mit der Realität konfrontiert wurde.

Jeden Nachmittag wurden sie von einem Jeep aufgelesen, der sie ins Basislager brachte, wo alle ausländischen Helfer zusammenlebten. Jeder hatte ein winziges Schlafzimmer, die Küche war Gemeinschaftsraum. Sie aßen zusammen zu Abend. Es war eine schweigsame Mission, die Entwicklungshelfer sprachen kaum miteinander. Wenn sie am Tisch Platz nahmen, waren sie seelisch und körperlich vollkommen am Ende, weil sie sich jeden Tag diesen Horror ansehen mussten und weil sie sich so unendlich machtlos fühlten angesichts dessen, dass fünfundsechzig Prozent der Kranken, die sie behandelten, durch das Virus zu Tode kamen. Außerdem mussten sie sich in einem Meter Abstand voneinander hinsetzen, damit auch ja kein Körperteil einen anderen Helfer berührte. Gegen Ebola war niemand gefeit.

Als Marina eines Abends sah, wie Mathias mit gesenktem Kopf lustlos in dem Brei aus Maniokmehl und Wasser herumstocherte, den sie täglich vorgesetzt bekamen, fragte sie ihn, wie sein Leben vor seiner Arbeit für die NGO ausgesehen hatte. Er hatte an der Freien Universität Berlin studiert, und vom ersten Tag an, an dem er das Gebäude der Medizinischen Fakultät betreten hatte, war es sein einziges Ziel gewesen, bei Ärzte ohne Grenzen mitzuarbeiten. Er hatte davon geträumt, die Welt zu verändern. Nach dem Universitätsabschluss hatte er drei Jahre lang an der Charité gearbeitet, um sich dort die praktische Erfahrung anzueignen, die er brauchte, um zugelassen zu werden. Und jetzt war sein Traum zerbrochen, kaum dass er angekommen war.

Es vergingen drei Monate, der Tod war allgegenwärtig und schlug ohne jede Rücksicht zu.

In der Nacht vor ihrer Rückkehr nach Europa konnte

Marina nicht einschlafen. Sie ging hinaus, um Wasser zu trinken. Dann wickelte sie sich in den bunten Stoff, den sie am Nachmittag mit Mathias gekauft hatte. Sie ging in die Küche und sah durchs Fenster Mathias auf einer Bank sitzen. Er strich gerade ein Zigarettenpapier auf seiner Handfläche glatt. Marina ging hinaus.

»Alles in Ordnung?«, fragte sie.

Mathias nickte, ohne ein Wort zu sagen, während er das Mundstück auf das Papierchen legte. Er gab eine Portion Tabak darauf und rollte alles zusammen. Marina ging zu ihm und setzte sich neben ihn.

Mathias holte ein Feuerzeug aus der Tasche seiner Jeans und zündete sich die Zigarette an. Marina sah ihm dabei zu, wie er an der Zigarette zog und dann langsam den Rauch ausstieß.

»Unter anderen Umständen würde ich dich jetzt fragen, ob ich mal ziehen darf«, sagte Marina mit einem Lächeln.

Sie vergaßen nie die Verhaltensregeln, die es ihnen untersagten, einander zu berühren. Und sie hatten jetzt schon fünfundneunzig Tage ohne jeden körperlichen Kontakt hinter sich, nur durch die Schutzkleidung hindurch war es möglich, einander zu berühren.

»Unter anderen Umständen würde ich dich jetzt bitten, mich in den Arm zu nehmen«, erwiderte Mathias, ohne sie anzuschauen, während eine Träne aus seinen herrlichen grünen Augen rollte.

Marina näherte ihre Hand der von Mathias, und mit der Fingerspitze des Zeigefingers berührte sie zart den Nagel seines kleinen Fingers. Über ihnen der Mond und tausend Millionen Sterne.

5

Die Vergangenheit oder dunkles Brot mit Xeixa-Weizen

Zutaten:

- 400 g Weizenmehl oder original Xeixa-Mehl von den Balearen
- 200 ml lauwarmes Wasser
- 150 g Sauerteig
- Das Brot sollte in einem Ofen gebacken werden, der mit dem Holz von Pinie, Mandelbaum oder Steineiche befeuert wird.

Zubereitung:

Das Mehl sollte in einer traditionellen alten Mühle gemahlen worden sein. Während des Mahlvorgangs werden die Mühlsteine sich leicht erwärmen und alle Nährstoffe des Weizens und den ursprünglichen Geschmack des Getreides konservieren. Der Geschmack ist sanft und nicht zu vergleichen mit dem durch Industriemühlen erzielten Ergebnis.
Mischen Sie Mehl, Wasser und Sauerteig und kneten Sie alles

von Hand oder mit langsamen Bewegungen in einer alten Knetmaschine. Das Geheimnis dieses köstlichen Brotes liegt nur in seinem langen Fermentationsprozess von vier Tagen und vor allem im traditionellen Holzofen, der mit Holz befeuert wird, das von der Insel stammt.

❧

Anna trug ihr Nachthemd aus grüner Seide, ein ganz zartes mit Trägern. Sie hatte es Jahre nicht mehr getragen, es war zu schön, um es an die Nächte zu verschwenden, in denen sie einsam neben ihrem Mann schlief.

Warum hast du mir nie geschrieben, Antonio? Ich verstehe ja, dass du enttäuscht von mir warst, aber ich habe geduldig über Jahre hinweg jeden Tag und jede Nacht gehofft, bis die Erinnerung an dich ganz allmählich verblasste. Ich hätte dir geschrieben und dir erklärt, warum ich nicht auf dieses Boot gegangen bin. Aber wohin hätte ich dir schreiben sollen? Bist du nie auf die Insel zurückgekehrt? Auch nicht an Weihnachten? Oder Ostern? Du wusstest, wo ich wohne. Warum hast du mich nicht gesucht? Hat dir Néstor gesagt, du solltest mich vergessen? Dass diese Liebe nicht möglich sei? Wer weiß, vielleicht werde ich dich das eines Tages fragen können. Wie wäre mein Leben an deiner Seite verlaufen? Wie wäre mein Leben verlaufen, wenn ich an Bord der *Lord Black* gegangen wäre? Vielleicht besser. Vielleicht schlechter. Aber ganz gewiss anders. Sie stellte sich vor, sie wäre mit siebzehn auf dieses Segelschiff gegangen, glücklich an seiner Seite … bis das eintönige Geschnarche Armandos, das sie sich jede Nacht anhören musste, sie wieder in die Wirklichkeit zurückholte.

Marina lag in Mathias' Sweatshirt mit dem Logo der Freien Universität Berlin im Bett, ließ die letzten Tage in Äthiopien noch einmal Revue passieren und dachte wieder an das magere kleine Mädchen, das sie im Waisenhaus zurückgelassen hatte. Marina wünschte ihr so sehr, sie würde bald eine Adoptivfamilie finden, die ihr die Liebe schenken würde, die jedes kleine Kind nach seiner Geburt brauchte. Wenn nicht, würde ihre Kindheit in dem traurigen Waisenhaus, in dem Marina sie zurückgelassen hatte, lang und bitter werden. Sie dachte darüber nach, wie sehr die Kindheit das spätere Leben im Erwachsenenalter prägt. Wie würde also das erwachsene Leben eines Waisenkindes aussehen? Ein Kind ohne Kindheit war ein Erwachsener ohne Leben. Was erwartete Naomi, falls niemand sie adoptierte? Ohne Liebe, ohne Zärtlichkeit, ohne einen Menschen, der sie in der Nacht in den Schlaf wiegte, immer ohne einen Menschen. Der Schmerz übermannte Marina, aber sie versuchte, die dunklen Gedanken zu verscheuchen und in diesen vier Wänden einzuschlafen, die zwar fremd und doch die eigenen waren.

Die beiden Schwestern schliefen fast gleichzeitig ein, aber vorher, als hätten ihre Gedanken sich aus irgendeinem mysteriösen Grund heraus miteinander verbunden, dachte jede von ihnen an die jeweils andere, und beide erinnerten sich an die Nachmittage ihrer Kindheit, die sie bei Großmutter Nerea in der Küche verbracht hatten, indem sie von den Zitronen die Schale abrieben, die Samen aus den Mohnkapseln herausklopften mit den Handflächen, die wie immer voller Mehl waren …

Um fünf Uhr morgens schlug jemand den Türklopfer an die Tür der Bäckerei. Niebla spitzte die Ohren. Ja, gewiss, die Hündin lag bei Marina im Schlafzimmer. Dieses Haus war definitiv mehr ihr Haus als Marinas. Seit zehn Jahren schlief sie hier. Übersetzt in Menschenjahre waren das siebzig. Marina hatte sie bei dem Lederband gepackt, das sie um den Hals trug, und hatte versucht, sie auszusperren. Alt und dickköpfig, wie die Hündin war, hatte sie ihre weißen Pfoten in den Boden gestemmt. Auch der Trick mit der Schokolade wollte nicht funktionieren. Das Tier war zwar alt, aber nicht dumm, und roch nicht einmal daran. »Niebla, Ursula wartet auf dich. Niebla, hier kannst du nicht bleiben. Niebla, hau ab.« Die Hündin hatte mit traurigem Menschenblick den Kopf gehoben und versucht, die neue Hausbesitzerin auf ihre Seite zu bringen.

»Ursula … Sie will nicht nach unten gehen!«, sagte Marina, stand auf und lehnte sich aus dem Fenster.

»Und was machen wir jetzt?«, antwortete Ursula von unten. »Wenn du möchtest, komme ich hoch, und wir versuchen gemeinsam, sie nach unten zu bekommen. Aber viel Kraft habe ich nicht mehr …«

Marina sah die Hündin an, die sich schon wieder unterm Fenster niedergelassen hatte. Dann sah sie wieder zu Ursula.

»Also, ich weiß nicht recht … Dann soll sie heute Nacht halt hierbleiben«, beschloss Marina mit einem leisen Zweifel.

»Du weißt ja nicht, wie sehr mich das freut«, sagte Ursula und ging schnell ins Haus. »Marina!«, rief sie noch, als Marina gerade die Fensterläden schließen wollte. »Ich weiß, du vertraust den Menschen, aber, um Himmels willen, sperr die Tür ab!«

Niebla schloss die Lider und schlief ein.

Wieder das Pochen des Türklopfers. Niebla bellte. Marina schlug die Augen auf. Sie sah auf ihre Armbanduhr. Und lächelte in sich hinein. Sie wusste, wer das war. Sie sprang in ihre Jeans und rannte die Treppe hinunter.

»Guten Tag, Catalina«, sagte Marina beim Öffnen der Tür.

Catalina streichelte die Hündin, die wieder an ihr hochgesprungen war.

»*Bon dia*«, die Frau räusperte sich lange. »*Mira, guapa… he tornat perquè… és un desastre, tothom ha de comprar es pa en es súper que es una espardenya.*«[2]

»Wie schön, dass Sie gekommen sind, Catalina. Fühlen Sie sich wie zu Hause, kommen Sie rein.«

»*Millor diguem Cati i, mira, je et saps el nom de mitja Mallorca. A les illes, la meitat de dones Catalinas i la meitat d'homes Tomeus. Treballadors sí, però originals no ho som gaire el mallorquins*«[3], sagte Catalina und putzte mit dem dicken schwarzen Rock, der ihr bis über die Knöchel ging, ihre Brille, die ein bisschen vom Dunst beschlagen war. »*Perquè em vas dir que el mallorquí ho entens oi?*«[4]

»Doch, das meiste verstehe ich… Ich bin schon lange nicht mehr auf der Insel gewesen. Vielleicht gibt es ein paar Worte, die ich nicht verstehe, aber dann kann ich Sie ja bitten zu übersetzen. Machen Sie sich keine Sorgen. Sprechen Sie einfach mallorquinisch mit mir. Mir tut das auch mal

---

[2] Guten Tag. Hör zu, meine Gute, ich bin gekommen, weil das eine einzige Katastrophe ist. Alle müssen ihr Brot im Supermarkt kaufen, wie armselig!

[3] Nenn mich einfach Cati, du kennst damit die Namen von halb Mallorca. Auf der Insel heißt die Hälfte aller Frauen Catalina und die Hälfte aller Männer Tomeus. Fleißig sind wir Mallorquiner ja schon, aber nicht sehr originell.

[4] Denn du hast doch gesagt, dass du Mallorquinisch verstehst, oder?

gut, mein Spanisch ein bisschen aufzumöbeln ... Dann mischen wir die beiden Sprachen einfach.«

Catalina stapfte in die Backstube, wie sie es ihr ganzes Leben lang getan hatte. In ihrem Weidenkorb hatte sie Sauerteig, den sie von zu Hause mitgebracht hatte. Sie betrachtete die Säcke voller Xeixa-Mehl, die auf dem Boden standen. Genug, um das Dorf den ganzen Winter satt zu kriegen. Sie wollte sich schon eine der Schürzen schnappen, die bei den Säcken hingen. Sie sah die neue Besitzerin der Bäckerei fragend an. Schließlich gehörte das alles hier nun nicht mehr María Dolores.

»Bitte, Cati, mach, wie du denkst.«

Catalina wusch sich die Hände, schickte Niebla nach draußen und zog sich die Schürze an.

»*Trob molt raro ser aquí sense na Lola*«, sagte sie zu sich selbst.

»Wieso eigentlich habt ihr sie Lola genannt?«

»*A na María Dolores no li agradaba gens el seu nom. No Dolores. Ni Dolo ... Deia que era como dir si María Agonía o María Suplicio ... Sí, a Valldemossa, desde joveneta, tothom li deia Lola.* María Dolores mochte ihren Namen nicht. Sie sagte immer, das wäre, als würde man Maria Kummer oder Maria Marter heißen. Hier in Valldemossa haben wir alle sie schon von klein auf Lola genannt.« Catalina schnappte sich die Schürze ihrer Freundin Lola und betrachtete sie mit Wehmut. »Ich habe im Ort schon Bescheid gesagt, dass ich einen Bäckersburschen suche. Heute werde ich nur hundert Brote backen.«

»Ich kann dir helfen, bis du jemanden gefunden hast«, erwiderte Marina.

Catalina sah sie befremdet an. »Du willst Teig kneten?«

»Ja. Brotbacken habe ich als kleines Kind von meiner

Großmutter gelernt. Es war eher ein Spiel damals, aber vielleicht habe ich ja etwas behalten.«

Catalina zögerte noch und sah sich die neue Besitzerin an. »*Doncs bueno*« – in ihrem Blick lag immer noch ein Zweifel – »also gut, einverstanden«, sagte sie und hielt ihr Lolas Schürze hin.

Marina legte sich die Schürze um, Catalina setzte sich eine Haube auf, die sie aus ihrem Weidenkorb geholt hatte, und Marina band sich das Haar zum Zopf.

»Du weißt ja schon Bescheid, Xeixa-Mehl, Wasser, Sauerteig, kein Salz und kein Zucker … und dann lässt man alles über Nacht gehen, bis es sein Volumen verdoppelt hat. Für das heutige Brot nehmen wir Trockenhefe und lassen den Teig anderthalb Stunden gehen.«

Catalina öffnete den Ofen. Er war tief, gewölbt und weniger als einen Meter hoch.

»Bringst du mir bitte sechs *feixines*«, sagte Catalina.

Marina zog die Brauen hoch. Sie sah sich in der Backstube um, in der Hoffnung, durch eine Eingebung darauf zu kommen, was dieses ihr unbekannte mallorquinische Wort bedeuten mochte.

»Sechs *feixines*, meine Gute. Auf Spanisch nennt man das doch auch so, oder?«, sagte sie und deutete auf den Stapel Steineichenholzscheite und die Pinien- und Mandelbaumzweige, die mit einem Stück Kordel zusammengebunden auf dem Boden lagen.

Marina nahm die Scheite, ohne der sympathischen Frau zu erklären, dass es dieses Wort im Spanischen gar nicht gab, und reichte sie ihr.

Catalina legte zuerst die Mandelbaum- und Pinienzweige in den gewölbten Ofen und darüber das Steineichenholz. Sie strich ein Streichholz an und warf es hinein. Die Zweige fingen zuerst Feuer, die Steineiche brauchte ein paar Sekunden länger. Die Flamme stieg langsam immer höher, bis sie die gewölbte Decke erreichte. Marina beobachtete die Bäckerin schweigend. Dieser alte, tiefe Holzofen hatte etwas Magisches.

Catalina schloss die Tür. Sie öffnete einen Mehlsack, und während sie den Holztisch mit Mehl bestäubte, erzählte sie Marina, wie sie und María Dolores fast fünfzig Jahre ihres Lebens zusammen gearbeitet hatten. Im Winter hatten sie dreihundert Laibe dunkles Brot gebacken und im Sommer sechshundert. Am Wochenende gab es noch die traditionellen süßen Kartoffelbrötchen und den Trempó-Salat. Den Zitronenkuchen mit Mohn, von dem Gabriel Marina so überschwänglich vorgeschwärmt hatte, erwähnte Catalina nicht.

In einer alten Knetmaschine mit langsamen Knetarmen wurden Mehl, Wasser und der Hefevorteig gemischt.

»In den Bäckereien von Palma verkaufen sie Teigmaschinen, in denen der Teig nach fünf Minuten fertig ist. Heutzutage wird alles sehr schnell gemacht, und das Ergebnis ist überhaupt nicht dasselbe … *poc a poc tot surt molt més bé*. Gut Ding will Weile haben.«

»Hast du im Ort Bescheid gegeben, dass die Bäckerei wieder geöffnet hat?«, fragte Marina.

»Aber sicher, Mädchen, glaubst du etwa, ich käme mit beschlagener Brille und vor Kälte bibbernd um fünf Uhr morgens her, wenn ich nicht wüsste, dass ich das ganze Brot auch verkaufen werde? Gestern war ich in der Bar del Tomeu … Kennst du die?«

»Die an der Landstraße?«

»Genau. Wenn du irgendetwas in Erfahrung bringen musst, dann gehst du am besten dahin. Hat sich irgendein

Paar getrennt, dort erfährst du's. Ist jemand ruiniert ebenso. Wenn einer *estirat su pota…*, also gestorben ist, erfährst du's auch. In Valldemossa bleibt nichts geheim, *poble petit infern gran*. Gestern war ich *s'horabaixa*, bei Sonnenuntergang, einen Kaffee trinken und habe mich mit Josefa unterhalten, seiner Frau, das dürften jetzt alle wissen. Mach dir keine Sorgen, es wird kein Brot übrig bleiben. Den Leuten im Dorf ist sehr langweilig und *xerra massa*, sie reden viel. Die Spanier nennen das die Gerüchteküche. Über dich erzählt man sich auch alles Mögliche.«

»Ach ja? Was denn so?«

»Uff. Man erzählt sich, du seist die Tochter eines deutschen Wurstfabrikanten, der sei ein Multimillionär und habe die Mühle gekauft, damit du was hast, womit du dir die Zeit vertreiben kannst. Ich habe denen gesagt, ich wüsste von nichts. Das ganze Dorf wird vorbeikommen, du wirst schon sehen, zum einen, weil das Brot aus dem Supermarkt ungenießbar ist, zum anderen, weil sie schier umkommen vor Neugierde und unbedingt wissen wollen, wer du bist.«

Sie holten den Teig heraus.

Catalina griff sich einen Schaber und nahm ein kleines Stück ab. Die Bäckerin brachte Marina das Kneten mit der geballten Faust bei, bei dem sie den Teig zuerst übereinanderschlug, dann ein paar Zentimeter hochhob und wieder auf den Tisch fallen ließ. Diese Bewegung musste mehrmals wiederholt werden. Dann folgte ein paar Minuten lang das Kneten mit der Hand, und anschließend musste man versuchen, den Teig zu einer perfekten Kugel zu formen. Catalina schnitt den Teig in hundert Stücke, während Marina sich redlich bemühte, ihn aber mit ungeschickten Händen knetete.

Nachdem sie ihn mit Baumwolltüchern abgedeckt hatten, ließen sie den Teig ruhen.

Die Temperatur im Ofen lag zwischen zweihundertfünfzig und zweihundertsechzig Grad. Das Holz war zu einer Aschenglut in Rot, Gelb und Orange verbrannt.

Catalina nahm eine Metallschaufel mit verlängertem Stiel und holte die Asche aus dem Ofen. Dann mehlte sie einen hölzernen Brotschieber ein. Marina legte die Brote auf den Brotschieber, wie die Bäckerin es ihr gezeigt hatte. Die erste Fuhre. Die zweite. Die dritte. Die vierte. Die fünfte …

Als sie eine Stunde später den Backofen öffnete, kam ein Schwall heißer Luft heraus. Es duftete nach frisch gebackenem Brot, und dieser Duft streichelte sanft ihre Seele. Sie schloss die Augen und sog diesen Duft tief ein. Den Duft ihrer Kindheit. Den Duft von zu Hause.

Der Bürgermeister, die Friseurin, der Pfarrer, der Briefträger, der Gemeindepolizist, Tomeu, Gabriel, Ursula, der Kioskbetreiber, der Busfahrer, verschiedene Beamte der Verwaltungsbehörde und die Einheimischen des kleinen Dörfchens Valldemossa, sie alle schauten bei der Bäckerei vorbei, beäugten, während sie ihr *pa moreno* kauften, neugierig die neue Bäckerin und zeigten ihre Dankbarkeit, indem sie über das industriell hergestellte Kastenbrot jammerten, das sie seit Lolas Tod hatten essen müssen. Außerdem wollte jeder von ihnen seine morgendliche Dosis Zitronenkuchen mit Mohn haben. Catalina suchte sich zu rechtfertigen.

»*El pa de llimona y rosella era cosa de la Lola, no era pas cosa meva*«, sagte sie allen. »Der Zitronenkuchen mit Mohn, das war Lolas Aufgabe, nicht meine.«

Marina war dieses Detail natürlich nicht entgangen.

Doch dies war nicht der rechte Moment, sie danach zu fragen.

Jeder, der bei ihnen einkaufte, verlor vor dem Hinausgehen noch ein paar nette Worte über die verstorbene Bäckerin. Dass sie sie vermissten. Dass sie eine fröhliche Frau gewesen sei. Immer ein Lächeln für ihre Kunden gehabt habe.

Der Tag neigte sich dem Ende zu. Marina und Catalina setzten sich.

»Brotbacken ist ein harter Beruf«, sagte Catalina, die Geldkassette im Schoß. »Vielen Dank.«

»Ich danke Ihnen«, antwortete ihr Marina auf mallorquinisch.

»Sag doch bitte du zu mir.«

Marina lächelte, während Catalina die Hälfte der Geldscheine aus der Kasse nahm. »Das ist für dich«, sagte Catalina und reichte Marina das Geld.

»Nein, Cati, ich möchte nichts.«

»Das Geld gehört dir, da gibt es nichts zu diskutieren. Wir Mallorquiner sind ehrliche Leute. *Has fet bona feina … els doblers son teus.* Du hast gute Arbeit geleistet … das Geld gehört dir.« Catalina legte Marina den ihr zustehenden Betrag in den Schoß.

»Na gut, danke. Ich weiß nicht, wie lange ich bleiben werde, Cati. Noch ein paar Wochen. Einen Monat. Bis ich weiß, warum eine Frau, die ich überhaupt nicht kenne, mir dieses Haus hinterlassen hat. Ein Haus, das so zauberhaft ist, so wunderhübsch. Wenn sie keine Angehörigen hatte, denen sie das Haus hinterlassen konnte, dann hätte sie es doch dir hinterlassen können. Du warst doch ihre Freundin.«

Cati senkte kurz den Blick.

»*Jo no se res*. Ich weiß nichts«, sagte sie noch einmal auffällig hastig und wich Marinas Blick aus.

»Ich muss schauen, wie ich das alles mit meiner Schwester regele. Sie möchte sehr bald verkaufen.«

»Brotbacken ist das Einzige, was ich in meinem Leben gelernt habe. *Només ser fer pan*«, erwiderte Catalina traurig. »Also ich sehe mich nicht zu Hause vor dem Fernseher rumsitzen und auf den Besuch der Kinder meiner Brüder warten. Auch nicht auf den meiner Brüder oder meiner Schwägerinnen. *A més, a qui venen a veure es a mo mare*. Sie kommen eigentlich meine Mutter besuchen. Natürlich bin ich diejenige, die sie zehn Jahre lang gepflegt hat. Ich hätte ja heiraten können, weggehen aus dem Dorf, aber bei acht Brüdern, wer hätte denn da meine alte Mutter pflegen sollen?«

Catalina betrachtete ihre geliebte Bäckerei und Lolas Hündin, die breitbeinig auf der Straße stand und aussah, als hörte sie ihnen zu.

»Ich habe zwar Geld gespart, aber das reicht nicht, um das hier zu kaufen«, fuhr Catalina fort. »Ich könnte mir in einem anderen Dorf oder in Palma eine Arbeit suchen. Aber jetzt nehmen die ja alle Tiefkühlteig und moderne Maschinen, da braucht man nicht mehr so viele Hände. Und wer will schon eine dicke Sechzigjährige einstellen, die so kurzsichtig ist wie ich? *Ningú*. Keiner.«

»Sag doch sowas nicht, Cati.«

»Lola und ich, wir waren hier im Dorf die alten Jungfern, weißt du. Sie haben sich schon über uns lustig gemacht. Bei acht Brüdern hatte ich wirklich genug zu tun. Ich wollte nie Kinder haben. Und ich meine das so, wie ich es sage, auch wenn es mir einfach niemand glaubt … Als Lolas Eltern starben, da wollte Lola den Laden erst dichtmachen, aber wir haben uns entschieden, es zu zweit zu versuchen. Ich glaube, das war Anfang der Achtziger, in der Zeit blieben die Frauen noch zu Hause bei den Kindern. Weißt du, dass da eine arbeiten ging, um ihr eigenes Geld zu verdienen, das war ganz schlecht angesehen …«

Marina spürte bei jedem Wort, wie stolz Catalina war. Es war der Stolz darauf, zusammen mit ihrer Freundin dieses kleine Frauenprojekt aufgezogen zu haben, und zugleich spürte sie Catalinas Schmerz darüber, ihren Beruf aufgeben zu müssen.

»Wir sind mit dieser Bäckerei weltberühmt geworden.«

Marina lächelte.

»*No riguis.* Lach nicht. Ich übertreibe nicht. Wir standen in allen Reiseführern und wurden sogar schon einmal in einer japanischen Zeitschrift vorgestellt … mit Fotos und allem.«

»Ehrlich?«

»Ja, ehrlich. Eines Tages kam eine Journalistin vorbei, die konnte gar nichts, kein Mallorquinisch, kein Spanisch, nichts, nur Japanisch. Sie machte den ganzen Tag Fotos und sagte dabei ständig *arigatou*, *arigatou* und verbeugte sich.«

»Vielleicht gibt es ja eine Lösung, dass du weiter hier arbeiten kannst, auch wenn das Haus verkauft wird. Ich kann dir das nicht garantieren, Cati. Aber versuchen kann ich's.«

»Ich muss meiner Mutter das Essen machen. Ich habe ihr zwar gesagt, dass ich spät kommen werde, aber sie kriegt schlechte Laune, wenn sie nicht isst. *Moltes gràcies, bonica. Y perdona per ahír … Sempre he tingut una mica de mala lluna …* Wir sehen uns dann morgen.«

Catalina ging zur Tür. Marina folgte ihr mit dem Blick.

»Cati.«

Catalina drehte sich um.

»Das Rezept für den Zitronenkuchen mit Mohn habe ich von meiner Großmutter bekommen. Ich weiß, wie man ihn macht. Wenn du willst, kann ich es versuchen.«

Ohne ihr darauf zu antworten, verließ Catalina die Bäckerei.

Vorsichtig löste sie die Reißzwecken von dem Blatt mit dem Rezept von der Wand der Backstube, faltete es und steckte es in die Tasche ihrer Jeans.

Anschließend verließ sie die Bäckerei und ging zur Mühle hinüber. Sie blieb eine Stunde lang dort und staubte Mahlgerätschaften ab. Es gab leere Mehlsäcke, Holzscheite und kaputten Krempel. Als sie an die runde Wand der Mühle gelehnt dastand und sich ansah, wie unordentlich und verwahrlost dort alles war, wurde ihr klar, dass Lola entweder eine sehr chaotische Frau gewesen sein musste oder dass jemand ihre Sachen durchwühlt hatte.

Nach Artikel 1059 des spanischen Zivilgesetzbuches kann bei der Teilung des Nachlasses unter mehreren volljährigen Miterben, die sich über die Art der Nachlassteilung nicht einigen können, jederzeit das Recht geltend gemacht werden, diese gemäß der in der Zivilprozessordnung vereinbarten Form, wie in Artikel 782 festgehalten, anzuwenden.

Abschnitt I
Erbteilungsverfahren
Artikel 782. *Antrag auf gerichtliche Nachlassteilung*

1. Jeder Miterbe oder Vermächtnisnehmer eines Erbanteils kann die gerichtliche Teilung der Erbschaft beantragen, sofern nicht ein vom Erblasser bestimmter Nachlassverwalter mit deren Durchführung betraut wurde oder die Teilung gemäß einer zwischen den Miterben getroffenen Vereinbarung oder richterlichen Entscheidung geregelt ist.
2. Dem Antrag muss die amtliche Sterbeurkunde des Erblassers sowie der Erbberechtigungsnachweis des Antragsstellers oder Vermächtnisnehmers beigefügt werden.
3. Gläubiger können, unbeschadet der Ansprüche, die ihnen gegenüber dem Erbe, der Erbengemeinschaft oder den Miterben durch das jeweilige Feststellungsurteil eingeräumt wurden, die Teilung nicht durchsetzen, ohne die Nachlassteilung auszusetzen oder deren Durchführung zu verzögern.
4. Dennoch können die im Testament oder durch die Miterben als solche anerkannten Gläubiger und alle Gläubiger, deren einklagbares Recht dokumentiert ist, die Durchführung der Nachlassteilung verhindern, bis sie ausbezahlt oder die Höhe der anhängenden Forderungen festgesetzt wurde. Dieser Antrag kann jederzeit vor Aushändigung der jedem Erbe zugewiesenen Güter eingereicht werden.
5. Die Gläubiger eines oder mehrerer Miterben können auf eigene Kosten in die Nachlassteilung eingreifen, um zu verhindern, dass durch deren Vollzug eigene Rechte durch Betrug oder zum eigenen Nachteil geschmälert werden.

»Ich hab dir ja schon gesagt, dass deine Panamaerin zwar schöne Titten hatte, aber nicht ganz koscher war«, belehrte Curro Armando, als sie vor dem Restaurant standen, in dem die beiden mit ihren Frauen eine Paella mit Hummer gegessen hatten.

Armando sog gierig an der Marlboro Red, die er sich zwischen die Lippen geklemmt hatte, während er den Mantelkragen hochschlug. Dieser verfluchte Winter schien nicht enden zu wollen. Er stieß ungehalten den Rauch aus und erinnerte sich voller Hass an seine lateinamerikanische Geliebte. Sie hatte ihn völlig um den Finger gewickelt und aus ihm herausgepresst, was sie nur konnte.

»Da schneide ich mir bloß ins eigene Fleisch. J&C Baker verdient Millionen mit solchen Fällen«, fuhr der Notar fort. »Aber den Prozess würden wir verlieren. Mein Rat wäre folgender: Besser, wir einigen uns mit deiner Schwägerin, selbst wenn die Vereinbarung zu deinen Ungunsten ausgeht, statt uns mit Anwälten anzulegen. Am Ende verlierst du noch das ganze Geld aus der Erbschaft, weil es zu einer Zwangsversteigerung kommt, und wie das läuft, weißt du selbst. Dann wird das Haus zum Schleuderpreis verhökert, dabei verliert ihr alle beide. Biete ihr die ganze Million. Zwei Millionen für sie und eine für dich. Das wird sie nicht ausschlagen können.«

»Du kennst sie nicht. Die verfluchte Schlampe ist stur wie ein Maulesel«, sagte Armando und sog gierig an seiner Marlboro.

Curro hielt durch das Restaurantfenster nach Cuca Ausschau, die übertrieben verführerisch einem gutaussehenden jungen Kellner ihre Kreditkarte überreichte. Curro schoss ihr einen warnenden Blick zu. Cuca zwinkerte ihm zu, in dem Wissen, dass er sie heute Abend im Schlafzimmer des

Chalets, in dem sie seit zwanzig Jahren lebten, gründlich durchvögeln würde.

»Ich lade euch auf die Paella ein«, sagte Curro und machte Anstalten, das Restaurant zu betreten.

»Auf gar keinen Fall«, blockte Armando ihn ab. »Mir geht es nicht so schlecht, wie es den Anschein hat«, log er.

Im Restaurant plauderten Anna und Cuca über ihre eigenen Angelegenheiten.

»Deine Schwester hat die Sache ja voll verbockt, was? Ich erinnere mich noch, dass sie in der Klasse immer die Außenseiterin war. Im zweiten Abivorbereitungskurs ist sie von der Schule abgegangen, stimmt's?«

Anna nickte.

Die Autowerkstatt öffnete um halb fünf. Anna kam fünf Minuten früher dort an. Sie betrat eine heruntergekommene Bar, und weil sie vom Kellner nicht gesehen werden wollte, verschwand sie gleich auf die Toilette. Dort stellte sie sich vor den Spiegel, holte ihr Schminktäschchen aus der Tasche und betrachtete sich.

»Was machst du da, Anna? Was treibst du für ein Spiel?« Sie seufzte. »Ich mache mich nur ein bisschen zurecht, um einen Freund zu treffen.«

Sie holte das Pröbchen mit dem japanischen Instant-Serum heraus, das laut der Parfümerie-Angestellten einen revolutionären Aktivstoff enthielt, der ein natürliches Lifting der Haut bewirken sollte. Sie riss das kleine Pröbchen auf und schüttete sich ein paar Tropfen davon in die Hand. Dann verrieb sie es sich unter den Augen und steckte den Rest zurück in ihr Täschchen.

Anschließend holte sie den schwarzen Kajalstift heraus, den sie sich am Morgen gekauft hatte, und schminkte sich mit größter Sorgfalt die Augen. Mit einem Pinselchen verstrich sie die Farbe auf dem Lid. Dann legte sie Wimperntusche und ein Lipgloss auf.

Sie verließ die Bar, nachdem sie jemanden hatte rufen hören: »Die Toilette ist nur für unsere Kunden bestimmt, Señora.« Es waren nicht viele Gäste da, sodass sie sich nicht allzu sehr schämen musste. Jetzt fand sie es wirklich grässlich, dass man sie Señora nannte, oder schlimmer noch, dass man sie siezte. Anna war siebenundvierzig Jahre alt, aber sie hatte nicht das Gefühl, so alt zu sein. Manchmal stutzte sie und dachte: Siebenundvierzig? In drei Jahren werde ich schon fünfzig. Das kam ihr unmöglich vor. Unmöglich. Aber es verging kaum ein Tag, an dem nicht irgendein Zwanzigjähriger sie siezte und so daran erinnerte, dass sie schon ein halbes Jahrhundert auf dem Buckel hatte.

Sie befreite ihre Mähne aus dem Mantelkragen. Und dann, wenige Meter vor dem Eingang zur Werkstatt, geschah es. Geschah etwas, das Anna nicht erwartet hatte. Zum ersten Mal seit langer Zeit spürte sie, wie ihre schlafende Seele sich regte. Vor Schreck blieb sie stehen, atmete tief ein und mit einem Keuchen wieder aus. Dann ging sie weiter, und wie eine Theaterschauspielerin, die ihren Auftritt hat, betrat Anna die Autowerkstatt. Antonio kam auf sie zu. Er hatte sich rasiert und trug ein tadellos weißes Hemd mit kurzen Ärmeln, vermutlich hatte er sich wenige Minuten zuvor auf der Toilette umgezogen.

»Wie neu«, sagte er und händigte ihr die Autoschlüssel aus.

»Wie viel bin ich schuldig?«

»Gib mir hundert für die Batterie. Öl, Wasser und Arbeitskosten gehen aufs Haus.«

Anna wäre dieser Rabatt sehr entgegengekommen, denn

nach dieser Reparatur dürfte sie für den Rest des Monats pleite sein, aber sie dachte nicht daran, darauf einzugehen.

»Nein, Antonio. Das geht auf gar keinen Fall. Sag mir, wie viel es ist.«

»Hundert, das passt schon. Ehrlich.«

Anna blieb beharrlich, aber Antonio schien nicht gewillt, sie die Reparatur bezahlen zu lassen.

»Na gut, ich weiß ja nicht ... Vielen Dank. Du hast was gut bei mir«, sagte Anna, gab ihm hundert Euro, ging zum Auto und öffnete die Tür. Antonio schaute ihr hinterher. Sie bedankte sich noch einmal bei ihm und stieg dann ein. Steckte den Zündschlüssel ins Schloss, schaltete den Motor ein – zögerte. Anna, steig aus dem Auto und tu, wonach dir der Sinn steht, hab keine Angst, hab wenigstens ein Mal in deinem Leben keine Angst, beschwor sie sich selbst. Sie atmete ein. Dann beugte sie sich vor und stieg aus dem Auto. Sie trat auf Antonio zu, der sich nicht von der Stelle gerührt hatte.

»Wenn du Zeit hast und wenn ...«, sie zögerte eine Sekunde und zuckte mit den Schultern, »... du Lust hast, dann kann ich dich, wenn du magst, zum Abendessen einladen.«

Von: marinavega@gmail.com
Gesendet: 5. Februar 2010
An: mathiasschneider@gmail.com
Betreff:

Entschuldige, *es tut mir leid ...* dass ich dich nicht in Barcelona angerufen habe. Mir wurde gesagt, das Team sei geschlossen an Bord gegangen und ihr hättet den ganzen Tag in der Zentrale auf meine Antwort gewartet. Es freut

mich, dass ihr gut in Haiti angekommen seid. Gib Siegfried einen Kuss von mir.
Ich weiß selbst nicht, was ich hier mache, und kann es schlecht erklären. Ich folge meiner Intuition. Heute Morgen habe ich mit der Bäckerin den Brotteig geknetet, mit der Frau, die mit María Dolores die Bäckerei betrieben hat. Diese Catalina verschweigt mir etwas. Aber ich weiß nicht, warum. Ich muss herausfinden, wer diese María Dolores war und weshalb sie uns ihren gesamten Besitz hinterlassen hat.
Übrigens, María Dolores hatte einen Hund, und der folgt mir jetzt überallhin. Gestern Nacht hat er in meinem Zimmer geschlafen. Wenn ich sehe, wie diese weißhaarige Hündin mir hinterherläuft, muss ich lachen. Sie heißt Niebla. Im Augenblick sitzt sie vor dem Hotel, aus dem ich dir schreibe, und wartet auf mich.
Weißt du was, Mathias …? Zum ersten Mal seit langer Zeit fühle ich mich wohl, hier auf Mallorca. Dieses Mallorca kannte ich kaum … Ich weiß schon, es klingt unwahrscheinlich, dass es, nachdem ich vierzehn Jahre lang auf dieser Insel gelebt habe, immer noch Ecken gibt, die ich nicht kenne. Aber die gibt es wirklich. Dieses kleine Dorf in den Bergen, so friedlich und so ruhig – ich kannte es nicht. Das Haus ist heruntergekommen und hat nicht allzu viel Charme, aber ich schlafe sehr gut hier. Es gibt keinen Lärm. Man hört nur den Wind, den Nordwind. Es beruhigt mich, ihm zu lauschen. Ich wünschte, du wärest hier und könntest es sehen. Ich möchte, dass wir mal gemeinsam auf die Insel fahren.
Ich muss noch in der Zentrale Bescheid geben, dass ich nicht nach Äthiopien zurückkehren werde. Es zerreißt mir das Herz, Mathias, wirklich! Gestern Abend musste ich

an Naomi und an die zwei Nächte denken, die wir bei ihr gewacht hatten. Ich hoffe, dass dieses Mädchen, dem wir beide auf die Welt geholfen haben, bald ein Zuhause findet.

Ich liebe dich.

Te quiero. *I love you. Ich liebe dich. T'estim* (Das heißt *Ich liebe dich* auf Mallorquinisch; ich habe eine weitere Spalte in unser Büchlein eingetragen.)

Deine Marina

Wörter aus dem Moleskine-Buch von Marina und Mathias:

Spanisch	Deutsch	Mallorquinisch
Médico	Arzt	Metge
Agua	Wasser	Aigua
Te quiero	Ich liebe dich	T'estim
Hermana	Schwester	Germana
Madre	Mutter	Mare
Padre	Vater	Pare
Amiga	Freundin	Amiga
Molino	Mühle	Molí
Pan	Brot	Pa
Isla	Insel	Illa
Mi vida	Mein Leben	Ma vida
Panadería	Bäckerei	Forn de pa
Te echo de menos	Ich vermisse dich	T'anyor
Dolores	Schmerzen	Dolors

In Palma nahmen Marina und Ursula den Bus bis zur Plaza de España, von dort liefen sie durch die Altstadtgässchen bis zur Café-Buchhandlung, wo Ursula sich einmal die Woche mit einer Gruppe deutscher Rentner traf. Zu Marinas großer Überraschung hing im Schaufenster ein riesiges Porträtfoto von Ursula, auf dem sie sehr viel jünger war und sich auf ein Buch stützte, das den Titel »Die letzten Tage mit dir« trug. »Eine Million verkaufte Exemplare.«

»Sieh mal einer an, ich hab dem Dummkopf doch gesagt, er soll das Foto aus dem Schaufenster nehmen…, aber das juckt den gar nicht. Ich glaube, er denkt, mir gefällt das, dieser Mistkäfer, der Roman ist vor fünfzehn Jahren erschienen«, sagte Ursula wie zu sich selbst.

»Du bist Schriftstellerin«, sagte Marina überrascht.

»Ich war Schriftstellerin, meine Liebe… früher mal. Jetzt bin ich keine mehr. Ich habe seit fast fünfzehn Jahren keine Zeile mehr geschrieben. Meine Zeit als Schriftstellerin ist vorbei. Aber die wollen einfach nicht aufhören, mich daran zu erinnern«, sagte sie mit einem bitteren Lächeln. »Egal, die Beamten von der Stadtverwaltung lassen um fünf den Bleistift fallen. Zum Grundbuchamt geht es die erste rechts und dann immer geradeaus, bis nach unten. Wir sehen uns später«, sagte sie und fing unversehens auf Deutsch einen Streit mit einem Deutschen in ihrem Alter an, der herausgekommen war, um sie mit offenen Armen zu empfangen.

Marina ging weiter und dachte an diese schwierige, aber auch herzliche alte Dame, die sie zur Nachbarin hatte. Wie mochte ihr Leben ausgesehen haben? Sie hatte ihr im Bus erzählt, sie sei vor vielen Jahren Professorin an der Universität gewesen, aber über ihr Schriftstellerdasein hatte sie kein Wort verloren.

Im Grundbuchamt bat ein korpulenter Sicherheitsbeamter, der ziemlich abgestumpft wirkte und eine Uniform in Brauntönen sowie eine lächerliche orangefarbene Weste trug, sie um ihren Personalausweis und erkundigte sich nach den Gründen für ihren Besuch. Nachdem er sich überzeugt hatte, dass die Frau auf dem Foto auch die Frau war, die vor ihm stand, ließ er sie durch einen Metalldetektor gehen und schickte sie in den zweiten Stock hinauf.

Dort saß eine Beamtin, die gelangweilt auf ihrem Computer herumtippte. Sie ging auf die Beamtin zu.

»Ziehen Sie bitte eine Nummer«, sagte die Beamtin, ohne sie anzusehen oder auch nur mit dem Tippen aufzuhören.

Marina sah, dass der Raum vollkommen leer war. Es ergab keinen Sinn, aber sie gehorchte. Sie machte eine halbe Kehrtwende und ging auf eine moderne Maschine in der Mitte des Raumes zu. Sie drückte auf den Knopf, und die Maschine spuckte eine Karte mit der Nummer eins aus. Sie setzte sich, nur wenige Meter von der Beamtin entfernt, die wieder in die Tiefen ihres Computers abgetaucht war. Ein paar Minuten später drückte die Beamtin auf einen Knopf, und im ganzen Raum ertönte ein schriller Pfiff, während über ihrem Kopf ein rotes Leuchtschild mit der Nummer eins aufleuchtete. Marina ging zu ihr.

»Womit kann ich Ihnen behilflich sein?«

Marina erläuterte der Beamtin ihren Fall und überreichte ihr anschließend die Dokumente, aus denen hervorging, dass das Gebäude, über das sie Auskünfte einziehen wollte, ihr gehörte. Ohne weitere Erklärungen reichte die Beamtin ihr ein Formular, mit dem sie schriftlich und detailliert den formalen Antrag auf die erbetete Auskunft stellen konnte. Marina füllte es aus und gab es ihr zurück.

»In einem Monat werden Sie auf dem Postweg eine Zusammenstellung sämtlicher Grundbucheinträge zu dem Anwesen erhalten.«

»In einem Monat?«

»Ein Monat, anderthalb vielleicht. Schönen Tag noch«, sagte sie und wandte ihren Blick wieder dem Computer zu.

Ursula wollte sie um acht am Wartehäuschen der Plaza de España treffen. Bis dahin waren es noch ein paar Stunden, und so spazierte Marina in aller Ruhe durch die Altstadt von Palma und suchte nach der Catedral de Santa María. Dort angekommen, blickte sie zum Himmel hinauf, wie sie es immer an Weihnachten getan hatte, wenn sie mit ihren Schulkameradinnen aus San Cayetano dort Weihnachtslieder gesungen hatte. Vom sechsten bis zum vierzehnten Lebensjahr hatte sie jeden zwanzigsten Dezember an der Weihnachtsfeier der Schule teilgenommen. Sie betrat die Kathedrale, die für sie immer ein überwältigender Ort gewesen war, schritt langsam über den roten Teppich, der zum Altar führte, und erinnerte sich an die schweigende Schlange der Schülerinnen von San Cayetano. Sie sah sich ihren Vater begrüßen, nachdem sie, nervös und aufgeregt, im Alter von sechs Jahren das erste Mal dort gesungen hatte. Wo auch immer sie hinkam, überall auf der Insel tauchten diese bittersüßen Erinnerungen an die Vergangenheit auf.

Sie erreichte die Kapelle und war erstaunt, weil dieser Winkel der Kathedrale ihr nicht aus ihrer Kindheit bekannt war. Es war so, als würde hier eine riesige Welle aus Ton die Wände bedecken. Eine Welle aus Erde, in der sie das Mittelmeer ihrer Kindheit entdeckte, die trockene afrikanische Wüste ihres Lebens als Erwachsene, den zu Mehl gemahlenen Weizen der letzten Tage. *Meer*, *Wüste* und *Brot*. Es war seltsam, welche Gefühle diese Wandskulptur in nur wenigen Sekunden bei ihr auslöste. Marina wollte sich setzen, um sie in aller Ruhe zu bewundern. Sie war unglaublich schön, und Marina schien es, als habe ihr Leben in diesem traumwelthaften Winkel der Kathedrale von Palma Gestalt angenommen. Sie verstand nichts von Kunst. Die Kritiker hatten dieses Werk gewiss in den höchsten Tönen gelobt und mit großen Worten gepriesen, aber Marina sagte sich lediglich im Stillen: Was für ein schöner Ort, und fragte sich, wessen Hände das Kunstwerk geschaffen haben mochten.

Sie glaubte weder an Gott noch an die Kirche, aber der mallorquinische Bildhauer Miquel Barceló legte sanft seinen Mantel aus Ton um sie. Mit mildem Blick fuhr sie über die Risse im Ton, die bis hoch hinauf in den Himmel der Kathedrale reichten. Risse, die sie unvermeidlich an die Risse in der Erde von Afar erinnerten, wo sie Naomi zum ersten Mal in den Armen gehalten hatte.

Auf einem Eichenholztisch in einer Ecke des Wohnzimmers standen eine alte Underwood-Schreibmaschine und ein Grammophon. Zedernholzregale bedeckten die ganze Wand, und darauf lagen in wildem Chaos Hunderte von Büchern und alte Vinyl-Schallplatten. Das Parkett war teilweise von einem riesigen, in Blautönen gehaltenen Perserteppich bedeckt. Ursula hatte eine Dachluke einbauen und die Fenster verbreitern lassen. Ihr Haus war ein chaotisches und wundervolles Künstlerhaus, das nichts mit dem dunklen Haus der verstorbenen Nachbarin María Dolores Molí gemein hatte. Marina griff ins Regal und nahm eine Ausgabe von *Die letzten Tage mit dir* heraus und las den deutschen Titel.

»Ist es ins Spanische übersetzt worden?«

»Nein.«

»Ich glaube nicht, dass ich das lesen könnte.«

»Da verpasst du nicht viel. Es ist ein Brief an meinen verstorbenen Ehemann. Es geht um ein Paar, das sich fünfzig Jahre lang nur streitet. Ehrlich gesagt, verstehe ich nicht, warum das in Deutschland so gut angekommen ist.«

»Schreibst du zur Zeit gerade an etwas?«

»Nein. Ich bin alt. Und Schreiben ist anstrengend. Außerdem habe ich weder große Lust noch irgendwelche Ideen. Nichts, das mich inspiriert... Meine Neuronen sind tot, meine Kleine«, sagte sie ohne jedes Zögern. »Außerdem, diese alte Schreibmaschine, die du dir da gerade anschaust, die ist seit drei Jahren kaputt. Los, lass uns Abendessen machen.«

Marina war sogleich klar, dass Ursula nicht die Absicht hatte, über ihre literarische Produktion zu sprechen, und so stellte sie das Buch wieder zu den anderen ins Regal zurück. Während sie den Käse, den sie bei einer Käserei in Palma gekauft hatte, auf ein Holzbrett legte, erzählte Ursula ihr von den zwei Lieben ihres Lebens und ihren Enkeln, die in Deutschland lebten und jeden Sommer mit ihr in Valldemossa verbrachten. Vor allem die Ältere, die schon fünfzehn geworden war. Sie hieß Pippa, der Spitzname zu Philippa, und sie war Ursulas Beschreibung nach eine wunderschöne rothaarige Amazone und so aufmüpfig, dass ihre Eltern sich freuten, sie drei ganze Monate auf der Insel lassen zu können. Sie erzählte, ihr Enkel sei ein wenig ruhiger und habe ihre Begeisterung fürs Lesen geerbt, sodass man seine Gegenwart kaum wahrnahm. Aus ihren Worten sprach eine große Zuneigung und Stolz, und sie betonte noch einmal, wie sehr er sich von dem rothaarigen Frechdachs unterschied.

Sie machte eine Flasche Weißwein auf, die sie kaltgestellt hatte, und holte zwei Gläser aus dem Schrank. Marina schnitt ein paar Scheiben vom *pa moreno* herunter, das sie am Morgen gebacken hatten.

»Wie ist Lola denn so gewesen?«

»Wenn ich sie mit wenigen Worten beschreiben müsste, würde ich sagen, sie war eine fröhliche Frau. Ohne Falsch. Und sehr fleißig.«

»Und äußerlich?«

»Sie war ... eine starke Frau, klein, aber kräftig. Schwarzes Haar, immer zu einem Knoten gebunden. Sie hatte kohlenschwarze, sehr intensive Augen ... Wie ungerecht, mit dreiundsechzig zu sterben, nicht wahr?«, sagte sie wie zu sich selbst.

»Es ist so seltsam, dass ich im Haus kein einziges Foto von ihr gefunden habe. Auch kein Blatt Papier mit ihrem Namen drauf. Und auch sonst nichts ... Es ist, als hätte in diesem Haus niemand gelebt.«

»Sie hat alleine gelebt, zusammen mit der alten Hündin hier, die mir immer das Haus vollgehaart hat, wenn sie da waren«, sagte Ursula und deutete auf Niebla, die zusammengerollt auf dem Teppich lag und schnarchte. »Weißt du, was?«, fuhr sie fort. »Ich komme morgen in der Bäckerei vorbei. Mal sehen, ob wir gemeinsam etwas aus Cati herausbekommen. Die ist verschlossen wie eine Auster ...«

Sie setzten sich auf das riesige erdfarbene Sofa vor das große Fenster, aßen gemütlich zu Abend und unterhielten sich. Ursula erzählte von der Nacht, in der sie das erste Mal an der Hand ihres späteren Ehemanns durch das Dorf Valldemossa spaziert war. Eine Sommernacht im Jahr sechsundsiebzig. Damals hatten sie sich in eine dunkle Gasse hinter der Kartause von Valldemossa verirrt. Während sie sich küssten, erklang eine wunderschöne Melodie, die ihr

Mann sofort erkannte, es war ein Stück des in Polen geborenen Komponisten Frédéric Chopin, und dieser magische Moment, in der die Musik ihren Kuss begleitete, ließ sie glauben, das Schicksal habe ihnen ein Zeichen gegeben. Dass Valldemossa der Ort wäre, an dem Ursula und ihr Mann gemeinsam alt werden würden. Als sie beide schließlich in Rente gingen und beschlossen hatten, sich für immer in Valldemossa niederzulassen, verstarb Günter. Sodass Ursula nun alleine hier war und auf den Tod wartete, an dem Ort, an dem sie sich gemeinsam hatten zur Ruhe setzen wollen.

Ursula stand brüsk auf und ging zum Regal. »Ich muss einmal Ordnung in diese Regale bringen. Hier stehen von meinem Mann noch Hunderte von Partituren.« Sie fand das Buch, das sie gesucht hatte, und zog es heraus. Auf dem Einband stand *Ein Winter auf Mallorca*. Sie reichte es Marina.

»Das Buch ist nicht sehr wertvoll, aber interessant. Es wurde von Chopins Geliebter geschrieben, als sie 1838 hier waren ... Sie war nicht ganz richtig im Kopf, das versichere ich dir. Amantine Dupin de Francueil hieß sie, unterzeichnete aber mit George Sand. Das Buch ist eine üble Beschimpfung der Mallorquiner. Richtig übel ... Kein gutes Haar lässt sie an ihnen. Ich leihe es dir. Lies es selbst. Du glaubst es nicht.« Sie nahm einen Schluck Wein. »Erzähl mir von deinem Leben, Marina. Denn was rede ich alte Närrin hier, ich rede und rede und hör gar nicht mehr auf.«

Diese alte Intellektuelle, deren runzlige Züge Marina von Mal zu Mal schöner und deren Augen ihr von Mal zu Mal heller erschienen, gefiel ihr immer besser. Ursula hatte ein zufriedenes Lächeln. Das Lächeln einer Frau, die ein gutes Leben gehabt und die Dinge so genommen hat, wie sie kamen, die sich selbst und den anderen treu geblieben ist. Dennoch nahm Marina eine gewisse Traurigkeit an ihr wahr und ahnte schon, dass es besser war, nicht weiter nachzuhaken. Sie stand auf, ging zum Regal und suchte eine Schallplatte aus. Während sie das tat, dachte Marina, dass ihr Leben ganz anders verlaufen wäre, hätte sie diese Frau zur Mutter gehabt. Ganz anders.

Ursula legte die Vinyl-Schallplatte aufs Grammophon, die Marina ihr gereicht hatte. Sie setzten sich vor das große Fenster beim Kamin, und während sie die letzten Tropfen Wein genossen, lauschten sie der »Nocturne in b-Moll« von Frédéric Chopin.

Marina nahm die Kaffeekanne vom Herd. Auf der Arbeitsfläche standen noch die Einkäufe, die sie tags zuvor in dem kleinen Lebensmittelladen im Dorf gemacht hatte. Sie hatte alles von ihrem ersten Lohn als Bäckerin bezahlt, Kaffee, Tee, Orangen, Tomaten, Äpfel, braunen Zucker… Sie sah auf die Uhr und ging in die Backstube hinunter.

Catalina schob gerade den metallenen Schieber in den Ofen und verteilte die Holzscheite, die darin glühten.

»Hättet ihr vielleicht einen kleinen Kaffee für eine alte Frau aus Buenos Aires?«, sagte Ursula, die im Türrahmen stand.

»*Bon dia*«, antworteten Marina und Catalina unisono.

»Ist gerade fertig geworden«, sagte Marina mit einem verschwörerischen Lächeln.

Ursula setzte sich auf einen der Korbstühle, die rechts vom Verkaufstisch standen, und trank ihren Kaffee. Niebla kam herbei und ließ sich zu ihren Füßen nieder. Ursula fing das Gespräch damit an, dass sie sagte, sie habe noch einmal über diese Köstlichkeit nachgedacht, die Lola jeden Morgen gebacken hatte und die die meisten Leute im Ort in ihre Milch oder ihren Kaffee getunkt hatten.

»Gestern habe ich mir den Luxus gegönnt …«

»Wir haben nicht genug helfende Hände, schließlich wollen wir die dreihundert Brote für das Dorf backen. Und dann die Zitronen, der Mohn … Im Sommer hat Lola sie immer von den Feldern auf der anderen Seite geholt. Aber jetzt muss man nach Palma gehen. Wer wird die Mohnsamen holen gehen?«

»Ich könnte das tun.«

Catalina zog die Brauen hoch. Aus irgendeinem Grund wollte diese Frau nicht, so schien es Marina, dass sie diesen Kuchen verkauften, den Lola jeden Morgen gebacken hatte …

»Der Kuchen war ein Geschenk von Lola an ihre Kunden. Sie wollte nie Geld dafür haben. Manchmal haben wir uns um den verfluchten Kuchen geprügelt.«

»Das sagt viel über sie aus«, antwortete Marina.

»Marina, ich bin dir sehr dankbar, dass du die Bäckerei wieder aufgemacht hast, und dennoch, *em sap greu, però* … ich möchte ehrlich zu dir sein, du bist sehr langsam, wie soll das gehen – Lola hat den Zitronenkuchen gebacken, aber sie hat mir auch beim Backen des *pa moreno* geholfen … Denn dreihundert Brote backen, das ist viel Arbeit. Also eins ist klar: Entweder du hilfst mir, oder wir müssen jemanden einstellen, aber dann fehlt uns das Geld. Für die Lola und mich hat es gereicht, aber mehr …«

»Wisst ihr was?«, schaltete Ursula sich ein. »Der Arzt hat mir Übungen für meine Arthritis in den Fingern gezeigt, aber ich mache sie eigentlich nie. Ich denke, Teigkneten wäre eine gute Sache für mich. Euch fehlen doch helfende Hände, oder etwa nicht? Ich bin schon alt und muss mich oft ausruhen, aber wenn ihr wollt, dann komme ich morgens und helfe euch. Wenn ihr mich mit einem dunklen Brot bezahlt, genügt mir das schon.«

»Das ist eine gute Idee«, sagte Marina und sah zu Catalina hinüber, die die Brauen runzelte.

»Aber was redest du da für einen Unsinn, Ursula?«

»Ich biete dir meiner Hände Arbeit an, Cati. Meine Hände sind zwar eigentlich zu nichts zu gebrauchen, das weiß ich schon, aber besser als nichts ist das allemal …«

»Ich versteh es einfach nicht. *No ho entenc*«, erwiderte Catalina und sah zu Marina hinüber.

»Ich glaube, dir steigt der Nordwind ein bisschen zu Kopf«, sagte Ursula und sah ebenfalls zu Marina. »Ich verlange doch gar nichts von euch.«

»Was für Sturköpfe, diese Deutschen«, sagte Catalina und öffnete die Ofentür.

»Ich bin Argentinierin, Cati, Argentinierin.«

Ursula und Marina sahen einander kurz an, der Plan, den sie am Vortag geschmiedet hatten, ging auf, ganz wie sie es sich erhofft hatten, und als Marina sich verabschiedete, sagte Ursula leise zu ihr: »Weißt du was? Ich werde morgen nicht nur kurz vorbeischauen. Ich werde dir wirklich helfen. Ich bin neugierig geworden, außerdem, was soll ich sagen, für eine Frau, die schon mit einem Fuß im Grab steht, dürfte es kein Problem sein, die tägliche Lektüre einmal um sechs Stunden zu verschieben. Davon geht die Welt nicht unter …«

So dachte die achtzigjährige Deutsch-Argentinierin. Aber das Leben hält manchmal Überraschungen für uns bereit. Und die Stunden, in denen sie mit diesen beiden Frauen Teig kneten würde, sollten ihr Leben verändern, die paar Jahre, die sie noch zu leben hatte.

Anna nahm den Hörer ab und stützte sich auf die Schreibkommode ihrer Schwiegermutter, während sie tief atmete, um sich zu beruhigen. Sie hatte gerade zum ersten Mal in ihrem Leben ihren Mann angelogen. Das heißt, nicht direkt ihren Mann, aber seinen Anrufbeantworter. Sie hatte behauptet, sie würde mit Marina in einer Pizzeria in Palma zu Abend essen und dabei noch einmal mit ihr über den Verkauf der Mühle reden. Sie rannte, zwei Stufen auf einmal nehmend, die Treppe hinauf und ging in ihr Zimmer. Dort zog sie sich die Socken aus, die Jeans, die Bluse, das Unterhemdchen, den BH und ging dann im Slip ins Badezimmer. Sie setzte sich neben dem Waschbecken auf den Marmorboden, holte aus ihrem gestreiften Kulturbeutel den elektrischen Epilierer und schaltete ihn ein. Früher hatte sie das von einer Kosmetikerin machen lassen, aber seit Armando ihr das Taschengeld gekürzt hatte, sparte sie sich die Kosmetiktermine und machte alles selbst.

Während sie mit dem Epilierer die Innenseiten ihrer Beine bearbeitete, stürmten unwillkürlich eine Menge Fragen auf sie ein. Was machst du da, Anna? Was hast du vor? Willst du Antonio deine Beine zeigen? – Nein, natürlich werde ich ihm nicht meine Beine zeigen, gab sie sich selbst die Antwort. Was für ein Unsinn! Sich die Haare wegzumachen, das ist doch ganz normal, oder? Ich habe das schon fünf Monate lang nicht mehr gemacht. Da wird es mal wieder Zeit. Beim Betrachten ihrer glatten Beine wurde sie nervös. Es ist nur ein Treffen mit einem Exfreund. Entspann dich. Du tust nichts Böses. Allerdings ein Treffen mit dem einzigen Exfreund, den sie je gehabt hatte. Denn in Annas Leben hatte es nur zwei Männer gegeben: Antonio und Armando.

Sie hasste es, sich die Achseln mit der Maschine zu enthaaren. Sie holte tief Luft, betrachtete sich im Spiegel und legte los. Nachdem sie ihren ganzen Körper wieder schön gemacht hatte, drehte sie in der Dusche das warme Wasser an, stellte sich darunter und seifte sich mit einer Seife mit Kamillenextrakt ein. Sie mochte den Geruch ihres Kindershampoos, hatte sich nie ein anderes gekauft. Vielleicht erkennt Antonio ja den Geruch wieder? Willst du jetzt wohl aufhören, Anna? Was für einen kitschigen Kram denkst du dir da aus? Noch eine Spülung für die Spitzen. Sie trat aus der Dusche und trocknete sich ab.

Sie trat ganz dicht vor den Spiegel und zwang sich zu einem Lächeln, um sich ihre Krähenfüße anzuschauen. Ja, das Botox hatte funktioniert. Dann betrachtete sie ihren nackten Körper im Spiegel. Sie fand sich hübsch, trotz ihrer fast fünfzig Jahre, aber ihre Brüste kamen ihr zum ersten Mal übertrieben groß vor. Die Silikonimplantate, die sie sich vor fast fünf Jahren hatte einsetzen lassen, fand sie jetzt lächerlich. Antonio würden sie bestimmt nicht gefallen ... »Das reicht jetzt, Anna, das reicht. Hör auf, solche Sachen zu denken«, sagte sie laut zu sich selbst.

Das Schlimme an diesen Implantaten war, dass sie es nicht für sich selbst getan hatte, sondern damit ihr Ehemann sie wenigstens ab und zu mal anschaute. Während sie ihre Brüste berührte, dachte sie an Armando. Anna empfand nichts mehr für ihn. Sie brauchte seine Umarmungen, wollte sich beschützt fühlen, sie wollte sich wertgeschätzt und geliebt fühlen. Sie wünschte, er würde ihr ab und zu *Ich liebe dich* sagen. *Das* hatte er schon seit Jahren nicht mehr getan. Und sie konnte sich auch nicht daran erinnern, wann er sie das letzte Mal umarmt hatte. Sie würde es nie jemandem verraten, aber sie hatte seit vier Jahren keinen Sex mehr mit Armando gehabt.

Eines war sicher, mit Ausnahme von Cuca hatten ihre Freundinnen vom Segelclub kaum noch Beziehungen zu ihren Männern. Xesca, die Sorgloseste in der Gruppe, hatte einmal bei einem ein klein wenig weinseligen Abendessen – und dabei mussten die Frauen der besseren Gesellschaft von Mallorca nicht besonders angetrunken sein, um sich ihre intimen Geheimnisse anzuvertrauen – gestanden: »Wenn es den Armen glücklich macht … Ich lasse ihn einmal im Monat für fünf Minuten auf mich drauf.« Damit hatte sie großes Gelächter geerntet.

Anna hielt ihre sexuelle Lustlosigkeit für vollkommen normal. Das passiert allen verheirateten Frauen, dachte sie sich, mach dir mal keinen Kopf. Trotzdem gab es einen kleinen Unterschied zwischen ihr und ihren Freundinnen aus dem Segelclub. Ihre Freundinnen hatten ein intaktes Familienleben. Anna hingegen verbrachte die Wochenenden alleine mit ihrer pummeligen Tochter und rechtfertigte ihre Einsamkeit mit den Investitionsgeschäften ihres Mannes in Panama. Natürlich lobten die Männer ihrer Freundinnen diesen mallorquinischen Geschäftsmann, der im Ausland ein Vermögen anhäufte, über den grünen Klee. Während ihre Freundinnen eher Anna bedauerten. »Was nützen ihr die ganzen Millionen, wenn sie einsamer ist als ein schiffbrüchiger Matrose«, tratschten sie *en petit comité*.

Nur die Sommermonate waren der Familie Vega heilig. Armando verbrachte Juli und August immer in Spanien mit Frau und Tochter sowie jedem Mitglied der Schickeria, das auf seine dreißig Meter lange Yacht kommen wollte. Anna bestieg die Yacht braungebrannt und mit teuren Pareos, schön und schlank schenkte sie ihrem Flavio Briatore und ihrer strammen Tochter ein strahlendes Lächeln. Ihr gefiel diese Fotografie, auf der sie alle drei in den Sommermonaten zu sehen waren... Aber im Sommer 2005 hatte Armando behauptet, er müsse die ganze Zeit in Panama bleiben und arbeiten. Er wollte im Juni fahren und im September zurückkommen. Anna schlug ihm vor, sie könnten doch alle zusammen nach Panama reisen, Anita müsse ja nicht in die Schule gehen. Aber er sprach sich dagegen aus, mit dem Argument, Lateinamerika sei kein sicherer Ort für ein zehnjähriges Mädchen.

Anna und Anita hatten die vier Monate alleine verbracht. Armando rief nur selten an, und wenn, dann sagte er immer, solange er fort sei, solle sie sich an seine Mutter wenden. Er erkundigte sich immer nach den Wiederholungskursen seiner Tochter, die in Mathematik, Religion und Naturwissenschaften durchgefallen war und im September eine Prüfung ablegen musste. »Sonst alles in Ordnung, Anna?« – »Ja«, antwortete sie. Aber was war *sonst alles*? Als Anna es zum ersten Mal wagte, ihm zu gestehen, dass sie sich einsam fühlte, schnitt er ihr das Wort ab.

»Dir fehlt es an nichts. Du hast die Kreditkarte, damit kannst du dir kaufen, was immer du dir wünschst. Und wenn du dich allein fühlst, kannst du ja meine Mutter anrufen. Beklag dich nicht, Anna, wer hier allein ist, das bin ich.«

Er war ein Zyniker. Entweder war er schon so auf die Welt gekommen, oder die Elster hatte ihn so erzogen.

In diesen vier Monaten hatte Anna Zuflucht bei ihren Freundinnen aus dem Club gesucht und auch gefunden. Yachtbesitzer haben gerne Gäste... Wo bliebe auch sonst das Vergnügen, mit einem Drei-Millionen-Euro-Schiff herumzuschippern? Und in diesen Monaten freundete sie sich mit Cuca an. Cuca war ein Lästermaul und ganz anders als sie, und was das Wichtigste war: Sie brachte Anna zum Lachen. Cuca gab ihr den Rat, nicht immer so demütig zu sein. Sonst würde ihr Mann sich noch eine andere suchen, falls es nicht schon zu spät wäre, und sie am Ende verlassen. Für Cuca war es sonnenklar, dass ein Mann wie Armando, der aus jeder Pore Erfolg ausschwitzte, in Panama mehrere Geliebte hatte. Cuca machte Anna da nichts vor: Zuerst kam der Sex, und dann kamen die kleinen Küsschen und die zärtlichen Umarmungen und all diese netten Dinge, auf die Frauen so stehen. Sich selbst nahm sie davon aus.

»Männer müssen ficken, Anna. Vergiss das nicht. Wenn er dich nicht fickt, dann fickt er eine andere.«

Vielleicht hatte Cuca recht, und falls ja, sollte sie sich einen Ruck geben und ab und an mit Armando ins Bett gehen, auch wenn sie die Vorstellung nicht sonderlich prickelnd fand. Sie verstand nicht, warum Cuca immer vom Ficken sprach, das Wort klang schrecklich in ihren Ohren, ein Wort, das von Proleten verwendet wurde, es war ordinär und so ganz anders als der Ausdruck *Liebe machen* …

Anna war sich dessen sehr bewusst, dass die Schuld am fehlenden Sex in ihrer Beziehung zum Teil bei ihr lag. Sie hatte damit angefangen, ihn zurückzuweisen. Zehn Jahre lang hatten sie immer nur mit dem Ziel Sex gehabt, dass Anita gezeugt werden sollte. In der Stillzeit war ihre Libido im Keller gewesen. Später schob sie einen schlecht ausgeheilten Dammschnitt vor, Müdigkeit, Kopfschmerzen, und ihr Mann zeigte sich nicht allzu beharrlich. Armando war außerdem kein großer Romantiker (in der Anfangszeit allerdings schon) und versuchte sie auch nicht zu verführen.

»Denk an einen anderen, wenn ihr im Bett seid«, sagte Cuca mit einem verschwörerischen Lächeln. »Mach die Augen zu. Dann merkt er nichts. Ich denke immer an einen Anwalt, einen Freund meines Mannes, der mich echt anmacht«, schloss sie mit einem Augenzwinkern. Es war

Cucas Glück, dass sie alle Männer attraktiv fand, angefangen bei einem nach Patchouli riechenden Tantra-Quacksalber bis hin zu einem skrupellosen Anwalt in Armani-Anzügen, der nach Issey Miyake roch. »Wann kommt Armando wieder zurück?«, fragte Cuca.

»In zwei Monaten«, antwortete Anna.

»Na dann beschere ihm doch einfach eine Überraschung zu seiner Rückkehr.«

Sie hatte sich überzeugen und die Überraschung implantieren lassen. Vierhundert Gramm Silikon in jede Brust. Ein Schönheitschirurg machte einen kleinen Schnitt an jeder Brustwarze, um die transparente Masse einführen zu können, die ihren Ehemann wieder zurückholen sollte. Es war härter, als sie gedacht hatte. Von den postoperativen Beschwerden hatte ihr niemand etwas gesagt. Von Brüsten, die so geschwollen waren, dass sie ihr förmlich bis ans Kinn reichten. Vom Wundschmerz an der Brustwarze. Einen Monat lang jaulte sie vor Schmerz, und Imelda pinselte ihr täglich die Brustwarzen mit Jod ein und verabreichte ihr Ibuprofen.

Aber nach zwei Monaten hatten sich ihre Brüste in zwei pralle, vorstehende Ballons verwandelt.

Ende September kehrte Armando zurück. Sie holte ihn mit dem Auto vom Flughafen ab. Noch am Morgen hatte sie extra eine Keratinbehandlung machen lassen und sich für den Anlass neue Schminksachen gekauft. Sie trug ein tiefes Dekolleté. Bevor sie sich auf den Weg zum Flughafen machte, betrachtete sie sich zufrieden im Spiegel. Anita begleitete sie wie immer im Trainingsanzug. Armando kam durch die Tür der Ankunftshalle und gab ihr einen flüchtigen Kuss auf den Mund… »Wie geht's, Anna?« Er bemerkte rein gar nichts.

Sie aßen zu dritt zu Abend und brachten dann Anita

ins Bett. Armando ging hinunter in den ersten Stock und ließ sich auf die Chaiselongue mit dem Leopardenbezug fallen. Er schnappte sich die Fernbedienung und zappte herum. Währenddessen bereitete Anna sich im ersten Stock im Schlafzimmer darauf vor, mit ihrem Mann eine Nummer abzuziehen. Sie zog sich ein Seidenhemdchen mit Spaghettiträgern an, das sie sich in einem exklusiven Laden in der Innenstadt von Palma gekauft hatte. Dann betrachtete sie sich wieder im Spiegel und lächelte, weil sie sich schön fand, öffnete die Tür des Schlafzimmers und rief nach ihm. Armando antwortete nur zögerlich.

»Komm hoch, bitte«, beharrte sie.

Als er lustlos hereinkam, saß sie auf der Bettkante und erwartete ihn dort, einer der zarten Träger ihres Nachthemdchens war heruntergezogen. Sie lächelte verschämt und hatte das Gefühl, sich zum ersten Mal vor ihm auszuziehen.

Armando blieb in der Tür stehen. Überrascht.

Anna stand auf und trat auf ihn zu. Sie streifte den zweiten Träger ab und zeigte ihm ihre Brüste.

»Gefallen Sie dir?«, fragte sie schüchtern.

Armando betrachtete den üppigen Busen. »Anna, aber was hast du gemacht?«, fragte er und nahm diese Brüste, die irgendwie nicht zu seiner züchtigen Frau passen wollten, in die Hände.

Er zog ihr das Nachthemd aus und ließ es zu Boden fallen; seine Frau stand jetzt vollkommen nackt da. Dann betrachtete er wieder Annas operierte Brüste.

»Und ob sie mir gefallen!«, sagte er und knetete sie. Aber hallo! Sie gefielen ihm sehr. Armando näherte seinen Mund ihrer Brust, lutschte und biss ein wenig hinein. Anna dagegen bekam, anders als sie sich das vorgestellt hatte, bei seinem Saugen Angst und musste unwillkürlich an das Skalpell denken. Armando trug immer noch die Kleidung, in der er aus Panama angereist war. Er küsste seine nackte Frau kurz auf den Mund.

»Warte einen Moment«. Er ging ins Bad. Kreditkarte und eine Linie Koks. Er kam zurück und machte sich die Hose auf.

Dann trat er wieder zu seiner Frau, die ihn auf dem Bett liegend erwartete, ohne das schüchterne Mädchen verbergen zu können, das sie immer gewesen war und immer sein würde.

»Du siehst immer noch gut aus, Anna«, sagte Armando.

Anna lächelte schüchtern. Sie hatte ihr Ziel erreicht. Sie schloss die Augen und küsste sanft die Lippen ihres Mannes, während sie ihm zärtlich über den Rücken strich. Armando drehte sie mit einer groben Bewegung um, sodass sie ihm den Rücken zukehrte.

»Geh in die Hundestellung«, flüsterte Armando ihr ins Ohr.

Anna tat nichts.

»Auf die Knie, mein Schatz …«

Anna gehorchte. Sie stützte die Ellbogen auf dem Bett auf, und Armando, der mit einer Hand nachhalf, brachte sie dazu, sich vorzubeugen. Armando fühlte sich mächtig in dieser Position, die er in seinen Nächten in Panama gelernt hatte. Er bekam sofort eine Erektion, zog die Hose aus, holte sein erigiertes Glied aus seiner Calvin-Klein-Unterhose und kniete sich hinter sie. Bevor er sie penetrierte, legte er die Hände auf Annas Pobacken und drückte sie. Er spreizte die Schenkel und betrachtete sein Glied, das fast am Platzen war. Er sah ihm gerne zu, wie es immer größer wurde … so auch jetzt, bevor er in sie eindrang. Er drang ohne großes Vorspiel in seine Frau ein. Anna hatte das Gefühl, von einem Messer aufgespießt zu werden. Sie schrie auf vor Schmerz, und Armando deutete diesen Schmerzlaut als einen Ausdruck purer Lust und beschleunigte den Rhythmus, sah zu, wie sein Glied in den Körper seiner Frau eindrang und wieder herauskam. Sie biss sich auf die Lippen. Eine Minute. Zwei. Drei. Immer rein und raus. Durch das Koksen konnte er lange durchhalten. Er bewegte sich schneller, während er seinen eigenen Lauten der Lust lauschte. Er wurde immer schneller. Anna kam ihm so zerbrechlich vor, wie sie sich ihm hier vollkommen hingab, nackt, von hinten. Ohne ihn anzusehen. Anna krallte ihre Hände in die Decke, die das Bett bedeckte. Ballte ihre Hände zu Fäusten. Sie spürte nur noch Schmerz.

Armando hatte der schlanke und zerbrechliche Körper seiner Frau immer gut gefallen, wie allen Kerlen aus dem Segelclub, aber er war es gewesen, der die schüchterne und zarte Blondine erobert hatte, auf die alle so scharf waren. Jetzt schau sie dir an, das zerbrechliche und schüchterne Mädchen aus dem Club, wie sie hier alles gibt, wie eine Nutte. Und ja, wenn Armando auf etwas stolz war, dann darauf, dass dieser zarte Frauenkörper nie einen anderen Penis zu spüren bekommen hatte als seinen eigenen.

Er war selbst überrascht, mit welcher Schnelligkeit er in Annas Körper hatte eindringen dürfen. Früher hatte es immer endlose Vorspiele in der Missionarsstellung gegeben. Seine Frau machte ihn so scharf wie nie zuvor. Er ließ ihre Pobacken los. Mit der flachen Handfläche, wie es seiner Panamanerin so gut gefiel, gab er ihr einen kleinen Klaps. Sie mag es, deutete Armando ihr Schweigen, während er die Augen schloss, um sich an den Satz seiner Geliebten in Panama zu erinnern, den sie vor Kurzem in genau dieser

Position geäußert hatte. »Wie mir das gefällt, wenn du es mir von hinten machst, aber bitte jetzt nicht kommen, mein kleiner Macho.« Der Satz machte ihn supergeil… Er war kurz vorm Höhepunkt. Armando war keiner von denen, die einen vorzeitigen Erguss hatten, die Damen zuerst natürlich. Einer Frau Lust bereiten war das, was Sieger machten.

»Streichle dich selbst«, befahl er.

Sie tat so, als würde sie seinem Befehl Folge leisten, ließ ihre Hand zwischen ihren schlanken Beinen verschwinden und die dazugehörigen Töne erklingen. Armando seufzte vor Lust, als er seine Frau stöhnen hörte, und fickte sie weiter, wie er sie in den ganzen Ehejahren nicht gefickt hatte. Er schloss die Augen. Noch ein kleiner Klaps. Sein Glied wie ein Baseballschläger. Er betrachtete es stolz, kurz bevor er zum Höhepunkt kam. Er legte die Hände auf die Gesäßbacken seiner Frau. Spreizte sie auseinander. Hob die rechte Hand. Ein letzter kleiner Schlag, dann stieß er sie voller Wucht, und während eine Träne über die Wange seiner Frau lief, spritzte er mächtig ab.

Er schaltete den Motor des Motorrads nicht aus und nahm auch den Helm nicht ab. Er schob das Visier nach oben und lächelte sie an. »Lass uns ein bisschen von hier wegfahren«, sagte Antonio und hielt ihr einen Helm hin.

Anna band sich das Haar zu einem kleinen Zopf, wie sie es früher immer getan hatte, wenn er sie von der Schule abgeholt hatte. Er setzte ihr den Helm auf, und sie streckte den Hals vor, ohne groß nachzudenken und in der Gewissheit, dass er sich gleich vorbeugen würde. Er machte den Kinnriemen zu, genau wie vor dreißig Jahren.

»Anna, du hast dich wirklich überhaupt nicht verändert«, sagte er mit einem kleinen Lächeln und einem Blick auf den feinen Kamelhaarmantel, den sie trug.

Anna stieg hinter ihm aufs Motorrad, und Antonio fuhr ganz langsam los, sie mussten raus aus dem Zentrum von Palma.

Die schwarze Kawasaki fuhr diskret an den Autos vorbei, bis sie zur MA-11 kam. Dann gab er Gas. Antonio fuhr gerne Motorrad. Anna erinnerte sich an die wenigen Male, wenn sie sich in ihrer Jugend gestritten hatten, immer war es dabei um das verfluchte Motorrad gegangen. »Antonio, rasen kannst du, wenn ich nicht dabei bin, verdammt nochmal, mir macht das Angst«, hatte sie damals, als sie noch jung waren, nach dem Absteigen voller Wut zu ihm gesagt.

»Du bist eben so leicht, dass ich vergesse, dass du hinter mir sitzt. Schmieg dich fest an meinen Rücken, dann vergesse ich das auch nicht«, antwortete er verschmitzt, drückte ihr einen Kuss auf die Lippen und brachte sie auch weiterhin Tag um Tag in Gefahr.

Immer dieser Geschwindigkeitswahn. Und natürlich war die Kawasaki, auf der sie jetzt fuhren, viel schneller als die Rieju, auf der sie mit siebzehn gesessen hatten. Er hat sich auch nicht verändert, dachte sie. Sie saß auf dem Rücksitz, die Arme um ihn gelegt, und er gab Gas. Als sie merkte, wie sie immer schneller fuhren, lächelte sie. Sie konnte zwar sein Gesicht nicht sehen, aber sie wusste genau, dass auch er sich an ihre Streits über das Motorrad erinnerte. Anna wusste genau, was sie tun musste, damit er langsamer fuhr. Und das tat sie dann auch. Sie lehnte sich an ihn, genau wie mit siebzehn, legte den Kopf seitlich an seinen Rücken und schlang fest die Arme um ihn, und er lächelte in sich hinein und drosselte die Geschwindigkeit.

Von: mathiasschneider@gmail.com
Gesendet: 8. Februar 2010 (vor drei Stunden)
An: marinavega@gmail.com
Betreff:

Marina, ich brauche eine Pause, muss mich ausruhen. Du weißt nicht, wie aufreibend es ist, hier zu sein. Das Rote Kreuz hat bereits 45 000 Tote gezählt. Fünfzehn Funktionäre der NGO gelten noch immer als vermisst. Es wird unter den Trümmern nach ihnen gesucht. In den Straßen stapeln sich die Leichen. Es gibt nicht genug Helfer. Vielleicht liegt es daran, dass du nicht hier bist, dass mir alles viel härter erscheint. Ich weiß es nicht. Gestern Abend sind wir mit Siegfried noch einmal zum Lager gegangen. Unterwegs begegnete uns ein Mann in unserem Alter, der auf der Straße saß und weinte. Er war allein. Die Menschen hier weinen viel. Aber diesen Mann zu sehen, der so alt war wie ich, das tat weh ... so weh. Er sprach Kreolisch und ein bisschen Spanisch, und mit meinen paar Brocken konnte ich mich mit ihm unterhalten. Die Ruine hinter ihm war sein Haus, und seine Frau und sein Baby lagen mit Sicherheit darunter. Der junge Mann konnte gar nicht mehr aufhören zu weinen. Er hat uns umarmt, und wir haben ihn in ein Zentrum des Roten Kreuzes gebracht. Gestern Abend habe ich ein paar Budweiser über den Durst getrunken und mich an Siegfrieds Schulter ausgeweint. (Da hat er natürlich gesagt, ich sei eben doch schwul, und mir einen unsittlichen Antrag gemacht. Damit hat er mir das erste Lächeln an diesem Tag entlockt. Er hat sich mal wieder in einen der hiesigen Krankenpfleger verliebt.)
Ich habe kaum geschlafen heute Nacht. Kam immer

wieder ins Grübeln. Sehr lange. Ich schreibe das in großer Eile, wir haben nur zehn Minuten Internet am Stück. Maximal ... Marina, ich weiß, wir haben schon einmal darüber gesprochen. Aber diesmal ist es ernst. Ich möchte mit dir zusammenziehen. Ich brauche das. Ich brauche einen Ort, an dem ich Luft holen kann. An dem ich Ruhe finde. An dem ich diese seltsame Welt vergessen kann, in der wir leben. Wir reisen jetzt schon seit fünf Jahren um den Globus. Natürlich möchte ich weiter für Ärzte ohne Grenzen arbeiten. Eine andere Arbeit kann ich mir für mich nicht vorstellen. Aber ich brauch ein Zuhause. In die Wohnung meiner Eltern will ich nicht zurückgehen, und wenn sie noch so phantastische Menschen sind. Ich möchte, dass wir unser eigenes Reich haben. Ich weiß nicht, warum ich auf dich gehört habe. Die Wohnung im Prenzlauer Berg haben wir uns jedenfalls durch die Lappen gehen lassen.

Marina, ich weiß, dass du nicht nach Haiti kommen willst, und wenn doch, würdest du das nur für mich tun. Aber warum wartest du nicht auf mich? Im Juni bin ich bei dir, und dann könnten wir ein paar Monate in dem Haus bleiben, das du geerbt hast, und uns dann entscheiden, wo wir uns niederlassen wollen. Aber ich brauche und ich möchte einen Ort, der mein Zuhause ist. Ein Zuhause mit dir. Ich möchte ein Zuhause mit dir, für immer.

T'estim

Mathias

Von: marinavega@gmail.com
Gesendet: 8. Februar 2010
An: mathiasschneider@gmail.com
Betreff:

Mathias, ruf mich über Thuraya[5] an. Ich weiß nicht, wie spät es jetzt im Basislager ist. Meine Nachbarin in Valldemossa ist Deutsche, sie heißt Ursula, ruf mich bei ihr zu Hause an. Ich bin von fünf Uhr morgens bis drei Uhr nachmittags zu erreichen und abends ab acht. Ihre Telefonnummer lautet + 34 971229503.

Sie drückte auf *Senden*, ohne sich zu verabschieden.

Sie warf einen Blick in das kleine, gemütliche Wohnzimmer des Petit Hotel von Valldemossa. Beobachtete, wie Gabriel vor dem Kamin niederkniete und Feuer machte. Wie jeden Nachmittag setzte er sich anschließend neben sein Feuer vor das große Fenster seines Hauses, um das tägliche Ritual zu vollziehen und Sekunde um Sekunde dabei zuzuschauen, wie die Wintersonne hinter der Serra de Tramuntana verschwand.

»Bist du glücklich?«

»Oh, ich weiß gar nicht, was ich dir darauf antworten soll«, sagte Anna und nahm einen Schluck von dem Weißwein.

---

[5] Thuraya: Satellitentelefon, das die Entwicklungshelfer in Gegenden verwenden, in denen es keine konventionelle Telefonverbindung gibt oder diese zusammengebrochen ist.

Wenige Meter vor dem kleinen und schlichten Restaurant am Hafen von Sóller, das Antonio für sie ausgesucht hatte, schlugen die Wellen gegen das Ufer. Alte Tischdecken mit rotem Karomuster. Frischer Fisch und Weißwein von der Insel, schön kalt. Ein Speiselokal für die Feinschmecker unter den Fischern.

»Und du? Bist du glücklich?«

»Jetzt spielst du mir den Ball einfach zurück«, antwortete Antonio mit einem Lächeln. »Wenn ich zurückblicke, kann ich sagen, dass ich getan habe, was ich tun wollte. Ich habe die Welt gesehen. Mir wurde eine Tochter geschenkt, und jetzt, jetzt kehre ich zu den Wurzeln zurück, nehme ich mal an. Ja.« Er hielt kurz inne. »Ich bin glücklich, oder zumindest fühle ich mich ruhig. Mit fünfzig ist das schon viel.«

Antonio nahm das Weinglas und trank einen Schluck. Dann stellte er es wieder auf den Tisch.

»Warum hast du meine Briefe nie beantwortet?«, fuhr Antonio fort und sah ihr in die Augen.

Anna errötete und legte das Besteck auf den Teller.

»Welche Briefe, Antonio?«, antwortete sie leise.

»Ich habe dir jede Woche einen Brief geschrieben. Jede Woche, Anna. Drei Monate lang. Erzähl mir nicht, du hättest sie nicht bekommen. Zuerst Postkarten, die ich in jedem Hafen kaufte, in dem wir Halt machten, bevor wir den Atlantik überquerten, und dann seitenlange Briefe, die du nie beantwortet hast.«

»Ich habe nie etwas erhalten, Antonio. Das schwöre ich dir«, sagte sie tonlos.

»Calle Albenya 33, in Son Vida. Jahre sind vergangen, und ich erinnere mich noch immer.«

Anna nickte. Das war die Anschrift ihres Hauses. Das ihrer Großmutter, später ihren Eltern und jetzt ihr gehörte.

»Ich habe nie einen Brief bekommen. Das schwöre ich dir. Und ich habe mich so machtlos gefühlt. Ich wusste nicht, wohin ich dir schreiben sollte. Glaub mir. Bitte.« Anna senkte den Blick und erinnerte sich an den quälenden Schmerz dieses Jahres ohne Antonio. Ohne eine Nachricht von ihm. »Wohin hätte ich dir denn schreiben sollen? Ich hätte deine Eltern fragen können, aber ich dachte, sie wären bestimmt enttäuscht von mir. Ich weiß nicht …«

Antonio sagte nichts. Letzten Endes war es die Geschichte der unmöglichen Liebe zwischen einem einfachen Seemann und einem Mädchen aus der Oberschicht. Und da er keine Antwort bekommen hatte, war er schließlich selbst davon überzeugt, dass das der Grund für die Trennung gewesen war.

»Meine Mutter. Ganz bestimmt«, sagte Anna und blickte auf das schwarze Meer. »Ich glaube nicht, dass mein Vater so etwas tun würde … Ich bin feige gewesen«, sagte Anna aufrichtig und befreite damit ihre Mutter von aller Schuld. Sie war ehrlich mit sich selbst und mit ihm. Denn nur sie war schuld daran, dass sie nicht auf dieses Schiff gegangen war und damit ihre Beziehung für immer zerstört hatte.

»Ich Egoist«, erwiderte Antonio zu ihrer Überraschung. Als sei er nach langem Nachdenken zu diesem Schluss gekommen.

»Warum sagst du das?«

»Es war *mein* Traum, Anna. Ich wollte die Welt kennenlernen, und eigentlich hatte ich Angst, es alleine zu tun. Ich wusste, dass du damals verliebt in mich warst. Und so habe ich dich überredet … Dabei wusste ich, du würdest nicht glücklich sein. Also ehrlich gesagt, mit zwanzig habe ich nicht darüber nachgedacht, ob du glücklich sein würdest oder nicht. Ich habe mich natürlich über dich geärgert, aber … mit der Zeit versteht man diese Dinge.« Antonio griff nach der Weißweinflasche, schenkte Anna und sich selbst ein und sprach weiter. »Als ich auf das Segelschiff ging, ohne dich, da war mein Herz schwer, und verflucht habe ich dich. Als wir im Abschleppwagen saßen, habe ich dir noch nicht alles erzählt. Auf dem Schiff hatte ich große Angst. Wirklich, Anna. Wir hatten Pech in Cap Verde.« Er seufzte bei der Erinnerung an diese Überfahrt. »Ich schwöre dir, ich dachte, ich müsste sterben, und da wurde mir klar, dass ich ein Egoist gewesen war, dass du mich dafür gehasst hättest, dich deiner Familie zu entreißen. Zwei Wochen mitten im Nichts. In einem platten Ozean ohne jede Brise. In zwei Wochen kamen wir vierzig Knoten voran. Die Leute denken immer, das Gefährliche am Atlantik seien die Stürme. Aber nein, die Flauten sind viel gefährlicher, wenn kein Lüftchen sich regt. Ich dachte schon, wir müssten dort sterben, denn uns ging das Essen aus und das Wasser auch. Außerdem fing die Frau des Engländers an, nervös zu werden … hysterisch geradezu. Sie war seinetwegen dort. Er hatte sie auch überredet. Und ich mitten in diesen ganzen Streitereien auf einem sechs Meter langen Boot. Das heißt, ich und zwei kapverdische Matrosen. Ich fühlte mich ziemlich allein, denn die beiden sprachen portugiesisch miteinander und interessierten sich nicht sonderlich für mich. Er nahm einen Schluck Wein. »Das war nicht alles, plötzlich kam der Sturm, ein Hurrikan. Fünfzehn Meter hohe Wellen, sowas hatte ich in meinem Leben noch nicht gesehen … Ich war schon ziemlich vom Fleisch gefallen. Und später dann, in der Dominikanischen Republik, war alles relativ einfach. Das Leben dort ist billig. Ich arbeitete anderthalb Jahre auf Touristenbooten. Und schrieb dir einen Brief nach dem anderen.

»Ehrlich, Antonio. Ich habe nie einen Brief von dir bekommen.«

»Ich hatte außerdem genug Geld gespart, dass du dir ein Flugticket hättest kaufen können, um mich zu besuchen. Ein Jahr lang habe ich geduldig auf deine Briefe gewartet, und eines Tages machte bei mir gegenüber ein Frisörladen auf. Ich ging hin, um mir die Haare schneiden zu lassen, und flüchtete mich in die Arme einer Friseurin … Am Ende hab ich sie geheiratet«, er lächelte mit einer gewissen Traurigkeit. »Das Leben ist seltsam, nicht wahr?«

Lange sahen sie einander zärtlich an, voller Schmerz, voller Wehmut, voller Zweifel.

»Ich brauchte ganze zwei Tage, um dir fünf Zeilen zu schreiben, und sobald ich alles noch einmal durchlas, klang alles so …«, er lachte in sich hinein und zog die Schultern hoch, »… so kindisch, dass ich das Papier zerriss und noch einmal von vorne anfing.« Er lächelte wieder. »Du hast keine Ahnung, was es mich gekostet hat, dir fünf Zeilen zu schreiben … Eines Tages kam ich zu dem Schluss, dass es leichter wäre, den Atlantik zu überqueren, als dir zu schreiben …«

Sie sahen einander weiter an. Stumm. Versuchten, eine Ahnung von dem Leben zu bekommen, das sie nicht gehabt hatten.

»Marina!«, rief Ursula von der Straße hoch. Marina lehnte sich aus dem Schlafzimmerfenster. »Mathias ist am Telefon.«

Ohne das Fenster zu schließen, stürmte sie die Treppe hinunter und rannte durch die Bäckerei aus dem Haus. Ursula wartete schon auf der Schwelle und winkte sie herein. Marina ging ins Wohnzimmer und ergriff den Hörer des Telefons, das auf einem Beistelltischchen neben der kaputten Schreibmaschine stand. Ursula, die mit Niebla auf der Schwelle verharrte, lächelte ihr zu. Sie wollten gerade zu einem Spaziergang aufbrechen. Sie zog die Tür ins Schloss und ließ ihre Nachbarin allein im Haus.

»Wie geht es dir, meine Liebe?« Das waren seine ersten Worte. Er sagte sie auf Spanisch. Er war immer so zärtlich und sparte nicht mit Worten der Liebe. Marina dachte, das müsse wohl an der deutschen Tradition der Romantik liegen, an dem Erbe, das Goethe ihnen hinterlassen hatte. Oder vielleicht war es so, dass Worte wie *meine Liebe* in einer anderen Sprache den emotionalen Ballast verloren, den sie in der eigenen Sprache besaßen. Aber Marina irrte. Mathias sagte *te quiero* oder *te amo,* weil er es schöner fand, weil er einfach fand, dass es schöner klang als *ich liebe dich*. Er sagte diese Worte in aller Aufrichtigkeit und legte sein ganzes Gefühl hinein.

»Gut. Es geht mir gut«, erwiderte sie. »Und wie geht es dir?«

Wie ich schon gesagt habe, empfand sie, wie jede andere Frau auch, Liebe, aber sie drückte sie selten mit Worten aus, und es fiel ihr sehr viel leichter, sich mit einem flüchtigen *I love you* zu verabschieden, als *te quiero* oder *te amo* zu sagen.

Marina hörte Mathias bei seiner Schilderung des Horrors zu, den er täglich erlebte. Über eine Million Menschen ohne Zuhause. »Marina, ich kann nicht lange telefonieren. Anfang Juni kann ich da sein. Sag, was meinst du dazu? Bitte warte auf mich. Ich wäre jetzt so gerne an deiner Seite, dann könnten wir in aller Ruhe miteinander reden … Ich komme, nur noch zwei Minuten!«, sagte Mathias zu jemand anderem. »Ich muss leider los, Marina. Mach einfach, wie du denkst. Ich weiß, dass du nicht nach Haiti willst. Warte in Spanien auf mich. Ich komme zu dir, was hältst du davon?«

»Mathias … ja, geht in Ordnung. Ich erwarte dich hier«, sagte sie, ohne nachzudenken.

»Ich kann dich nicht verstehen, Marina.«

»Ja, ich warte hier auf dich, vielleicht kann ich so ja im Laufe der Zeit noch etwas mehr herausfinden über …«

Die Verbindung war abgebrochen. Marina stand mit dem Hörer am Ohr da und lauschte dem stetigen Piepsen des Telefons.

Als sie in das Haus der verstorbenen Bäckerin zurückging, fühlte sie eine starke Beklemmung. Sie betrat die Bäckerei und ging sofort in den ersten Stock hinauf. Sie sah sich in dem Raum um, der ihr zugleich als Wohnzimmer und Küche diente. Er kam ihr kahler und kälter vor als in den Tagen davor. Das Sofa wirkte gestreifter. Der alte Speiseschrank schmutziger. Sie blickte auf den Steinfliesenboden, auf dem sie stand, der eine so ganz andere Ausstrahlung hatte als das Holzparkett mit der honigfarbenen Maserung, das in dem gemütlichen Haus ihrer Nachbarin bei jedem Schritt knarzte.

Die Steinfassaden beider Häuser waren gleich. Die Aufteilung der Zimmer ebenso. Bei ihrer Nachbarin brachten die Oberlichter und die vergrößerten Fenster Licht in das Haus. Das Haus von María Dolores hingegen war dunkel.

Sie ging ins Schlafzimmer hinauf. Der afrikanische Stoff gab ihm eine etwas persönlichere Note. Sie hob das schwere Eisenbett an und rückte es vor, bis es unter dem Fenster stand, sodass sie nur die Augen aufschlagen musste, um in der Ferne die Berge und das Meer sehen zu können. Sie betrachtete die Pinienholzbalken, die über ihrem Kopf die Form des Daches nachzeichneten. Sie zog sich die Schuhe aus und setzte sich aufs Bett, zog die Knie zur Brust und schlang ihre Arme um die Beine.

Wieder hatte sie, während der Wind heulte und die Fensterläden zum Klappern brachte, das Gefühl, dieses Schlafzimmer wiege sie in den Schlaf. Als lullten die alten, baufälligen Wände sie ein.

Sie hörte ihre Tochter Anita lauthals nach ihr rufen. Sie tat ein Auge auf und spürte sofort einen leichten Kopfschmerz vom Weißwein der vergangenen Nacht. Ihr Blick ging zum Wecker auf dem Nachttisch. Sie war spät dran. Sie versuchte, keinen Lärm zu machen, um Armando nicht aufzuwecken. Obwohl es bei der Menge Tranxilium, das ihr Mann seit ein paar Wochen einnahm, unwahrscheinlich war, dass er aufwachte.

Anna ging im Nachthemd aus dem Schlafzimmer und beugte sich übers Treppengeländer. »Ich bin grad erst aufgewacht, mein Schatz, gib mir noch ein paar Minuten.«

»Mist, Mama! Ich warte im Auto auf dich.«

Anna ging ins Schlafzimmer zurück und betrachtete Armando, der mit offenem Mund ein paar abgehackte Seufzer ausstieß. Sie dachte, wie schwierig es für ihn sein musste, den Machtverlust zu verschmerzen. Für sie selbst war es nicht ganz so traumatisch. Geld zu haben gefiel ihnen gut. Wem auch nicht! Sicher war es schwierig für Anna, dass sie jetzt nicht mehr wie noch vor ein paar Jahren in die Modeboutiquen gehen konnte, ohne auf den Preis zu achten. Sie konnte sich nicht mehr die teuren Kleider von Cortana leisten, einer mallorquinischen Designerin, die Anna persönlich beraten und eingekleidet hatte, weshalb sie bei den Feiern des Segelclubs immer die Schönste gewesen war. Sie kaufte sich auch keinen Puder von Shiseido mehr und keine italienischen Schuhe, und natürlich würde es ihr fehlen, sich im August auf einer dreißig Meter langen Yacht in der Sonne zu aalen. Aber immerhin lebten sie immer noch in dieser Villa im Viertel Son Vida, mit dem herrlichen Blick auf die Bucht von Palma. Anna genoss den morgendlichen Anblick des Sonnenaufgangs und den Blick auf das Mittelmeer. Ihr ganzes Leben war davon geprägt worden, und was auch immer geschehen mochte, das könnte ihr nie mehr genommen werden.

Doch ihr Mann wurde allmählich ein ganz anderer. An manchen Tagen war er aufbrausend und arrogant und verließ das Haus mit dem festen Vorsatz, die wirtschaftliche Situation, in der sie sich befanden, wieder in den Griff zu kriegen. An anderen Tagen lief er im Morgenrock herum, rauchte rote Marlboros und surfte stundenlang im Netz. Eines Morgens beobachtete Anna, wie er den Morgenmantel aufschlug und sich zwischen den Beinen kratzte. Am Tag zuvor hatte er sich die grauen Haare kurz geschoren. Anschließend schlurfte er zur Toilette. Anna erinnerte sich an eine biblische Geschichte, die ihre Literaturlehrerin in San Cayetano ihnen einmal vorgelesen hatte. Die Geschichte von Samson und Dalia. Samson, ein Held von großer körperlicher Kraft, gefürchtet von den Philistern und begehrt von den schönsten Frauen. Das Geheimnis von Samsons Kraft war seine lange Mähne, ein Geheimnis, das er immer gehütet hatte, bis eine schöne Philisterin mit Namen Dalia in sein Leben getreten war. Dalia gewann seine Liebe, und er, verrückt vor Leidenschaft, enthüllte ihr sein Geheimnis. Eines Nachts schnitt Dalia Samson im Schlaf die Mähne ab und schickte sie den Philistern. Armando hatte, ganz wie Samson, aufgehört, ein mächtiger Mann zu sein, den alle bewunderten, jetzt war er eher ein besiegter Samson, mit dem alle Mitleid hatten. Anna schämte sich für ihren Mann. Er tat ihr trotz allem leid. Was Anna nicht wusste, war, dass es im Leben ihres Mannes auch den weiblichen Part der biblischen Geschichte gab.

»Wenn du mir das Motorrad kaufst, dann brauchst du morgens nicht mehr wegen mir aufzustehen«, sagte Anita und drehte am Autoradio des BMW herum.

»Hast du die Noten bekommen?«

»Ich habe genug Geld, um mir auf dem Gebrauchtmarkt eins zu kaufen. Es ist ja mein Geld. Ihr habt es mir zu Weihnachten geschenkt. Es ist von meiner Großmutter.« Das erste Lied, das sie hereinbekam, war »Party in the U.S.A.« von Miley Cyrus.

»Die kann ich nicht ab«, sagte Anita und suchte einen anderen Sender. Nachrichten auf Mallorquinisch, Reggae, klassische Musik… Anita suchte weiter und schaltete dann das Radio aus.

»Wie sind deine Noten ausgefallen, mein Schatz?«

»Ich versteh einfach nicht, wieso du bei dem Thema Motorrad so paranoid bist. Wenn ich vorsichtig fahre, ist das nicht gefährlich. In einer Viertelstunde bin ich in der Schule.«

»Hast du Mathe bestanden?«

»Eine Viertelstunde, Mama, und dann musst du nicht mehr tagein, tagaus den Chauffeur spielen.«

»Aber das mach ich doch gern«, sagte Anna und hupte ein Auto an, das ihnen dreist die Vorfahrt genommen hatte.

»Ich bin nämlich eigentlich schon zu groß, um von dir zur Schule gebracht zu werden, weißt du?«

»Motorradfahren ist gefährlich, mein Schatz.«

»Es ist bloß dann gefährlich, wenn du fährst wie eine gesengte Sau und nicht aufpasst.«

Anna seufzte. Sie hatte keine Lust auf einen weiteren Streit und biss sich auf die Lippen.

»Ich habe bestanden in Spanisch, Biologie, Religion, Latein und Kunst«, sagte Anita mit Blick aus dem Seitenfenster, »in Physik, Chemie und Mathe bin ich durchgefallen.«

»Das kann doch nicht wahr sein«, erwiderte Anna und sah Anita an, die immer noch mit verlorenem Blick aus dem Fenster sah. Sie war eine seltsame Jugendliche, aber ihre Noten waren ihr immer wichtig gewesen. »Wir können dir die Nachhilfe nicht länger bezahlen. Ich habe keine Ahnung, wie wir das hinkriegen sollen. Ich werde mit deiner Klassenlehrerin sprechen.«

»Nein! Du sprichst mit überhaupt niemandem!« Anita ließ das Autofenster herunter. »Ich habe keine Ahnung, warum ich wissen muss, was eine quadratische Gleichung oder eine Wurzel ist, verdammte Scheiße nochmal.«

»Ich kann versuchen, dir bei Mathe zu helfen«, sagte Anna und war sich nicht ganz sicher, ob sie wirklich meinte, was sie sagte, denn sie war als Schülerin sehr schlecht in Mathe gewesen und hatte selbst nie verstanden, wozu diese ganzen Gleichungen gut sein sollten, mit denen in San Cayetano die Tafel vollgeschrieben wurde.

»Du?«, fragte ihre Tochter. »Dir macht doch schon der Kassenzettel im Supermarkt Probleme.«

Sie kamen zur Straße, in der die Schule lag. Anita sah einige ihrer Schulkameradinnen lachend auf die Schule zulaufen. Sie starrte auf ihre übertrieben kurzen Röcke und bedeckte in einer unbewussten Geste ihre Fußballerbeine mit dem Uniformrock. Sie hasste diese affige, feminine Kleidung, die sie tragen musste, seit sie drei war.

»Falls es dich interessiert, in Deutsch habe ich eine Zwei und in Englisch eine Eins«, sagte sie und öffnete die Autotür.

Anna lächelte, während sie das Auto wenige Meter vor dem Schuleingang quer einparkte. »Sehr gut, mein Schatz. Gratuliere«, sagte sie mit einem aufrichtigen Lächeln zu ihr. »Wenn du willst, dann kannst du auch.«

»Weißt du was, Mama?« In diesem Augenblick gingen zehn Klassenkameradinnen in wenigen Metern Entfernung an dem BMW vorbei. Keine blieb stehen, um auf Anita zu warten. Sie folgte ihnen einen Moment mit dem Blick, dann sah sie ihre Mutter an. »Das ist nämlich das Einzige, was mich interessiert … eine Sprache zu lernen, um von dieser Insel fortzukommen, auf der ich geboren bin.«

Anna sah ihre Tochter an. Das war jetzt schon das zweite Mal innerhalb kürzester Zeit, dass Anita ihr sagte, sie wolle weg von der Insel. Vielleicht war die Wiederbegegnung mit Antonio der Grund dafür, dass sie die Worte ihrer Tochter anders aufnahm. Sie sah jetzt kein kleines Mädchen mehr in ihr, das einen Wutanfall bekommen hatte. Sie sah auch keine aufmüpfige Jugendliche. Sie sah eine Frau, die einen Wunsch äußerte. Sie sah eine eigenständige Frau vor sich, nicht mehr bloß ein Anhängsel. Sie dachte bei sich: Könnte Anita jetzt in diesem Moment an Bord der *Lord Black* gehen, um den Atlantik zu überqueren, sie würde es ohne zu zögern tun. Ohne auch nur einen Augenblick zu zweifeln. Anita würde nicht so feige sein, wie sie selbst damals gewesen war. Ihre Tochter war offensichtlich nicht nur körperlich, sondern auch charakterlich eine ganz andere Frau als sie selbst. Kannte sie ihre Tochter eigentlich? Als Anna beobachtet hatte, wie ihre Klassenkameradinnen Anita im Vorbeigehen links liegen gelassen hatten, war ihr klar geworden, wie mutig ihre Tochter war. Vielleicht war das der rechte Moment, sie als eine fünfzehnjährige junge Frau mit eigenen Wünschen und eigenen Sehnsüchten wahrzunehmen. Als eine Frau, die sie von nun an respektieren sollte und nicht nur lieben und beschützen, wie sie es bisher getan hatte. Eine Frau, die tatsächlich den Wunsch hatte, die Insel zu verlassen.

»Wenn du mir versprichst, dass du vorsichtig sein wirst«, sagte sie ihr. »Ich habe kein Geld für ein Motorrad, mein Schatz, aber wir können ja mal schauen, wie weit wir mit deinen Ersparnissen kommen.«

»Ehrlich?«, fragte Anita ungläubig.

»Und zwar *sehr* vorsichtig.«

»Mama… Ich werde versuchen, in den Naturwissenschaften zu bestehen. Aber es ist immer so: Wenn der Nachhilfelehrer es mir zu Hause erklärt, dann verstehe ich es, und später in der Prüfung ist es dann nur eine Fünf.« Sie zuckte ratlos mit den Schultern.

»Das weiß ich doch, mein Schatz. Ich weiß, dass du dich bemühst. Jetzt beeil dich. Es hat schon geklingelt.«

Anita ließ die Autotür nicht wie sonst zufallen, sondern schloss sie leise. Dann ging sie zum Schuleingang. Bei der Eingangstür angekommen, drehte sie sich zum ersten Mal in den ganzen letzten Jahren zu ihrer Mutter um, hob die Hand zum Abschiedsgruß und lächelte ein wenig.

Anna holte ihr Nokia aus der Tasche und setzte sich auf die mit Leopardenmuster bezogene Chaiselongue. Sie hörte, wie ihr Mann auf der Toilette die Spülung zog. Suchte Antonios Nummer und schrieb ihm eine Nachricht.

»Hallo Antonio! Der letzte Abend hat mir sehr gut gefallen. Aber ich bin immer noch der Meinung, dass ich das Essen hätte bezahlen sollen. Ich schreibe dir, weil meine Tochter sich ein Motorrad wünscht. Nicht sehr teuer und gebraucht. Vielleicht kennst du ja in deiner Werkstatt einen Kunden, der eins verkaufen will. Danke. Kuss …«

Sie ging wieder zum Anfang der Nachricht zurück und löschte das Ausrufezeichen. Viel zu kindisch. Dann las sie die Nachricht noch einmal durch. Am Ende der Nachricht löschte sie die drei Auslassungszeichen. Sie suggerierten etwas, das sie nicht suggerieren wollte. Sie las die Nachricht noch einmal. Der *Kuss* zum Abschied war auch nicht nötig. Einfach nur danke. Nur mit danke zu schließen klang sehr kurz angebunden. »Kuss« zu schreiben war in Ordnung. Sie dachte einen Moment nach und schrieb dann: »Wir sehen uns bald.« Sie seufzte und löschte es wieder. Dann schrieb sie: »Ich umarme dich.« Zu stürmisch. Sie löschte es. Sie hielt es für besser, einfach *Küsschen* aus dem Kuss zu machen. Also schrieb sie »Küsschen«. Dann löschte sie es wieder. Einfach nur »Kuss«.

Sie ließ das Handy in der Gesäßtasche ihrer Jeans verschwinden und linste verstohlen zur Treppe. Das Telefon klingelte. Es war fast auszuschließen, dass Antonio die Nachricht schon gelesen hatte. Anna zog das Handy aus der Jeans. Auf dem Display stand Antonios Name. Sie sah wieder zur Treppe. Keine Menschenseele weit und breit. »Na, mach schon, Anna, das ist ein Anruf aus der Werkstatt. Ob dir jemand zuhört oder nicht, das ist vollkommen egal«, sagte sie sich selbst und versuchte sich zu überzeugen, dass nichts geschehen war, obwohl sie merkte, dass ihr Herz wie wild zu pochen begann.

»Hallo Antonio«, sagte Anna und versuchte, genau den Tonfall von *Hier ist alles in bester Ordnung* zu treffen.

Sie ging in die Küche und machte die Tür zu.

»Hallo Anna. Hab gerade deine Nachricht gelesen. Ich hab hier zwei Kunden, die ihr Motorrad verkaufen wollen. Das eine ist zehn Jahre alt, eine Yamaha für fünfhundert Euro, und das andere ist ein kleiner Motorroller, der zwanzig Jahre alt sein dürfte. Sie verkaufen ihn für dreihundert.«

»Wie schön! Und kennst du die Leute persönlich? Kann man ihnen vertrauen?«

»Aber ja doch, alles Kunden unserer Werkstatt. Darum brauchst du dir keine Sorgen machen. Sonst hätte ich sie dir nicht empfohlen.«

»Ja wunderbar, ich erzähl das meiner Tochter, und dann schauen wir mal, was wir machen.«

»Gut, also ... Rufst du mich an?«, fragte Antonio.

»Ja, ich ruf dich an. Sie kommt um fünf aus der Schule, ich frage sie und rufe dich an.«

»Einverstanden.«

Ein paar Sekunden Stille. Keiner wollte auflegen.

»Na dann. Hab noch einen schönen Tag«, sagte Anna.

»Du auch, Anna. Ich fand es gestern auch sehr schön.«

»Na dann«, sagte Anna, »ich ruf dich später an, dann machen wir alles genauer aus.«

»Marina!«

»Hallo Laura! Wie geht's dir?«

»Gut. Und dir? Heute wurde ich von der Personalabteilung gefragt, ob ich etwas über dich wüsste.«

»Deswegen rufe ich an. Ich werde bis September hierbleiben. Sag ihnen, dass ich in Äthiopien aussetze. Wenigstens vorläufig«, fügte sie wenig überzeugt hinzu.

Dann erzählte Marina ihrer Freundin, was in den letzten Wochen geschehen war und wie alles eine unerwartete Wendung genommen hatte. Wie immer hörte Laura auch das, was zwischen den Zeilen gesagt wurde, und spürte, mit welcher Begeisterung Marina von diesem Steinhaus mitten in der Serra de Tramuntana sprach. Vielleicht kehrte Marina ja endlich zu ihren Wurzeln zurück, ganz wie sie es ihr empfohlen hatte.

»Ich wollte eigentlich mit meiner Tochter nach Aldehuela del Rincón gehen, nach Soria, in das Dorf meiner Eltern«, sagte Laura, »weil ich mal einen Tapetenwechsel brauche. Aber bei diesen Neuigkeiten …«

»Komm unbedingt hierher, Laura. Bitte. Im Haus ist Platz.«

»Ich komme mit meiner Tochter zu deinem Geburtstag, okay? Wir bleiben ein paar Wochen. Das wird schön! Marina, ich bekomme gerade ein Zeichen von einem neuen Leiter, der hat eine Platte und ist ziemlich dick, aber der macht mich so an! Jedenfalls soll ich jetzt zur Besprechung kommen. Ich muss auflegen.«

»Nicht so schnell«, erwiderte Marina, »erzähl mir noch …«

»Ich erzähle dir das in aller Ruhe … Ich liebe dich, meine Süße!«

»Ich erwarte dich im August. Ciao«, antwortete Marina sanft.

Am selben Tag, noch bevor die Sonne sich hinterm Meer versteckte, hatte Anita den Motorroller gekauft. Anna hatte ihrer Tochter beim Abholen von der Schule erzählt, dass sie über einen Automechaniker von Palma zwei Angebote bekommen habe, und ihr das Versprechen abgenommen, dass sie gemeinsam Mathe, Physik und Chemie lernen würden. Anna sagte zu allem Ja und entschied sich für die kleine Vespa für dreihundert. Für ein bisschen mehr Freiheit.

Sie fuhren nach Hause. Anita ging hoch in ihr Zimmer und holte die Hälfte ihres Ersparten. Anna rief Antonio an. Es war ein kurzes Gespräch. Anna stand vor ihrer Tochter. Antonio stand vor seinem Chef.

Fünfzehn Minuten später waren sie vor dem Haus des Verkäufers, und zwanzig Minuten später brauste Anita, dem Auto ihrer Mutter folgend, über die Straßen von Mallorca. Wo zum Teufel hatte ihre Tochter Fahren gelernt? Sie seufzte. Im Grunde war ihr klar, dass ihre Tochter ihr so manches verheimlichte. Aber hatte sie nicht selbst ihrer Mutter so ziemlich alles verheimlicht?

»Hab' Vertrauen, Anna. Ganz ruhig. Deine Tochter wird allmählich zur Frau.«

Später saßen die beiden gemütlich in der Küche zusammen beim Abendessen, wie sie es schon seit wer weiß wie lange nicht mehr getan hatten. Imelda war nicht da. Es war Feiertag, und da blieb sie manchmal im Haus einer Cousine.

»Kannst du dir vorstellen, Mama«, fragte Anita unvermittelt, »du hättest mich hier bei Großmutter zurückgelassen und wärest, sagen wir mal …, nach Russland gegangen, um die Tochter einer anderen Frau großzuziehen?«

Anna fühlte sich von dieser Frage überrumpelt. Sie versuchte sich vorzustellen, wie sie sich gefühlt haben würde, wenn sie vier Jahre nach der Geburt ihrer Tochter gezwungen gewesen wäre, sie in den Armen ihrer Schwiegermutter zurückzulassen. Ihr stellten sich die Haare auf. Nach dem

Thema Imelda kamen sie auf ihre verheerende wirtschaftliche Lage zu sprechen.

»Dein Vater hätte nie gedacht, dass sie nicht verkaufen würde… Ich auch nicht, um ehrlich zu sein. Das Geld hätte uns aus dem Schlamassel herausgeholfen, in dem wir stecken. Aber diese Mühle und das Haus gehören ihr genauso wie mir.«

»Gehört dieses Haus ihr auch?«

»Ja, mein Schatz. Dieses Haus hat mein Vater uns beiden hinterlassen. Deshalb können wir nicht viel für den Verkauf der Mühle tun. Weil uns alles gemeinsam gehört.«

»Dann behalte du doch dieses Haus hier und überlass ihr das in Valldemossa. Und dann verkaufst du das Haus. Ist doch eh zu groß für drei.«

»Was redest du da! Das ist das Haus meiner Großmutter, meiner Mutter, meines Vaters. Und später wird es einmal dir gehören.«

»Mama! Ich weiß, dass du mich nicht ernst nimmst, aber ich werde nicht auf Mallorca leben. Das weiß ich ganz genau. Macht ihr nur, was ihr wollt.«

Ihre Tochter hatte so klare Vorstellungen von der Zukunft. Anna sah sie fast mit Bewunderung an. Sie selbst hatte mit vierzehn noch immer am Rockzipfel ihrer Mutter gehangen. Hatte die Sachen angezogen, die man ihr gekauft hatte. Hatte gegessen, was ihre Mutter ihr gekocht hatte. Hatte nach dem Eau de Cologne ihrer Mutter gerochen. Und ihre Mutter hatte ihr sogar jeden Abend das Haar gebürstet. Es stimmte zwar, dass das andere Zeiten waren, aber wie anders war doch die Beziehung, die sie zu ihrer eigenen Tochter hatte!

»Fällt es dir nicht schwer, dieses Haus zu verlassen?«

»Mir? Aber überhaupt nicht«, sagte Anita.

Anna fühlte sich so sicher in diesen vier Wänden. Sie war überzeugt, dass Sicherheit kein Synonym für Glück war, aber in ihrem Alter ... da war das egal. Nein. Anna wollte sich nicht vom Haus der Familie trennen. Sie konnte sich nicht vorstellen, an einem anderen Ort zu leben. Das war ihr Haus.

In diesem Augenblick hörten sie, wie die Eingangstür aufging. Sie sahen einander an. Seit der Mühlenverkauf, mit dem Armando seine Schulden hatte begleichen wollen, geplatzt war, war er vollkommen unberechenbar geworden. Mal kam er ins Wohnzimmer und grüßte ganz ruhig. Mal war er schlechter Laune. Diesmal kam er gar nicht erst herein. Er polterte gleich in den ersten Stock hinauf und ins Schlafzimmer.

»Ich weiß nicht, wie du das aushältst, Mama.«

Prüfungsaufgaben San Cayetano 3. ESO. Drittes Trimester.

Formel:

$$ax^2+bx+c=0$$

$$x=\frac{-b\pm\sqrt{b^2-4ac}}{2a}$$

Aufgabe (je 2 Punkte)

1. Gegeben ist ein Rechteck, dessen eine Seite doppelt so lang ist wie die andere. Wenn die längere Seite um zwei Einheiten vergrößert und die kürzere Seite um zwei Einheiten verkleinert wird, ist das Rechteck im Ergebnis in der Grundfläche 4 m^2 größer als das ursprüngliche Rechteck.
2. Berechne die Länge der Seiten eines gleichschenkligen Dreiecks, dessen Umfang 55 cm beträgt, wenn gegeben ist,

dass die ungleiche Seite 5 cm kürzer ist als eine der beiden gleichlangen Seiten.

Berechne:

$$2+(2x+3)(x-2) = (2x+1)(x-4)+18$$

$$\frac{x-3}{2x-5}=\frac{3x+1}{6x+1}$$

$$\frac{1}{1-x}=\frac{1}{x-x^2}$$

$$\sqrt{2}\,(x-3)\left(x+\frac{1}{3}\right)=0$$

$$x^2-\sqrt{2}x-\sqrt{3}=0$$

$$\frac{a-x}{a}=\frac{-2a}{x-a}$$

$$9a^2x^2-12ax-12=0$$

Anna starrte auf die Prüfungsaufgaben ihrer Tochter, als handle es sich um aramäische Hieroglyphen.

»Dann wollen wir mal schauen«, sagte sie und schnappte sich ein Blatt Papier und einen Bleistift. »Da haben wir also ein Rechteck, bei dem die eine Seite doppelt so lang ist wie die andere…« Anna zeichnete ein Rechteck. Anita zeichnete auch eins in ihr Heft. »…und die längere Seite wird um zwei Einheiten vergrößert… Sie las den Satz noch einmal ganz langsam. Sie malte ein Rechteck, dessen Basis doppelt so lang war wie die beiden Schenkel. Dann nahm sie das Blatt in beide Hände.

»Du bist dir sicher, dass man dieser Formel folgen muss, oder?«

»Ja klar, so steht's doch da«, antwortete Anita und nahm einen Bissen von ihrem Toast mit Serranoschinken. Sie las noch einmal die Aufgabenstellung. Zeichnete. So vergingen etwa vierzig Minuten, ohne dass sie für irgendeine Aufgabe die Lösung gefunden hätten.

»Diese Gleichungen zweiten Grades und die Quadratwurzelberechnungen kommen mir schon zu den Ohren heraus, verdammter Mist.«

»Wie du redest, mein Schatz, bitte!«

»Lass es uns noch einmal versuchen.«

Sie fingen wieder von vorne an. Nach ein paar gescheiterten Versuchen piepste Annas Handy. Sie sah aufs Display: Antonio. Ihr schlug das Herz bis zum Hals, als sie las: »Joaquín Sabina kommt auf die Insel. Ich würde mich freuen, wenn du mich begleiten würdest.«

Imeldas Koffer standen in der Eingangstür. Nach vierzehn Jahren im Haushalt der Familie García Vega würde man nun auf ihre Dienste verzichten. Von Anna hatte sie sich schon verabschiedet. Jetzt saß sie mit Tränen in den Augen in der Küche und wartete. Es fiel ihr schwer, von Spanien fortzugehen, vor allem wegen der Señora. Denn obwohl sie einander immer noch siezten, hatten sie einander doch gern. Die Hausangestellte und die Señora hatten einander vierzehn lange Jahre Gesellschaft geleistet. Sie hatten Anita gemeinsam großgezogen, sie hatten die Zeit miteinander geteilt, in der Armando abwesend war, und die Zeit ihrer jeweiligen Krankheiten. Als Imelda durch die Tür ging, erinnerte sie sich daran, wie sie einmal eine schwere Bronchitis hatte, die sie drei Wochen lang ans Bett gefesselt hatte, und die Señora sie wie eine Schwester gepflegt hatte. Sie hatte sie zum Arzt gebracht, hatte aus eigener Tasche Imeldas Medikamente bezahlt, hatte sie von zu Hause aus nach Manila telefonieren lassen, damit sie mit ihrer Tochter sprechen konnte und nicht runter zum Telefonladen des Pakistani laufen musste wie sonst jeden letzten Donnerstag im Monat.

Imelda hätte sich auch eine andere Stelle suchen können, hatte aber beschlossen, nach Manila zurückzukehren. Sie war jetzt schon fünfundfünfzig und wollte endlich bei ihrer Tochter sein, die sie in Wahrheit kaum kannte, der sie aber die beste Ausbildung hatte angedeihen lassen, die ein Mädchen in einem Vorort von Manila überhaupt haben konnte. Und einmal davon abgesehen, dass sie ein großes Opfer gebracht hatte, indem sie vierzehn Jahre lang getrennt von ihrer Tochter ausgeharrt hatte, freute sie sich schon unbändig darauf, sie zum ersten Mal das angesehene City College betreten zu sehen, wo Imelda selbst so gerne studiert hätte.

Ihre Herrschaften schuldeten ihr noch drei Monatslöhne, hatten aber versprochen, ihr das Geld zu überweisen, sobald sie nur konnten. Sie verließ sich darauf. Sie hatten ihr noch nie den Lohn nicht gezahlt.

Um ein Uhr fuhr die Fähre nach Barcelona ab, von dort würde sie zum Flughafen El Prat fahren, wo sie, diesmal für immer, den Flug zurück nach Hause nehmen würde.

Der BMW beschleunigte und entfernte sich von der Mole von Peraires. Vierzehn Jahre mit derselben Hausangestellten. Es machte Anna traurig zu sehen, wie diese philippinische Frau, mit der sie so viele Jahre ihres Lebens verbracht hatte, nun fortging. Cuca, Xesca und all die anderen hatten alle vier Jahre ihr Personal gewechselt. Sie behaupteten, nach einer gewissen Zeit würden die Dienstmädchen sich an ihre Stellung gewöhnen und überheblich und fordernd werden. Außerdem waren junge Ecuadorianerinnen auf die Insel gekommen, die für den halben Lohn arbeiteten. Aber Anna hatte Imelda nie entlassen wollen. Sie besorgte ihr lieber die nötigen Papiere und zahlte die Sozialversicherung, was natürlich größere Kosten verursachte. Aber das war ihr alles egal, denn sie wollte, dass sie bei ihr und ihrer Familie blieb. Gewiss, sie war beim Staubwischen schon nicht mehr so gründlich wie in den ersten Jahren, und die großen Fensterfronten putzte sie nur alle Schaltjahre, aber über all das sah sie hinweg. Für Anna war diese asiatische Frau Teil ihrer Familie, und sie hatte sich an ihre Anwesenheit und ihre schweigsame Art gewöhnt. An ihre Gesellschaft. An ihr ehrliches und unschuldiges Lachen. Sie dachte daran, wie viel Zeit es sie kosten würde, die ganzen fünfhundert Quadratmeter, in denen sie wohnten, selbst zu putzen. Weder sie noch ihre Tochter hatten damit ein Problem. Anita war unabhängig, sie machte täglich ihr Zimmer selbst, sie wusch ihre Kleider, und sie hatte Kochen gelernt. Ihre Tochter würde sich schnell daran gewöhnen. Das Problem war Armando, der in seinem Leben noch keinen Teller gespült hatte. Erst hatte er seine Mutter dafür gehabt und dann Anna und die Philippina. In diesem Haus wurde alles gebügelt, sogar die Unterwäsche, die Laken und die Handtücher. Darauf hatte sie überhaupt keine Lust und auch nicht auf die Tupperdosen mit Essen, die sie dann wieder von der Elster bekommen würden.

Sie fuhr Richtung Valldemossa. Sie hatte Marina nicht Bescheid gegeben, dass sie kommen würde. Aber sie hatte Lust sie zu sehen. Cuca, Xesca und die Frauen vom Segelclub hatten sich zum Essen verabredet. Aber sie mochte nicht, und außerdem hatte sie kein Geld. Sie wollte lieber ihre kleine Schwester besuchen gehen. Ihr vielleicht die Sache mit Antonio erzählen… So ein Unsinn, dachte sie. Da gibt es nichts zu erzählen. Zwischen ihnen war gar nichts vorgefallen. Sie wollte Marina sehen, einfach so. Und vielleicht um Hilfe bitten bei den verdammten Matheaufgaben ihrer Tochter. Sie parkte am Dorfeingang und ging die Calle de la Rosa hinunter. Sie sah die alte Mühle, und auf der Holzbank davor saß ihre Schwester mit zwei Frauen in der Wintersonne. Ein weißer Hund lag vor ihnen auf dem Boden.

»Entschuldigt. Störe ich euch beim Essen?«, fragte Anna.

»Nein, du störst uns nicht. Das ist meine Schwester«, erklärte Marina. »Ist etwas passiert?«

»Nichts von Bedeutung. Anita ist mal wieder durchgefallen. Falls du Zeit hast, wäre es schön, wenn du ihr helfen könntest. Ich erzähl dir das später.«

»*Sentat amb nosaltres, que on mengen tres mengen quatre*. Setz dich zu uns, wo genug für drei ist, reicht es auch für vier. Du verstehst doch Mallorquinisch, oder?«, sagte Catalina, streckte ihr die dicke Hand hin, an der noch Reste von der Sobrasada klebten, und stellte sich vor.

»Freut mich«, sagte Ursula und reichte ihr die Hand. »Nimm mir nicht übel, dass ich nicht aufstehe, aber heute merke ich jeden Knochen in meinem Leib.«

Tomeu schenkte ihnen jedes Jahr um diese Zeit ein paar würzige Sobrasadas von der Schweineschlachtung, die er zweimal im Jahr auf dem Landgut seiner Frau veranstaltete. Und so vesperten sie gerade, indem sie diese köstliche Mischung aus Paprika und Schweinefleisch auf das geröstete dunkle Brot strichen, das sie selbst am Morgen gebacken hatten.

Als Marina ankam, aßen sie gerade selbstgebackenes Brot, bestrichen mit der köstlichen Mischung aus Paprika und Schweinefleisch, und versuchten herauszufinden, was sie bei ihrem ersten Versuch, den Zitronenkuchen mit Mohn zu backen, falsch gemacht hatten. Denn herausgekommen war ein viel zu süßer, ungenießbarer Matsch, den sie wegwerfen mussten. Anna und Marina erinnerten sich, dass Großmutter Nerea immer noch eine Zutat in den Teig gab, außer Zitronen und Mohn war es an einem Tag ein bisschen Mandel, an anderen Tagen Vanille oder Zimt.

Catalina erklärte ihnen, Lola sei im Alltag eine methodische und ordentliche Frau gewesen und natürlich auch in ihrem Beruf als Bäckerin, und wenn es hundert Gramm Zucker hieß, dann waren es auch hundert Gramm und kein Gramm mehr oder weniger. Marina horchte auf.

»Lola war ordentlich?«

Catalina nickte. »Übertrieben ordentlich. Bevor sie Teig knetete oder den Kuchenteig rührte, reihte sie alle Zutaten vor sich auf dem Tisch auf. Betrachtete sie eine Weile. Nichts durfte angefasst werden, und ich durfte auch nicht reden.« Catalina verzog das Gesicht. »*Per cuir pa es necesita temps, amor i silenci.* Zum Brotbacken brauch man Zeit, Liebe und Stille. Das war ihr Lieblingssatz. Manchmal habe ich mich über sie lustig gemacht. Die zwei Stunden von fünf bis sieben Uhr morgens verbrachte sie in absoluter Stille, die Hände im Mehl. Für Lola war Teigkneten so etwas wie …«, Catalina dachte eine Sekunde nach, »… wie eine Religion.« Catalina kreuzte die Hände im Schoß. Lola fehlte ihr. So viele gemeinsame Jahre in der Hitze in Can Molí. Sie sah zum Himmel auf, und in Gedanken sprach sie mit ihr, mit ihrer toten Freundin … »Ich rede zu viel, Lola. Aber reg dich nicht auf, ich hör schon damit auf.«

Marina stellte Catalina weitere Fragen, denn die Unordnung und Nachlässigkeit, die sie bei ihrem ersten Besuch in Lolas Haus angetroffen hatte, passte nicht zu dem, was Catalina erzählte. Aber diese wich den Fragen sehr geschickt aus, indem sie über die Gerüchte sprach, die gerade die Runde machten. Sie erzählte über die platonische Liebe des Dorfpfarrers für eine Witwe aus Valldemossa. Über die schreckliche Frau von Wirt Tomeu, die ganz verbittert war und immer den Bartresen wienerte und mit der Catalina und Lola sich überworfen hatten. Und sie erzählte über die schreckliche Schuppenflechte der Friseurin, die allen im Dorf die Haare schnitt, über die böse Grippe, an der 2008 achtzig Prozent der Dorfbevölkerung erkrankt waren, und die Probleme, die es mit sich brachte, dass es im Dorf keine Medikamente gab. Es gab nur ein Gesundheitszentrum, das dienstags und donnerstags von neun bis zwei geöffnet hatte und natürlich lediglich für die Behandlung kleinerer Wehwehchen taugte. Wenn man ein ernstes Problem hatte, musste man in die Klinik nach Palma.

»Solltest du mal meine Hilfe brauchen … Ich bin Ärztin.«

»*Ets metge tu*?«, sagte Catalina überrascht. »Komm bloß nicht auf die Idee, das im Dorf herumzuerzählen, dann kommen sie jeden Tag zu dir gelaufen«, riet sie ihr, während sie ihre Brille anhauchte und mit der Schürze putzte.

Ursula kochte Kaffee für sie alle, und so schwatzten sie weiter, bis die Sonne wieder unterzugehen begann und die Kälte dem netten, spontanen Essen dieser vier Frauen ein Ende machte.

Zum Schluss saßen nur noch die beiden Schwestern da. Sie gingen in die Bäckerei und hinauf ins Schlafzimmer. Zur Zeit war es der gemütlichste Raum im Haus.

»Wie geht es dir?«, fragte Anna.

»Wenn man mir vor fünf Monaten gesagt hätte, ich würde einmal jeden Morgen Teig kneten, hätte ich es nicht geglaubt. Anna, ich hatte sowieso vor, dich anzurufen«, fuhr Marina nach einer Pause fort. »Ich habe beschlossen, bis Ende August zu bleiben. Mein Freund kommt mich besuchen und …«

Anna biss sich reflexartig auf die Unterlippe. Sie hatte Angst vor den möglichen Folgen. »Marina, du hast uns doch gesagt, bis Anfang März. Und jetzt August. Wir haben noch einen anderen Interessenten aus Deutschland«, sagte sie und fuhr sich mit den Händen übers Gesicht. »Armando kriegt einen Wutanfall.«

Marina warf ihrer Schwester einen strengen Blick zu. Anna wusste genau, was Marina dachte.

»Gestern hat mir meine Tochter, die wohl klüger ist als ich, vorgeschlagen, du könntest doch an diesem Ort bleiben, und wir behalten das Haus. Bei uns läuft es nicht gut, Marina. Wir brauchen Geld.«

Marina schluckte. Das war von zwingender Logik, aber irgendetwas störte sie daran. Dieses Haus im Viertel Son Vida war immer noch auch ihres. Es war das Haus ihrer Kindheit. Diese Zimmer, in denen sie seit dreißig Jahren nicht mehr gelebt hatte, gehörten zu ihrer Vergangenheit.

Sie saßen schweigend da. Für keine von beiden war das eine gute Option.

»Vielleicht sollten wir das tun. Sinnvoll wäre es«, antwortete Marina. »Aber was willst du? Willst du das Haus verkaufen?«

»Ich weiß nicht. Wir brauchen wirklich Geld. Ich bekomme Tränen in die Augen, wenn ich nur daran denke! Großmutter Nerea hat es gekauft, wann war das?«

»In den dreißiger Jahren«, antwortete Marina.

»Vielleicht wäre es eine Möglichkeit, den drohenden Ruin abzuwenden. Ich weiß es nicht.«

»Anna, es ist dein Haus. Dein Geld. Dein Mann hat durch seinen Ehrgeiz alles verloren. Dein Mann. Nicht du.«

»Das Haus in Magaluf wurde beschlagnahmt. Die Yacht haben wir verkauft. Was in Panama geschehen ist, verstehe ich nicht. Sie haben ihn über den Tisch gezogen.«

»Das ist sein Problem. Ich unterschreibe, wenn es wirklich das ist, was du willst. Aber wenn du verkaufst, dann hast du nichts mehr. Und wenn ich das mache, dann nur für dich, Anna. Weil du mich darum bittest. Nicht für deinen Mann. Und auch nicht, weil er wirtschaftlich ruiniert ist.«

Sie verließen das Haus und spazierten zum Dorfausgang, Niebla hinter ihnen her. Anna hakte sich bei ihrer Schwester unter und legte den Kopf auf ihre Schulter. Die Hündin zwängte sich zwischen die beiden, sodass sie beinahe stürzten. Dann waren sie beim Auto angekommen.

»Anna, bitte frag Armando, ob er etwas von hier mitgenommen hat. Er ist im Haus gewesen. Es ist merkwürdig, dass er nichts gefunden haben will, keine Fotos, keine Rechnungen, auch nicht irgendwelche Briefe. Denn als ich ankam, lag alles auf dem Boden …«

»Das mache ich«, versicherte ihr Anna ohne große Zuversicht, denn sie wusste, dass ihr Mann alles abstreiten würde.

»Und sag ihm auch, dass ich den Brief sehen möchte, den María Dolores dem Notar geschrieben hat.«

Armando, der keinerlei Skrupel kannte, hatte Curro dazu gebracht, eine Woche später eine notarielle Vereinbarung zwischen den beiden Schwestern fertig vorliegen zu haben. Das Haus, in dem sie jetzt wohnten, hatte darin den doppelten Wert des Hauses in Valldemossa. Marina hatte, obwohl der Mann ihrer Schwester ein so schlimmer Mensch war, schweren Herzens die Verzichtserklärung für das Haus ihrer Kindheit unterschrieben und war damit zur Alleinerbin sämtlicher Güter von María Dolores Molí geworden.

Mein Testament

Ich, María Dolores Molí Carmona, bestimme hiermit, dass Marina Vega de Vilallonga und Anna Vega de Vilallonga zu gleichen Teilen all meine Güter erben.

María Dolores Molí Carmona
Palma de Mallorca, 10. Januar 1984.

Marina legte das Blatt auf das Bett. Dann zog sie die Nachttischschublade auf, nahm das Moleskine-Büchlein, schlug es auf und holte das Rezept für den Zitronenkuchen mit Mohn heraus. Sie legte die beiden Blätter nebeneinander. Die Unterschrift und die kindliche Kalligraphie des Rezeptes stammten beide von derselben Person. Damit hatte sie die Bestätigung, dass die verstorbene Bäckerin jenes Rezept notiert hatte, das sie zunächst ihrer Großmutter zugeschrieben hatte.

Sie las noch einmal, was auf dem Blatt stand. Molí war ein typischer mallorquinischer Name. Der zweite dagegen, Carmona, war ein typischer Familienname aus dem Süden Spaniens. Sie erinnerte sich, dass es in Sevilla einen Stadtteil gab, der so hieß. Vielleicht war die Frau ja Andalusierin gewesen.

Aufmerksam las sie dieses kurze Schriftstück.

Es irritierte sie, dass ihr Name vor dem ihrer Schwester stand. Da Marina die kleinere Schwester war, hatte man sie immer an zweiter Stelle genannt. Anna und Marina hier, Anna und Marina dort. In San Cayetano, in den Katechismusstunden. In den Nähstunden. Wann immer ihre Mutter, ihr Vater oder ihre Großmutter sie gerufen hatten. Vielleicht war es völlig belanglos, aber der Wechsel der Reihenfolge hatte ihre Aufmerksamkeit geweckt.

»1984?«, dachte sie laut.

María Dolores war im Januar 2010 mit dreiundsechzig Jahren gestorben. Wenn sie ihr Testament zu Lebzeiten im Jahre 1984 gemacht hatte, dann war Lola erst siebenunddreißig gewesen. Im Januar 1984 war sie selbst neunzehn Jahre alt gewesen. Anna einundzwanzig.

»Warum hat sie uns sechsundzwanzig Jahre vor ihrem Tod das alles vermacht? Was verbindet dich mit uns, Lola?«, fragte Marina durch das Fenster ihres Schlafzimmers das Meer.

Aufmerksam lasen Ursula und Marina das vergilbte Blatt mit dem Rezept für den Zitronenkuchen mit Mohn, den sie am Vortag schon einmal zu backen versucht hatten.

»Wenn du mich fragst, ich bin ja immer noch überzeugt, dass es an der Hefe lag. Wir brauchen Backpulver. Denn die Hefe, die wir benutzen, geht nicht genug auf.«

»Ich glaube, wir haben ihn zu lange im Ofen gelassen …, und den Zucker lassen wir weg«, antwortete Marina.

»*Avui us ajudaré una mica …*«, mischte Catalina sich ein. »Ich werde euch helfen, denn die armen Hühner von Tomeu sind nicht schuld, dass ihr nicht zählen könnt.«

Schweigend fingen die drei Frauen an, den Teig für diesen komplizierten Zitronenkuchen mit Mohn zuzubereiten. Ursula rieb die Zitronenschale, während Catalina die Eier schlug und Marina Mehl und Backpulver abwog. Sie mischten alles vorsichtig, bis sie eine gleichförmige Masse hatten, dann nahm jede eine Handvoll Mohnsamen, und sie warfen ihn gleichzeitig hinein …, so als wäre das Ganze ein Ritual.

Marina brach das Schweigen.

»Lola hat das Testament aufgesetzt, als sie siebenunddreißig Jahre alt war, wusstest du das, Cati?«

Catalina seufzte und runzelte wieder die Brauen. »Warum lässt du Lola nicht in Frieden ruhen?«, sagte sie, ohne Marina in die Augen zu sehen.

»Du würdest es an meiner Stelle ganz genauso machen«, antwortete Marina.

»Ja, Cati. Stell dir doch nur einmal vor, dir wäre das passiert. Ein Haus wie dieses fällt einem ja nicht jeden Tag in den Schoß«, stimmte Ursula ihr zu.

Catalina hob den Blick. Sie sah Marina fest an und sagte: »Ich rede zu viel.« Damit erklärte die Bäckerin das Gespräch für beendet, griff sich ein Tuch und ging aus der Backstube.

Ursula sah Marina an und zuckte mit den Schultern. Es war klar, dass diese Frau keine große Hilfe sein würde, obwohl sie etwas wusste. Sie gaben den Kuchen in den Ofen … und holten ihn fünfzehn Minuten früher als am Vortag wieder heraus. Er sah gut aus, sie probierten ihn und fanden ihn köstlich.

Gerade im rechten Augenblick stand der Pfarrer auf der Türschwelle.

»*Bon dia, Pare Jesús*«, sagte Catalina und gab ihm sein *pa moreno* und ein Stückchen vom Zitronenkuchen.

Keine Minute später betrat die Witwe den Laden, wie jeden Morgen erröteten die beiden, und mit einem *»Adeú, fins demà«* verdrückte er sich wie ein Süßwassermatrose. Danach kam der Wirt Tomeu, der wie jeden Morgen seine fünfzig Brote als Beilage zu seinen Gerichten und für die Sandwiches in seinem Restaurant mitnahm, und natürlich sein Stückchen Zitronenkuchen. Die Dritte war die Friseurin mit der Schuppenflechte und den fünf Kindern. Für sie gab es ein Baguette und ein Stückchen Zitronenkuchen, das sie auf dem Weg zur Schule in Sóller in aller Ruhe in ihrem Renault 4 verspeisen würden. Als die Kinder nahezu gleichzeitig gegangen waren, kam der Gemeindepolizist herein, der ein Auge zudrückte, wenn die Friseurin mit viel zu vielen Kindern in ihr Auto stieg, wofür er als Gegenleistung alle drei Monate gratis einen Messerformschnitt verpasst bekam.

Die Friseurin nahm auch von Catalina kein Geld für den jährlichen Friseurbesuch, dafür musste sie zwanzig Cent weniger für das dunkle Brot bezahlen. (Diese Entscheidung hatten Lola und Catalina gefällt, als sie gesehen hatten, dass die arme Frau und ihr Ehemann, der von Beruf Fernfahrer war und mehr Zeit auf Europas Straßen verbrachte als bei seiner Familie, nicht über die Runden kamen.)

Um halb neun kam der Bürgermeister, gähnend und schlecht gelaunt, und erzählte wie immer von seinen schrecklichen Schlafproblemen. Und so kamen nach und nach alle Dorfbewohner von Valldemossa vorbei, bis gegen ein Uhr mittags der Kundenstrom langsam wieder versiegte.

Merkwürdig war nur, dass zwar alle dankbar waren, dass sie wieder einen Zitronenkuchen bekommen hatten, aber dennoch alle etwas daran auszusetzen hatten. Der von der Lola habe aber anders geschmeckt, der sei ein bisschen süßer gewesen oder habe nicht so viel Zitrone oder mehr Mohn drin gehabt, mehr Mehl oder ein Ei weniger...

Als ein wenig Ruhe eingekehrt war, besprachen die drei Frauen sich und einigten sich auf ihre zukünftige tägliche Arbeitszeit. Sie würden jeden Morgen gemeinsam anfangen und von drei bis fünf die erste Fuhre Brot backen. Ursula würde ihnen bis um elf helfen. Catalina würde um ein Uhr mittags aufhören. Die Bäckerin entschuldigte sich, sie hatte es so arrangieren wollen, dass in der Woche, in der Marina und Ursula das Bäckerhandwerk erlernen würden, einer ihrer acht Brüder der Mutter das Mittagessen gab, aber keiner hatte Zeit gehabt, woraufhin Catalina beschlossen hatte, ihre bescheuerten Schwägerinnen und ihre widerlichen Neffen und ihre jämmerlichen Brüder nie wieder um etwas zu bitten. Jedenfalls sah es nun so aus, als müsste Marina jeden Tag bis zwei Uhr die Kunden alleine bedienen.

Am ersten Tag, an dem Marina alleine hinter der Verkaufstheke von Can Molí stand, die Dorfkirche ein Uhr schlug und Catalina den Laden verließ, konnte sie sich ein Lächeln nicht verkneifen.

Ein gelangweilter Briefträger betrat die Bäckerei. Er grüßte unfreundlich, überreichte ihr einen Brief und ging wieder. Endlich war der Grundbucheintrag des Anwesens gekommen. Sie wollte den Brief gerade öffnen, als der Hotelbesitzer Gabriel mit zwei Plastikbechern voll dampfendem Kaffee hereinkam.

»Guten Tag, Marina. Ich habe es dir ja gesagt: Es ist schwierig, in dieses Dorf zu kommen, aber wenn man erst einmal drin ist, kommt man nicht wieder hinaus«, sagte er mit einem Lächeln. Gabriel reichte ihr den Kaffee, den er in der Bar Tomeu für sie gekauft hatte. Er hatte Catalina unterwegs getroffen, und sie hatte ihm erzählt, dass Marina heute zum ersten Mal allein hinter der Theke stand.

»Na los! Wir setzen uns ein bisschen in die Sonne, solange kein Kunde kommt«, sagte Gabriel und nahm einen Schluck Kaffee.

Sie gingen hinaus und setzten sich auf die Bank, Niebla lag wie immer neben der Türschwelle.

»Fehlt es dir nicht ein bisschen, unterwegs zu sein?«

Marina dachte ein paar Sekunden darüber nach. »Ein wenig, wenn ich ehrlich bin. Aber weißt du, es tut mir gut, das Tempo mal runterzufahren.«

»Ja, es gibt Momente im Leben, da merkt man, dass man nur noch vom einen zum anderen hetzt«, antwortete Gabriel.

»Ich weiß nicht, ob ich schon an diesem Punkt angelangt bin. Aber ich bleibe hier, um herauszufinden, wieso mir dieses Geschenk gemacht wurde.«

»Es ist ein gutes Geschenk«, sagte Gabriel und betrachtete die imposante Mühle über ihm. »Ich habe es immer schade gefunden, dass niemand diese Mühle wieder instand setzt.«

In einem ruhigen Gespräch erzählten sie einander von ihrem Leben. Gabriel erklärte ihr, dass seine Söhne beide an der Universität Complutense in Madrid studierten und von der Insel nichts mehr wissen wollten. »Wenn sie ihr stressiges Leben satt haben, werden sie wiederkommen«, sagte er im Brustton der Überzeugung. Marina erzählte ihm von ihrem Lebensgefährten, von ihrem Beruf, von ihrer Schwester. Und sie wusste nicht recht, wieso, aber am Ende erzählte sie die Geschichte, wie Naomi auf die Welt kam.

Grundbuch von Palma de Mallorca

Ausstellungsdatum: 24. Februar 2010

Grundbuchauszug, nur zur Information 134577782289

Zur Beachtung sei angemerkt, dass die Vorlage der Bücher für diesen Grundbuchauszug zu rein informativen Zwecken erfolgt, dieser Auszug somit den in Artikel 332 der Hypothekenordnung festgehaltenen Erfordernissen entspricht, während nur die verbindliche Grundbuchbescheinigung die Voraussetzung erfüllt, zu Lasten Dritter eine Freistellung oder einen anteiligen Verkauf der Immobilien zu ermöglichen, wie in Artikel 225 des Hypothekengesetzes festgehalten.

Beschreibung der Liegenschaft

Art der Liegenschaft: Landhaus

Getreidemühle. Gewerblich genutzter Raum. Wohnhaus.

Adresse: Calle de la Rosa Nr. 4

Umbauter Raum: 90 m^2 Wohnfläche, 70 m^2 Ladenfläche

Eigentumsverhältnisse Namen der Inhaber:

María Dolores Molí Carmona (90%)

Steuer-Identifikationsnummer: 2345908-P

Band 12 Buch 1

Nerea Vega Arroyo (10%)

Steuer-Identifikationsnummer: 56748932-L

Band 4 Buch 59

Lasten und Belastungen

keine

Marina warf Niebla das Endstück des *pa moreno amb oli* zu, und die Hündin, die zwar alt, aber schnell war, fing es noch im Flug auf. Verblüfft las Marina noch einmal den Namen ihrer Großmutter im Grundbuchauszug. Zehn Prozent dieses Hauses hatten ihrer Großmutter gehört? Das kam ihr höchst merkwürdig vor. Aber wieso hatten sie noch nie etwas von dieser Bäckerei in Valldemossà gehört? Und warum waren die zehn Prozent nach dem Tod der Großmutter nicht in den Besitz ihres Vaters Néstor übergegangen?

Sie seufzte, und für einen kurzen Moment war sie wieder in der Küche in Son Vida, wo ihre Großmutter jeden Nachmittag mit ihr und ihrer Schwester Brot gebacken hatte. Aber weshalb hatte sie ihnen nicht erzählt, dass sie eine Bäckerei besaß? Wieso hatte sie sie nie nach Valldemossa mitgenommen?

Sie lief mit dem Dokument in der Hand die Treppe hinunter. Niebla folgte ihr. Sie ging zum Rathaus. Dort angekommen, ließ sie Niebla vor der Tür warten und trat ein. Sie sprach einen Beamten an, der gerade in einer Zeitschrift blätterte, und eine Viertelstunde später saß sie im Büro des Bürgermeisters.

»Schieß los, Marina. Wie kann ich dir helfen?«

Marina bombardierte ihn mit ihren Fragen und hielt ihm zugleich den Grundbuchauszug unter die Nase. »Ich bin auf der Suche nach Antworten, Herr Bürgermeister«, schloss sie atemlos.

»Nenn mich doch bitte Tomeu.«

»Die Dame, die hier unter Nerea Vega im Grundbuchauszug steht, ist meine Großmutter. Ich wusste nichts davon. Haben Sie vielleicht etwas zur Historie dieser Liegenschaft? Ich kann mich natürlich noch einmal an das Grundbuchamt wenden. Aber ich will nicht noch mehr

Zeit verlieren, vielleicht können Sie mir helfen. Jede Information ist wichtig, zum Beispiel, wer die ersten Käufer waren … Ich brauche einfach mehr Informationen. Welcher Art auch immer.«

»Aber sicher kann ich dir helfen. Nur wird das ein paar Wochen dauern. Die Beamtin, die mit der Pflege des Archivs betraut ist, ist krankgeschrieben. Ich weiß selbst nicht, was los ist mit den Beamten hier in Valldemossa, sie werden andauernd krank!«

In den Wochen des Wartens folgte Marina weiter der täglichen Routine in der Bäckerei. Jeden Tag lernte sie ein bisschen besser die Kunst, gutes Brot zu backen. Außerdem entdeckte sie ihre Leidenschaft für einsame Spaziergänge mit der alten Hündin, von der sie sagen konnte, dass sie ihr bereits gehörte.

Marina erinnerte sich, wie der Pfarrer einmal mit Catalina einen Streit angefangen hatte, weil er fand, dass ihr Zitronenkuchen nicht so schmeckte wie der von Lola. Im Grunde beschwerte sich das ganze Dorf darüber. Denn weder Ursula noch Catalina noch ihr selbst war es in diesen dreißig Tagen, die sie jetzt schon miteinander arbeiteten, gelungen, den köstlichen und einzigartigen Geschmack dieses berühmten Kuchens hinzubekommen, mit dem Lola die Leute immer verwöhnt hatte. Sie bekamen den süßen und köstlichen Geschmack nicht hin, auch nicht die außergewöhnliche Textur, so genau sie sich auch an das Rezept hielten, das auf dem vergilbten Papier in der Küche geschrieben stand. Außerdem tat jeder im Dorf nach dem ersten Biss seine unverrückbare Meinung kund: Ihr habt ihn zu früh aus dem Ofen geholt, zu viel Mohn, zu wenig Mohn, zu wenig Mehl, zu viel Mehl, zu viel Zitrone …

Wie hatte ihr Leben sich in nur einem Monat verändert!
»Lola, ich gehe nicht von hier fort, ehe ich nicht herausgefunden habe, warum du mir dein Leben vermacht hast. Dein Haus. Und all diese herzlichen Menschen, die dich immer begleitet haben.«

In der zweiten Märzwoche fiel auf der Insel unerwartet Schnee, überzog den Sand mit einem weißen Mantel, in Verbindung mit dem Blau des Meeres war das ein außergewöhnlicher Anblick, der alle Mallorquiner in Anorak und Stiefeln an den Strand lockte. Die vier Söhne der Friseurin bauten vor dem Mittelmeer einen Schneemann mit Karottennase.

Eines Nachmittags, es schneite noch immer, kam die Tochter der Friseurin ganz verstört in die Bäckerei. »Mein kleiner Bruder hat sich gestern im Schnee erkältet und ist jetzt sehr krank. Meine Mutter liegt auch krank im Bett und lässt fragen, ob Sie nicht vielleicht einen Moment vorbeikommen könnten.«

Marina rannte, zwei Stufen auf einmal nehmend, die Treppe ins Schlafzimmer hinauf. Sie öffnete den Nachttisch und holte das alte Stethoskop ihres Vaters heraus. Dann eilte sie die Treppe wieder hinunter, und gemeinsam verließen sie die Bäckerei.

Das Haus lag in dem Gässchen, das auf die Calle de la Rosa hinausging. Die Haustür stand halb offen. Die drei mittleren Söhne der Friseurin, vier, sechs und acht Jahre alt, lagen im Pyjama mit einem Meter Abstand vor dem Fernseher auf dem Sofa, abgetaucht in einen japanischen Zeichentrickfilm mit katalanischer Synchronisation. Sie gingen in den ersten Stock hinauf, ins Schlafzimmer der Friseurin, die ihren kleinen Sohn im Schoß hielt und ihm ein Fläschchen mit warmer Milch gab. Er hatte fiebrige Augen und war dick in Decken eingepackt.

Marina setzte sich neben ihn und fasste ihm an die Stirn. Sie war sehr heiß. »Hast du ein Thermometer?«

»Er ist ganz verschleimt«, sagte die Friseurin, »und er sagt, ihm sei kalt, dabei glüht er. Ich habe ihm ein Paracetamol und den Schleimlöser gegeben, den Dr. Hidalgo ihm verschrieben hat, aber das Fieber geht nicht runter. Vielleicht sollte ich ihn nach Palma bringen.«

Da holte die Tochter das Thermometer aus dem Nachttisch, schüttelte es und gab es Marina.

Marina knöpfte dem Jungen, der stoisch alles über sich ergehen ließ, den Pyjama auf. Er hatte eine ganz verschleimte Lunge. Sie holte das Thermometer unter der Achsel hervor: einundvierzig Grad. »Hilf mir, den Kleinen auszuziehen«, sagte Marina zur Friseurin. »Lass ihm bitte ein eiskaltes Bad ein«, bat sie die Tochter. Gemeinsam zogen sie das Kind aus, das wie weggetreten wirkte und den Mund nicht aufmachte. »Wir haben uns ja noch gar nicht vorgestellt. Ich heiße Marina.«

»Und ich Catalina«, antwortete die Friseurin.

»Klar doch, das hätte ich mir auch denken können.« Marina nahm der Friseurin den Sohn aus dem Arm. Auf Mallorca gibt es nur Catalinas. »Und das süße Baby hier, wie heißt das?«

»Tomeu.«

Marina ging mit dem Kind auf dem Arm ins Badezimmer und tauchte den Kleinen schnell, noch ehe er merkte, wie ihm geschah, ins kalte Wasser. Der Kleine reagierte mit Panik, als er die Eiseskälte auf der Haut fühlte, strampelte mit den Füßchen, weinte verzweifelt und schrie nach seiner Mama.

Marina nahm ihn fest in den Arm, wobei sie selbst ganz

nass wurde, wickelte ihn in ein Handtuch und gab ihn seiner Mutter zurück. Von der Bäckerin wollte der Kleine nichts mehr wissen. Marina trug der Tochter auf, ein frisches Laken aufzuziehen und dem Kleinen den Schlafanzug zu wechseln.

Er weinte immer noch, und seine Mutter gab ihm noch einmal das Fläschchen mit der warmen Milch.

»Gib ihm kein Fläschchen mehr. Der ganze Schleim kommt von der Milch.«

»Wie bitte?«

»Hat dir das deine Kinderärztin nicht erklärt?«

»Aber nein. Im Gegenteil. Warme Vollmilch mit Honig. So habe ich es bei all meinen Kindern gemacht.«

Jeder Arzt hatte seine eigenen Theorien, und offensichtlich dachte jeder, seine Art, die Dinge zu tun, sei auch die beste. Milch mit Honig gegen Erkältung, das hatte sie schon als kleines Kind gehört. Ihr hatten sie bestimmt auch welche verabreicht. Marina hatte vielen ihrer Arztkollegen etwas voraus, und zwar viel Erfahrung, schließlich hatte sie ihren Beruf auf fünf Kontinenten ausgeübt. In China hatten Ärzte Krankheiten mit Lotusblütentee kuriert, die Schamanen in Lateinamerika heilten die Menschen mit einer Liane, die im Amazonasgebiet wuchs und Ayahuasca genannt wurde. Sie kannte sich bestens mit der traditionellen afrikanischen Medizin aus, in der man Kapern nutzte, Johannisbrotbaum und die Wurzeln des Affenbrotbaums ... Und natürlich wusste sie vom Medikamentenmissbrauch im Abendland, der durch die amerikanische Pharmaindustrie noch potenziert wurde.

»Tee. Hast du grünen Tee?«, fragte Marina.

»Wer gibt denn einem Kind Tee? Ich hab keinen Tee, aber Kaffee könnte ich ihm geben.«

»Nein, keinen Kaffee, Tee muss es sein.«

»Hab ich nicht.«

»Dann heißes Wasser. Setz Wasser auf, und wenn du glaubst, dass die Temperatur so ist, dass man es gerade noch so einem Kleinkind zu trinken geben kann, dann gibst du es ihm. Mit einem Strohhalm. Das Wasser zieht den Schleim aus der Nase und aus dem Stuhl.«

Das hatte sie von den Tibetern gelernt, denen sie in China begegnet war.

Die Tochter betrat mit frischen Laken und einem frisch gewaschenen Pyjama das Zimmer. Ihre Mutter, die den Heilmitteln der backenden Ärztin skeptisch gegenüberstand, ging in die Küche, um Wasser aufzusetzen, nicht ohne auf dem Weg dorthin noch ihre anderen drei Söhne auszuschimpfen, die immer noch, allerdings jetzt nur noch aus neunzig Zentimeter Entfernung, völlig gebannt einem japanischen Kind mit übertrieben runden Kulleraugen dabei zusahen, wie es mit einer Lanze das Herz eines dunkelgrünen Riesen durchbohrte, der daraufhin die lebenden Kinder ausspie, die er in der vorherigen Folge gefressen hatte.

»Schaltet bitte den Fernseher aus! Ihr sitzt jetzt schon über zwei Stunden davor. Ihr kriegt noch viereckige Augen!«, sagte sie und füllte den Kessel mit Wasser.

Die Jungs beachteten sie nicht. Falls sie sie überhaupt gehört hatten.

Ein Stockwerk höher zog die Neunjährige ihren kleinen Bruder an, der jetzt nicht mehr weinte und Marina argwöhnisch ansah. Marina zog die Laken ab und machte das Bett. Das Kind, das Angst hatte, man könnte ihn an die Ärztin weiterreichen, klammerte sich an den Hals seiner Schwester. Das Mädchen legte ihn ins Bett und deckte ihn erneut mit dem ganzen Deckenarsenal zu, das auf dem Stuhl lag.

»Deck ihn nur mit einem Laken zu. Sonst kriegt er wieder Fieber.« Marina nahm das Thermometer, hob das Ärmchen des wimmernden Jungen und steckte es ihm wieder unter die Achsel. Die Temperatur war auf achtunddreißig Grad gefallen. Die Friseurin brachte ein Fläschchen mit heißem Wasser und setzte sich neben ihren Sohn.

»Viel Wasser«, sagte Marina. »Wenn das Fieber wieder steigt, kommst du mich holen. Und leg ihm feuchte, kalte Tücher auf die Stirn, ansonsten warten wir ab. Wenn das Fieber wieder hochgeht, begleite ich dich ins Krankenhaus. Ich fahr dich dann schon. Und keine Milch mehr … nur noch Fläschchen mit Wasser.«

Als er den Sauger im Mund hatte und zu trinken begann, merkte der Kleine, wie gut das seinem Körper tat und trank alles leer. Marina strich ihm zart über die Wange.

Dass der Sohn der Friseurin innerhalb von zwei Tagen seine schwere Bronchitis los war, weil seine Mutter den Ratschlägen der Bäckerin gefolgt war, sorgte im Dorf für großes Aufsehen.

Außerdem hatte Marina der Friseurin Aloe Vera zur Heilung ihrer Schuppenflechte empfohlen. Und die Aloe Vera, die auf der Insel ja an jeder Ecke wuchs, hatte Wunder gewirkt. Und so erzählte die Friseurin jedem ihrer Kunden, der sich bei ihr die Haare schneiden oder die weißen Haare färben ließ, was für kluge naturmedizinische Ratschläge die Bäckerin und Ärztin ihr gegeben hatte und erhob sie geradezu in den Rang einer Magierin.

Die Bewohner von Valldemossa kamen jetzt nach Can Molí und baten um das tägliche *pa moreno*, ein Stückchen vom Zitronenkuchen und einen Rat für ihre Wehwehchen.

Dem Bürgermeister gab sie zur Behebung seiner Schlafprobleme den Rat, er solle abends Salat essen, ohne *pa moreno* und ohne Wurst, nur mit ein bisschen gutem Olivenöl und dazu einen Tee aus Mohnblüten.

Der Mutter von Catalina, der Bäckerin, die immer geschwollene Füße hatte, weil ihre Blutzirkulation so schlecht war, legte sie auf Höhe der Füße zwei Kissen unter die Decke und schenkte ihr ein paar Birkenstockschuhe aus Schweden, in denen sie dreimal täglich einen Spaziergang machen sollte. Zuvor hatte man ihre Füße, wie die der meisten mallorquinischen Frauen, in ein Paar orthopädische Lederschuhe mit Schnürsenkeln gezwängt, die sie bloß am Laufen hinderten und ihr Hühneraugen bescherten. Mit ihren neuen deutschen Schuhen kam sie endlich aus dem Haus. Als die Alten im Dorf Catalinas Mutter mit ihren Birkenstocks sahen, wollten sie von ihrer Familie auch solche Schuhe gekauft bekommen –, und eine Woche später machten sie schon gemeinsam kleine Spaziergänge, eine bei der anderen untergehakt.

Tomeo verschrieb sie Thymian gegen die Gicht, mit Stevia gesüßten Zitronensaft zur Senkung des Harnsäurewertes im Blut, und auf seine täglichen Sobrasada-Schlemmereien sollte er natürlich verzichten. Dem Busfahrer verordnete sie Tee aus Eukalyptusblättern gegen seine Diabetes.

Die vielen kleinen Ernährungsumstellungen, die sie den Dörflern ans Herz legte, brachten schon nach einer Woche erste Erfolge. Der Bürgermeister war nicht mehr so schlechter Laune, denn dank des Tees aus der Wildblume, die hier auf der Insel wuchs, schlief er jetzt acht Stunden am Stück. Tomeu spürte eine gewisse Besserung durch den Thymian zum Frühstück, aber nach der Sobrasada war er einfach süchtig, wie er am Ende zugeben musste, ein Frühstück ohne Sobrasada war für ihn keins –, und so hinkte er sein Leben lang. Außerdem entdeckten die Dorfkinder, die auf dem Platz Fußball spielten, dass es viel weniger schmerzhaft war, sich die blutigen Knie in der Bäckerei mit Wasser und Seife heilen zu lassen und ebenso wirkungsvoll wie der Alkohol oder das Wasserstoffperoxid, mit dem ihre Mütter ihre Knie einrieben. Marina nutzte jede Beratung, um nach Lola zu fragen. Aber als gute Mallorquiner knauserten alle mit Worten. Also konnte sie nichts in Erfahrung bringen, was sie nicht schon gewusst hätte. Einfach sei sie gewesen. *Molt treballadora*, sehr fleißig. Immer ein Lächeln auf den Lippen. Die beste Bäckerin der Serra de Tramuntana.

»*Tenia uns ulls negres… uns ulls que et tornaven boig.* Sie hatte so schwarze Augen… Augen, die einen um den Verstand brachten«, gestand Tomeu.

Womit Marina nicht gerechnet hatte, war, dass sie mit ihren medizinischen Ratschlägen den amtierenden Arzt beleidigte, der einmal die Woche nach Valldemossa kam. Als Dr. Hidalgo dem Sohn der Friseurin Paracetamol injizieren wollte, weil seine Temperatur auf 37,2 Grad gestiegen war, und von ihr zu hören bekam, Marina habe gesagt, das Fieber sei gut für ihren Sohn, nannte er die Bäckerin eine »dahergelaufene Quacksalberin«.

Als Dr. Hidalgo hörte, dass sie zu Kräutern und merkwürdigen Salben riet, warnte er den Bürgermeister, sie brächte die Bürger von Valldemossa in Gefahr, und sollten die Dinge nicht zur Normalität zurückfinden, werde er einen Versetzungsantrag stellen. Das war natürlich eine harte Drohung, denn Dr. Hidalgo behandelte die Leute in Valldemossa schon seit zehn Jahren. Er führte die Impfkalender der Kinder, er kannte die medizinische Vorgeschichte sämtlicher Valldemossianer, stellte die Rezepte aus, und natürlich gab es Krankheiten, die Marina von ihrer Bäckerei aus nicht diagnostizieren konnte.

Der Bürgermeister wagte gar nicht zu sagen, dass Marina ihm Mohnblütentee verordnet hatte, durch den er jetzt im siebten Himmel war, und versprach ihm, hier unverzüglich für Abhilfe zu sorgen.

Noch am gleichen Morgen bat er Marina mit gesenktem Kopf, das dunkle Brot unterm Arm, um ein Gespräch. Marina kam hinter der Theke hervor und dachte, der Bürgermeister werde ihr das Dokument aushändigen, um das sie ihn gebeten hatte.

»Als Erstes muss ich dir mitteilen, dass die Beamtin immer noch krankgeschrieben ist. Jetzt sagt sie, sie habe sich erkältet. Bei dem Schnee …«

»Hast du immer noch Schlafprobleme?«

»Nein, ach was!«, antwortete der Bürgermeister und wagte ihr nicht in die Augen zu schauen. »Wer hätte wohl gedacht, dass eine wilde Blume, die gleich bei mir vorm Haus wächst, mein Leben ändern würde.«

Nun sagte eine Weile keiner etwas, und der Bürgermeister räusperte sich. »Wie soll ich dir das jetzt beibringen …«, sagte er mehr zu sich selbst und fuhr sich mit der Hand über den Nacken. »Also na ja …«

Marina zog erwartungsvoll die Brauen hoch.

»Also na ja …«, wiederholte er nervös, »… es ist halt so, dass Dr. Hidalgo verärgert ist.«

Marina sah ihn überrascht an. »Weshalb denn?«

»Er nimmt es dir übel, dass du uns Kräuter verordnest. Er glaubt, du würdest damit den Anweisungen, die er seinen Patienten gibt, widersprechen.«

»Ich werde mit ihm reden. Mach dir keine Sorgen.«

»Kennst du ihn?«

»Nein. Aber mach dir keine Sorgen, ich stell mich ihm vor.«

»Er ist nicht einfach.«

»Ich schon«, antwortete Marina mit einem Lächeln.

Man vergisst die Kommilitonen von der Uni, die Arbeitskollegen und Leute, die man als Erwachsene bei einem Abendessen mit Freunden kennengelernt hat, aber niemals, wirklich niemals, vergisst man die Menschen, mit denen man seine Kindheit verbracht hat. Aus irgendeinem Grund können die neuronalen Netze, die im kindlichen Gehirn entstehen und in der Jugend fortbestehen, die Physiognomie eines jeden Menschen in dieser entscheidenden Anfangsphase des Lebens speichern, und obwohl sie den schlaksigen, ungelenken Schüler mit dem Aknegesicht, der den Don Quijote hatte darstellen dürfen, nie wiedergesehen hatte, erkannte Marina ihn noch in der Sekunde wieder, in der sie über die Schwelle des Behandlungszimmers trat.

»Miguel?«

»Marina?«

»Wie lange ist das her?«, fragte sie, und er erhob sich.

»Einunddreißig Jahre ungefähr«, antwortete er und kam hinter dem Schreibtisch hervor und auf sie zu. Sie begrüßten einander mit Küsschen. Es gefiel dem Doktor, diese Freundin aus Kindertagen wiederzusehen. Er nahm sie zärtlich beim Arm.

»Du siehst aus wie damals«, sagte Dr. Hidalgo mit einem aufrichtigen Lächeln.

»Wie sollte das gehen, Miguel?«

»Ich habe keine Haare mehr«, erwiderte er und zeigte verschmitzt auf seinen Kahlkopf. Erzähl mir doch… Wie sieht dein Leben aus? Wohnst du hier? Das Letzte, was ich von dir gehört habe, war, dass du auf ein supertolles amerikanisches Internat gehst.«

Marina nickte.

»In der Schule haben dich alle beneidet. Die meisten hätten dafür bezahlt, dich begleiten zu dürfen. Vor allem Cuca, die wie eine Wahnsinnige alles versucht hat, um ihre Eltern zu überzeugen. Erinnerst du dich an Cuca?«

»Ja, sie ist immer noch die Freundin meiner Schwester.«

»Deine Schwester habe ich tatsächlich ab und zu gesehen. Sie hat mir schon erzählt, dass du an der Perelman School Medizin studiert hast.« Er machte eine Geste der Bewunderung, denn er wusste, dass das weltweit eine der besten Universitäten für Medizin war und dass nur eine ausgesuchte Elite die Zulassung bekam. Alle aus San Cayetano, Schüler wie Lehrer, hatten gewusst, dass Marina eine glänzende Zukunft bevorstand. So still wie sie war. Zurückhaltend, trotz ihrer zahlreichen Auszeichnungen. Eine, die nicht auffallen wollte, aber immer die Klassenbeste war.

»Wie ich mich freue, dich zu sehen. Aber jetzt sag mal, Marina, du bist doch wohl nicht hergekommen, um mir guten Tag zu sagen. Kann ich dir irgendwie helfen?«

Marina senkte den Blick. Sie hätte es lieber gesehen, der zuständige Arzt wäre ein ihr völlig Unbekannter und nicht ein alter Schulkamerad, mit dem sie die Schulbank gedrückt und – auch wenn sie nie große Freunde waren – viele Stunden im Klassenzimmer zugebracht hatte. Marina sah ihm in die Augen, zuckte lächelnd mit den Schultern und sagte: »Ich bin die dahergelaufene Quacksalberin.«

Als sie diesen alten Song *Contigo* von Joaquín Sabina hörten, rückte Antonio unsicher näher an Anna heran. Abend um Abend hatten sie es miteinander gesungen, hatten an einem der Strände von Mallorca gelegen und die Ohrhörer seines Walkmans geteilt. So wie man die Gesichter der Menschen, die man noch aus seiner Jugend kennt, nicht mehr vergisst, so vergisst man auch nicht die Lieder, die man in diesen Jahren gehört hat, daher berührte Anna Antonios Hand ganz zart mit einem Finger und lud ihn damit ein, ihre Hand zu ergreifen, und dann sangen sie beide dieses wundervolle Lied mit.

Endlich brachte der Bürgermeister ihr das Dokument mit der Historie der Liegenschaft. Darin hieß es, die Getreidemühle sei 1492 erbaut worden und das Haus, in dem die Bäckerei untergebracht war, vier Jahre später. Außerdem stand darin, Bäckerei und Mühle seien von Anfang an im Besitz der Familie Molí gewesen und von Generation zu Generation weitervererbt worden. Dass Nerea Vega einen zehnprozentigen Anteil besaß, ergab einfach keinen Sinn.

»Ich könnte mir allenfalls vorstellen, dass Lola die Erbschaftssteuern nicht bezahlen konnte, die betragen auf Mallorca nämlich etwa zehn Prozent, und deine Großmutter deshalb um Geld gebeten hat.

Vielleicht, vielleicht vielleicht … Nur Nerea und Lola kannten die Wahrheit, und natürlich Catalina, aber die wollte ja partout nichts verraten.

Marina stellte weiter ganz unauffällig bei den Bewohnern von Valldemossa ihre Nachforschungen an. Die Witwe erzählte ihr etwas, das Marina überraschte. Sie sagte, Lola habe den Hüpftanz *ball de bot* geliebt, und als sie Witwe geworden sei, habe Lola sie unbedingt unterrichten wollen und gesagt, mit Singen und Tanzen seien alle Sorgen leichter zu ertragen. Dabei hatte sich Marina, aus welchem Grund auch immer, vorgestellt, Lola wäre genauso kurzsichtig und stämmig wie Catalina gewesen. Sie konnte kaum glauben, dass Lola in einem Kreis von Männern und Frauen Volkstänze tanzte. Was die Auskünfte der anderen Leute anging, waren es immer die gleichen: Sie habe gerne gelacht, sei sehr fleißig gewesen, sei die beste Bäckerin der Balearen gewesen … Nichts, das Marina wirklich dabei helfen konnte, das Ganze zu verstehen.

»*No la deixaràs en pau, eh?*«, murrte Cati eines Morgens.

»Nein, Catalina. Ich lasse sie nicht in Frieden«, erwiderte Marina, die mittlerweile fast alles verstand.

»Sie hat deine Großmutter betreut. Señora Nerea. Mit fünfzehn hat sie angefangen, im Haus der Familie Vega de Vilallonga als Dienstmädchen zu arbeiten. In deinem Haus.«

»Was ist schlecht daran, dass Lola meine Großmutter betreut hat? Warum hast du mir das bis heute verschwiegen, Catalina? Meine Großmutter muss Lola sehr geliebt haben. Sie hat die Erbschaftsteuer für dieses Anwesen bezahlt. Das ist viel Geld.«

»Ich weiß nicht, ob sie sich geliebt haben oder nicht. Ich habe dir schon alles gesagt, was ich weiß«, erwiderte Catalina, nahm einen Laib von dem dunklen Brot und legte ihn ins Schaufenster. »Und jetzt hör bitte auf, in den alten Geschichten herumzustochern.«

Und so vergingen die Tage: Am Vormittag wurde Brot gebacken, und am Nachmittag unternahm Marina mit der

Hündin ausgedehnte Spaziergänge in die Berge der Serra de Tramuntana.

Marina, die eine interessierte Frau war, aber über die Zwangslektüre in der Schule und medizinische Fachbücher hinaus bisher kaum etwas gelesen hatte, begann die Freuden des Lesens zu entdecken. Ursula machte sie nach und nach mit der Literatur bekannt, gab ihr die Bücher ihrer Lehrmeister zu lesen, von denen sie gelernt hatte und immer noch lernte. Als Erstes *Jane Eyre* von Charlotte Brontë, *Die englische Geliebte* von Marguerite Duras, *Das Geisterhaus* von Isabel Allende, *Bittersüße Schokolade* von Laura Esquivel und eins, von dem Ursula sich sicher war, dass es ihr gefallen würde: *Mujer en guerra* von Maruja Torres, *Frau im Krieg*.

Und so gingen die Monate dahin, vollkommen ruhig, bei Brot und Literatur, während zwischen diesen drei alleinstehenden, in der Serra de Tramunatana lebenden Frauen eine wunderbare Freundschaft entstand.

Eines Nachmittags, kurz nachdem sie mit dem Bürgermeister gesprochen hatte, rief Marina Anna an, um sie über diesen neuen Fund zu unterrichten. Über diese zehn Prozent, die der Großmutter gehört hatten. Aber wie Anna nun mal war, betrachtete sie die Sache kurz von der einen, dann von der anderen Seite und maß ihr dann keine große Wichtigkeit bei. Bevor sie auflegte, versprach sie, in dieser Woche mit Anita vorbeizukommen. Vielleicht könnten sie ja mit der Nachhilfe in Mathe und Chemie beginnen.

Zwischen Anna und Antonio waren lediglich ein paar SMS hin und her gegangen. Doch sie unterdrückte ihr tiefstes Begehren und antwortete sehr nett, vielleicht ein bisschen forscher als schicklich war. Aber sonst war nichts geschehen, sie war eine verheiratete Frau und Mallorca eine kleine Insel.

Anita nahm den Nachhilfeunterricht sehr ernst. Das letzte Schultrimester hatte begonnen, und wenn sie den Kurs bestand, wäre es das erste Mal seit vier Jahren, dass sie im Sommer keine Hausaufgaben machen, kein Buch aufschlagen, keine Mathematikaufgaben lösen müsste, etwas, das ihr fast unerreichbar schien, aber bei dessen Vorstellung ihr aller Druck von der Seele wich, sodass sie sich in den Stunden, die sie nun bei Marina verbrachte, richtig ins Zeug legte. Anita hatte das neue Familienmitglied vom ersten Tag an gemocht. Eine Kleinigkeit hatte dafür gesorgt. Marina war nämlich der einzige Mensch auf der Welt, der sie mit ihrem echten Vornamen ansprach, und nicht mit dieser albernen Verniedlichung, Anita, wie ihre Eltern es immer getan hatten, ihre Lehrer, ihre Klassenkameraden, die Freundinnen ihrer Mutter im Segelclub. Sie hasste diesen Kleinmädchennamen, er machte sie niedlich und wehrlos.

An einem Samstag, als Anita wie an allen anderen Samstagen nichts zu tun hatte, nahm sie ihre kleine Vespa und fuhr nach Valldemossa. Marina war erstaunt, sie morgens um neun schon dort zu sehen. Und so war es fortan: Bei Marina im oberen Stockwerk fand Anita einen Ort, an dem sie den ganzen Tag in aller Ruhe lernen konnte. Catalina, Ursula und Marina buken ihr Brot, während Anita sich in verzwickte Rechenoperationen vertiefte und Bruch-, Flächen- und Volumenberechnungen durchführte, die ihr im Leben absolut nichts nützen würden, aber für die sogenannte PISA-Studie ungemein wichtig waren.

Und so ging es jeden Samstag. An den Nachmittagen gingen Tante und Nichte mit der Hündin spazieren. Anita ließ sich von Marina etwas über das faszinierende Leben erzählen, das sie als Entwicklungshelferin geführt hatte, und begann tiefe Bewunderung für sie zu empfinden, während Marina spürte, dass ihre Nichte den großen Wunsch hatte, loszufliegen, sich frei zu fühlen, von dem Stückchen Erde fortzukommen, auf dem sie geboren worden war, von der Insel fortzugehen, um sie selbst zu werden … Und so erzählten sie sich ganz ungezwungen und Stück für Stück die vierzehn Jahre, die sie einander aus den Augen verloren hatten.

An einem Samstag Ende Mai beschloss Anna, Anita zur Bäckerei zu begleiten, um sich für die Hilfe zu bedanken, die Marina ihrer Tochter angedeihen ließ. Sie war nur am ersten Tag mit ihr hingegangen, die restlichen Tage hatte ihre Tochter allein gehen wollen. Diese Bäckerei begann für Anita so etwas wie ein Zuhause zu werden, und ihre Mutter verstand und respektierte das. Obwohl die Beziehung zwischen Mutter und Tochter sich verbessert hatte, war Anita für Anna immer noch unberechenbar. Den einen Abend saß sie ruhig und ohne gesteigertes Redebedürfnis mit ihrer Mutter beim Abendessen, den anderen knallte sie die Tür hinter sich zu, sobald sie auch nur ein Nein zu hören bekam, schloss sich in ihrem Zimmer ein oder, noch schlimmer, nahm die Vespa und verschwand für Stunden. Die unkontrollierbaren Hormonschwankungen der Pubertät.

»Nur für eine Stunde, Anita, mein Schatz. Dann bin ich auch schon weg.«

Mit einem »Was soll der Mist, Mama« stieg Anita auf ihre Vespa, und ihre Mutter folgte ihr mit dem BMW.

»Wie schön, dich zu sehen, Anna«, sagte Marina, als sie ihre Schwester die Bäckerei betreten sah. »Wo hast du denn gesteckt?« Sie ging auf Anna zu und umarmte sie. Anita nahm sich ein Stück Zitronenkuchen von der Theke und verzog sich in den ersten Stock des Hauses. Aus der knappen Begrüßung ihrer Nichte schloss Marina, dass es irgendeinen Streit zwischen Mutter und Tochter gegeben hatte. Sie folgten ihr. Anita kochte Kaffee.

Anna sah sich um, der Raum war immer noch ganz unscheinbar, das gestreifte Sofa, der leere Speiseschrank ... Genau wie damals, als sie sich alles zum ersten Mal angesehen hatte. Sie wunderte sich, dass Marina sich nicht eingerichtet hatte. Sie lebte jetzt schon fast vier Monate in diesem Haus.

Sie warteten darauf, dass der Kaffee in der Kanne nach oben sprudelte, und Anna schlug vor, ihn doch auf der kleinen Bank vor der Bäckerei zu trinken, um Anita nicht zu stören. Die beiden Schwestern gingen hinunter und traten vors Haus.

Anna entschuldigte sich, weil sie kein einziges Mal in Valldemossa vorbeigekommen war. Fast mit Stolz erzählte sie ihrer Schwester auch von dem Streit, den sie mit Armando ausgefochten hatte, weil sie sich weigerte, das Haus in Son Vida zu verkaufen. Curro hatte beiden ohnehin erläutert, dass es kein gutes Geschäft war, wenn man das Haus verkaufte, in dem man wohnte. Damit würden sie nur einen Teil der Schuld abtragen können und müssten am Ende noch Miete zahlen. Dieses Haus war geschützt, denn nur Anna war im Grundbuch als Besitzerin eingetragen, Armando nicht. Sie liefen also nicht Gefahr, dass man es beschlagnahmen könnte. Anna gestand Marina, Armando habe noch ein kleines Schwarzgeldpolster auf einer Schweizer Bank. Und dass sie jeden Monat für ihre monatlichen Ausgaben etwas davon abhöben. Um es nicht verzollen zu müssen und um nicht gegen das spanische Gesetz zu verstoßen, durften sie nur mit zehntausend Euro Bargeld einreisen. Sie erzählte ihr, Armando sei so paranoid, dass er mit wechselnden Fluggesellschaften nach Genf flog, um am Flughafen keinen Verdacht aufkommen zu lassen. Und damit es nicht so auffiel, wollte Armando, dass sie selbst auch flog. Für Juni hatte er ihr schon ein Ticket gekauft.

»Am Ende landet ihr noch beide im Gefängnis«, sagte Marina alarmiert.

Anna machte sich darum keine großen Sorgen. Ein Großteil der mallorquinischen Elite hatte Konten bei der HSBC in Genf. Sie waren schon oft mit Cuca, Curro, Xesca und ihrem Mann dorthin gereist, und auf jeder Reise hatten sie Politiker und Unternehmer aus dem restlichen Europa getroffen. In der Schweiz waren sie alle aus dem gleichen Grund.

»Und weißt du, was das Merkwürdigste von allem ist, Marina? Das Merkwürdigste von allem ist, dabei zuzuschauen, wie mein Mann sich von einem arroganten Narzissten in ein menschliches Wrack verwandelt. Er kommt immer mehr auf den Hund. Erst ist er in die Breite gegangen, jetzt raucht er vor Angst und wird alt und dürr.«

»Ich werde nie begreifen, warum du bei ihm bleibst.«

»Ich will ihn jetzt nicht im Stich lassen. Außerdem, wovon sollen wir leben?«, sagte Anna resigniert.

Marina seufzte. In dem Punkt würden sie sich nie verstehen.

Sie gingen wieder in den ersten Stock hinauf. Anita war ins Mendelejew'sche Periodensystem der Elemente vertieft.

»Du wirst alle Prüfungen bestehen, Ana, du wirst schon sehen«, sagte Marina zu Anita und setzte sich neben sie. Anna setzte sich ihrer Tochter gegenüber.

»Ja, Anita, du wirst alles bestehen. Da bin ich mir sicher. Sie hat noch nie so viel gelernt«, sagte Anna stolz und streckte die Hand aus, um ihrer Tochter die Wange zu streicheln. Doch Anita wandte brüsk den Kopf ab. Anna senkte beschämt den Kopf. Solche Kränkungen war sie mittlerweile gewöhnt, aber es gelang ihr nicht, ihre pubertierende Tochter zu verstehen. Sie hatte zwar schon viele Artikel über die Achterbahnfahrt der Hormone in der Pubertät gelesen, aber sie fand, ihre Tochter habe einen unangenehmen und schwierigen Charakter.

»Dann lass ich euch mal in Ruhe. Lernt schön«, sagte Anna und stand auf.

Es gab eine Frau im Dorf, mit der Marina noch nie geredet hatte. Josefa, die Frau von Tomeu. Den lieben langen Tag war sie damit beschäftigt, gemeinsam mit ihrem Mann an der Bar zu servieren und den Rentnern, die nachmittags eine Partie Domino spielten, Kaffee mit Schuss auszuschenken. In den vier Monaten, seit Marina in Valldemossa war, war diese Señora nicht ein Mal in der Bäckerei gewesen. Marina erinnerte sich, dass Catalina einmal mit einer gewissen Verachtung von ihr gesprochen hatte. Aber wie so oft hatte sie sich geweigert, sich genauer über das Warum ihrer Äußerungen auszulassen. Marina war dieser Josefa einmal im Lebensmittelladen begegnet. Josefa hatte sie von oben herab angesehen und sich auch nicht vorgestellt, daher dachte Marina, sie sei einfach humorlos und zickig. Sie war wohl so alt wie Catalina.

Marina hatte alles genau geplant. Sie wusste, sie würde Josefa allein antreffen, denn Tomeu machte von Viertel vor vier bis Viertel vor fünf seine Siesta, und so ging sie in die

Bar. Es waren keine weiteren Kunden da. Josefa war allein und wischte die Tische ab. Marina setzte sich an den Tresen.

»Könnte ich bitte einen Kaffee bekommen?«, fragte sie.

Josefa bereitete schweigend einen Kaffee zu und brachte ihn ihr.

»Ich heiße Marina.«

»Josefa«, lautete die knappe Antwort. »Zucker?«

»Ja, bitte.«

Josefa schob ihr die Zuckerdose hin. Marina bediente sich, und während sie den Kaffee umrührte, dachte sie darüber nach, wie sie diese Frau zum Reden bringen konnte.

»Sie kannten Lola?«

Josefa sah ihr misstrauisch in die Augen. »Das Dorf ist klein«, sagte sie dann und schnappte sich einen Lappen. »Klar kannte ich sie.« Sie wischte weiter die Theke. Marina trank ihren Kaffee und wartete. Das hatte sie von Laura gelernt. Abwarten, bis der andere sprach. »Jedes Schwein bekommt am Ende sein Fett weg.«

Marina verschluckte sich an ihrem Kaffee, nahm sich eine Serviette aus dem Serviettenhalter und wischte sich den Mund ab.

»Du willst wissen, wer sie war?«, antwortete Josefa hart. »Eine dreiste Forastera[6] war das und ein leichtes Mädchen.« Josefa sah von ihrem Wischtuch auf und starrte Marina an. »Soll ich Ihnen mal was sagen? Hätten Sie die Bäckerei nicht wieder aufgemacht, hätten wir alle unsere Ruhe gehabt. Sie hat von Tomeu Geld haben wollen. Ich

---

[6] *Forastero* werden in der Alltagssprache jene Spanier genannt, die auf Mallorca leben, aber nicht dort geboren sind. Früher galt der Ausdruck als Schimpfwort.

hab nicht zugelassen, dass er ihr auch nur einen Duro gibt. Wer weiß, woher sie es am Ende bekommen hat.«

»Was erzählst du da? Du redest zu viel, Josefa. Jetzt halt den Mund, zum Kuckuck! Du weißt gar nichts«, sagte Tomeu, der gerade durch die Tür hinter der Theke trat, wütend.

»Mich bringst du nicht zum Schweigen, Tomeu. Ich habe nur auf das geantwortet, was man mich gefragt hat«, raunzte sie zurück und verschwand durch dieselbe Tür, durch die ihr Mann hereingekommen war.

Marina bezahlte bestürzt und ging nach Hause. Das passte gar nicht in das Bild, das sie sich von Lola gemacht hatte. Sie ging zur Bäckerei. Ursula saß wartend auf der kleinen Bank.

»Ich habe endlich einmal Ordnung in meine ganzen Regale gebracht. Hier hab ich was für dich«, sagte Ursula, winkte sie neben sich und hielt ihr eine Zeitschrift hin.

Marina setzte sich und nahm die Zeitschrift. Auf der Titelseite sah man ein japanisches Model und japanische Schriftzeichen. Hastig schlug sie die Zeitschrift auf, von der Catalina ihr vor Monaten erzählt hatte. Aufgeregt blätterte sie durch die Seiten und suchte nach dem Gesicht von María Dolores Molí. Sie fand die Seite, auf der man Catalina neben einer hübschen gesunden Frau mit gebräunter Hautfarbe und kräftiger Statur beim Teigkneten sah. Lola. Sie betrachtete die Frau aufmerksam. Schweigend. Auf dem Foto war sie etwa fünfzig Jahre alt. Ihr Haar war schwarz, im Nacken zu einem Knoten zusammengefasst. Sie hatte üppige Kurven und trug eine tief ausgeschnittene Bluse, die ihren prächtigen Busen sehen ließ. Intensive schwarze Augen, die sie mit Eyeliner und Wimperntusche betonte. Sie war eine rassige Schönheit. Hatte etwas Zigeunerhaftes. Eine Frau aus dem Süden.

Marina betrachtete aufmerksam das Gesicht der Frau. Sie hatte sich eine ganz falsche Vorstellung von ihr gemacht. Tomeu hatte es ja schon angedeutet: »Ihre schwarzen Augen konnten einen um den Verstand bringen.« Sie konzentrierte sich auf das Lächeln und besah sich das Foto ganz genau.

Kein Zweifel: Diese Frau hatte man zu Recht die schöne Lola genannt.

6

Der Clan oder Torrijas de Santa Teresa

Zutaten:

- 1 Weißbrot vom Vortag
- ½ Glas Rotwein
- 1 l Milch
- 2 Zimtstangen
- 3 Eier
- 2 EL Zucker
- Olivenöl nativ extra

Zubereitung:

Die Milch mit den Zimtstangen und dem Zucker zum Kochen bringen. Vom Feuer nehmen und, wenn sie durchgezogen ist, die Zimtstangen entfernen und den Rotwein dazugießen. Das Brot in einen Zentimeter dicke Scheiben schneiden. Im Milchgemisch tränken. Die Eier verrühren und die Brotscheiben durchs Ei ziehen. Zum Schluss in einem hochwertigen Olivenöl goldbraun ausbacken.

Von: mathiasschneider@gmail.com
Gesendet: 30. Mai 2010 (gestern)
An: marinavega@gmail.com
Betreff:

Ich habe das Rückflugticket nach Spanien. Ich lande am 15. Juni. Siegfried sagt, wenn du ihn in deiner Mühle übernachten lässt, dann kommt er zu deinem Geburtstag auf die Insel. Ich bleibe bis September auf Mallorca, die Leute bei Ärzte ohne Grenzen sind schon informiert. Ich weiß nicht, wie sie das hier wieder aufbauen wollen, das wird Jahre dauern... ich erkläre dir alles, wenn ich zurück bin. Eingeschränkter Internetzugang, wie immer.
Ich möchte an deiner Brust schlafen.
Mathias

Das Flugzeug von Mathias würde um zehn Uhr abends landen. Marina stand nackt vor dem Schrankspiegel und betrachtete sich. Das offene Haar ging ihr bis zum Hintern. Ein paar Tage bevor Naomi auf die Welt kam, hatte Samala ihr in Äthiopien die Spitzen geschnitten. Sie betrachtete ihre Beine, die Achseln ... Sie sah aus wie eine Hippiefrau in Woodstock. Sie wusste, dass Mathias das völlig egal war, außerdem hatte er sie schon in einem schlimmeren Zustand gesehen. Sie flocht sich die Haare, zog ihre Jeans an und ging zum Friseur.

Als die Friseurin sie nun zum ersten Mal ihren Laden betreten sah, freute sie sich ungemein. »Einen Moment«, sagte sie und schlug ihren Terminkalender auf. Sie rief den Polizisten an, der einen Termin für seinen Messerformschnitt hatte, und vertröstete ihn auf einen anderen Tag. Dann rief sie die Witwe an, um das Haarefärben abzusagen.

»Was hat es mir in den Fingern gejuckt, dieser Mähne einen Schnitt zu verpassen!«, sagte die Friseurin und zog Marina eine rosa Schürze über. Sie wusch ihr mit einem Fruchtshampoo die Haare. Schnitt ihr die Spitzen. Enthaarte sie, wollte ihr auch die Bikinizone enthaaren, aber Marina weigerte sich rundweg. Immerhin überredete die Frau sie, sich die Brauen ein klein wenig zupfen zu lassen. Marina hatte noch nie daran herumgezupft, aber sie ließ sie machen. Auch schminken wollte die Friseurin sie, aber das lehnte Marina ab.

»Na, mach schon, deinem Mann wird das gefallen. Manolo mag es, wenn ich mich schminke, und es macht ihn richtig an, wenn ich mir die Lippen scharlachrot anmale, oioioi! Und wenn ich mir dann noch die Fingernägel passend anmale ...«, sagte sie zwinkernd.

Aber ihr geliebter Manolo, der fünf Kinder mit ihr hatte und Fernfahrer war, hatte mit Mathias überhaupt nichts gemein.

Sie griff nach einem Nagellack in der Farbe *rouge noir* und schüttelte ihn.

»Wenigstens die Fingernägel.«

Marina erinnerte sie, dass Bäckerinnen sich die Nägel nicht lackieren durften, aber da es der Friseurin so viel Spaß machte, durfte sich sich an die Zehennägel wagen.

Geld wollte sie dafür partout nicht annehmen.

Auf der Straße traf Marina auf Gabriel, der eine japanische Reisegruppe abgeholt hatte, die bei ihm im Hotel übernachten wollte. »*You should make a photo now*«, sagte er und deutete auf Marina. »*This is the typical beautiful woman from Spain.*«

Marina lächelte ihn nett an, ein Moment, den die Japaner gleich nutzten, um durchs Objektiv zu schauen.

Sie schliefen miteinander, ließen sich alle Zeit der Welt dabei und begegneten einander mit großer Achtsamkeit. Mathias kannte Marinas Körper wie seinen eigenen, streichelte sie genüsslich und wartete geduldig, bis sie so weit war und mit ihm zum Höhepunkt kommen konnte. Sie hatte die Augen geschlossen und kostete nach den vielen Monaten des Darbens ihre Lust aus, und er näherte seine Lippen ihrem Mund und sagte ganz leise auf Spanisch »Ich liebe dich«.

Ich liebe dich auch, Mathias.

Fast vierundzwanzig Stunden hatte der Flug von Haiti gedauert, mit Zwischenstopps in Miami, Frankfurt und Madrid. Schließlich legte er seinen Kopf an die Brust seiner Frau und schlief ein.

Marina war wie immer um fünf Uhr morgens aufgestanden. Sie zog sich vorsichtig an, um ihn nicht zu wecken, und ging runter zum Teigkneten. Mathias stand erst um zwei Uhr mittags auf. Im Halbdunkel lief er zum Fenster, und als er es öffnete, traf ihn Mallorcas Schönheit mit voller Wucht – die friedliche Sommersonne, die Brise, die ruhig vom Meer herüberwehte, das Grün der Serra, und das Ganze begleitet vom ununterbrochenen Zirpen der Zikaden, die seit Juni wieder zu hören waren. Zum ersten Mal in diesem Jahr hatte er überhaupt keine Eile. Er setzte sich in die Fensterlaibung und nahm den Anblick der Insel in sich auf. Seine Gedanken gingen unwillkürlich nach Haiti. Ins Abendland zurückzukommen war gleichbedeutend mit Ruhe und Frieden finden, aber es war ihm nicht möglich, einen glatten Schnitt zu dem zu machen, was er hinter sich gelassen hatte. Er dachte an die Hunderten von Menschen, die noch jahrelang würden ums Überleben kämpfen müssen …

Er betrachtete das Schlafzimmer, in dem sie die Nacht verbracht hatten, die vergilbten Wände, die alten Möbel. In der Nacht zuvor hatte er sich die Küche angesehen, die auch als Wohnzimmer diente, sie wirkte langweilig und kalt. Die Säcke mit der Kleidung der verstorbenen Bäckerin standen immer noch in der Speisekammer. So war seine Frau nun mal.

Mathias zog sich an und ging in die Bäckerei hinunter. Marina stand alleine in der Backstube und mischte Mehl und Wasser. Sie stand mit dem Rücken zu ihm und sah ihn nicht kommen. Er näherte sich ihr und schlang die Arme um sie. Sie drehte sich zu ihm um, und ohne mit dem Kneten innezuhalten, küsste sie ihn. Mathias legte seine Hände auf die ihren.

»Marina, dieser Ort ist… wundervoll«, sagte er und küsste sie auf die Wange.

»Kneten muss man ganz langsam, immer schön mit den Knöcheln.«

»Zeig es mir!«

Sie kneteten gemeinsam, schweigend. Er ließ die Finger zwischen ihre Hände gleiten und griff in die Mischung aus Mehl und Wasser. Dem folgten Küsse auf die Wange, den Hals, die Schultern… dann kneteten sie weiter, schlossen die Augen und ließen sich davontragen.

Gemeinsam gaben sie die Steineichen- und Mandelscheite in den Ofen. Marina zündete ein Streichholz an und warf es hinein…

Fünf Minuten später loderte eine gewaltige Flamme. Mathias stand ganz versunken vor dem Flammenspiel im Ofen, während Marina den Zitronenkuchen vorbereitete.

»Ich habe mir überlegt«, sagte Mathias, »dass ich in all diesen Monaten ja irgendetwas zu tun haben muss. Ich kann mir nicht vorstellen, den ganzen Tag am Strand zu liegen. Einfach nur dazuliegen und nichts zu tun.«

Da hatte er Recht. Wenn Mathias nach Berlin zu seinen Eltern fuhr, suchte er sich immer eine Aufgabe, die ihn beschäftigt hielt, ob er nun den Toaster reparierte, seinem Bruder dabei half, die Möbel im neuen Single-Haushalt aufzubauen, oder mit seinem Neffen Lego spielte, irgendetwas tat er immer. Dass er vor dem Fernseher saß oder ruhig mit einem Buch vor der Nase auf dem Sofa lag, das hatte Marina noch nie gesehen. Aber dass er sich nicht einmal an einem der mallorquinischen Strände einfach auf die faule Haut legen konnte, wie es ihre Landsleute von der Insel taten, das erstaunte Marina schon.

»Du kannst uns in der Bäckerei helfen. Die Insel wird sich bald mit Touristen füllen, und dann müssen wir doppelt so viel Brot backen wie jetzt.«

»Weißt du, was ich mir gedacht habe? Wenn es dir nichts ausmacht, dann würde ich gerne das Haus für Laura und Siegfried herrichten, die kommen ja irgendwann. Darf ich das?«

»Mathias, du kannst machen, was du willst«, sagte sie und küsste ihn auf die Lippen.

Sie schoben das *pa moreno* und den Zitronenkuchen in den Ofen, während Mathias darüber nachdachte, was man am Haus alles verändern könnte. Er fand, die Speisekammer erfülle überhaupt keinen Zweck, in dem Raum könnte man ein Atelier oder ein zusätzliches Schlafzimmer einrichten, und alle dringend benötigten Sachen könnten aus der Abstellkammer in den Speiseschrank in der Küche umziehen. Oder man könnte den Speiseschrank überhaupt rausschmeißen, denn er beanspruchte viel zu viel Platz. Zu dem Steinfußboden würden weiße Wände gut passen.

Tomeu betrat die Bäckerei und wollte seine Nachmittagsbrote kaufen.

»*Bon dia.*«

Marina stellte ihm Mathias vor.

»Catalina hat mir schon gesagt, dass dein Ehemann kommt«, sagte Tomeu zu ihr.

»Er ist mein Partner«, antwortete Marina.

»Was heißt Partner? Arbeitet ihr zusammen?«

»Das auch … *És el meu novio, sí.*«

»Ach so, ihr seid nicht verheiratet.«

»Nein, wir sind nicht verheiratet.«

Tomeu klopfte Mathias ein paarmal kräftig, aber freundschaftlich auf die Schulter und sagte dann mit erhobener Stimme zu ihm: »Na dann, junger Mann: Willkommen in Valldemossa.«

Tomeu gehörte wie Catalina zu denen, die glaubten, mit Ausländern müsse man nur laut und deutlich sprechen, dann würden sie Spanisch schon verstehen.

Dann kam die Friseurin herein, mehr aus Neugier als aus sonst einem Grund. Sie wagte einen verstohlenen Blick auf Mathias und sagte dann zu Marina: »Ist das dein Mann? Der versteht kein Spanisch, oder?«

»Wenig«, antwortete Marina.

»Der ist ja zum *Anbeißen*«, flüsterte sie Marina zu. Dann ging sie zu Mathias und stellte sich vor, indem sie ebenfalls dreimal so laut sprach wie sonst. Dann wandte sie sich wieder Marina zu. »Stell dir doch nur mal Manolo neben diesem Mann vor. Der ist doch mindestens zwei Köpfe größer … Also das mit dem *latin lover* wird wirklich überbewertet.«

Marina lächelte. Auch hier musste sie klarstellen, dass sie nicht verheiratet waren. Dann kam der Bürgermeister herein, wieder mussten sie für klare Verhältnisse sorgen, doch beim vierten Besucher hatten sie begriffen, dass das mit dem Partner in der Dorfgemeinschaft nicht so gut ankam, ließen die Sache auf sich beruhen und erklärten sich zu Mann und Frau.

»Mathias, ich geh einmal kurz nach oben ins Schlafzimmer. Kannst du hierbleiben, für den Fall, dass noch ein Kunde kommt? Das dunkle Brot kostet einen Euro. Der Kuchen hier«, sagte sie und deutete auf den Zitronenkuchen mit Mohn, »ist ein Geschenk des Hauses für unsere Stammkunden …«

Marina ging in den ersten Stock hinauf, um sich umzuziehen. Sie hatte bemerkt, dass wieder diese Sauerei losging, die alle Frauen der Welt jeden Monat ungefähr sechs Tage lang durchmachen müssen. Einmal hatte sie in einem Flüchtlingslager im Sudan bei vierundvierzig Grad im Schatten, als sie den schmerzenden Eisprung spürte, der der Menstruation vorausgeht, durchgerechnet, dass alle Frauen im Laufe ihres Lebens etwa eintausendneunhundertzwanzig Tage lang ihre Regel hatten, und das für vollkommen absurd befunden.

Mathias setzte sich auf einen Schemel und wartete auf Kundschaft. Kurz darauf kam der Pfarrer herein.

»*Bon dia.*«

»*Bon dia*«, antwortete Mathias.

»Du sein Mann von Marina?«

Der Pfarrer war einer von denen, die glauben, wenn man nur dreimal so laut und wie ein Depp spricht, dann verstehen einen die Ausländer schon.

Mathias trat hinter der Ladentheke hervor.

»Ja, ich sein Mann von Marina«, sagte er und streckte die Hand aus. »Sehr erfreut.«

»Ich möchten dunkles Brot und bisschen Zitronenkuchen.«

Mit der Kuchenzange nahm Mathias ein Stück Zitronenkuchen und wickelte es in Papier. Er reichte es dem Pfarrer, der sich freundlich verabschiedete. Noch ehe er den Laden verließ, biss er schon, wie er es immer tat, in den Kuchen. Er verließ nie den Laden, ohne sich vom Geschmack zu überzeugen, und so drehte er sich zu Mathias um und sagte:

»Mhmmm ...«

Der Pfarrer biss noch einmal hinein, er kaute langsam, seinen Genuss mit seltsamen Lauten untermalend, und lächelte Mathias an, der ihm verdutzt zusah.

»Ja, diesmal stimmt es endlich«, sagte der Pfarrer zu sich selbst, und etwas lauter tat er kund: »Das ist der authentische Geschmack eines Zitronenkuchens mit Mohn.«

Dann ging er grußlos hinaus. Marina kam die Treppe herunter.

»Ein seltsamer Kerl, dieser Pfarrer, was?«, fragte Mathias.

»Er ist verliebt.«

Sie gingen hinaus und setzten sich auf das Bänkchen vorm Haus. Niebla, die zu ihren Füßen lag, stand auf und empfing schwanzwedelnd die ersten Streicheleinheiten des neuen Hausgastes. Mathias sah seine Frau an, dann blickte er in die Ferne auf die Serra und das Meer. Er legte Marina den Arm um die Schulter. Sie nahm seine Hand, und er sah sie an, näherte seine Lippen den ihren. »Ich habe dich so vermisst.«

Die Jubelschreie ihrer Nichte platzten in diesen innigen Augenblick. Sie war in Begleitung von Anna. Anita stürzte auf ihre Tante zu, die ihr verdutzt entgegenblickte.

»Ich habe bestanden, und zwar alles! Mit *ausreichend*, dafür aber alles.«

Anna stand wartend hinter ihr und sagte leise »danke«.

»Das hast du ganz alleine geschafft, Ana. Ich habe es dir nur erklärt.«

»Nein, Tante. Ohne dich hätte ich das nicht geschafft. Vielen Dank.«

Anita sah ihre Mutter an und lächelte. Sie tat es mehr, damit Marina es sah, die sie für ihre Unfreundlichkeit ihrer Mutter gegenüber gescholten hatte, als für sich selbst. Aber sie tat es. Sie ging zu ihrer Mutter und umarmte sie wie seit Jahren nicht.

Mathias stieg hinter Anita auf die Vespa, und gemeinsam fuhren sie zum Baumarkt von Alcampo auf der Suche nach dem nötigen Material, um dieses düstere Haus, das Marina geerbt hatte, in einen etwas freundlicheren Ort zu verwandeln. Wandfarbe, Eimer, Rollen, Malerband, Malerpinsel, Spachtelmasse, kleine Pinsel …

Die beiden Schwestern blieben in der Bäckerei.

»Ich möchte dir etwas zeigen. Komm mit nach oben.«

Sie gingen ins Schlafzimmer hinauf. Anna setzte sich aufs Bett, und Marina öffnete die Nachttischschublade und holte die japanische Zeitschrift heraus.

»Das ist sie.«

Anna sah sich das Foto der Frau, von der sie die Mühle geerbt hatten, genau an.

»Als diese Frau bei Mama und Papa im Haushalt arbeitete, war sie fünfzehn Jahre alt. Wenn ich nur genau wüsste, wie lange sie im Haus gearbeitet hat …, aber Catalina will mir nichts verraten«, sagte Marina, rückte näher an ihre Schwester heran und betrachtete das Foto. »Kommt dir ihr Gesicht nicht irgendwie bekannt vor? Weil … also mir schon.«

»Ich habe diese Frau noch nie in meinem Leben gesehen«, antwortete Anna, als ihr Handy piepste. Sie gab Marina die Zeitschrift zurück, die das Gesicht der verstorbenen Bäckerin noch einmal eingehend musterte. Anna klickte auf die Nachricht, die sie erhalten hatte.

»Ein paar Araber haben mich angeheuert, ich soll sie nach Griechenland fahren. Juli und August bin ich weg. Wenn ich im September zurückkomme, dann möchte ich keine SMS mehr, Anna, dann komme ich dich holen …«

Weshalb konnte eine einfache Textnachricht sie so aufwühlen? Bei jeder SMS von Antonio hatte sie das Gefühl, ganz langsam von etwas durchbohrt zu werden, das sie mit kleinen Tropfen Glückseligkeit erfüllte. Es fing in der Brust an und lief durch den ganzen Leib bis zum Geschlecht. Es waren doch nur Worte! Sie atmete tief, um gegen dieses Gefühl anzuatmen, das ihren ganzen Körper ergriff, und ärgerte sich über sich selbst, dass sie so die Kontrolle verlieren konnte.

»Anna, bist du in Ordnung?«

»Wir müssen den Mehllieferanten anrufen. Unsere Vorräte gehen langsam zu Ende. Im Sommer brauchen wir doppelt so viele Säcke«, sagte Catalina.

»Und wo muss ich da anrufen?«

»Lola hatte eine granatrote Schreibmappe, sehr alt, im Nachttisch in ihrem Schlafzimmer, da stehen die Telefonnummern sämtlicher Lieferbetriebe drin.«

»Im Nachttisch ist nichts«, antwortete Marina.

»Dann muss es im Speiseschrank liegen.«

»Im Speiseschrank ist auch nichts.«

»Vielleicht hat es ja dein Mann bei seinen Aufräumarbeiten weggeworfen.«

»Wir haben noch gar nichts weggeworfen. Alles, was da war, steht in Müllsäcken in der Speisekammer, aber es gibt kein Blatt Papier.«

Marina war sich ganz sicher, dass es in diesem Haus weder eine alte granatrote Schreibmappe noch Telefonbücher, Notizbücher, Fotos oder Rechnungen gab. Aber sie wollte sich diese Gelegenheit nicht entgehen lassen, etwas mehr herauszufinden, so wenig es auch sein mochte.

»Komm mit, dann sehen wir uns das gemeinsam an«, sagte Marina, und gemeinsam gingen sie hinauf in den ersten Stock. Niebla kam schwanzwedelnd auf die Bäckerin zu. Mathias spülte gerade die Frühstückstassen.

»*Ay, quins records.* Oh, diese Erinnerungen«, sagte Catalina wehmütig und seufzte beim Anblick der Küche ihrer alten Freundin in sich hinein.

»*Bon dia, Cati*«, grüßte Mathias auf Mallorquinisch und spülte die Gläser mit klarem Wasser aus.

»*Bon dia, Mathias.* Du heute gut schlafen, was? Man schläft gut in Valldemossa, stimmt's, mein Süßer?«, schrie Catalina.

»Ja. Süßer heute sehr gut schlafen«, antwortete Mathias und griff sich den Besen.

»Schau doch nur, wie geschickt die sind, die Deutschen«, sagte Catalina, wieder an Marina gewandt. »So ruhig, also ehrlich... Mit Scheuerschwämmchen, Besen und Meister Proper. Als wäre es das Normalste von der Welt!«

Mathias sah Marina an und wartete auf die Simultanübersetzung. Die Worte geschickt und Scheuerschwämmchen kannte er nicht. Marina verzog nur das Gesicht, um zu sagen: Vergiss es, nicht so wichtig.

»Den Besen kennen die mallorquinischen Männer ja. Mit dem können sie was anfangen. Aber ein Spülschwämmchen«, sagte Catalina und zog die Schublade vom Speiseschrank auf. »Hier hat sie die Rechnungen aufbewahrt«, sagte sie mit Blick in die leere Schublade.

»Hier ist nichts drin gewesen. Das hab ich dir schon gesagt. Bloß Servietten.«

Catalina war erstaunt und folgte Marina ins Schlafzimmer. Sie öffnete den Nachttisch, in dem befand sich nur das Stethoskop und das Moleskine-Büchlein.

»Hier hat sie die Schreibmappe aufbewahrt.«

»Und vielleicht noch etwas anderes?«

Catalina zog die Brauen hoch… »Sie bewahrte ein kleines Album mit Familienfotos und Fotos von der Beata[7] auf. Sie war eine der Haupttänzerinnen auf dem Fest zu Ehren der Heiligen Catalina Tomás gewesen, und die vom Festkomitee hatten immer Fotos gemacht.« Catalina verharrte ein paar Sekunden nachdenklich. »Ich verstehe nicht, wieso das alles verschwunden sein soll. Denn Lola ist schnell und unerwartet gestorben. Sie hatte nicht damit gerechnet. Als ich mich von ihr verabschiedete, ging es ihr noch blendend. Am nächsten Tag stand Niebla vor meiner Tür und bellte. Wir sind hierhergelaufen, und da lag sie dann ganz friedlich mit geschlossenen Augen. Und alles war wie immer… Na ja. Jemand muss hier gewesen sein. Frag deine Schwester. Aber egal. Ich habe die Nummer vom Mehllieferanten. Ich rufe ihn heute Nachmittag an.«

Sie gingen hinunter in den ersten Stock. Mathias brachte die Mülltüten nach draußen, obenauf eine feine rote Da-

---

[7] Traditionelles Fest, das am 28. Juli in Valldemossa zu Ehren der Heiligen Catalina Tomás veranstaltet wird, einer Nonne und Schriftstellerin, die Anfang des 16. Jahrhunderts in dem Dorf gelebt hatte. Alle tragen Trachten, tanzen und singen, es gibt eine Prozession von Karren, die mit bunten Bändern geschmückt werden und zu Ehren der Heiligen voller Kinder sind.

menstrickjacke. Die Bäckerin hatte sie immer in den Sommernächten getragen, in denen der Nordwind sich verirrte und durch Valldemossa blies.

»Würde es dir was ausmachen, wenn ich die behalte?«, sagte Catalina und zog die Jacke aus dem Müllsack.

»Nimm dir, was immer du magst, Cati.«

Sie wollte nichts weiter und sah traurig zu, wie Mathias die Straße hinunter verschwand, mit sieben Müllsäcken, voll mit Pfannen, Kochtöpfen, altem Trödel, Blusen, Röcken und Espadrilles … Säcke, in denen Lolas ganzes Leben verstaut war.

Marina und Mathias fuhren zu IKEA, um ein Schlafsofa, einen Schrank und ein paar Lampen fürs Zimmer zu kaufen, in dem Laura und ihre Tochter schlafen sollten, und dazu eine Tatami-Matte für Siegfried. Dann machte Mathias sich ans Werk und folgte genau den Montageanweisungen des lächelnden Männchens mit dem Hammer in der Hand. Sechs Stunden später, nachdem er mehrmals »die verdammten Schweden« in die Hölle gewünscht hatte, war es ihm gelungen, Schrank und Schlafsofa aufzubauen.

»Ich bin völlig fertig«, sagte er und warf sich um elf Uhr abends aufs Sofa.

»Du machst aber auch keine Sekunde Pause. Also wenn ich ehrlich sein soll, Mathias, ich weiß gar nicht, ob es die Mühe lohnt, hier so viel in Ordnung zu bringen.«

»Wir können doch niemanden in der Abstellkammer schlafen lassen, ohne vorher gestrichen zu haben und ein ordentliches Bett reinzustellen … Außerdem kannst du es dann besser verkaufen.«

»Das stimmt«, antwortete Marina.

»Es ist schön, hier zu sein«, sagte Mathias und nahm sie bei der Hand.

»Ich habe mich auch vom ersten Tag an wohlgefühlt. Dieses Dorf hat etwas ganz Besonderes. Weißt du was? Ich denke immer noch über diese Mappe nach. Ich bin mir sicher, Armando hat sie mitgenommen.«

»Wenn Siegfried kommt, dann können wir ihm ein bisschen Angst einjagen«, erwiderte Mathias mit verschmitzter Miene. »Wie sagt man auf Spanisch *Arschloch*?«

»*Cabrón*«, übersetzte Marina. »Ich weiß, dass da noch etwas sein muss, Mathias. Und er dürfte wissen, was. Irgendetwas an diesem Haus hier begreife ich noch nicht. Es ist klar, dass Lola Geld brauchte, um die Erbschaftssteuer zu bezahlen. Dass sie Tomeu um das Geld gebeten hat und, aus dem zu schließen, was seine Frau mir gesagt hatte, auch noch andere Leute in Valldemossa. Bis meine Großmutter ihr half. Trotzdem ist das alles seltsam.«

»Was ist seltsam daran, wenn eine Frau wie deine Großmutter, die Geld hat, ihrer Krankenschwester unter die Arme greift? Oder ihrer Pflegerin oder was auch immer sie war. Es gibt ja auch Millionäre, die ihre Söhne enterben und alles an Ärzte ohne Grenzen spenden. Oder die es eben der süßen Latina vermachen, die sie in den letzten Jahren ihres Lebens gepflegt hat. Nerea hat also Lola geholfen. Außerdem hat sie ihr das Geld ja nicht geschenkt. Im Gegenzug wurde sie zur Miteigentümerin ernannt.«

Marina antwortete nichts darauf. Aber ihr war jetzt klar, dass sie es auf eine Konfrontation mit ihrem Schwager ankommen lassen musste, wollte sie herausfinden, ob er etwas aus dem Haus mitgenommen hatte.

»Eins ist sicher«, fuhr Mathias fort, »die gute Frau hat dir ein wundervolles Geschenk gemacht. Und nach nur zwei

Tagen an diesem Ort kann ich verstehen, warum die Deutschen eure Insel kolonisiert haben. Das ist kein schlechter Ort für ein Rentnerdasein.«

Marina lachte. Mathias drehte sich zu ihr um und küsste sie auf den Mund. Er streichelte ihr übers Gesicht und küsste sie wieder. Zwischen Küssen und Zärtlichkeiten alberten sie herum und stellten sich vor, wie Mathias und Siegfried diesem Flavio Briatore eine Tracht Prügel verpassten. Er lachte mit ihr und küsste sie wieder und löste ihr den Haargummi vom Zopf.

»Sag mal, warst du nicht gerade noch völlig fertig?«

Erste Juliwoche. Eine Woge von Touristen ergoss sich über Mallorca. Wenn es Abend wurde, schlurften sie müde in ihren Badelatschen durch die Straßen von Valldemossa, kauften Nippes, Flamencofigürchen *Made in China,* mallorquinischen Kräuterlikör, Armbändchen und Aschenbecher mit Aufschriften wie »Passion for Mallorca«. Ohne den obligatorischen Besuch in der Kartause zu vergessen, dem Liebesnest von Chopin und seiner arroganten französischen Schriftstellerin, auch ein Stopp bei der Bäckerei Can Molí war ein Muss. Mathias hatte aus Holzstämmen ein paar Bänke geschreinert, und dort setzten sie sich und aßen die *Coca de patata* und die *Coca de trempó*, und manchmal, wenn Catalina in der Laune dazu war, bekamen sie ein Stückchen Zitronenkuchen mit Mohn geschenkt.

Ich muss etwas einfügen, bevor ich mit dem mallorquinischen Juli weitermache. Vielleicht denkt die Leserin oder der Leser sonst noch, unsere Bäckerinnen hätten das Rezept für den Zitronenkuchen bereits gefunden. Weit gefehlt. Zu Marinas großem Leidwesen beschwerten der Pfarrer und die restlichen Dorfbewohner sich auch weiterhin über den Geschmack des Kuchens …

In der Can Molí fehlte es an Helfern. Marina fragte ihre Nichte, ob sie sich ein bisschen Geld verdienen wollte. Am nächsten Tag stand Anita pünktlich um fünf Uhr morgens vor der Bäckerei. Während Ursula ihr zeigte, wie man den Teig knetete, erzählte sie ihr von Pippa, ihrer fünfzehn Jahre alten Nichte, die am nächsten Tag auf die Insel kommen und auch morgens in der Bäckerei arbeiten würde.

»Ich glaube, die beiden werden eine schöne Zeit haben«, sagte die alte Argentinierin. »Die werden gut miteinander klarkommen.«

Anita war sich sicher, dass niemand mit ihr klarkam, und zeigte deshalb nicht das geringste Interesse an der neuen Bekanntschaft.

Diese Pippa erwies sich als rothaarige Amazone, der eine dicke Mähne über die Schulter fiel, sie war kräftig, einen Meter fünfundachtzig groß und mit dem gleichen reinen Blick wie ihre Großmutter.

»*Hi ha molta feina avui, jove.* Viel Arbeit heute, junge Frau«, sagte Catalina mit erhobener Stimme zu Pippa und gab ihr eine Schürze.

»Ana, wieso erklärst du ihr nicht, wie alles funktioniert?«, sagte Ursula zu Anita. »Ja, genau. So kannst du Deutsch lernen und sie Spanisch.«

Pippa sah Anita und dann ihre Großmutter an. Sie hatte nur halb verstanden, was ihre Großmutter zu der Jugendlichen gesagt hatte, und als sie jetzt sah, dass diese überhaupt nicht begeistert war, sagte sie auf Deutsch zu Ursula:

»Oma! Bitte lass sie in Ruhe.«

»Oma heißt *abuela*, stimmt's?«, fragte Anita.

Pippa sah Anita an und nickte mit einem Lächeln.

»Nimm dir einen Spatel und mach es so, wie ich es dir erkläre. *Mach es wie ich*«, sagte Anita, schnitt Teig aus und formte ihn mit den Händen zu Teigtaschen.

Als Pippa den Mischmasch aus Spanisch und Deutsch hörte, den diese kräftige junge Frau, die in ihrem Alter war, von sich gab, lächelte sie und machte nach, was sie ihr vormachte, und von dieser Sekunde an war ihre Großmutter für den restlichen Sommer vollkommen unwichtig geworden. So komisch sind Jugendliche nun mal. Du musst ihnen nur etwas vorschlagen, und schon sagen sie trotzig nein. Wenn derselbe Vorschlag von einer anderen Jugendlichen kommt, dann finden sie meistens, das sei eine phantastische Idee.

Es roch nach Tabak. Die Vorhänge waren zugezogen, um die Sonnenstrahlen auszusperren. Das Haus ihrer Kindheit erschien ihr düsterer denn je. Marina folgte Anna ins Haus.

»Was ist los, Marina? Wieso kommst du unangekündigt vorbei? Warum willst du mit Armando sprechen? Er ist oben. Ich sage ihm, er soll runterkommen«, sagte Anna mit zittriger Stimme und befürchtete das Schlimmste für die Begegnung zwischen ihrer Schwester und ihrem Mann.

»Ja, bitte.«

Marina setzte sich aufs Sofa. Sie hatte ihrer Schwester nicht Bescheid geben wollen, weil sie Armando lieber unvorbereitet treffen und seine Reaktionen beobachten wollte. Sie sah sich im Wohnzimmer um und erkannte den Einrichtungsstil ihrer Mutter wieder, überladen und rokokohaft. Ihre Schwester war Ana de Vilallonga wirklich aus dem Gesicht geschnitten … nur großherziger. Auf dem Kaminsims stand immer noch das Foto von Anna, auf dem sie à la Lady Di posierte, die einen Kuss ihres jungen Verehrers erhält. Marina betrachtete die Schreibkommode, den kalten Marmorboden. Sie war überzeugt, dass es richtig gewesen war, Anna diesen Teil zu überlassen, dieses Haus, mit dem sie rein gar nichts mehr anfangen konnte.

Armando kam, eine seiner Marlboros rauchend, die Treppe heruntergestampft. Marina drehte sich zu ihm um. Anna hatte ihr ja schon gesagt, ihr Mann würde immer mehr auf den Hund kommen, aber als sie ihn jetzt sah, hatte sie das Gefühl, er sei in den wenigen Monaten um zehn Jahre gealtert. Anna folgte ihm wie sein Schatten.

»Hallo Marina.«

»Hallo Armando.«

Keiner von beiden machte Anstalten zu einem Begrüßungskuss.

»Ich habe viel zu tun, sag, was du möchtest«, sagte er, ohne sie aufzufordern, sich hinzusetzen.

»Du hast das Haus als Erster betreten, stimmt's?«

Armando nickte wortlos.

»Ist sonst noch jemand dort gewesen?«

»Ich. Am darauffolgenden Tag«, antwortete Anna unsicher.

»Ich weiß, dass es eine Mappe mit Rechnungen gab und noch verschiedene Fotoalben.«

»Ich habe nichts weggenommen. Das habe ich schon Anna gesagt«, erwiderte er, ohne zu zögern.

»Sicher?«

Wieder nickte Armando wortlos. Marina spürte einen Druck auf der Brust. Sie wurde rot, sie wusste, jetzt musste sie Stellung beziehen. Sie nahm allen Mut zusammen und beschloss, ihn direkt zu konfrontieren.

»Du lügst, Armando.«

Marina kannte Armandos Blicke schon ... der Zorn stieg ihm in Sekundenschnelle in die Augen.

»Wenn jemand Nein zu dir sagt, ist das ein Nein. Weißt du, was dein Problem ist, Marina? Dass du dich für besonders klug hältst. Die Frau Doktor mit den großen Auszeichnungen aus Amerika, dabei bist du im Grunde nichts als eine unglückliche Frau ohne eigenes Leben, meine Liebe. Du wurdest ja schon mit vierzehn weggeschickt ..., damit du endlich nicht mehr störst. Du störst, Marina.« Und mit einem kleinen Lächeln sagte er schließlich den Satz: »Dich hat ja nicht einmal deine Mutter ertragen.«

Diesen Tiefschlag hatte Marina nicht erwartet, und ihr fiel nichts ein, was sie erwidern könnte. Sie spürte, wie ihre Augen sich mit Tränen füllten, während ihr Schwager sie herausfordernd ansah. Sie kämpfte mit den Tränen, so gut sie konnte, und am Ende gelang es ihr, sie wegzudrücken. Trotzdem reagierte ihre Schwester jetzt, und zwar zum ersten Mal in ihrem ganzen Eheleben.

»Wie kannst du nur so grausam sein, Armando?«

»Misch dich da nicht ein.«

»Und ob ich mich einmische. Wenn du etwas genommen hast, dann gib es ihr jetzt bitte zurück. Alles, was sich in diesem Haus befunden hat, gehört ihr.«

»Rutsch mir doch den Buckel runter«, sagte er verächtlich, drehte sich um und ging.

Marina wollte Mathias nicht den genauen Wortlaut des Gesagten mitteilen, aber etwas erzählte sie ihm doch. Nachdem Mathias diesen Mann, den er noch nie gesehen hatte und dem er auch nicht begegnen wollte, mehrfach auf Deutsch beschimpft hatte, riet er ihr, nicht länger nach Antworten zu suchen. Wenn sie nach sieben Monaten Nachforschungen immer noch nichts herausgefunden hatte, war es besser, die Sache auf sich beruhen zu lassen.

»Lola wollte damit deiner Großmutter für das Geld danken, das sie ihr geliehen hatte. Da deine Großmutter schon gestorben war, hat sie euch alles vermacht. Lass es gut sein, Marina. Du verrennst dich da in etwas, meine Liebe. Hör auf damit.«

Ursula rief von der Straße aus. Mathias trat ans Fenster. Anna war am Telefon. Widerstrebend ging Marina hinaus. Ihre ältere Schwester weinte, völlig am Boden zerstört, und bat sie um Entschuldigung. Es war alles wie gehabt.

Laura und ihre Tochter kamen zu Besuch und bezogen das neue Schlafzimmer. Ein paar Stunden später kamen die vier Söhne der Friseurin vorbei und gingen von nun an mit ihnen in die Gärten der Kartause, wo man den Sommer mit Versteckspielen, Wasserbombenwerfen oder Bockspringen verbrachte.

Siegfried hatte sich am Flughafen von Palma einen Jeep geliehen und kam wie Indiana Jones in Valldemossa an, mit Lederhut und Feder und der Absicht, versteckte Strände ausfindig zu machen. Es gab nur noch wenige, aber sie fanden welche … Gute Paellas, guter Wein, Mittelmeer und Sonne – Marinas Freundesfamilie fehlte es an nichts.

Eines Morgens im August stieg Anna hinten auf die Vespa ihrer Tochter auf. Ihr BMW war mal wieder in der Werkstatt. Als sie bei der Bäckerei ankamen, trat Anita zu Pippa in die Backstube, und Anna ging hinauf zu ihrer Schwester.

Als sie den Raum betrat, fiel ihr auf, was für skurrile Freunde ihre kleine Schwester hatte, sie waren so ganz anders als ihre eigenen. Mathias, der jetzt keinen Bart mehr hatte und nasses Haar, mit nacktem Oberkörper und einem afrikanischen Pareo um die Hüften, der ihm bis zu den Füßen ging, strich Marina gerade mit beiden Händen durchs Haar. Sie lachten und sprachen Englisch mit einer recht extravaganten Familie. Eine Frau und ein blonder und eher ungepflegt wirkender Typ, der einen grauenvollen Hut aufhatte und ein Mädchen auf dem Schoß, das die Tochter der beiden zu sein schien. Sie hatte blonde Rattenschwänze, ihr Gesicht war mit Nutella verschmiert, und der blonde Typ lackierte ihr die Zehen mit einem rosa Nagellack. In der Ecke lag Niebla, still unter der Hitze leidend. Wie verschieden sie beide lebten. In diesem zwischen den Bergen verlorenen Steinhaus schien alles so voller Leben zu sein. Und ein paar Kilometer weiter, in ihrer Marmorvilla, war alles wie tot.

Niebla bellte. Marina sah ihre Schwester und erhob sich lächelnd. Sie stellte Anna vor. Sie waren schon fast mit dem Frühstück fertig. Lauras Tochter wollte an den Strand. Sie fuhren alle zusammen mit dem Jeep an den Strand von Es Trenc und ließen die beiden Schwestern allein.

»Wie geht's?«

»Ich backe jeden Tag Brot mit diesen skandalösen Freunden …«

»Es tut mir so leid, das mit …«

Marina schnitt ihr das Wort ab. Sie hatte keine Lust, an die Szene mit ihrem Schwager erinnert zu werden. »Schon gut, Anna. Wir wollen das bitte auf sich beruhen lassen.«

»Ja, entschuldige.«

Anna sah sich im Haus um. Es hatte sich verändert. Es war voll. Fröhlich. Die Fensterläden waren geöffnet, und es wehte eine angenehme Brise herein. Ein afrikanischer Stoff bedeckte das Sofa, im Regal standen Kinderbücher und Farbtöpfe, vier Paar Männerschuhe.

»Das Haus ist hübsch geworden.«

»Findest du?«, sagte Marina, die ihrer Schwester diese Worte überhaupt nicht abnahm, wenn sie sich so ihre kleine, völlig unaufgeräumte Wohnküche ansah.

»Marina, ich bin gekommen, weil ich mich noch einmal bedanken wollte.«

Marina setzte sich neben sie. »Du musst mir für gar nichts danken.«

»Du wirst das seltsam finden, aber Anita ist so anders geworden, seit sie hierherkommt. Vom Charakter her, von der Art, sich zu kleiden. Ich weiß nicht, was du ihr erzählt hast ...«

»Anna, ich hab ihr zugehört. Sonst nichts.«

»Sie wollte, dass ich sie zu meiner Friseurin mitnehme und sie beim Kleiderkaufen begleite. Vor einem Jahr wäre das noch undenkbar gewesen ... Kaum kommt sie hierher, zieht sie sich schon ein bisschen femininer an. Na ja«, sie lächelte und hob die Schultern hoch, »ein bisschen.«

»Was nicht für mich gilt«, sagte Marina lächelnd und deutete auf ihr Alltags-Outfit, »einmal Entwicklungshelferin, immer Entwicklungshelferin: Bermudas, weißes T-Shirt.«

Anna lachte. Aber es stimmte. Ihre Tochter war verändert. Zwar trug Anita immer noch die weiten Trainingshosen aus dem Supermarkt, unter denen sie ihre kräftigen Schenkel verstecken konnte, aber jetzt statt T-Shirts, die bis zum Hals gingen, auch mal femininere mit Spaghetti-Trägern. Außerdem hatte Anita in diesem Sommer vor dem Spiegel die Entdeckung gemacht, dass sie von ihrem Großvater Néstor wunderschöne haselnussbraune Augen geerbt hatte. Ihre Mutter und Tante Marina hatten auch solche Augen, und den Pony strich sie sich jetzt auch aus der Stirn und fand sich zum ersten Mal in ihrem Leben schön.

»Weißt du, meine Freundinnen aus dem Segelclub, Cuca und Co., erzählen mir, dass ihre Töchter erst zum Mittagessen aus den Federn kriechen, dass sie nur noch auf die Piste gehen und ständig um Geld betteln. Cucas Tochter wirkt immer so unschuldig, dabei hat sie sich letzte Woche bewusstlos getrunken und ist im Krankenhaus gelandet.« Anna sah zu Boden. Es fiel ihr schwer, sich auszusprechen. »Anita ist immer eine Außenseiterin gewesen. Das ... Mannweib. So hat man sie hinter ihrem Rücken genannt, ich hab das gehört. Und nach all den Jahren erzähle ich meinen Freundinnen jetzt zum ersten Mal ganz stolz, dass sie freiwillig von Montag bis Sonntag arbeiten geht und mich um nichts mehr bittet. Sie hören mir alle ganz neidisch zu.« Anna sah ihre Schwester zärtlich an und fuhr fort: »Und das habe ich alles dir zu verdanken.«

Marina ergriff ihre Hand. »Du bist eine wundervolle Mutter, und deine Tochter ist genauso wundervoll wie du. Ich habe gar nichts gemacht.«

»Bitte, wenn ich etwas für dich tun kann ..., dann sag's mir, Marina.«

»Das werde ich ... Komm jetzt«, sagte sie, und ohne Annas Hand loszulassen, stand Marina auf. »Du sollst mal sehen, wie das alles hier so abläuft. Du warst immer diejenige, die Bäckerin werden wollte, nicht ich. Schon Großmutter hat immer gesagt, das ist eigentlich deins.«

Sie betraten die Backstube. Ursula, Pippa, Cati und Anita waren dort und buken Brot, während sie vor Hitze fast umkamen ... Das Thermometer zeigte neununddreißig Grad, und die Olivenscheite im Ofen brannten kräftig.

Ursula diskutierte mit ihrer Enkelin, sie sprachen deutsch. Niemand verstand irgendetwas, aber man konnte schon ahnen, dass das tägliche Zusammenleben dieser rothaarigen Frauen, die beide einen starken Charakter hatten und einen Altersunterschied von etwa siebzig Jahren, nicht immer ganz leicht sein dürfte. Jetzt waren sie schon über einen Monat zusammen hier.

»Anna, bleibst du heute und hilfst uns?«, fragte Ursula überraschend.

»Also … ich wollte eigentlich nur zuschauen«, antwortete Anna verblüfft.

»Ach was, zuschauen … Arbeiten sollst du!«, sagte Ursula augenzwinkernd. Ursula wusste genau, dass die Liebe der Schwestern vom Schicksal gerade arg gebeutelt wurde, aber in diesem Augenblick kam es ihr vor allem darauf an, dass man ihr die wilde Enkelin mal für eine Weile aus dem Blickfeld schaffte. »Ihr zwei könnt jetzt mal an den Strand gehen. Wir haben Ersatz«, sagte sie zu Anita und Pippa. »Ich schenke euch beiden einen freien Tag, denn wisst ihr was? Ihr geht mir tierisch auf den Senkel.«

»Aber mich nimmst du davon bitte aus«, sagte Anita sympathieheischend und machte Ursulas argentinischen Akzent nach.

»Nein, ich nehm dich nicht aus. Raus hier, ihr zwei, aber schnell.«

Anita zog sich die Schürze aus und hängte sie ihrer Mutter um den Hals. Dann rannte sie ihrer deutschen Freundin hinterher, raus aus der Backstube. Die beiden Mädchen gingen in das Haus von Ursula und stiegen in Pippas Zimmer hinauf. Es sah wüst aus. Was der Grund für die Auseinandersetzungen mit ihrer Großmutter war, sprang ins Auge. Sie zogen sich ihre Badesachen an. Pippa packte die auf dem Boden liegenden Kleider und presste sie zu einem einzigen großen Ballen zusammen.

»Machst du mir den Schrank auf, Ana?«

Der Kleiderballen wurde so, wie er war, einfach in den Schrank gestopft. Ihre Großmutter würde schon zufrieden sein, wenn nichts auf dem Boden herumlag. Sie schnappte sich die fünf leeren Wassergläser und sah sich noch einmal im Zimmer um, das nun etwas aufgeräumter wirkte. Neben dem Bett lagen noch Comics, sie kickte sie darunter.

»Fertig! Lass uns gehen!«

Wie jeden Nachmittag, wenn sie mit mehlbestäubten Händen aus der Bäckerei kamen, stiegen sie auf die Vespa und fuhren dem Leben entgegen. Fuhren an die Strände. Kletterten auf Felsen. Versteckten sich dazwischen. Machten sich über die affektierten Teenager lustig, die mit den Jungs flirteten und dabei immer die Haare nach hinten warfen. Sie hörten Patti Smith, Janis Joplin, Nina Simone… Ließen am Mittelmeer die Stunden verstreichen. Anita brachte Pippa das Delphinschwimmen bei, mit viel Geduld: »Arme, Beine und Atmen, Eintauchen der Arme, Wasser fassen, Zugphase und Druckphase«, wiederholte sie unermüdlich. Pippa soff bei jedem Versuch fast ab und lachte prustend… Und ja, vor allem das taten sie: Sie lachten. Es war ein sorgloses Lachen, wie Anita es vorher nicht gekannt hatte. Und im Lauf der Zeit entwickelte sie seltsame Gefühle für diese rothaarige Deutsche, während sie nicht länger vor jedem Spiegel davonlief und sich selbst ein bisschen besser leiden konnte. Trotzdem war es so, dass Anita sich trotz des Wohlbehagens nicht mehr recht auskannte, wenn sie alleine in ihrem Zimmer war. Sie lag dann im Bett, die flachen Hände als Kissen unterm Kopf und starrte an die Decke.

An jenem Abend brachte Ana Pippa zu einer unberührten kleinen Bucht, versteckt im tiefen Süden der Serra de Tramuntana. Sie wanderten fast fünfundvierzig Minuten, ehe sie in der Cala En Basset ankamen, einem geheimen, durch die Steilküste geschützten Winkel, den nur die Mallorquiner kannten. Es war nach elf Uhr abends. Die Bucht war menschenleer. Als sie ankamen, zog Pippa sich die Kleider und den Badeanzug aus und rannte nackt zum Meer. Anita betrachtete sie. Sie schämte sich ein wenig, aber es war dunkel, und so zog auch sie ihren Badeanzug aus und rannte hinterher. Pippa tauchte aus dem Wasser auf wie eine Sirene, mit ihrer roten Mähne, die ihre Brust bedeckte… wunderschön. Sie stellte sich hin, sodass das Wasser ihr nur bis zur Hüfte reichte. Sie sah in den Himmel hinauf, tanzte nackt herum und spielte mit dem Meerwasser. Anita war bis zum Hals untergetaucht und betrachtete sie.

»Ach könnte ich doch das ganze Jahr über hier sein. Im Winter werde ich dieses Paradies vermissen.«

»Wenn du hier leben würdest, dann würdest du sicher nicht so reden.«

»Aber was fehlt denn? Hier gibt es Sonne, Meer, ein Superessen, diese Landschaft«, sagte Pippa und sah zu der imposanten Steilküste hinauf, die vor ihnen aufragte.

»Ich hasse diese Insel. Wenn ich könnte, wäre ich schon morgen weg.«

»Aber was fehlt dir denn hier?«, sagte Pippa wieder, die bereits wusste, dass ihre spanische Freundin ihre Heimat völlig ablehnte.

»Ich weiß nicht. Es sind die Leute, die hier leben, glaube ich. Ich finde, sie sind alle gleich. Alle nach demselben Muster gestrickt… Dorfschranzen mit massig viel Kohle«, sie zog eine verächtliche Schnute, »Yuppies, Snobs.«

»Die ganzen achtzigtausend? Wirklich?«

Anita lächelte matt. »Wahrscheinlich musst du das ganze Jahr über hier leben, um das verstehen zu können. Ich fühle mich hier ausgegrenzt. Ein komischer Vogel. Anders eben.«

»Und was ist schlecht daran, anders zu sein, Ana? Das ist doch gut.«

»In Deutschland vielleicht. Aber auf dieser verfluchten Insel nicht.«

Das ganze Gespräch fand wie immer in einer Mischung aus Englisch, Deutsch und Spanisch statt. Aber nach diesem Sommer hatten sie einen Code gefunden, mit dem sie sich ganz wunderbar verständigen konnten. Pippa kam zu ihr her, nahm sie bei der Hand und zog sie aus dem Wasser. Anna folgte ihr schüchtern, den Blick gesenkt. Sie fühlte sich einfach nur nackt. Zum ersten Mal vor einem anderen Menschen nackt.

»Du könntest mich in Heidelberg besuchen kommen. Es ist eine schöne Stadt, und da ist es auch nicht ganz so kalt wie im restlichen Deutschland.«

»Klar.«

»Sag nicht, dass du kommst, und dann kommst du doch nicht.«

»Ich komme. Versprochen.«

»Es gibt da eine Spelunke, die heißt Cave 54. Da sind nur komische Vögel, da wirst du dich wohlfühlen. Es ist ein Studentenkeller, in dem die Freaks abhängen, und sie legen eine Klassemusik auf. Das wird dir bestimmt gefallen. Ich habe eine Freundin, die Ausweise fälscht. Der Eintritt ist erst ab achtzehn … Ich lass dir auch einen machen, ja?«

Dann verloren sie sich in ihren Plänen über all das, was sie auf ihrer zukünftigen Reise in den Süden Deutschlands alles machen würden. Am Ufer setzten sie sich auf die kleinen Steine, aus denen der Strand bestand. Pippa schlang die Arme um ihre Knie, und Ana machte es ihr nach. So blieben sie schweigend sitzen, sie beide allein mit dem Mond und dem Auf und Ab der Wellen.

Schließlich streckte Pippa sich auf den Steinen aus und nahm ihre Freundin bei der Hand. Ana legte sich auch hin. Das rothaarige Mädchen schob ihren Körper an den von Ana heran. Schüchtern sahen sie einander in die Augen. Pippa strich Ana das Haar hinters Ohr. Ana spürte, wie ein Prickeln über ihren Körper lief. Pippa rückte noch ein Stückchen ran und näherte ihre Lippen unsicher denen von Ana. Sie nahm eine Sekunde Abstand von Ana und sah, wie diese still die Augen schloss und seufzte. Also küsste sie ihre Lippen, einmal, zweimal und dann noch einmal, und da öffnete Ana die Augen, ihre Zungen berührten sich zart, und Pippas rotes Haar fiel auf die Brust ihrer spanischen Freundin, und schließlich liebten sie sich behutsam, während die zarten Wellen der Bucht gegen ihre Körper schwappten.

»Meine Tochter verbringt den ganzen Tag mit ihr. Und jetzt auch noch du.«

»Das kann dir doch egal sein.«

»Ist es aber nicht. Ihr seid meine Familie. Nicht sie.«

»Wir können noch das ganze Leben lang allein sein, Armando.«

»Da haben wir wieder die alte Leier. Ich will nicht, dass du gehst.«

»Ihre Freunde haben ein Abendessen für sie auf die Beine gestellt. Es ist ihr Geburtstag.«

»Bin ich eingeladen?«

»Du suchst ja immer nur Streit.«
»Und Anita geht auch hin?«
»Ja, Anita geht auch. Sie ist schon dort.«
»Was für ein verfluchter Mist, das alles.«

Als die Sonne unterging, trugen Mathias und Siegfried den Arbeitstisch aus der Backstube auf die Straße. Anita und Pippa bedeckten ihn mit einer riesigen weißen Stoffdecke. Anna stellte zwei Vasen mit üppigen Mohnblumen auf den Tisch, die sie am Nachmittag auf dem Weizenfeld neben der Landstraße nach Valldemossa gepflückt hatte. Das gleiche Weizenfeld, durch das sie vor dreißig Jahren mit ihrer Schwester gelaufen war, während ihr Vater sie fotografiert hatte.

»*Quant som, vint, trenta?* Wie viele sind wir?«, fragten sich Catalina und Ursula, während sie die Gedecke vorbereiteten.

Tomeu stellte den Grill und die Grillkohle bereit. Ursula freute sich unbändig auf ihr Asado. Sie hatte schon Jahre keines mehr gemacht. Dr. Hidalgo und seine Frau, auch eine ehemalige Schülerin von San Cayetano, bereiteten ein *tumbet* vor, ein typisch mallorquinisches Gericht auf der Basis dünn geschnittener Gemüsestreifen, das sehr gut zu dem Asado passen würde. Der Pfarrer hatte versprochen, einen Nachtisch mitzubringen. Der Bürgermeister brachte seine Gitarre und mallorquinische Kräuter mit. Die Friseurin brachte ihre fünf Kinder und ihren Mann mit, der endlich einmal seinen Laster für drei Wochen geparkt hatte, und einen Makkaroni-Auflauf für die Kinder. Gabriel und Isabel hatten den Wein besorgt, viel Wein, viel zu viel.

Alle warfen sich für den Anlass in Schale. Catalina trug einen weiten Sommerrock, dazu die rote Strickjacke ihrer Freundin, die ein bisschen eng saß. Ursula, wie immer elegant, trug ein schlichtes weißes Kleid und ein paar Ohrringe mit kleinen Smaragden. Mathias und Siegfried kamen in Jeans und weißem T-Shirt, etwas anderes hatten sie nicht. Anita zog sich etwas von Pippa an. Die mallorquinischen Herren trugen Bermudas und dazu ein weißes Hemd.

Marina lehnte sich aus dem Schlafzimmerfenster. Es war schon dunkel geworden, und die Laternen tauchten die Straße in orangefarbenes Licht. Sie beobachtete still ihre Freunde und Nachbarn. Tomeu stritt sich mit Ursula, die Innereien auf den Grill legen wollte. Siegfried und Mathias versuchten gestikulierend, mit dem Bürgermeister und Gabriel zu kommunizieren. Catalina, Isabel und die Witwe saßen auf ihren Stühlen und schauten den Kindern der Friseurin zu, die mit einer bunten Kreide, die ihr Vater ihnen aus Holland mitgebracht hatte, die Pflastersteine bemalten. Pippa und Anita waren lachend in ihre Handys vertieft. Die Friseurin schnappte sich Lauras Hand, betrachtete deren Fingernägel und schüttelte den Kopf. Marina lächelte in sich hinein.

»Und was wirst du anziehen?«, fragte Anna, die gerade durch die Schlafzimmertür kam.

Marina drehte sich um. »Ich … ich habe nichts. Das Gleiche wie immer«, sagte sie.

»Dann schau mal her. Deine große Schwester, die dich sehr gut kennt, ist heute morgen bei Zara vorbeigefahren.«

»Aber Anna! Das war doch nicht nötig …«

Anna öffnete ihre Tasche und holte ein rotes, langes Kleid heraus. Es war schlicht und wunderschön, aber Marina war einigermaßen überrascht über die Auswahl ihrer Schwester.

Das war gar nicht ihr Stil. Sie konnte sich nicht entsinnen, seit ihrem Schulabschluss jemals wieder ein Kleid getragen zu haben. Wenn sie elegant sein musste, und das war nur an Weihnachten der Fall, wenn sie bei Mathias' Eltern zu Besuch war –, dann trug sie eine schwarze Hose mit einer weißen Hemdbluse.

»Vertrau mir«, sagte Anna, als sie das Gesicht ihrer Schwester sah.

Sie zog es über, und Anna lächelte bei ihrem Anblick. Marina machte den Schrank auf und betrachtete sich in dem Spiegel in der Tür.

Sie fühlte sich ganz anders.

»Setz dich«, sagte Anna und zog den Korbstuhl vor den Spiegel. Marina gehorchte und sah sich weiter unverwandt an. Anna machte ihre Handtasche auf und holte ihren Schminkbeutel heraus.

»Nur die Augen.«

»Ich weiß schon, du Nervensäge.« Anna malte ihr einen Lidstrich auf und schminkte ihr die Wimpern mit Wimperntusche. Sie setzte sich hinter sie, sodass sie beide im Spiegel zu sehen waren. Anna löste Marinas Zopf. »Heute trägst du das Haar offen.« Sie holte die Bürste aus ihrem Schminkbeutel und bürstete ihr sorgfältig und in aller Seelenruhe das Haar.

Marina beobachtete im Spiegel ihre ältere Schwester, die jetzt schon fast fünfzig Jahre alt war und sie immer noch so kämmte wie in ihrer Kindheit … und sie war zutiefst gerührt.

Als sie schließlich aus dem Haus trat, verstummten die Gäste andächtig. Mathias hatte seine Lebensgefährtin noch nie so gesehen – sie war ganz Frau. Marina mit ihren sechsundvierzig Jahren war einfach wunderschön, äußerlich wie innerlich.

Es war ein üppiges und köstliches Festmahl, es gab Innereien, Rippchen, Koteletts und Würstchen, dazu einen Wein aus mallorquinischen Trauben. Die Kinder waren zuerst fertig, zogen sich die T-Shirts aus und malten sich zum Spaß mit der bunten Kreide an, assistiert von Pippa und Anita. Der Pfarrer, den Ursula aus strategischen Gründen neben die Witwe gesetzt hatte, lobte schüchtern ihren Tanzstil beim *ball de bot*. Laura und die Friseurin diskutierten über die Protestaktionen gegen die Kürzungen im Erziehungsbereich und über die Dreisprachigkeit im Klassenzimmer. Siegfried und der Bürgermeister sprachen über Rafa Nadal oder Boris Becker, Michael Schumacher oder Fernando Alonso. Mathias zeichnete unter dem aufmerksamen Blick von Gabriel die Silhouette der Mühle auf eine Serviette. Isabel schenkte unermüdlich Wein nach …

Für seinen Nachtisch ging der Pfarrer zusammen mit Catalina in die Bäckerei. Er wollte sich persönlich um den Kuchen kümmern, einen Kuchen auf der Grundlage von Brot, Milch, Wein und Zimt, einen Kuchen, den seine arme Mutter, die auch in jungen Jahren Witwe wurde, jeden Sonntag buk, um die harten Brotreste der Woche zu verarbeiten. Sie steckten sechsundvierzig Kerzen auf die sechsundvierzig Stücke und kamen *Happy Birthday* singend wieder heraus. Die Gäste stimmten ein, Marina wünschte sich etwas und blies die Kerzen aus, dann verteilte der Pfarrer wie vorgesehen die Leckerei unter den Gästen, als handle es sich um die heilige Hostie. Er segnete jedes einzelne Stück und dankte Gott im Himmel für diese Freundesfamilie, die er ihm geschenkt hatte, ohne dass er ihn darum gebeten hätte.

Ursula ließ Tomeu eine Flasche Champagner öffnen und klopfte mit der Gabel an ihr Glas. Die Gäste verstummten.

»Ich möchte einen Toast auf Marina aussprechen«, sagte sie und stand vom Stuhl auf. »Ich danke ihr dafür, dass sie uns alle diesen Sommer hier in dieser Straße in unserem kleinen Dörfchen auf der Insel versammelt hat ... Ich muss dir sagen, liebe Freundin, es ist mir eine wahre Freude, dich kennengelernt zu haben, und ich freue mich sehr, dass Lola dir dieses Anwesen vermacht hat. Das sage ich mit aller Aufrichtigkeit.«

Marina lächelte über die Worte ihrer Nachbarin, während die geladenen Gäste miteinander anstießen und sie baten, auch ein paar Worte zu sagen. Trotz ihrer Schüchternheit stand sie auf.

»Ich möchte auf Lola anstoßen«, sie nahm ihr Champagnerglas und fuhr fort: »Denn letztlich hat sie dafür gesorgt, dass wir heute alle hier beisammen sein können, denn sie hat mir ihr Haus geschenkt. Ihre Bäckerei, ihre Freunde«, sie lächelte mit einem Blick auf die mallorquinische Fraktion am Tisch, »und ihr Leben ... Darüber hinaus habe ich es Lola zu verdanken, dass ich meine Schwester Anna und meine Nichte wiedergefunden habe«, sagte sie und hob das Glas in ihre Richtung.

Anna bekam feuchte Augen, und Anita lief rot an.

»Und noch etwas habe ich Lola zu verdanken: dass ich mit meinen Freunden Siegfried und Laura einen so wundervollen Sommer wie noch nie verbringe«, dann sah sie zu Mathias und schloss: »Und mit meinem Mann.«

Als alle miteinander anstießen, fing Catalina ganz unvermittelt zu weinen an.

»*Ai, Catalina com la trobes a faltar.*«

»*I tu, Tomeu, què ... tu l'enyores més que ningú ... Brin-*

dem, que no vull plorar. Und dir Tomeu… dir fehlt sie mehr als jedem anderen. Lasst uns anstoßen, ich mag nicht weinen«, sagte sie, nahm die Brille ab und wischte sich eine Träne von der Wange.

Der Bürgermeister nahm die Gitarre zur Hand, strich über die Saiten und schon erklangen die ersten Akkorde der alten Habanera, die alle anwesenden Mallorquiner auf Anhieb erkannten. Tomeu legte den Arm um seine Freundin Catalina, die sich jetzt mit einer Serviette die Tränen trocknete.

»Das alte Seemannslied über die schöne Lola!«, rief Tomeu, räusperte sich in der Hoffnung, er werde der Gitarre schon folgen können, und fing dann dank der fünf Gläser Wein ohne jede Scheu laut zu singen an. »Am Strand sah ich sie, die schöne Lola, mit ihrem langen, glänzenden Zopf, die Matrosen treibt sie in den Wahnsinn, und der Steuermann verliert den Kurs…«

Die Friseurin, ihr Mann, Cati, Ursula, der Pfarrer, seine verwitwete Geliebte, Anna, Anita, Gabriel und Isabel stimmten alle ein, und gemeinsam sangen sie das alte Seemannslied. Siegfried hatte sich eine Mohnblume hinters Ohr geklemmt und versuchte, Lauras Tochter auf dem Schoß, den Rhythmus mitzuklatschen. Die fünf mallorquinischen Kinder mit ihren kleinen sonnengebräunten Körpern, die sie mit Kreide bunt angemalt hatten, rannten zum Bürgermeister und tanzten wie kleine Äffchen um die Gitarre herum.

Marina lächelte dankbar für diese so unverhoffte Geburtstagsfeier. Mathias legte ihr den Arm um die Schulter, rückte näher an sie heran und flüsterte ihr ins Ohr: »Ich möchte auch zu diesem Clan dazugehören.«

Wörter, die im Sommer 2010 in das Moleskine-Büchlein von Marina und Mathias eingetragen wurden:

Spanisch	Deutsch	Mallorquinisch
Estropajo	Topfreiniger	Fregall
Cabrón	Arschloch	Cabró
Forastero	Fremder, Ausländer	Foraster
Abrazo	Umarmung	Abraçada
Limón	Zitrone	Llimona
Amapola	Mohn	Rosella
Brindís	Toast	Brindis
Vino	Wein	Vi
Canción marinera	Seemannslied	Canço marinera
Pueblo	Dorf, Volk	Poble
Añoranza	Sehnsucht	Enyonança
Tribú	Clan	Tribu

»Marina, wir müssen eine Entscheidung treffen.«

»Du weißt schon, wo ich hin will, Mathias.«

»Ich will nicht nach Äthiopien zurück.«

»Ich weiß. Aber ich muss mich von dem Land verabschieden. Es gibt eine Dreimonatsstelle in einem Mutter-Kind-Projekt in der Hauptstadt.«

»Die hast du dir ohne mich rausgeguckt«, erwiderte Mathias enttäuscht.

»Laura hat es mir gesagt, bevor sie fuhr.«

»Sie brauchen Entwicklungshelfer in dem Projekt in Pakistan.«

»Du hast auch ohne mich geschaut«, antwortete Marina.

Mathias seufzte. Dieses Gespräch hatten sie schon so oft geführt. Marina war sich dessen bewusst, dass der Beruf für Mathias eine Berufung war und er ganz darin aufging. Sie ja im Grunde auch. Ihre Beziehung basierte auf Liebe und gegenseitigem Respekt. Er hatte sich bereit erklärt, drei Jahre mit ihr in Äthiopien zu bleiben. Vielleicht würde sie nachgeben müssen. Marina sah ihn an, kraulte ihm stumm das Kinn und merkte, dass die zehn Jahre, die sie auseinander waren, vielleicht zum ersten Mal zum Problem wurden.

»Drei Monate, Mathias. Bis Dezember. Ich muss mich von Äthiopien verabschieden. Ich bin in dem Glauben von dort fortgegangen, dass ich in einer Woche wieder zurück sein würde, und ich spüre, dass ich erst noch meinen Kreis dort schließen muss.«

Mathias antwortete nicht.

»An Weihnachten fliegen wir wie jedes Jahr nach Berlin und suchen uns ein neues Ziel«, fügte sie hinzu.

»Drei Monate«, antwortete Mathias ernst.

Sie ging zu ihm, küsste ihn auf den Mund und lehnte sich an seine Brust.

»Hast du schon entschieden, was du mit diesem Haus machen willst?«, fragte Mathias.

»Würdest du wirklich hier leben wollen?«

»Das habe ich dir doch gestern schon gesagt: Ja. Dieses Dorf, Mallorca, die Leute, es gefällt mir hier«, sagte Mathias, allerdings ohne große Begeisterung.

»Wenn wir das Haus verkaufen würden, könnten wir uns von dem, was wir dafür bekämen, eine riesige Dachgeschosswohnung im Prenzlauer Berg kaufen.«

»Erinnere mich nicht daran, Marina, ich bitte dich. Uns ist schon eine Traumwohnung durch die Lappen gegangen.«

Denn sie waren kurz davor gewesen, eine Dachgeschosswohnung in diesem Berliner Viertel zu kaufen, das sie beide so mochten. Es war Mathias' Wunsch gewesen. Ein eigenes Zuhause. Ein Ort für sie beide. Einmal waren Mathias' Eltern im August für einen Monat nach Thailand gegangen, und sie hatten sich in deren Wohnung einquartiert. Es waren ein paar sehr ruhige Wochen gewesen, in denen sie eine Vertrautheit im Alltag erlebt hatten, die sie bisher nicht gekannt hatten. Als würden sie schon immer dazugehören, hatten sie sich unter die Berliner Bevölkerung gemischt, in diesem warmen Monat, in dem die ganze Stadt auf alten Fahrrädern in den riesigen Parks unterwegs war und die Leute in den Biergärten am Ufer des Flusses, der sich durch die Stadt schlängelt, das Leben genossen. Sie hatten fast jeden Tag mit Schulfreunden von Mathias und mit ehemaligen Kommilitonen aus der Medizinischen Fakultät verbracht. An manchen Abenden waren sie zu Hause geblieben und hatten ganz entspannt auf der Terrasse zu Abend gegessen. Sie hatten fast jede Nacht miteinander geschlafen, hatten sich viel Zeit füreinander genommen, ohne an etwas anderes zu denken als nur an sie beide. An anderen Abenden waren sie mit Mathias' Bruder und dessen türkischer Freundin auf Konzerte gegangen, in die kleinen, versteckten und mit Graffiti besprühten Bars, die es in dieser riesigen Stadt überall gab. Als sie nach Afrika zurückkehrten, hatte Marina ihm im Flugzeug nach Addis Abeba gesagt, Berlin gefalle ihr wahnsinnig gut, und er hatte darauf geantwortet: »Wenn du willst, können wir uns eine gemeinsame Wohnung kaufen, für unser Leben, für immer.« Marina hatte leise gelächelt. Hatte gedacht: vielleicht. Ihr Ithaka. Ihr Zuhause. Das Zuhause, das sie nirgends hatte, könnte sie sich in Berlin erschaffen, mit Mathias. Als sie nach Afrika kamen, setzten sie sich am ersten freien Sonntag gemeinsam vor den Computer in der Zentrale und kämmten die Immobilienportale durch. Hunderte von Fotos sahen sie sich an, bis sie die Penthouse-Wohnung im Prenzlauer Berg fanden und Mathias' Bruder hinschickten, er solle sie sich mal anschauen. Es war ein weitläufiges Appartement mit hohen Wänden und breiten Fensterfronten gewesen. Mathias hatte sofort zugesagt, aber Marina hatte diesen ersten Versuch, ein Zuhause zu schaffen, vereitelt. Später gab es dann noch zwei weitere Angebote. Nicht so schön wie das erste, und Marina hatte an beiden etwas auszusetzen gehabt. Schließlich hatten sie sich in Barcelona eine Atelierwohnung im Viertel Born angeschaut, die Laura für sie gefunden hatte. Die hatte Marina auch nicht gepasst, und so hatte sich die romantische Vorstellung, auf dieser Welt eigene vier Wände zu finden, ganz allmählich in Nichts aufgelöst.

»Ob ich das Haus nun verkaufe oder nicht, die Bäckerei möchte ich nicht aufgeben. Vielleicht gibt es ja eine Möglichkeit, das Anwesen zu verkaufen und Cati trotzdem weiter zu unterstützen. Wie dem auch sei, bis Dezember wird sie nicht alleine mit dem Ganzen klarkommen. Meine Nichte geht nächste Woche wieder zur Schule. Und Ursula sagt, sie wolle zwar weiter jeden Morgen kommen, aber ihre Arthritis werde immer schlimmer.

»Und Anna?«

»Anna hat in ihrem Leben noch nie gearbeitet. Ich weiß nicht... Eines ist allerdings wahr: Meine Großmutter hat immer gesagt, sie würde eine gute Bäckerin abgeben. Ich kann sie ja mal fragen.«

»Da fällt mir ein: Wieso fragen wir nicht meine Eltern, ob sie nicht vielleicht hierherkommen wollen, bevor wir Weihnachten bei Minus zwanzig Grad feiern müssen?«

»Wenn du magst. Aber werden sie das?«

»Sie werden froh sein, der Kälte zu entkommen. Vielleicht kommt mein Bruder auch mit. Er hat seine Freundin geschwängert, das ist mal sicher. Ich verstehe meinen Bruder nicht. Der kommt eigentlich mit keinem so recht klar.« Mathias schaltete das Licht aus, schloss die Augen und legte einen Arm um Marinas Hüfte.

»Würdest du hier wirklich dein ganzes Leben verbringen wollen?«, fragte sie. »Denk dran, dass wir uns, falls wir verkaufen würden, hier auf der Insel auch etwas Kleineres kaufen könnten, oder in Berlin etwas ganz anderes. Zwei Millionen Euro, das ist viel Geld.« Marina hielt inne, in der Hoffnung, Mathias werde etwas dazu sagen, was er aber nicht tat. »Irgendwie weiß ich gar nicht recht, was ich da rede.«

»Tja«, erwiderte er kühl. »Dann musst du dir wohl erst darüber klar werden, was du möchtest, und dann entscheiden wir.« Vielleicht lag ein verhaltener Zorn in seinen Worten, denn dieses Thema hatte oft zwischen ihnen gestanden, und sie hatten nie eine Lösung finden können. Vor etlichen Jahren hatte Mathias kurz nach der Auflösung des Kaufvertrags für die Wohnung in Barcelona Laura gefragt, warum Marina eigentlich mit allen Wohnungen, die sie sich angeschaut hatten, Probleme hatte, und sie daher nie ein gemeinsames Zuhause hatten finden können. Ein Zuhause für sie beide. Woraufhin Laura ihm erklärt hatte: »Wenn du mit vierzehn aus deinem Haus geworfen wirst, dann suchst du dein ganzes Leben lang nach dem Ort, der dir genommen wurde. Nach einem Ort, den es schon nicht mehr gibt.«

7

Mein Leben ohne dich und ein Stück Brot

Kaleb erwartete sie mit offenen Armen am Flughafen. Er hatte immer ein paar nette Worte für seine Lieblings-Entwicklungshelfer. Und keinesfalls ließ er es zu, dass Marina ihren Rucksack selbst trug. Auf dem Weg zum Auto setzte er sie über alle Neuigkeiten ins Bild. Aritz und Ona waren nach Mundaka zurückgekehrt, und Manolo und die affektierte französische Entwicklungshelferin hatten in den drei Monaten ein Zimmer geteilt. Samala war zum zehnten Mal Großmutter geworden. Marina blickte durch das staubige kleine Fenster des Jeeps auf das wimmelnde Addis Abeba. Ein bunter Anblick, der ihr so vertraut war. Vor neun Monaten hatte sie die gleiche Strecke mit einem Baby auf dem Arm zurückgelegt. Wie es Naomi wohl gehen mochte? Vielleicht hatte sie Glück gehabt und lag sicher in den Armen einer Adoptivmutter. Vielleicht aber auch nicht.

»*Arribes tard*«, sagte Catalina und strich ein Streichholz an, das sie dann auf den Mandelscheit im Ofen warf.

Anna sah auf ihre Armbanduhr, die 5 Uhr 31 anzeigte. Eine Minute zu spät. Sie sagte nichts dazu und zog ihre Schürze an. Es war schwer gewesen, Armando zu überzeugen, sie in der Bäckerei arbeiten zu lassen, was einzig und allein daran lag, dass die Bäckerei ihrer Schwester gehörte. Armando hatte damit gedroht, ihr das monatliche Haushaltsgeld zu streichen, das er ohnehin schon auf fünfhundert Euro gekürzt hatte. Wenn sie einen kleinen Verdienst hätte, müsste er ihr kein Geld mehr geben. »Tu, was du tun musst, Armando. Mir ist das egal. Aber ich gedenke nicht noch einmal in die Schweiz zu fliegen.« Mit diesem Satz war Anna aus dem Haus gegangen und mit ihren fast fünfzig Jahren zu ihrer ersten Arbeitsstelle gefahren.

»Cati, jetzt mach mal halblang«, sagte Ursula, die gerade die Backstube betrat. Und dann begann die immergleiche Routine: Teig kneten, gehen lassen, in den Ofen schieben …

Es war September, in der Bäckerei kehrte allmählich wieder Ruhe ein, und es begann die Winterarbeitszeit von acht bis zwei. Die Kirchturmuhr stand auf ein Uhr.

»Bist du sicher, dass du das alleine schaffst?«, fragte Catalina übellaunig.

»Glaub mir, Catalina, das schaffe ich grad noch.«

Catalina schimpfte noch ein bisschen auf Mallorquinisch, dann ging sie. Marina war ihr lieber, aber was sollte sie machen …

Als sie nun mit der alleinigen Befehlsgewalt in der Bäckerei zurückblieb, musste Anna breit grinsen.

Sie dachte nicht viel über die Verantwortung nach, die sie durch ihre Arbeit zum ersten Mal im Leben hatte, was sie aber sehr wohl spürte, war, dass sie sich gut fühlte. So einfach war das. Sie machte das Innere des Holzofens sauber, ganz sorgfältig, wie Catalina es ihr gezeigt hatte. Als sie mit dem Saubermachen der Backstube fertig war, ging sie hinaus und setzte sich auf die Bank. Niebla lag wie immer in der Sonne. Die Hündin stand auf und legte ihre Schnauze auf die Bank. Anna betrachtete die alte, stets sabbernde Hündin, und mit dem Zeigefinger und ein bisschen angewidert kratzte sie sie hinterm Ohr.

Marina hatte gar nicht mehr gewusst, wie schnell die Tage in Afrika vergingen. Die Arbeit war so intensiv, dass sie in einen Zustand geriet, in dem die Stunden wie Sekunden vergingen. Sie konnte fünfhundert Frauen und Kinder pro Tag behandeln. Obwohl der Arbeitstag neun Stunden lang war, konnte sie nicht nach Hause gehen, ehe sie nicht alle behandelt hatte, die gekommen waren. Da waren Frauen, die ohne zu Murren sechs Stunden mit ihren Kindern auf ihre Behandlung warteten. Und wieder gab es Nächte, in denen sie kaum schlief… weil sie immer nach neuen Lösungen suchte.

Nach sieben Arbeitstagen war der Sonntag ihr erster Ruhetag.

»Liegt nicht das Waisenhaus da vorne?«, fragte Marina, als sie die Getreidefelder wiederzuerkennen glaubte, an denen sie vor neun Monaten schon einmal gewesen war.

»Doch, ich glaube schon.«

»Vielleicht ist Naomi ja noch dort.«

»Wir können vorbeischauen, wenn du möchtest.«

Nachdem sie fünf Minuten gegangen waren, kamen sie zu dem baufälligen rosa Haus, in dem sie das Mädchen zurückgelassen hatten. Sie traten vor die Eingangstür. Wie beim letzten Mal stand sie halb offen. Marina klopfte und streckte den Kopf hinein.

»*Ëndemën aderu*«, sagte Marina laut.

Sofort kam eine Frau mit gütigen Augen, auf dem Arm ein Neugeborenes, dem sie das Fläschchen gab.

»Hello«, antwortete die äthiopische Frau.

Marina erkannte sie wieder. »Erinnern Sie sich an uns?«

Die Frau betrachtete sie einen kurzen Augenblick. Es kamen nicht viele Weiße hierher. Paare mit Adoptionswunsch suchten gewöhnlich in den staatlichen Heimen nach Kindern.

»Da muss ich nachdenken… Sie haben uns Naomi gebracht, stimmt's?«

»Ja.«

Das Neugeborene, das sie im Arm hielt, begann zu weinen.

»Ist sie immer noch hier?«

»Ja. Noch genau da, wo Sie sie gelassen haben. Im gleichen Bettchen. Sie können zu ihr gehen. Ich lege nur noch schnell dieses Baby schlafen, es ist heute frisch angekommen.«

Marina und Mathias liefen durch den engen Gang. In den Zimmern gaben Pflegerinnen den Waisenkindern das Fläschchen. Marina wünschte unwillkürlich, Naomi würde sie wiedererkennen, und ging auf das Eisenbettchen zu.

Naomi saß im Bett, hielt mit ihren kleinen Fäustchen die Eisenstäbe umklammert und sah zur Ausgangstür hinüber, durch die Licht hereinkam.

»Hallo, mein kleiner Schatz«, sagte sie ganz sanft und trat näher.

Naomi hob nicht den Blick und regte sich auch nicht. Sie starrte weiter unentwegt zu den Sonnenstrahlen, die durch die Tür hereinfielen. Marina streckte die Arme aus und nahm sie aus ihrem Bettchen.

»Hallo, Naomi«, wiederholte sie mit sanfter Stimme.

Das Mädchen schlang ihre Beinchen um Marinas Taille. Schweigend, ohne irgendein Geräusch zu machen. Ohne sie anzusehen.

»Hallo, schönes Mädchen«, sagte Mathias und strich ihr zärtlich übers Kinn.

Jeder sprach mit ihr in seiner eigenen Sprache, so wie sie es getan hatten, als dieses Mädchen in ihr Leben trat. Aber Naomi reagierte auf kein Wort. Sie sah sie nicht an. Sie machte keinerlei Gesten. Nichts.

Die Pflegerin ging hinter ihnen vorbei. »Magst du ihr das Fläschchen geben?«

»Aber sicher. Das würde ich liebend gern.«

Sie gab Marina eines von den vier Fläschchen, die sie in der Hand trug.

»Kann ich es ihr draußen geben?«

Sie gingen mit dem Kind hinaus und setzten sich auf eine eiserne Bank vor dem Haus.

Naomi öffnete das Mäulchen und wartete auf die kleine Portion Milch, die sie bekam. Ohne Marina auch nur anzusehen. Nicht einmal als diese ihr das Fläschchen in den Mund schob, hielt sie Augenkontakt mit Marina. Sie trank die Milch ganz langsam, hatte gelernt, sich nicht zu beeilen. Ihr Körper brauchte nicht nur die Nahrung allein, sondern diese wenigen Minuten, in denen ein anderer Mensch ihren Körper berührte. Sie hatte instinktiv gelernt, ganz langsam zu saugen, denn bis zur nächsten Mahlzeit warteten nur die Eisenstäbe des Bettchens auf sie.

»Naomi«, sagte Marina ganz leise zu ihr.

»Seltsam, dass sie so gar nicht reagiert. Vielleicht ist sie taub?«, sagte Mathias.

»Ich gehe ein bisschen spazieren mit ihr. Macht es dir etwas aus, wenn ich allein gehe?«, fragte Marina Mathias. Sie stand auf und legte sich das Baby an die Schulter, klopfte der Kleinen auf den Rücken, damit sie ein Bäuerchen machte, und ging dann mit ihr den Weg zurück, den sie gekommen waren. Marina merkte, wie Naomi das Köpfchen auf ihre Schulter legte, und ging weiter bis zu dem Getreidefeld. Sie hielt an und erinnerte sich an Lauras Worte: »Auch wenn Kinder gerade erst zur Welt gekommen sind, müssen sie die Stimme eines Erwachsenen hören, der sanft mit ihnen spricht. Sie gewöhnen sich an den Klang dieser Stimme, und wenn sie diese Stimme täglich hören, fühlen sie sich sicher und geborgen. Du brauchst nur irgendetwas zu sagen …«

»Weißt du, Naomi, da wo ich geboren bin, auf Mallorca, da haben wir auch Getreidefelder, solche wie das hier vor uns, aber es sind keine Teff-Felder, sondern Weizenfelder. Und manchmal wachsen zusammen mit dem Weizen auch ein paar wunderschöne rote Blumen, Wildblumen, die ein ganz intensives Rot haben … man nennt sie Mohnblumen.«

Sie merkte, dass Naomi sich bewegte. Sie schien ihre Haltung ändern zu wollen. Marina setzte sie auf der Hüfte auf, und das Mädchen schlang die kleinen Beinchen um Marinas Taille. Aber ihren Blick wollte sie Marina nicht schenken.

»Naomi, schau mich an, mein Schatz, bitte.«

Erst dachte sie, das Kind hätte vielleicht Angst. Aber dem war offenbar nicht so. Ach, könnte sie doch nur herausfinden, wie es diesem Baby ging, denn es schien ihr das traurigste Baby, das sie je in ihrem Leben gesehen hatte. Es fiel ihr nichts mehr ein, was sie hätte sagen wollen. Sie spürte nur einen unendlichen Schmerz. Es wurde schon langsam dunkel, vielleicht war es besser, sie in ihr Bettchen schlafen zu legen. Sie ging langsam wieder zurück, während sie ihr ganz leise noch einmal, so wie damals in der Afar-Wüste, ins Ohr sang: »*A la nanita nana, nanita ella, nanita ella, mi niña tiene sueño, bendita sea …*«

Jetzt hob Naomi zum ersten Mal ihr Köpfchen und sah sie an, denn sie erkannte diese Melodie, die sie in den ersten Tagen ihres Lebens gehört hatte. Ihre kleinen braunen Augen füllten sich mit Tränen, und dann, ganz still, so wie sie es in den ersten Monaten ihres Lebens gelernt hatte, weinte sie.

Anna kam am Montag um Viertel nach fünf. Sie öffnete die Tür zur Bäckerei und betrat die Backstube. An diesem Tag war es allein ihre Aufgabe, die Olivenholzscheite und die Steineichenscheite und die Mandelholzscheite in den Ofen zu geben. Um Punkt halb sechs kam Catalina zur Tür herein. Sie war überrascht, dass alles schon in Betrieb war, sagte aber nichts. Und nach einem herzlichen Gruß an die spröde Kollegin begann Anna in ihrer zweiten Woche als Bäckerin mit dem Teigkneten. Sie kannte schon die Namen der Dorfbewohner – des Pfarrers, des Bürgermeisters, der Friseurin und ihrer fünf Kinder … Alle vermissten Marina und ihre klugen Ratschläge, die den Menschen der Serra de Tramuntana zu einer besseren Gesundheit verholfen hatten, wie sie alle versicherten. Und wie immer war Anna stolz, die Schwester dieser Frau zu sein, die alle vergötterten.

Um ein Uhr ging Catalina. Wie immer, wenn sie sah, dass Catalina durch das Gässchen nach Hause ging, kam Niebla in die Backstube. Anna befahl ihr freundlich, sich wieder vor die Tür zu legen, und gab ihr ein Stück Brot. Die beiden waren schon bald Freundinnen geworden. Sie ging in die Backstube und wollte schon saubermachen, da hörte sie, wie sich die Tür schloss. Sie wunderte sich. Sie wischte ihre bemehlten Hände an der Schürze ab und trat vor die Tür um nachzusehen, wer es war. Als sie ihn erblickte, war es nicht, als hätten sie dreißig Jahre verloren.

Antonio kam auf sie zu, nahm ihr Gesicht in seine starken Hände, und ohne ihre Zustimmung abzuwarten, küsste er sie heftig. Er zog ihr die Schürze aus.

»Antonio, ich…«

»Schweig«, befahl er ihr leise, während er ihr den BH aufhakte.

Sie küssten sich leidenschaftlich. Antonio hielt inne und sah Anna in die Augen, weil er ihre Lust sehen wollte. Anna senkte schüchtern den Blick. Sie wusste nicht, was sie sagen sollte. Sie schloss die Augen und ließ es geschehen, dass er sie küsste und die Zügel in die Hand nahm… Er küsste sie auf den Hals, dann auf die Schultern, leckte ihre Brust und spürte, wie ihre kleinen Brustwarzen allmählich hart wurden, wie beim ersten Mal, als er sie berührt hatte. Er lächelte nur über ihre operierte Brust, sonst nichts. Sie merkte, dass er eine Erektion hatte, aber noch wartete, bis auch sie soweit war. Leidenschaft stieg in ihr auf, und ihr Herz schlug wie wild. Antonio streichelte ihre Schenkel, während er den Rock hochschob. Er hob sie auf den Tisch, der noch immer voller Mehl war, und hob ihre Beine an. Den Slip ließ er ihr noch und fuhr ihr zärtlich über die Innenseiten der Oberschenkel. Anna stöhnte leise auf, die Augen geschlossen.

Sie wusste, dass er sie ansah, und empfand eine seltsame Mischung aus Lust und Scham … Dabei wünschte sie sich so sehr sich gehenzulassen. Jetzt spürte sie tatsächlich, wie die Lust ihr tiefstes Inneres erreichte. Antonio küsste ihre Knöchel und leckte ihr langsam über die Innenseiten der Oberschenkel, bis er zum Geschlecht kam. Seine Zunge und seine Hände spielten mit ihrem Höschen, und Anna wurde immer erregter. Er machte Pausen, er hatte es nicht eilig … und wenn sie aufhörte zu stöhnen, fing er wieder von vorne an, wieder und wieder. Anna wand sich vor Lust.

»Und du?«, fragte sie schüchtern.

Antonio antwortete nicht und zog ihr das Höschen aus. Er spürte, dass Annas feuchtes Geschlecht um mehr bettelte, leckte sie und lauschte dabei ihrem lustvollen Stöhnen, das zum Höhepunkt kommen wollte. Antonio stand auf. Er sah sie an, wie sie nackt vor ihm saß, zum ersten Mal. Er knöpfte sich die Hose auf und zog Annas Körper zu seinem Geschlecht, und mit der Begierde, die er sein ganzes Leben unterdrückt hatte, nahm er sie. Anna stöhnte vor Lust, richtete sich auf und umarmte diesen Mann, den sie so geliebt hatte und den sie, wie sie nun wusste, wieder lieben würde.

»Ich habe diesen Moment so sehr herbeigesehnt«, sagte Antonio ihr leise ins Ohr, während er ihr mit den Händen über den Rücken strich, »bitte, Anna, sieh mich an.«

Anna sah ihn an, und Antonio drang wieder in sie ein, jetzt ganz sanft.

»Ich habe dich nie vergessen, Anna.« Er hob seine Hände zu ihrem Gesicht, streichelte es und küsste sie.

»Schau mich an … niemals, Anna.«

»Ich habe auch nicht …«

Er küsste sie, bevor sie den Satz beenden konnte. Sie hatten einander so viele Jahre begehrt, und keiner von ihnen hatte gedacht, dass diese Liebe zu Ende war. Denn obwohl die Jahre ihres Lebens unerbittlich vorübergegangen waren, hatten sie beide an eine erneute Begegnung geglaubt. Sie hatten daran gedacht wie an einen unmöglichen Traum. Anna vielleicht mehr als Antonio… Aber die wenigen Male, die er auf die Insel zurückgekehrt war, hatte er sich vorgestellt, wie diese Begegnung verlaufen würde, sollte sie jemals stattfinden. Nicht das Ende der Liebe hatte sie getrennt, sondern das Schicksal.

Antonio wurde immer erregter, er schloss die Augen, versuchte auf Anna zu warten, konnte es aber nicht, und so umarmte er sie fest und kam. Er spürte noch die letzten Eruptionen der Lust, als er Annas Körper verließ… Er küsste sie auf den Mund, auf den Nacken, und dann legte er sie wieder zart auf den Tisch, küsste ihren Bauch und wanderte schnell weiter nach unten zu ihrem Geschlecht.

»Ich werde sie nicht hier zurücklassen, Mathias. Ich kann nicht. Ich habe die ganze Nacht nicht geschlafen. Ich kann nicht.«

»Aber Marina, jetzt mal ganz ruhig. Was redest du denn da?«, antwortete Mathias, rieb sich die Augen und sah auf seine Uhr.

Marina setzte sich mit einem heißen Tee in der Hand zu ihm. Es war fünf Uhr morgens. Stunden hatte sie gewartet, Mathias zu wecken. »Ich habe…«, sagte sie stockend, »ich habe nie den Drang verspürt, Mutter zu werden. Wir haben ja schon einmal darüber gesprochen. Zu keiner Zeit, Mathias, und ich bin jetzt sechsundvierzig Jahre alt. Aber…

ich habe das Gefühl, dass dieses Mädchen zu mir gehört. Ich fühle mich schuldig, dass ich sie in diese Scheißwelt geholt habe, in der wir leben.«

Mathias stand auf. »Sag sowas nicht.«

»Aber es stimmt doch. Was für ein Leben erwartet sie denn? Gestern wäre ich gerne die ganze Nacht bei ihr geblieben. Ich hätte sie gerne hierhergebracht. Als ich sie tief schlafend in ihrem Bettchen dort zurückließ, fühlte ich mich ungemein schlecht. Sie wäre besser in den Armen ihrer Mutter gestorben. Wie viele Tausend Waisenkinder gibt es in diesem Land? Und wie viele werden noch kommen? Ich will sie nicht hierlassen.«

»Aber Marina, was willst du denn tun?«

»Ich weiß es nicht, Mathias. Sie adoptieren.«

»Sie adoptieren?«, wiederholte Mathias aufgeschreckt.

Marina hielt seinem Blick stand. »Ja.«

Mathias erhob sich. Es dauerte eine Weile, bis er ihr antwortete. »Ich begreife nicht, was du mir da erzählst, und ich weiß nicht, was ich dir sagen soll.«

»Du sollst gar nichts sagen.«

»Schön und gut, aber wir sind ein Paar, Marina. Und von einem Tag auf den anderen kommst du mir mit etwas so Großem. Ich will das nicht.« Mathias sah Marina an. Er kannte sie gut genug, um zu wissen, dass sie, auch wenn sie jetzt nichts sagte, von ihm in den Arm genommen werden wollte, und er tat es.

Als Marina spürte, wie er seine schützenden Arme um sie schlang, brach sie, ohne recht zu wissen warum, weinend zusammen. »Aber wir haben Tausende von Kindern in schlimmeren Umständen gesehen. Was ist los mit dir?«, fragte er und trocknete ihr die Tränen.

»Schlimmer vielleicht schon, aber nicht so allein. Ich

weiß nicht, was mit mir los ist, Mathias. Vielleicht ist es … ich weiß nicht.«

Sie wagte nicht, ihm die Gründe zu verraten. Sie schämte sich, kam sich egoistisch vor … Naomi erinnerte sie an ihre Einsamkeit als junges Mädchen. Wie sie alleine stille Tränen vergossen hatte, achttausend Kilometer von ihrer Familie entfernt. Sie hatte in den ersten vierzehn Jahre zumindest die Zärtlichkeit ihrer Großmutter erfahren, war von ihrem Vater in den Arm genommen worden und hatte immer eine Schwester um sich gehabt. Sie war sich dessen bewusst, dass ihre Mutter sie nie geliebt hatte, aber trotz dieses Mangels an Mutterliebe war der unsichtbare Koffer, den sie im Herzen immer mit sich trug, in allen Ländern, die sie bereiste, voll von Erinnerungen an die Liebe dieser drei Menschen. Und wenn sie daran dachte, dass dieses Mädchen, dem sie auf die Welt geholfen hatte, nichts besaß, nicht einmal das kleinste bisschen Geborgenheit, dann brach es ihr das Herz.

Bis in den Dezember hinein besuchte sie Naomi jeden Tag und gab ihr das letzte Fläschchen. Ihr Arbeitstag begann um sieben Uhr morgens, und um vier Uhr nachmittags brachte Kaleb sie ins Waisenhaus, denn er wohnte dort in der Nähe. Sie sprach mit den Pflegerinnen, die sehr erfreut über ihre Hilfe waren, nachdem sie die Zustimmung des örtlichen Waisenhausleiters eingeholt hatten, den Marina in diesen drei Monaten nur dreimal zu Gesicht bekam. Der schlaksige Mann mittleren Alters, gebildet und stolz, erläuterte ihr das Adoptionsverfahren. Es war kompliziert, denn als Europäerin musste sie die ganze amtliche Abwicklung von Spanien aus bewältigen. Mathias begleitete sie an den Sonntagen, ohne den großen Wunsch seiner Frau wirklich ernst zu nehmen.

Nach zwei Tagen begann Naomi Marina schon wiederzuerkennen und lächelte, sobald sie ihre Stimme hörte. Nach einer Woche richtete sie sich mit ihren Händchen in dem Bettchen auf und beugte die Beine, damit sie sie auf den Arm nahm, nach drei Wochen weinte Naomi, wenn Marina sie im Bettchen zurückließ, und dann musste sie sie noch einmal herausnehmen und mit ihr einen Spaziergang zu den Getreidefeldern machen.

Sie hatte einen Liebhaber. Diese Beziehung geheim zu halten war einfach. Sie hatten die Räume über der Backstube, und bis Ende Dezember würde Marina nicht zurückkommen. Antonio verließ jeden Tag kurz vor zwei die Werkstatt, nahm seinen Helm und gab Gas, und um Viertel nach zwei kreuzte er in Valldemossa auf, grüßte kurz den Ortspolizisten, der auch Motorradfahrer war und bei Antonios Geschwindigkeitsübertretungen ein Auge zudrückte. In diesem Dorf bekamen nur die Touristen Strafzettel, und basta. Anna hatte immer schon ein Essen bereitstehen. Sie aßen in aller Ruhe zusammen, sofern es das war, was Antonio wollte. Denn Antonio war immer noch der wilde Stier, der er schon mit neunzehn gewesen war. Wie sollte man das sagen, ohne dass es vulgär klang, er war schamlos, aber im guten Sinne. Einer von diesen Männern, die dir, während du ganz ruhig dasitzt und einen Apfel zum Nachtisch isst, in den Ausschnitt greifen und an die Brust fassen, und eh du recht weißt, wie dir geschieht, heben sie dich vom Stuhl, drücken dich gegen die Wand, während sie dich mit ihren Küssen auffressen, ziehen dir das Höschen herunter und vögeln dich kräftig durch. Natürlich nicht ohne dafür zu sorgen, dass auch du auf deine Kosten kommst. Und sie schaffen es, dass dieser wilde Sex dich genauso anmacht wie sie selbst. Mehr oder minder so wie beim ersten Mal auf dem bemehlten Tisch, aber jeden Tag ein bisschen wilder. Es waren schon zwei Teller zu Bruch gegangen, eine Weinflasche und beinahe auch das Fenster …

Armando zu täuschen war nicht schwer. Anna sagte ihm, sie bleibe noch in der Backstube, sie müsse den Teig für den Folgetag vorbereiten, das Fermentieren sei wichtig, und sie müsse überprüfen, ob der Teig auch richtig aufgegangen war. Armando war ohnehin schon alles egal.

September, Oktober, November, Dezember … Das waren die aufrichtigsten, lustigsten und leidenschaftlichsten Monate in Annas Leben. Das waren sie wirklich.

Am zweiundzwanzigsten Dezember kehrten Marina und Mathias auf die Insel zurück.

»Und was jetzt, Anna? Werde ich dich jetzt einen Monat lang nicht mehr sehen? Was machst du an Neujahr? Wirst du mit deinem Mann beim Glockenschlag die Trauben essen, als wäre nichts geschehen, und ihm ein glückliches neues Jahr wünschen?«, fragte Antonio. »Das geht mir gegen den Strich, Anna.«

Anna antwortete nicht. Sie hatten das Thema bislang vermieden und lebten in diesem Haus, als wären sie ein ganz normales Paar.

»Gehst du ins Bett mit ihm?«

Anna musste sich zusammenreißen. Sie hatten sich gerade geliebt. Das war nicht der rechte Moment, solche Fragen zu stellen. Sie stand auf und sah ihm in die Augen.

»Nein, Antonio. Ich gehe mit meinem Mann nicht ins Bett. Das habe ich dir schon gesagt. Und zwar nie«, sagte sie ihm aufrichtig und sah in seine Augen, die sie zum ersten Mal unsicher anblickten.

»Ich schlafe schon seit Jahren nicht mehr mit ihm. Glaub mir, bitte.«

»Ich möchte immer bei dir sein, Anna.«

Sie schwiegen. Anna wünschte sich das genauso wie er. Aber was sollte sie denn seiner Meinung nach tun? Anita war ja auch noch da. Anita mit ihrer Identitätssuche – denn seit die Schule wieder begonnen hatte, war sie wieder das schweigsame und einzelgängerische Mädchen von früher. An manchen Tagen ging es gut, an anderen schlecht, mal sonderte sie sich ab, mal weinte sie, mal suchte sie die Gesellschaft der anderen.

»Und was soll ich tun, Antonio? Soll ich meinen Mann aus dem Haus werfen, jetzt, wo er arm ist wie eine Kirchenmaus, und du wohnst dann bei uns?«

»Komm mit mir nach S'Estaca. Ich weiß, mein Haus ist klein und feucht … Aber es wird reichen.«

»Und meine Tochter? Sie ist groß, einen Kopf größer als ich … Sie wird nicht bei uns wohnen. Sie will das nicht.«

»Ich weiß nur, dass ich meine Beziehung zu dir nicht länger verschweigen will. Das will ich nicht, Anna. Dazu sind wir zu alt. Und noch etwas, Anna, du musst lernen, zu dir zu stehen, deine eigenen Entscheidungen zu treffen. Keine Angst vor dem zu haben, was die anderen sagen. Dich einen Scheißdreck um das zu scheren, was deine Freundinnen vom Segelclub denken«, sagte er fest und mit einer gewissen Härte, aber ohne die Stimme zu heben.

Anna wusste nicht, was sie auf all das erwidern sollte. Sie wusste, er hatte Recht, den Schein zu wahren zählte zu den Dingen, die sie schon von klein auf gelernt hatte.

»Entschuldige, ich wollte das nicht sagen«, sagte Antonio und küsste sie auf den Mund. »Aber denk einmal darüber nach … Ich verstehe, dass das, was ich dir vorschlage, nicht leicht für dich ist, und ich weiß, dass Weihnachten vor der Tür steht und man dann bei seiner Familie sein muss. Wäre meine Tochter hier, würde ich auch Weihnachten mit ihr verbringen wollen, aber…« Er küsste sie. »Anna, ich weiß, der Traum vom gemeinsamen Leben ist schwer zu verwirklichen… Aber wir könnten ja einen Anfang machen und Neujahr zusammen in S'Estaca verbringen, auf dem Fest, das jedes Jahr dort stattfindet, zusammen mit meinen Freunden, meinen Nachbarn, und dann schlafen wir zum ersten Mal in meinem Haus, ohne Zeitdruck und ohne uns verstecken zu müssen. Und am nächsten Tag kommen wir alle beim Grill zusammen und essen frische Sardinen. Nach allem, was uns widerfahren ist, haben wir uns das doch verdient, Anna, meinst du nicht?«

»Cuca und Curro wollen an Neujahr ein Fest geben«, sagte Armando am 25. Dezember beim Weihnachtsessen, während er den Truthahn zerteilte.

Anna antwortete nichts darauf. Armando erwartete auch gar keine Antwort. Sie würden natürlich hingehen.

»Hast du deinen Koffer fertig gepackt?«, fragte Anna Anita.

»Ja«, antwortete Anita lächelnd. »Papa, ich brauche ein bisschen Geld.«

»Wir haben aber keins«, sagte er, ohne sie anzuschauen.

»Ich habe welches. Mach dir keine Sorgen«, antwortete ihre Mutter. »Wir haben zwar mit deinem Vater Reisen gemacht, aber nach Deutschland sind wir nie gefahren.«

»Pippa hat mir erzählt, dass Heidelberg eine der schönsten Städte im ganzen Land ist.«

»Ich bin stolz auf dich. In deinem Alter habe ich mich nicht weit von Zuhause fort getraut«, sagte Anna und strich ihrer Tochter übers Haar. »Der neue Haarschnitt steht dir.«

Das Erste, was Marina machte, als sie ihr Schlafzimmer in Valldemossa betrat, war, das gerahmte Foto auf den Nachttisch zu stellen, das Kaleb von ihnen dreien aufgenommen hatte. Auf dem Foto legte Mathias seinen Arm um Marina, die Naomi auf dem Schoß hatte.

Mathias' Eltern, sein Bruder und die schwangere türkische Freundin sowie der Sohn seiner Exfrau kamen am sechsundzwanzigsten Dezember und würden bis zum sechsten Januar in Valldemossa bleiben. Mathias' Eltern stiegen im Hotel von Gabriel und Isabel ab und der Bruder mit Freundin und Sohn in Marinas zum Schlafzimmer umgebautem Abstellraum.

Es war ein milder Dezember, in dem jeden Tag die Sonne schien und das Thermometer nicht unter zwölf Grad fiel. Mathias' Familie machte ihm eine enorme Freude damit, dass sie am traditionellen Neujahres-Weintraubenessen teilnahm. Anfangs hatten sie Silvester zu Hause feiern wollen, aber Marina fand es viel besser, das Fest in der Bar del Tomeu zu feiern und gemeinsam mit den Bewohnern von Valldemossa vor dem Fernseher zu den zwölf Glockenschlägen von der Puerta del Sol in Madrid nach altem Brauch die zwölf Trauben zu schlucken.

Sie würden den Abend so verbringen wie alle anderen spanischen Familien auch: Sollen wir die Trauben schälen? Auf keinen Fall, ich mag sie viel lieber mit Schale. So teuer wie dieses Jahr waren sie noch nie! Da kann man ja gleich sein Geld zum Fenster rauswerfen… Jetzt gebt doch mal

Ruhe Kinder! Zum Kuckuck, wir verpassen noch die Glockenschläge …

Den einunddreißigsten Dezember verbringt man am besten mit seinen Freunden oder noch besser mit der Liebe seines Lebens.

Und dann nahte der einunddreißigste … und damit das Fest von Cuca und Curro.

Armando band sich die Krawatte. Anna zog ein figurbetontes, schulterfreies schwarzes Kleid an, das sie sich einmal in Cortana gekauft hatte und das schon ein paar Jahre alt war, aber immer noch wie neu aussah und eine gute Figur machte. Sie ging ins Bad. Sie schloss die Tür, betrachtete sich im Spiegel und holte tief Luft. Antonio erwartete sie in einer Stunde an der Rotonda de Palma, von dort würden sie dann nach S'Estaca fahren.

Sie hatte nicht den Mut gehabt, ihrem Mann zu sagen, dass sie zum Fest ihrer Freunde nicht mitkommen würde. Sie hatte gedacht, es wäre besser, es ihm im letzten Moment zu sagen. In der vergangenen Woche hatte sie nach Ausreden gesucht, die sie Armando auftischen könnte, und schließlich die beste gefunden.

»Anna, lass uns gehen, wir kommen sonst zu spät«, sagte Armando und klopfte an die Badezimmertür.

Anna drehte sich um und spürte, wie ihr Herz schneller schlug. Die Beziehung geheim zu halten oder aber zu lügen, das waren zwei Paar Stiefel. Anna öffnete die Tür und zwang sich, ihren Mann anzulächeln. Armando nahm die Autoschlüssel, und gemeinsam verließen sie das Schlafzimmer. Gingen zusammen die Treppe hinunter. Armando machte hinter sich das Licht aus. Sie nahmen ihre Mäntel und legten sie sich über die Schulter.

»Wir nehmen besser deinen Wagen. Heute wird es an jeder Straßenecke Kontrollen geben.«

»Armando.«

Er sah seine Frau an.

»Ich komme nicht mit.«

»Was heißt das, du kommst nicht mit? Wohin kommst du nicht mit?«

»Ich gehe nicht zu dem Fest von Cuca und Curro.«

»Aber was redest du da?«, sagte Armando genervt.

»Ich werde das Jahresende mit meiner Schwester in Valldemossa feiern.«

»Was?«

»Ja. Sie hat mich in ihr Haus eingeladen und ... du kannst mitkommen, wenn du magst«, sagte Anna und senkte den Blick.

Armando lachte ironisch. »Jetzt red keinen Unsinn und steig ein.«

»Ich wusste, du würdest dich aufregen, und ... sie hat es mir gestern erst vorgeschlagen. Deshalb habe ich dir noch nichts gesagt.«

»Hör zu, Anna. Du kommst jetzt mit zu dem Fest, und nach den Trauben kannst du gehen, wohin du magst«, sagte er, allmählich lauter werdend.

»Nein, tut mir leid«, antwortete Anna leise.

»Anna, steig jetzt ins Auto«, antwortete er im Befehlston und machte die Autotür auf. Anna leistete ihm nicht Folge. »Anna, steig ein.«

»Einverstanden. Aber nach den Trauben gehe ich. Wir nehmen also beide Wagen«, antwortete Anna und nahm die Autoschlüssel aus ihrer Tasche.

»Wir nehmen zwei Wagen, und dann werden wir schon sehen, ob du gehst«, sagte Armando, stieg ins Auto und knallte die Tür zu.

Anna stieg in ihr Auto. Nervös fuhr sie hinter ihrem Mann her und hasste sich selbst. Sie kamen zur Villa von Cuca und Curro. Im Garten standen schon mehr als zwanzig Autos. Die Fassade der Villa war mit einem neonroten Leuchtschild dekoriert, auf dem »Happy New Year« stand.

Armando parkte sein Auto und stieg aus. Anna parkte hinter ihm. Sie schaltete die Lichter des BMW aus und sah, wie Armando Xesca und ihren Ehemann begrüßte, die in Begleitung von Cucas Yogalehrer und dessen neuer Freundin gekommen waren, einer jungen, zarten Ausländerin im orangefarbenen Sari, die ihr irgendwie bekannt vorkam.

Anna legte die Hand auf den Zündschlüssel und wollte ihn schon herausziehen. Dann dachte sie an Antonio, der sie jetzt wahrscheinlich schon an der Rotonda de Palma erwartete. Sie war wütend auf sich. Sie hatte sich feige verhalten, wie sie es ihr ganzes Leben lang getan hatte. Sie sah noch einmal zu ihrem Mann hinüber, der übertrieben lächelte und gestikulierte und seine angespannte Situation zu überspielen versuchte, die höchstwahrscheinlich der ganzen Insel bekannt war. Armando und Xesca winkten Anna zu, sie solle doch aus dem Auto steigen. Und dann sah sie diese Falschheit im Lächeln ihres Mannes und den Zynismus in der Geste ihrer Freundin.

Nach allem, was uns widerfahren ist, haben wir uns das doch verdient, Anna, meinst du nicht? Antonios Worte hallten in ihrem Kopf wider.

Sie legte den Rückwärtsgang ein, seufzte und gab Gas. Der Wagen fuhr los, und ohne nachzudenken, wendete sie und verließ das Anwesen ihrer Freunde. Antonio wartete seit einer Viertelstunde. Sie fuhr, so schnell sie konnte, zur Plaza de España, an der sie sich verabredet hatten. Sie sah ihn auf dem Motorrad sitzen und auf seine Armbanduhr schauen. Anna hupte. Mit einem Lächeln stieg er ab. Sie parkte den BMW hinter dem Motorrad. Ohne die Lichter auszuschalten, stieg sie aus dem Auto, ließ die Tür offen und rannte auf ihn zu. Und diesmal war sie es, die ihn mit Küssen bedeckte und sich nicht im Geringsten um die Blicke der anderen scherte.

»Marina, ich möchte die Vaterrolle nicht übernehmen. Ich stehe nicht dahinter. Und schon gar nicht möchte ich Vater eines Babys sein, das nicht von mir ist«, sagte er leise. »Es fühlt sich ganz fürchterlich an, dir das so aufrichtig zu sagen, das solltest du wissen, denn ich weiß ja, dass es hier nicht um dich geht, sondern um Naomi. Aber ich muss ehrlich mit dir sein. Ich will das nicht. Es tut mir leid.«

Marina hatte beim Mallorquinischen Institut für Soziale Angelegenheiten angerufen und sich über internationale Adoptionsverfahren informiert. Sie hatte ihren Namen für ein Informationsgespräch hinterlassen, das Mitte Januar in Palma stattfinden sollte.

»Was mache ich jetzt? Bleibe ich hier auf Mallorca und begleite dich zu dem Adoptionsgespräch? Das wird mich nicht glücklich machen. Ganz bestimmt nicht. Denn mir gefällt unser Leben, Marina, so wie es ist. Ich mag meinen Beruf. Und ich sehe nicht, wie er sich mit einem Kind vereinbaren ließe. Aber für dich scheint die Sache ausgemacht, oder? Du wirst deine Arbeit für Ärzte ohne Grenzen aufgeben.«

Marina nickte. Für sie war die Sache eindeutig. Sie hatte noch nie in ihrem Leben eine so klare Entscheidung getroffen. Es war sogar so, dass sie in diesem Augenblick, statt mit ihren Freunden und mit Mathias' Familie in Valldemossa Neujahr zu feiern, in Wahrheit lieber in diesem ärmlichen Waisenhaus bei Naomi gewesen wäre.

Das war die erste Krise für sie beide als Paar, und eine Lösung zu finden würde nicht leicht werden. Sie waren ein gutes Team. Sie liebten einander. Respektierten einander. Aber das Leben stellte sie auf eine erste Probe. Nach langen Gesprächen beschlossen sie, ihre Beziehung aufrechtzuerhalten, aber Mathias würde wieder in seinen Beruf als Entwicklungshelfer zurückkehren und Marina als Alleinerziehende den Adoptionsantrag für dieses äthiopische Mädchen stellen, dem sie auf die Welt geholfen hatte.

Anna schlug die Augen auf. Antonio schlief und ließ sich dabei weder von der Morgensonne, die in seine bescheidene Fischerhütte fiel, noch von dem Geräusch der Wellen stören, die sich nur einige Meter vor ihrer Schlafstelle brachen. Sie sah ihn lange an … Sie war verliebt.

Ihre Tasche lag auf dem Boden. Sie holte ihr Handy heraus, das sie auf lautlos gestellt hatte. Kein Lebenszeichen von ihrem Mann, nur eine Nachricht von Anita: »Frohes neues Jahr, Mama. Danke, dass du mir erlaubt hast, nach Deutschland zu fahren. Das Land gefällt mir. Ich hab dich sehr lieb.«

Ich hab dich sehr lieb … und das von ihrer Tochter! So etwas hatte sie noch nie zu ihr gesagt, diese Worte waren ein kostbares Neujahrsgeschenk.

Antonio hatte seine Arme um sie geschlungen.

»Ich lass dich nie mehr von hier weg«, sagte er zärtlich und küsste sie auf die Schulter. Er war heiß auf sie (ohne vulgär sein zu wollen: *trempao* zu sein war Antonios natürlicher Zustand, da brauchen wir uns nichts vorzumachen).

»Heute habe ich das Sagen«, antwortete Anna zärtlich, drehte sich zu ihm um und küsste ihn auf den Mund. »Heute machen wir es ganz langsam … denn so mag ich es auch.«

Und an diesem ersten Januar nahmen sie sich im Bett alle Zeit der Welt, und während sie eng umschlungen dalagen und sich in die Augen schauten, liebten sie einander jede Sekunde ein bisschen mehr und schworen sich ewige Liebe.

Aber das Leben ist nicht so, wie wir es gerne hätten, sondern so, wie es nun mal ist, und manchmal kann es eben ziemlich biestig sein. Denn das war genau der Tag, an dem Antonio beim Spielen mit Annas Brust das kleine Stückchen Tod fand, das sie ein Jahr später für immer aus seinem Leben reißen sollte.

Das Adoptions-Informationsgespräch fand im Mallorquinischen Institut für soziale Angelegenheiten statt, das im gleichen Gebäude untergebracht war wie das Grundbuchamt. Marina marschierte wild entschlossen hinein, den Personalausweis in der Hand und händigte ihn demselben dusseligen Sicherheitsbeamten aus wie beim letzten Mal.

In der kleinen Eingangshalle warteten schon ein unscheinbar wirkendes Ehepaar und eine Frau, die alleine dort saß und aus jeder Pore Traurigkeit verströmte. Marina grüßte kurz, und es gab ein Willkommensgemurmel, mit dem ihr Gruß erwidert, aber Augenkontakt vermieden werden sollte.

Dann tauchte eine Beamtin auf, die sich kurz vorstellte und sie in einen kleinen, aber funktionalen Raum mit zehn kreisförmig angeordneten Pulten brachte, einer weißen Tafel, einem Bürotisch und einem Projektor.

Ihr Name war Marta. Sie war Psychologin und Pädagogin und seit zehn Jahren beim IMAS angestellt, dem Mallorquinischen Institut für soziale Angelegenheiten, und zuständig für die Adoptionen auf Mallorca. Sie würde sie begleiten und machte noch in der ersten Minute ihres Vortrags deutlich, dass ein Adoptionsverfahren eine überaus langwierige Angelegenheit war.

Das Gespräch hatte sie wahrscheinlich schon an die hundert Mal geführt, seit sie von der Stadtverwaltung von Palma angestellt worden war. Sie war zwar liebenswürdig, aber klar und schnell. Sie ging zur Tafel, nahm einen Whiteboard-Marker und schrieb:

- *internationale Adoption*
- *nationale Adoption*
- *Adoption von Kindern mit Krankheiten und Behinderungen*

Sie erklärte ihnen, dass es sich hier um drei grundverschiedene Adoptionsverfahren handelte, und fragte die Familien, um welches Verfahren es bei ihnen ginge. Das unscheinbare Ehepaar wollte ein Baby aus dem Ausland adoptieren, vorzugsweise aus China, wie die Frau erklärte. Die ledige Mutter meinte, es mache ihr nichts aus, ein Kind mit einer Behinderung zu haben, sie würde sich für die sogenannte

»pasaje verde« entscheiden. Marina sagte knapp, sie wolle ein Mädchen aus Äthiopien adoptieren.

»Falls Sie schon genau wissen, dass Sie aus Äthiopien oder aus China adoptieren wollen, brauchen Sie nur dieses Land anzugeben. Aber Sie haben stets die Option, zwei Länder anzugeben. Ich persönlich würde Ihnen auch dazu raten.«

Sie blickte die verheiratete Frau an und fuhr dann fort.

»China leidet in dieser Generation unter Frauenmangel ... Vor zehn Jahren wurden massenweise Mädchen zur Adoption freigegeben, jetzt ist die Sache nicht mehr so leicht wie damals.«

Dann hielt Marta einen kleinen Vortrag über einige der vierundzwanzig Länder, mit denen Spanien einen Adoptionsvertrag unterzeichnet hatte. Das Adoptionsverfahren war bei einem Kind aus China ganz anders als das bei einem Kind aus Äthiopien.

Sie nahm den Marker in die Hand und schrieb an die Tafel:

Zur Vorlage benötigte Dokumente:

Adoptionsantrag

Auswahl des Adoptionslandes
Fotokopie der letzten Gehaltsabrechnung
Einkommenssteuererklärung
Gesundheitszeugnis über den körperlichen und psychischen Zustand
Führungszeugnis (Justizministerium von Palma)

Marta erläuterte die Punkte auf der Tafel einen nach dem anderen. Sie bezifferte das Einkommensminimum, das die spanische Regierung für die Adoptionsbefähigung festgesetzt hatte: Kinderlose Paar mussten einen Nettojahreslohn von 24 000 Euro verdienen, Paare mit einem Kind 28 000 Euro, mit zwei Kindern 32 000 Euro und Alleinerziehende 18 000 Euro. Diesen Verdienst erreichte Marina. Sie atmete erleichtert auf.

Sie würden zum Gesundheitsamt gehen und sich einer allgemeinen körperlichen und psychischen Untersuchung unterziehen müssen. Und schließlich brauchten sie noch ein polizeiliches Führungszeugnis, dazu mussten sie sich an das Justizministerium wenden und dort das Formblatt 790 beantragen. Niemand stellte eine Frage. Wenn man unbedingt nachweisen musste, dass man kein Verbrecher war, dann machte man das eben.

»Sobald Sie mir alle Unterlagen ausgehändigt haben, beginnen wir in Gruppen mit dem Training für Adoptiveltern. Später gehen wir zum Einzelunterricht über, und dann gibt es noch ein persönliches Gespräch bei Ihnen zu Hause. In dem Haus, in dem Ihr Kind unterkommen wird. Sobald Sie den Kursus absolviert haben, wird die sogenannte Tauglichkeitsbescheinigung ausgestellt. Das ganze Verfahren dauert in etwa neun Monate.« Marta nahm einen Schluck aus einer Plastikflasche. »Sollte das Team vom mallorquinischen Psychosozialdienst zu der Ansicht gelangen, dass Sie zur Adoption geeignet sind …« Marta hielt einen Moment inne, denn sie wusste, dass die folgenden Worte für die vier Personen, die sie hier vor sich hatte, sehr verletzend sein würden. »Sobald Sie also eine positive Tauglichkeitsbescheinigung in Händen halten … müssen Sie noch zwischen zwei und neun Jahren warten, bis Ihr Kind bei Ihnen zu Hause sein wird.«

Marina spürte, wir ihr kurz das Herz stehenblieb. Sie sah

keinen der Anwesenden an, aber sie war sich sicher, dass alle in diesem Moment die gleiche tiefe Angst verspürten wie sie selbst. Zwischen zwei und neun Jahren? Das war vollkommen absurd. Wenn sie Glück hatte, würde Naomi in drei Jahren nach Mallorca kommen. Was sollte dieses Kind die ganze Zeit in dem ärmlichen Waisenhaus anfangen? Auf den Schock folgte der Schmerz.

»Ich muss ganz aufrichtig zu Ihnen sein. Ich kann Sie nicht täuschen«, sagte Marta freundlich und händigte den Anwesenden einen braunen Umschlag aus. »In diesem Umschlag finden Sie den Antrag und alle weiteren Dokumente, die wir benötigen, ehe wir mit dem Adoptionstraining beginnen können.«

Eine Minute vor vier verabschiedete sie sich und verschwand eilig durch die Tür. Sie musste in zwanzig Minuten ihre leibliche Tochter in der Krippe abholen. Marta eilte zum Aufzug und hatte das große Pech, dass genau in diesem Augenblick der Sicherheitsbeamte mit der orangefarbenen Weste aus dem Aufzug trat und Kaffee aus einem Plastikbecher schlürfte. Beim Zusammenprall der beiden ergoss sich der Kaffee über Martas Schneiderkostüm. Mit einem Blick, der töten könnte, sah sie den Sicherheitsbeamten an, und ohne die Stimme zu heben, sagte sie zu ihm: »Bist du dumm oder was? Hast du gesehen, was du mir für einen Fleck gemacht hast?«

Marina setzte sich aufs Bett und stopfte sich ein paar Kissen in den Rücken. Dann öffnete sie den braunen Umschlag, den ihnen die Psychologin überreicht hatte, und holte die fünf Blätter heraus.

INTERNATIONALER ADOPTIONSANTRAG

Land 1 ____________________

Land 2 ____________________

Auf einem anderen Blatt standen in alphabetischer Ordnung die sechsundzwanzig Länder, mit denen die spanische Regierung ein Adoptionsabkommen geschlossen hatte.

Äthiopien, Bolivien, Brasilien, Bulgarien, China, Dominikanische Republik, Ecuador, Elfenbeinküste, El Salvador, Honduras, Indien, Kasachstan, Kolumbien, Madagaskar, Mali, Mexiko, Nicaragua, Peru, Philippinen, Polen, Rumänien, Russland, Senegal, Sri Lanka, Thailand, Vietnam.

Sie sah sich die Auflagen für jedes Land an. Nicht alle erlaubten die Adoption durch Alleinerziehende. Als Alleinerziehende konnte sie in Russland, China und Peru adoptieren. Sie sah sich die Liste nicht weiter an. Wozu? Sie hatte die Absicht, die Mutterrolle für dieses Mädchen zu übernehmen, dem sie auf die Welt geholfen hatte.

Sie nahm einen Kugelschreiber und schrieb neben Land 1 Äthiopien. Land 2 ließ sie frei.

Auf dem letzten angehefteten Blatt waren die Summen aufgelistet, die man den jeweiligen Herkunftsländern zahlen musste. Um ein russisches Kind zu adoptieren, musste man 30 000 Euro an die russische Regierung überweisen. Ein chinesisches Kind kostete 5000 Euro. In den lateinamerikanischen Ländern schwankte die Summe zwischen 7000 und 9000 Euro. Marina müsste Äthiopien 10 000 Euro zahlen. »Billig – teuer«: Diese beiden wertenden Adjektive, die ihr im Kopf herumschwirrten, kamen ihr obszön vor, aber letztlich war es grausame Realität, dass die Adoption eines russischen Kindes dreimal so teuer war wie die eines äthiopischen und sechsmal so teuer wie die eines chinesischen Kindes.

Sie füllte die Formulare aus und steckte die Blätter wieder in den braunen Umschlag. Sie öffnete die Schublade des Nachttisches und legte ihn auf das Moleskine-Büchlein und das Stethoskop. Dann deckte sie sich mit Lolas Wolldecken zu, schaltete das Licht auf dem Nachttisch aus und sah aus dem Fenster. Eine Zirruswolke lief quer über den Mond. »Zwischen zwei und neun Jahren …« Dabei wäre es so einfach, ein Flugzeug nach Addis Abeba zu nehmen und Naomi in die Arme zu schließen.

Der Apparat quetschte ihr die rechte Brust zusammen. Die Silikonprothese erschwerte die genaue Untersuchung des Brustgewebes. Also nahm die Krankenschwester den Druck wieder zurück. Sie legte die Brust noch einmal etwas anders auf die untere Platte und zog sie dabei so lang, als wollte sie sie Anna aus dem Körper reißen, dann senkte sich die Kompressionsplatte wieder herab. Anna hatte Schmerzen.

»Halten Sie bitte den Atem an.«

Marina betrat die Bezirksverwaltung des Justizministeriums von Palma. Acht Beamte saßen vor ihren Bildschirmen und tippten. Nur einer von ihnen führte gerade ein Gespräch mit einem Bürger. Marina ging auf den Polizisten zu, der hinter einem Tresen saß.

»Guten Tag. Ich bräuchte ein Dokument«, ganz unwillkürlich sprach sie leiser, »und zwar mein polizeiliches Führungszeugnis.«

»Ihren Personalausweis bitte.«

Marina holte ihren Ausweis aus der Tasche und reichte ihn dem Beamten.

Der Polizist tippte etwas in seinen Computer. Dann wartete er kurz und gab ihr einen Zettel mit einer aufgedruckten Nummer.

»Nehmen Sie bitte im Wartesaal Platz.«

Marina setzte sich in den Wartesaal. Im gleichen Augenblick erschien ihre Nummer auf dem Bildschirm. Sie nahm vor einer Beamtin Platz, der sie kurz ihre Geschichte schilderte. Die Beamtin tippte etwas in den Computer und las dann schweigend, was auf ihrem Bildschirm stand.

»Hier steht, dass Sie über einen Zeitraum von fünfzehn Jahren in den Vereinigten Staaten gelebt haben.«

»Ja.«

»Dann müssen Sie zur Amerikanischen Botschaft in Madrid gehen und sie bitten, uns ein polizeiliches Führungszeugnis zu schicken, das diesen Zeitraum abdeckt. Von hier aus können wir da nichts machen.«

Sie war allein in der Backstube und fegte noch die letzten Mehlreste weg. Sie fühlte sich schlecht und war wütend, denn sie fand dieses ganze Verfahren absurd. Sie würde nach Madrid fahren müssen. Was sollte das werden mit all den Papieren, die sie da beschaffen musste? Und es ging nicht nur um das Führungszeugnis, sie musste sich auch einem psychiatrischen Test unterziehen, alle Krankheiten auflisten, die sie je in ihrem Leben gehabt hatte, angeben, wie viel Geld sie auf der Bank hatte. Fragte man etwa eine

Mutter nach all diesen Dingen, wenn sie ein Kind im Bauch trug? Als Gynäkologin konnte sie versichern, dass sie Kinder aus den Bäuchen von Frauen gezogen hatte, die für die Mutterschaft vollkommen ungeeignet waren. Marina hatte sich nicht vorstellen können, bis zu welchem Grad das Mallorquinische Institut für soziale Angelegenheiten sich in ihre intimsten Angelegenheiten einmischen würde, um Naomis Leben zu schützen.

»Hallo?«, hörte sie jemanden von vorne rufen.

»Anna?«, fragte Marina.

Sie hatten nach Neujahr miteinander telefoniert. Anna hatte im Haus von Ursula angerufen, um ihrer Schwester ein frohes neues Jahr zu wünschen. Und dann hatten sie eine halbe Stunde lang miteinander gesprochen. Aber diesmal war es Marina gewesen, die gar nicht hatte aufhören können, von ihrer zukünftigen Mutterschaft zu erzählen und von ihren Plänen, sich vielleicht wieder ganz auf Mallorca niederzulassen.

Anna betrat die Backstube. Marina ging auf sie zu und küsste sie.

»Ist Anita schon zurück?«

»Ja. Sie macht bereits Pläne, den ganzen Sommer in Berlin zu verbringen, weil sie Deutsch lernen will, und dann ist sie auf eine ganz merkwürdige Idee verfallen: Sie möchte *Discjockey* werden und behauptet, in Deutschland könne man Tontechnik studieren, und davon redet sie jetzt den lieben langen Tag.« Anna zog die Brauen hoch und fuhr fort: »Ich meine, stell dir mal vor, wir hätten Mama erzählt, wir würden gern ein Studium absolvieren, um Plattenaufleger zu werden?«

»Das hätte sie wohl nicht geschluckt«, antwortete Marina und bemerkte, dass ihre Schwester sehr schnell und zittrig redete. »Sag, geht es dir gut?«

»Könnten wir vielleicht nach oben gehen und uns in Ruhe unterhalten?«

»Erzähl«, sagte Marina besorgt, als sie oben auf dem Sofa saßen.

Anna holte die Ausdrucke der Mammographien aus der Tasche. Marina erkannte gleich, was es war, und merkte, wie aufgeregt Anna war.

»Übermorgen machen sie eine Biopsie.«

Marina nahm die Bögen und sah den weißen Knoten. »Das kann auch eine Zyste sein. Mach dir mal keinen Kopf. Warte, bis wir die Ergebnisse haben«, antwortete sie. Doch sie verstand, was Anna mit ihren flehenden Blicken sagen wollte, dazu brauchte sie kein Wort zu sagen.

Kümmerst du dich bitte um mich, wenn mir etwas passieren sollte?

»Vielleicht ist es ja gar nichts, Anna. Bleib ruhig. Wart ab, was passiert.«

»*Hello!*«, tönte eine männliche Stimme aus der Bäckerei.

Marina sah auf die Uhr. »Es ist fünf nach zwei. Die Bäckerei ist geschlossen, wir müssen nicht nach unten gehen.«

»*Hello!!! Anyone there? Loula!!! Cata!!! Houla,* hola, *are you there?*«

»Gehen wir runter. Es gibt ohnehin nichts weiter zu erzählen. Den bediene ich jetzt. Das Brotverkaufen fehlt mir. Und die Touris bringen mich immer zum Lachen.«

»Dann komm und hilf uns, Anna. Wir können dich gut brauchen.« Sie erhoben sich beide. Marina legte ihrer Schwester den Arm um die Schulter. »Ich bin hier, egal was passiert. Aber quäl dich nicht, solange sie dir noch keine Ergebnisse mitgeteilt haben.«

»Danke, Marina …« Anna senkte wieder den Blick.

»*Hello!!! Anyone there? Maruia Doloures!!! Catalaina!!! Houla, houla, are you there?*«

»Das ist der nervige Ami von der Ostküste«, prophezeite Marina, die den Akzent des Kunden erkannt hatte.

Als sie den Amerikaner sahen, verstummten sie. Waren einfach baff. Sprachlos. Völlig von den Socken. Und wurden beide auf der Stelle rot.

»*Houla, amigas*, ich suchen Loula und Catalaina. Die Damen nichts mehr hier arbeiten?«, fragte der männliche Hauptdarsteller aus »Basic Instinct« die beiden Schwestern.

Es dauerte ein paar Sekunden, bis sie reagierten, denn das Einzige, was die Schwestern Vega de Vilallonga in diesem Moment sahen, war, wie dieser Herr mit seinen Augen eine sexy Sharon Stone auffraß, die in einem polizeilichen Verhörbüro vor ihm saß, die Beine öffnete und keinen Slip trug.

Anna schluckte schwer und vergaß einen Moment lang ihre Mammographie.

»María Dolores ist gestorben«, antwortete Marina irgendwann.

»*I am sorry*«, sagte er überrascht. »Ich weiß von nichts. Loula war jung. Sind Sie Töchter von Loula? Töchter von Catalina?«

»Nein, wir sind nicht ihre Töchter.«

Anna war immer noch ganz verzückt, dass sie hier dem erotischen Mythos ihrer Jugend gegenüberstand. Die ganze Insel wusste, dass Michael Douglas und Diandra, seine erste Frau, die Sommermonate immer in einer Villa in S'Estaca verbracht hatten. Die ganze Insel wusste über ihre einvernehmliche Scheidung Bescheid, darüber, wie Catherine in Michaels Leben trat und wie eifersüchtig Catherine war und wie das gute Einvernehmen mit seiner Ex ein Ende fand (was für eine dumme Idee, sich das Sommerhaus mit seiner Exfrau teilen zu wollen). Die ganze Geschichte war in aller Munde, und jeder kannte die Details, aber kaum ein Mallorquiner hatte ihn je zu Gesicht bekommen. Keiner wusste, wie sie das angestellt hatten, aber in den Monaten, die sie in S'Estaca verbrachten, war es ihnen immer gelungen, unerkannt zu bleiben.

»Können wir Ihnen irgendwie behilflich sein?«, wagte Anna zu fragen.

»Ich gerne hätte *pa moreno*, ich bin Kunde, Freund von Lola, und ein bisschen *pan de lemmon and* … Wie sagt man *poppy seeds? oh, yeah,* jetzt weiß ich, *amapola*, bitte«, antwortete Michael.

Anna schnappte sich eine Zange, drehte sich um und nahm ein *pa moreno* vom Auslagetablett. Marina tat es ihr gleich und schnappte ein Stück Zitronenkuchen. Mit dem Rücken zu Michael sahen sie einander an, und Anna streckte die Zunge heraus und fuhr sich grinsend über die Lippen, was zwar lustig, aber auch ein bisschen kindisch war.

Marina lächelte. Sie drehten sich gleichzeitig zu ihm um, wickelten die Ware ein und gaben ihm das Verlangte.

Michael legte die zwei Euro auf den Tisch, wickelte das Stück Zitronenkuchen mit Mohn wieder aus und biss hinein. Er kaute langsam, suchte den Geschmack all dieser Sommer … Sie sahen einander erwartungsvoll an.

»Der Geschmack von *lemon*-Kuchen ist nicht wie früher«, sagte er und biss noch einmal hinein. Er lächelte ihnen verführerisch zu und warf ihnen einen Satz hin, den sein Freund Schwarzenegger ihm in »Terminator 2« beigebracht hatte: »*Hasta la vista, babies.*«

Marina startete einen Versuch, die Botschaft zu veranlassen, ihr die nötigen Dokumente per Post zuzuschicken, aber es war nichts zu machen. Eine Woche später nahm sie einen Flug nach Madrid-Barajas, und in Madrid angekommen, machte sie sich auf den Weg zur Botschaft. Kurzes Treffen mit dem Botschaftssekretär. Sie hatte einen Monat verloren, um am Ende dieses verfluchte amerikanische Papier in Händen zu halten, das bestätigte, dass Marina keine Kriminelle war. In diesem Monat hatte sie die letzten Steuererklärungen kopiert, den Vermögensnachweis erbracht, in dem vermerkt war, dass sie die rechtmäßige Besitzerin einer Getreidemühle, eines Hauses und eines gewerblich genutzten Geschäftsraums (der Bäckerei) in Valldemossa war, außerdem die Kontoauszüge, aus dem ihre jährlichen Einnahmen hervorgingen, sowie die letzte Gehaltsabrechnung. Sie hatte sich durchchecken lassen und war auf Empfehlung der IMAS bei der Psychiaterin von Son Dureta gewesen, um sich bestätigen zu lassen, dass sie psychisch stabil war.

Nach einem Monat hatte sie alle Papiere beisammen, steckte sie in den Umschlag, den die Beamtin ihr bei dem ersten Gespräch mitgegeben hatte, und brachte ihn zum Balearischen Inselrat.

Wieder hieß es warten.

Von: marinavega@gmail.com
Gesendet: 27. Januar 2011
An: mathiasschneider@gmail.com
Betreff:

Hallo Mathias,
ich schicke dir diese Mail vom Computer im Haus. Letzte Woche war ich mit Gabriels Frau im Zentrum, und wir

haben einen riesigen Computer gekauft, und heute Morgen sind die Techniker von der Telefongesellschaft hier gewesen + (34) 971 456723. Ruf mich bitte an, sobald du kannst.
Wie geht es dir? Erzähl mir von deinem Projekt in Palästina. Sind Ona und Aritz noch in deinem Team? Hier ist alles wie immer. Alles dreht sich immer nur um dasselbe, um das *pa moreno* oder um Zitronen oder Mohn ... Ursula und ich machen regelmäßig unsere Spaziergänge. Niebla sieht immer schlechter, gestern ist sie gegen einen Laternenpfahl gelaufen, die Arme, ich fürchte, ich werde sie zum Tierarzt bringen müssen.
Ich weiß nicht, warum, Mathias, aber ich habe das Gefühl, du bist ganz weit weg. Weiter als je zuvor. Bis wir uns im Juli wiedersehen, ist es noch so lange hin, es kommt mir wie eine Ewigkeit vor.
I love you
Marina

Anna setzte sich, mit Blick aufs Meer. Es war Nachmittag. Sie war allein. Vor weniger als einer Stunde hatte die Onkologin ihr die traurigen Ergebnisse der Biopsie mitgeteilt. Es ging ein starker Wind, der ihr die Haare vors Gesicht wehte. Sie strich sich die Strähnen hinters Ohr. Ein Schauder überlief sie. Sie zog die Strickjacke vor der Brust zusammen und betrachtete die Wellen, die der Wind im Mittelmeer aufwarf.

Das Handy klingelte. Auf dem Display Antonios Name. Sie ließ es weiterklingeln. Sie dachte an ihre fünfzehnjährige Tochter, versuchte sich vorzustellen, wie der Alltag zwischen Armando und Anita aussehen würde, wenn sie nicht mehr wäre. Sah sie mit gesenktem Kopf und ohne miteinander zu reden zu Abend essen. Stellte sich vor, wie ihre Schwiegermutter sich am Ende in dem Haus breitmachen würde, und dann würden sie jeden Abend zu dritt am Abendbrottisch sitzen. Diese Vorstellung machte ihr Angst. Sie hatte die Mutter ihres Mannes so viele Jahre lang ertragen, sie wollte sie nicht in der Nähe ihrer Tochter wissen. Das konnte sie nicht zulassen.

Und was wäre, wenn ihr Mann sich nach ihrem Tod entscheiden sollte, das Haus zu verkaufen, um einen Teil der Schulden abzubezahlen? Würden sie dann eine Wohnung mieten? Nein. Armando würde niemals mit seiner pubertierenden Tochter in eine Wohnung ziehen. Er wüsste gar nicht, wie er das bewerkstelligen sollte. Diese Option war auszuschließen. Ihr war klar, dass ihre Tochter Anita, sollte Armando das Haus verkaufen, bei ihrer Schwiegermutter wohnen würde und er Gott weiß wo. Oder vielleicht würden sie alle drei im Haus der Schwiegermutter enden. Sie atmete tief ein. Krebs kann man heilen, Anna, beschwichtigte sie sich. Beruhige dich. Atme durch. Warte ab. Warten worauf, Anna? Bis du tot bist? Du hast dich in deinem Leben immer nach den anderen gerichtet, hast das Leben gelebt, das deiner Mutter Ana de Vilallonga gefiel. Ein Leben, das deinem Mann Armando García gefiel. Ein Leben, das deiner Schwiegermutter gefiel. Was hast du jemals wirklich selbst entschieden? Und während sie sich im Geiste für all das geißelte, was sie nicht getan hatte, wusste sie es plötzlich. Jetzt, da sie fast fünfzig Jahre alt war und den Krebs im Körper hatte … Jetzt wusste Anna endlich, was sie tun wollte.

»Respekt gegenüber der Herkunft des adoptierten Kindes. Gegenüber seiner Herkunftsfamilie. Gegenüber seiner Herkunftskultur. Gegenüber seiner Rasse«, leierte Marta herunter.

Marina hörte der Beamtin zu und seufzte.

»Unsere Priorität sind die Kinder, nicht Sie. Und eine Adoption darf nicht den Zweck erfüllen, eine Leere in Ihrem Leben zu füllen. Ich weiß, dass Sie alle den Wunsch haben, Eltern zu werden, aber an erster Stelle steht das Kind, das eine geeignete Familie braucht und zu einem gesunden Erwachsenen heranwachsen soll.« Marta griff nach einem Plastikbecher und trank Kaffee. Sie hatte in der Nacht wenig geschlafen. Ihre Tochter litt an einer schweren Bronchitis. »Was auch immer geschehen mag, das sind Ihre Kinder bis zum Lebensende. Bis zum Lebensende«, wiederholte sie mit schneidend scharfer Stimme. »Uns werden Kinder zurückgegeben. Mehr Kinder, als Sie glauben«, sagte sie, um den Ton zu rechtfertigen, in dem sie sprach. »Was auch immer geschieht, es ist Ihr Kind, und wir müssen sicher sein, dass Sie in der Lage sind, sich darum zu kümmern.«

Die vier Zuhörer wussten nicht recht, ob sie gekränkt oder verärgert sein sollten. Niemand hier hielt sich für fähig, ein Kind wieder zurückzugeben.

Als könnte Marta in ihren Köpfen lesen, sagte sie: »Manchmal würde man seine leiblichen Kinder in der Pubertät am liebsten zurückgeben. Und das gilt zehnmal mehr für die adoptierten Kinder. Es kommt vorwiegend in der Pubertät vor, dass uns Kinder zurückgebracht werden, hierhin, in dieses Gebäude. Bei dem letzten Jungen rechtfertigte sich der Vater mit dem Argument, wir hätten ihn ›falsch informiert‹, dabei hatten wir ihm das Kind im Alter von drei Jahren überlassen. Es handelte sich um einen russischen Jungen, der heute achtzehn Jahre alt ist. Er lebt jetzt in einem Heim. Und ich selbst hatte diesen Eltern die Fähigkeitsbescheinigung ausgestellt.«

Marina hatte das Gefühl, die Psychologin versuche, ihnen Angst zu machen und sie an dem hehren Wunsch zweifeln zu lassen, den alle Anwesenden in diesem kalten Saal in der IMAS hatten. Jeder Satz dieser Frau traf einen empfindlichen Nerv.

Nach dem Gespräch wurde ein Dokumentarfilm gezeigt, in dem Erwachsene, die man einst adoptiert hatte, über ihre Erfahrungen sprachen. Die meisten erzählten, sie hätten kein Problem damit, dass man sie adoptiert hatte, andere äußerten leise Kritik an der passiven Haltung, die ihre Eltern gegenüber ihrem Herkunftsland einnahmen. Es war interessant, ihnen zuzuhören. Aber eine Sache weckte Marinas Aufmerksamkeit. Sämtliche Interviewten, die in der Doku zu Wort kamen, wehrten sich in irgendeiner Form dagegen, ihren Eltern ewig dankbar dafür sein zu müssen, dass sie sie adoptiert hatten. Das war eine Bürde, an der offenbar alle schwer zu tragen hatten. Eine der adoptierten Frauen sagte: »Sind denn leibliche Kinder ihren Eltern ständig dankbar, dass sie von ihnen großgezogen wurden? Müssen sie ihnen ewig und jeden Tag von Neuem dafür danken, dass sie sie auf die Welt gebracht haben?«

Marina verließ die Versammlung mit Literaturempfehlungen für ein Jahr. Bücher von Frauen auf der ganzen Welt, die das Adoptionsverfahren durchlaufen hatten und ihre Erfahrungen als Adoptivmütter schilderten. Romane von mittlerweile erwachsenen Adoptivkindern. Eine Graphic Novel mit dem Titel »Hautfarbe: Honig« war die Autobiografie des Zeichners, eines Südkoreaners, der in den siebziger Jahren von einer belgischen Familie adoptiert worden war. Marina hatte sich das Buch gekauft und in einer Nacht verschlungen. Sie hatte sich noch nie einen Comic gekauft und hätte nie gedacht, dass Zeichnungen einen so aufwühlen können. Es war fünf Uhr morgens. Sie machte das Licht aus und erinnerte sich an die Worte ihrer Freundin Laura, als diese ihr vor Jahren die Hand auf den Bauch gelegt und gesagt hatte:

»Du kannst ein Kind lieben. Daran darfst du nie zweifeln.«

»In ein paar Wochen beginnt die Chemotherapie«, sagte Anna mit fester Stimme zu Cuca.

»Was?«, antwortete diese verschreckt.

»Ich habe Brustkrebs.«

Reflexhaft griff Cuca nach ihrer Hand.

»Ich brauche nicht dein Mitleid, sondern deine Hilfe.«

»Aber natürlich, Anna. Ich helfe dir, wobei auch immer«, antwortete Cuca hastig.

»Ich muss mein Haus verkaufen. Muss einen Käufer finden. Und zwar den besten, und ich weiß, dass dein Mann weiß, wie das geht.«

»Aber Anna, was meint denn Armando dazu?«

»Was Armando dazu meint, ist mir im Augenblick vollkommen schnuppe. Und ich möchte dich bitten, dass du dieses Gespräch mit keinem Wort erwähnst. Das ist eine Sache zwischen dir und mir. Einverstanden?«

»Ja, Anna.«

»Schau mir in die Augen und sag mir, dass du dafür sorgen wirst, dass das unter uns bleibt.«

»Ich gebe dir mein Wort«, antwortete Cuca aufrichtig. »Aber … wo willst du wohnen und …«

»Mit dem Geld aus dem Hausverkauf kaufe ich mir ein kleines Appartement im Zentrum von Palma. Schön hell und mit Blick aufs Meer. Drei Zimmer. Mit dem, was vom Hausverkauf übrig bleibt, lege ich auf der Bank ein Konto für meine Tochter an, auf das nur meine Schwester Zugriff hat, bis meine Tochter achtzehn ist. Sag mir, was Curro dafür braucht.«

Cuca musste erst einmal die Neuigkeiten verdauen, die ihre Freundin ihr da einfach so hingeworfen hatte. Sie kannte Anna schon seit vierzig Jahren, und in diesem Augenblick machte sie einen unglaublich starken Eindruck auf Cuca.

»Fotos vom Haus und eine Wertschätzung von der Bank. Hast du das?«

»Die Fotos schicke ich dir noch heute. Aber die anderen Papiere sind wahrscheinlich in Armandos Tresor.«

»Mach dir mal keine Sorgen. Curro hat bestimmt eine Kopie von allem. Ich schau mal nach, was ich in seinem Büro so finde.«

»Ich fange mit der Chemotherapie erst an, wenn ich das Haus verkauft und eine Wohnung für meine Tochter gefunden habe. Ich weiß nicht, ob ich dich als Freundin betrachten kann, Cuca ... es wäre schön, wenn du mir, eingedenk all der Jahre, die wir uns schon kennen, helfen würdest.«

»Anna, ich werde dir bei allem helfen, was immer es ist. Du kannst auf mich zählen. Bitte beruhige dich, Brustkrebs ist heilbar.«

Anna erhob sich von dem Barhocker, auf dem sie gesessen hatte, legte fünf Euro für die beiden Getränke auf den Tresen und antwortete: »Das will ich hoffen.«

Von: marinavega@gmail.com
Gesendet: 15. Februar 2011
An: mathiasschneider@gmail.com
Betreff:

Lieber Mathias,
ich weiß nicht, ob du meine Mail gelesen hast. Laura hat mir gesagt, die Verbindung nach Palästina sei schwierig, aber es gehe euch gut. Bitte schreib mir oder ruf mich an. Ich muss wissen, was mit dir ist. Ende März geht das Training zu Ende. Dann sind es noch zwei Wochen bis zu den Einzelgesprächen mit der Psychologin. Ich werde nach Äthiopien fliegen, um Naomi zu sehen.
Ich werde dich immer lieben
Marina

Cuca stellte unter Beweis, dass sie der Aufgabe gewachsen war. Sie machte die Sache zu ihrer persönlichen Angelegenheit und nutzte Curros Kontakte, um den besten Käufer zu finden. Curro hatte potenzielle Interessenten aus Deutschland gefunden. Aber Cuca wollte ganz hoch hinaus, verwarf den deutschen Markt wieder und konzentrierte sich auf den russischen. Nach nicht einmal zwei Wochen traf sie sich mit einem gewissen Dimitri Bulgakow, der den 82. Platz auf der Forbes-Liste einnahm, eine europäische Fußballmannschaft gekauft hatte und außerdem mit einem zweifelhaften pharmazeutischen Produkt Millionen scheffelte. Dimitris Frau würde auf die Insel kommen, um sich das Haus anzusehen, und wenn es ihr gefallen sollte, würde der Deal auf der Stelle gemacht.

Cuca war auf ihre ganz eigene Art eine Freundin, aber sie war eine.

Der nächste Schritt war ein Gespräch mit ihrem Mann. Als Anita sich auf den Schulweg machte, umarmte Anna sie und sagte ihr, wie stolz sie auf sie sei. Anita sah ihre Mutter verwundert an, setzte sich den Helm auf, stieg auf die Vespa und gab Gas. Anna sah ihrer davonbrausenden Tochter nach, und als sie aus ihrem Blickfeld verschwunden war, schloss sie die Tür und seufzte. Das Gespräch, das ihr bevorstand, würde nicht leicht werden.

Sie leerte den Aschenbecher, der von Zigarettenkippen überquoll, die jemand hastig geraucht hatte. Sie machte die Vorhänge auf und ließ das Licht hereinfluten. Sie betrachtete das Hochzeitsfoto, als sei es eine Aufnahme von Unbekannten. Dann hörte sie, wie Armando die Treppe herunterkam. Sie drehte sich zu ihm um.

»Tag«, sagte Armando lustlos.

»Guten Tag. Kannst du bitte mal kurz kommen? Wir müssen miteinander reden.«

»Ich mach mir einen Kaffee.« Armando ging in die Küche, und Anna setzte sich aufs Sofa und wartete auf ihn, während sie sich ängstlich ausmalte, was in wenigen Sekunden passieren würde. Sie würde schnell sein müssen und die Sache direkt ansprechen. Armando kam aus der Küche und schlürfte Espresso aus einer winzigen Tasse. Er setzte sich zu ihr aufs Sofa.

»Sag mal«, sagte er und zündete sich eine Marlboro an, »wieso hast du die Vorhänge aufgezogen? Da kommt viel zu viel Sonne rein.«

Anna holte Luft und dann rückte sie mit der Wahrheit heraus. »Ich möchte die Scheidung.«

»Wie bitte?«

»Ich möchte die Scheidung, Armando«, wiederholte sie etwas leiser.

Armando lächelte bitter. Es dauerte ein paar Sekunden, bis er antwortete. »Ihr seid aber auch alle gleich. Macht. Darauf lässt sich alles reduzieren. Wenn einer keine Macht mehr hat, dann ist er nichts mehr wert.«

»Was redest du da, Armando«, schnitt Anna ihm das Wort ab.

»Was ich da rede? Na, ich sag die Wahrheit. Solange es Hotels gibt, gutes Essen, Spazierfahrten auf der Yacht, Kreditkarten, ist von Scheidung keine Rede. Jetzt, da ich alles verloren habe und arm bin wie eine Kirchenmaus, werde ich rausgeschmissen. Genauso ist es. Ihr seid alle gleich«, sagte er zu sich und erinnerte sich an seine junge panamesische Geliebte, die ihm, nachdem sie ihn bis auf den letzten Euro ausgenommen hatte, gnadenlos einen Arschtritt verpasst hatte. »Alle gleich«, und dann schloss er mit einem Wispern: »Drecksluder.«

»Armando, unsere Beziehung ist schon vor vielen Jahren zu Ende gegangen.«

»Aber schau doch, mein Schatz, ich will keine Scheidung«, antwortete er gehässig.

»Du kannst dich dem nicht widersetzen.«

»Und ob ich das kann. Wenn du Krieg willst, den kannst du haben. Das wird nicht so leicht werden. Das hier ist der eheliche Wohnsitz. Das Haus gehört mir genauso wie dir«, sagte er, drückte die Kippe im Aschenbecher aus und erhob sich.

Anna warf ihm vom Sofa aus einen wütenden Blick nach. »Armando.«

»Lass mich in Frieden.«

»Schau mich an, bitte.«

Armando drehte sich zu seiner Frau um und sah sie mit Verachtung an. Sie hasste diesen Blick, den sie so gut kannte und mit dem er sie klein machen wollte. Ohne auch nur eine Sekunde sein Mitleid zu suchen, warf sie ihm mit tiefer Stimme hin: »Ich habe Krebs.«

»Du bist eine arme Irre«, sagte Imelda kopfschüttelnd zu ihrer Tochter, als sie den dicken Bauch sah, mit dem sie den Flughafen Nino y Aquino in Manila betrat. Ihre Tochter hatte ihr die Schwangerschaft verschwiegen. Nicht dass das kleine Wesen, das sie im Bauch trug, keinen Vater gehabt hätte. Sie hatte heimlich geheiratet, sobald sie wusste, dass sie schwanger war, und zwar den jungen Mann, den sie liebte. Einen fliegenden Händler, der nachmittags mit dem Fahrrad durch die Stadt fuhr und in den Stadtvierteln von Manila gesalzenes Brot auslieferte.

Aber dafür hatte ihre Mutter sich nicht geopfert und vierzehn Jahre lang in Spanien geschuftet. Nein. Nicht dafür. Um weiter in diesem Mülleimer auszuharren, in den sie hineingeboren worden waren. In dieser Siedlung aus Wellblech und Plastik. Imelda hatte für ihre Tochter andere Pläne gehabt. Und sie hatte sich ein Leben fern von diesem Viertel erträumt, in dem ihre ganze Sippe geboren war. Imelda hatte ihre Mutterschaft geopfert, um ihre Tochter einmal auf der Universität von Manila zu sehen, wo sie sich in die Frau verwandeln würde, die sie selbst nie hatte sein dürfen.

Aber wie ich ein paar Seiten zuvor schon gesagt habe, ist das Leben nun einmal nicht so, wie wir es gerne hätten, sondern so, wie es eben ist. Das waren zwar ihre Pläne gewesen, aber nicht die ihrer Tochter, die sich in das Leben ergab, das ihr bestimmt war. Aber eines war für Imeldas Tochter ganz klar: dass sie das Kind, das sie im Bauch trug, niemals verlassen würde wie ihre Mutter es mit ihr getan hatte. Lieber würde sie es mit gesalzenem Brot und rohen Eiern großziehen, als es mit vier Jahren in die Hände von irgendwem zu geben… selbst wenn dieser Irgendwer die eigene Großmutter wäre.

So kniete Imelda nun am Ufer des Pasig und wusch die Kleidung ihrer zukünftigen Enkelin, Kleidung, die ihre Tochter als Baby getragen hatte und die sie in einer Plastikkiste in der baufälligen Hütte aus Wellblech und Plastik aufbewahrt hatte, in der sie lebten. Es war nicht einfach, sich wieder an das Leben auf den Philippinen zu gewöhnen. Im Haus ihrer Herrschaften hatte Imelda ein eigenes Schlafzimmer gehabt, ein Badezimmer mit Warmwasser, einen eigenen Fernseher, Raum für sich. Jetzt teilte sie sich das Zimmer mit ihrer Mutter. Ihre Tochter und deren Mann belegten das andere Zimmer. Imelda wurde schon bald klar, dass ihre Tochter sie gar nicht brauchte. Sie hatte das Mädchen im Alter von vier Jahren zurückgelassen. Vierzehn Jahre später kam sie zurück. Was hatte sie erwartet? Ihre Tochter bat sie nicht um Rat, sie ging immer zu ihrer Großmutter, die sich ihr ganzes Leben lang um sie gekümmert hatte. Im Grunde störte Imelda hier.

Sie sah auf ihre Armbanduhr, die ihr der Pakistani von dem Telefonladen auf Mallorca verkauft hatte. Für Spanien musste man sechs Stunden zurückrechnen. Die Señora würde jetzt allein zu Hause sein. Sie hatten ihr immer noch nicht die drei Monatslöhne gezahlt, die sie ihr schuldeten. Sie hatte ein paar Mal mit Señor Armando gesprochen, der versprochen hatte, eine Überweisung auf ihr Konto vorzunehmen, was er aber seit einem Jahr nicht getan hatte. Sie hoffte sehr, Señora Anna würde ans Telefon gehen.

Sie wrang die Wäsche aus, hängte sie über eine Leine vor ihrer Slumhütte und ging dann zur Kawili Manila Bar im Zentrum des Viertels, wo man Telefonkarten kaufen und aus dem ganzen Viertel Anrufe entgegennehmen konnte.

»Señora!«

»Imelda!«

»Wie geht es Ihnen, Señora?«

»Gut, Imelda, und Ihnen?«

»Sehr gut, Señora. Ich kann nicht lange sprechen. Es ist sehr teuer.«

»Dann sprich, Imelda.«

»Ihr Mann hat mich noch nicht bezahlt.«

»Wie denn das? Zu mir hat er gesagt, er hätte das schon getan. Ich kümmere mich persönlich darum, Imelda. Entschuldigen Sie.«

»Ja, bitte, Señora. Ich bekomme in diesem Monat eine Enkelin. Und ich hätte gern, dass sie in einem Krankenhaus zur Welt kommen kann und nicht zu Hause. Außerdem kostet der Ultraschall tausend philippinische Pesos.«

»Machen Sie sich keine Sorgen. Ich werde es heute noch überweisen.«

»Danke, Señora.«

»Nichts zu danken. Ich hoffe, es geht Ihnen gut.«

Sie wusste nicht, warum, aber Anna hatte einen Kloß im Hals und hätte am liebsten mit dieser asiatischen Frau geweint, die ihr so viele Jahre Gesellschaft geleistet hatte.

»Passen Sie gut auf sich auf, Imelda«, verabschiedete sie sich mit gebrochener Stimme.

»Sie auch, Señora ... Señora!«

»Ja?«

Imelda wusste selbst nicht recht, wieso sie das sagte. Aber es ging ihr schon seit Monaten im Kopf herum, seit sie in ihre Geburtsstadt zurückgekehrt war. »Falls Sie vielleicht noch eine Freundin haben, die eine Haushaltshilfe brauchen könnte, dann rufen Sie mich doch an. Meine Tochter ist schon erwachsen. Und sie ist hier gut versorgt.«

Anna fuhr zu Antonio nach S'Estaca. Sie war die ganze Woche nicht rangegangen, wenn er angerufen hatte. »Sobald ich kann, rufe ich dich an«, hatte sie ihm per SMS geantwortet. Als Antonio die Tür öffnete, fiel er ihr verzweifelt um den Hals.

»Mach das nicht noch einmal mit mir, Anna. Mach das nicht noch einmal«, sagte er und ließ sie nicht mehr los, während ihm die Tränen in die Augen schossen.

»Es tut mir leid«, antwortete Anna. »Aber hör auf zu weinen, du Dummkopf.« Sie trocknete ihm die Tränen. »Wenn ich gewusst hätte, dass du weinen kannst …«

Antonio lachte und entschuldigte sich. Er hatte es selbst nicht gewusst. Wenn er diese Frau sah, die er jetzt wieder so liebte wie in seiner Jugend, kam es einfach über ihn.

»Und bring mich bitte nicht gleich um, vielleicht werde ich ja wieder gesund.«

»Natürlich wirst du wieder gesund. Ich hab nur seit einer Woche nichts mehr von dir gehört. Mach das nicht noch einmal mit mir!«

Anna küsste ihn auf den Mund und dachte sich: Wie wunderschön ist das, wenn ein Mann dich aufrichtig liebt. »Lass uns mit dem Motorrad irgendwohin fahren. An den schönsten Ort. Einen, der dir gefällt.«

Sie stiegen aufs Motorrad und beschlossen, keinen Helm aufzuziehen und lieber den Wind zu genießen, die Sonne, das Meer und ganz gemächlich die Küste entlangzutuckern. Anna presste sich an ihn und schlang ihm die Arme um den Leib.

Sie kamen zur Steilküste von Sa Foradada, an genau die Stelle, an der sie vor dreißig Jahren gesessen und die Welt mit dem Zeigefinger auf der Landkarte bereist hatten. Sie stiegen vom Motorrad und gingen Hand in Hand zum äußersten Punkt der Steilküste, setzten sich auf den Felsen und ließen die Beine übers Meer baumeln. Anna streichelte seine Hand und spielte mit seinen Fingern. Er küsste sie aufs Haar und legte ihr den Arm um die Schulter. Sie lehnte den Kopf an seine Schulter.

»Nächsten Sommer, wenn ich wieder geheilt bin, würde ich gerne mit dir eine Reise machen, falls du das möchtest. Einen Monat lang. Nur wir beide.«

»Wirklich?«, sagte Antonio ungläubig.

»Ja, wirklich. Wir könnten in die Dominikanische Republik fahren. Da könnten wir deine Tochter besuchen. Und anschließend fahren wir allein weiter, die Insel erkunden. Und dann geht's auf einen Sprung rüber nach Kuba. Ich habe große Lust, Kuba kennenzulernen.«

»Dann darfst du aber keine Rückzieher mehr machen ... Ich nehme solche Sachen ernst, musst du wissen.«

»Nein. Das verspreche ich dir, diesmal nicht.«

Antonio küsste sie.

»Nur eins noch«, fuhr Anna fort.

»Siehst du, schon sind wir wieder am Feilschen.«

»Ich nehme ein Flugzeug. Du kannst gerne mit dem Schiff fahren, wenn du magst, ich warte dort auf dich.«

»Mal sehen ... Vielleicht wäre es eine gute Idee, wenn ich schon einen Monat vorher ein Schiff nehme, dann haben wir Geld für die Ausgaben dort.« Antonio küsste sie viermal hintereinander, und jeder Kuss wurde von einem *Ich liebe dich* begleitet.

Über eine Stunde saßen sie so, hoch oben über dem Meer. Antonio schilderte ihr begeistert, welche Orte sie sich anschauen würden: den Strand von Bayahibe, den Strand von Macao, die Bahía de las Águilas …

Als es dunkel wurde, kehrten sie in Antonios Haus zurück. Er liebte sie so, wie sie es mochte, sie ließen sich alle Zeit der Welt und sahen einander dabei in die Augen, ein letztes Mal.

Von: mathiasschneider@gmail.com
Gesendet: 17. Februar 2011
An: marinavega@gmail.com
Betreff:

Liebe Marina,
bitte entschuldige, ich konnte deine Mails nicht lesen. Es hat ein Angriff der israelischen Streitkräfte stattgefunden. Die Verbindung über El Thuraya bricht immer wieder ab, Gespräche von mehr als dreißig Sekunden sind nicht mehr möglich.
Ich bin durcheinander, Marina. Du fehlst mir, aber auch ich habe das Gefühl, dass du weit weg bist. Diese Entscheidung hast du allein getroffen. Ich weiß, wir haben darüber gesprochen und uns darauf geeinigt, dass du die Adoption alleine beantragst und wir unsere Beziehung weiterführen. Aber als ich hierher kam, wurde mir klar, dass ich nicht wirklich weiß, was ich will, Marina. Du fehlst mir, bei meinen Projekten hätte ich dich gerne an meiner Seite, wünschte, wir würden unseren Beruf wieder gemeinsam ausüben, wie wir es bisher getan haben. Aber

nicht so. Nicht, wenn ich dich nur drei Monate im Jahr sehen kann. Denk bitte gut darüber nach. Im Juni bin ich auf Mallorca, dann können wir in Ruhe über alles reden.
Pass gut auf dich auf
Mathias

Pass gut auf dich auf… Diese fünf Worte gefielen Marina nicht besonders. Ohne zu antworteten, schaltete sie den Computer aus und ging nach oben ins Schafzimmer. Sie ließ sich aufs Bett fallen und nahm das Foto vom Nachttisch, das Kaleb im Waisenhaus von ihnen gemacht hatte. Zart strich sie mit den Fingerkuppen übers Glas, erst über Mathias' Gesicht, dann über das von Naomi.

Das genetische Erbe des adoptierten Kindes, die Ungewissheiten, welche Krankheiten dieser unbekannte Code bergen mochte, die psychischen Folgen der Vernachlässigung, Probleme durch die mangelnde frühkindliche Bindung, die elterliche Resilienz, erworbene schlechte Gewohnheiten, ADHS, Impulsivität, mangelndes Selbstwertgefühl, Schwierigkeiten, sich in ein institutionalisiertes Lebensumfeld zu integrieren, Orientierungslosigkeit und Überforderung der Adoptiveltern, Paarkonflikte und so weiter. Ende März, als das Gruppenintensivtraining für werdende Adoptiveltern zu Ende ging, waren sie alle völlig desillusioniert.

Die vier künftigen Adoptiveltern fuhren gemeinsam mit dem Aufzug der IMAS nach unten. Der einzige Mann unter ihnen wagte auch als Einziger in dem Metallkubus, in den sie eingesperrt waren, das Wort zu ergreifen: »Ich weiß ja nicht, wie es Ihnen geht, aber ich habe ganz schön Muffensausen.«

Muffensausen hatte Marina nicht, sie wollte nur noch

raus aus diesem gepflegten Gebäude der mallorquinischen Regierung, in dem sie sich befanden, sich in ein Flugzeug setzen und ins chaotische Addis Abeba fliegen.

Kaleb brachte sie direkt ins Waisenhaus. Sie hatte ein Gespräch mit dem Leiter vereinbart. Gleich beim Betreten des Gebäudes sah sie Naomi, die wie immer in ihrem Eisenbettchen saß und vor sich hin starrte, dorthin, wo die Sonne durch die Tür fiel.

»Entschuldige, mein Schatz … entschuldige«, sagte Marina und nahm sie auf den Arm. »Jetzt weiche ich zwei Wochen lang nicht mehr von deiner Seite.«

Mit Naomi auf dem Schoß setzte sie sich ins Büro des äthiopischen Beamten. Er konnte Englisch nur radebrechen, aber mit Kalebs Hilfe konnten sie miteinander kommunizieren. Er informierte sie darüber, dass sie dem Ministerium für Frauen und soziale Angelegenheiten der Regierung von Addis Abeba die Fähigkeitsbescheinigung zukommen lassen müsste und ihm selbst noch eine Kopie. Anschließend müsse Marina sich einen äthiopischen Anwalt nehmen für den Prozess, der ein paar Monate später stattfinden würde.

»Und man kann sie inzwischen nicht einfach einer anderen Familie geben?«

»Nein. Das geht alles durch meine Hände.«

Marina wusste sehr gut, wie die Dinge in dem afrikanischen Land funktionierten, und so zögerte sie nicht, den Anwalt zu nehmen, den der Beamte ihr empfahl.

Sie stieg in einem einfachen Zwei-Sterne-Hotel in der Nähe des Waisenhauses ab. Jeden Morgen um sieben stand sie auf, um Naomi das erste Fläschchen zu geben, und verbrachte dann den ganzen Tag mit ihr. Mit jedem Tag an ihrer Seite erschien dieses elend lange Adoptionsverfahren, dem sie sich unterziehen musste, immer sinnloser.

Die vierzehn Tage gingen schnell vorbei. Kaleb würde sie direkt am Waisenhaus abholen. Ihr Flug ging um neun Uhr abends. Sie würde Naomi schlafen legen, und wenn sie dann schlief, würden sie zum Flughafen fahren. Sie küsste sie auf die Wange, und es brach ihr das Herz, sie schlafend dort zurückzulassen. Am nächsten Tag würde Naomi auf sie warten, aber Marina würde erst Monate später zurückkehren.

Sie stieg ins Auto und fühlte eine tiefe Traurigkeit im Herzen. Kaleb schlug die Tür des Jeeps zu. In diesem Augenblick klopfte der Beamte ans Fenster. Kaleb ließ die Scheibe herunter. Er verabschiedete sich noch einmal auf Englisch von Marina und wandte sich dann auf Amharisch an Kaleb. Kaleb hörte aufmerksam zu und antwortete. Marina verstand kein Wort von dem, was die beiden äthiopischen Männer miteinander sprachen, aber dem Tonfall konnte sie entnehmen, dass es ein Streitgespräch war. Kaleb stellte eine wütende Frage, und der Beamte antwortete entschlossen und hart. Dann verabschiedeten sie sich. Kaleb steckte ohne ein Wort den Schlüssel in den Anlasser und gab Gas.

»Was ist los?«

Kaleb sah ihr nicht in die Augen, als er antwortete. »Er will zehntausend Euro.«

Der Russin gefiel die Rokoko-Einrichtung der Villa, sie würde noch einen Leoparden-Teppich hineinlegen, der gut zu der Chaiselongue passte, und ein paar großformatige Skulpturen, die sie mit einem Sattelschlepper aus Moskau kommen lassen würde.

Es gab nur einen Gegenstand, den Anna aus dem Haus mitnehmen wollte, und das war die Seemannstruhe ihres Vaters. Aber nicht für sich selbst, sondern für ihre Schwester. Sie wusste, dass ihre Schwester an diesem alten Möbel hing, das mit so vielen Erinnerungen verbunden war. Und es würde ihr eine große Freude machen, sie bei sich in Valldemossa zu haben. Anna nutzte die Gelegenheit, dass Armando in die Schweiz gereist war, um Antonio anzurufen, der sich gleich von einem Freund einen Kleintransporter lieh und vor Annas protzigem Haus vorfuhr. Gemeinsam hievten sie die Truhe in den Wagen und fuhren damit zur Bäckerei von Valldemossa.

Marina wickelte gerade den Zitronenkuchen ein. Ein Stück für die Witwe und eins für den Pfarrer, denn seit Marinas Geburtstagsfest kamen die beiden jeden Morgen gemeinsam zum Einkaufen.

»Anna!«

»Guten Tag, Marina …«

Der Pfarrer und die Witwe verließen den Laden mit dem Kommentar: »*Massa limona? Si, massa.*«

»Erinnerst du dich an Antonio?«, fuhr Anna fort. »Aus S'Estaca.«

Marina brauchte ein paar Sekunden, bis sie ihn wiedererkannte. »Sicher erinnere ich mich. Wie geht es dir? Das dürfte jetzt dreißig Jahre her sein, dass wir uns kennengelernt haben. Das war am Neujahrstag, nicht wahr?«

»Du hast dich gar nicht verändert«, sagte Antonio und küsste sie auf die Wangen.

»Komm«, sagte Anna, nahm ihre Schwester bei der Hand und führte sie aus der Bäckerei.

Antonio öffnete die Schiebetür des Kleintransporters.

»Wo sollen wir das hinstellen?«

Es ist schon seltsam, dass allein der Anblick eines bestimmten Gegenstandes einem die Seele aufwühlen kann. Sie brauchte sie gar nicht zu öffnen, um die Muscheln vor sich zu sehen, aus denen sie Armbänder gemacht hatte, den Seestern aus der Cala Ratjada, die Metallschachtel mit den unscharfen Fotos aus Kindertagen … Marina empfand Freude und Wehmut, als sie die alte Seemannstruhe ihres Vaters wiedersah.

»In meinem Schlafzimmer wird sie sich gut machen, gleich am Fußende des Bettes«, sagte sie, legte den Arm um die Schulter ihrer Schwester und flüsterte ihr ein Dankeschön ins Ohr.

Die Truhe war zu schwer und zu breit. Antonio musste seinen Motorradfreund anrufen, den Gemeindepolizisten, und ihn um seine Hilfe bitten. Der schnappte sich in der Bar Tomeu eine Sackkarre, und so gelang es ihnen, die Truhe zu dritt die schmale, steile Treppe nach oben zu hieven.

Nachdem die Truhe oben stand, bat Anna Antonio, sie mit ihrer Schwester allein zu lassen. Und so ging er mit dem Polizisten und Tomeu in die Bar, um ein paar Bierchen zu kippen.

»Und? Ist es soweit? Hast du das Haus verkauft?«, fragte Marina.

Anna nickte und senkte den Blick. »Es ist ein fünf Zentimeter großer bösartiger Tumor, und sie müssen ihn rausschneiden.«

»Anna, seit wann weißt du das? Du hättest mir das sofort sagen müssen.«

»Glaubst du, ich werde wieder gesund?«

»Aber sicher«, sagte Marina und umarmte sie, während ihr angst und bange wurde bei dem Gedanken, dass auch ihre Mutter an Brustkrebs gestorben war.

Anna verließ die Bäckerei und ging zu Antonio in die Bar von Tomeu. Sie hatte Lust auf einen Spaziergang, und so fuhren Antonio und sie mit dem Transporter zum Strand von Es Trenc. Sie zogen sich die Schuhe aus, liefen barfuß über den Sand und spielten mit dem kristallklaren Wasser dieses paradiesischen Strandes im Süden der Insel. Antonio war ganz ruhig bei dem folgenden Gespräch. Für ihn war es sonnenklar, dass er während der ganzen Behandlung an ihrer Seite sein würde. An den Wochenenden, die Anita mit ihrem Vater verbrachte, würde er zu ihr in die neue Wohnung ziehen. Anna hörte ihm zu und hatte gegen keinen seiner Vorschläge etwas einzuwenden. Sie war wortlos mit allem einverstanden, verloren in der Angst vor alledem, was da auf sie zukam.

In jener Nacht besuchte Anna ihre Tochter in deren Zimmer. Sie erklärte ihr vorsichtig, dass man einen Knoten in ihrer Brust gefunden hatte und ihn entfernen musste. Sie vermied das Wort Krebs, aber Anita verstand auch so. Anna sprach mit ihr über die Scheidung und dass sie ihrer Tochter alle Freiheit ließ bei der Wahl, bei wem von beiden sie leben wollte. Armando werde vorübergehend bei seiner Mutter einziehen. Sie habe schon einen Käufer gefunden und werde sich eine Wohnung im Zentrum von Palma suchen. Anita umarmte sie voll aufrichtiger Zuneigung und sagte ihr entschieden, dass sie natürlich bei ihr wohnen wolle.

In dieser Woche schwänzte Anita komplett den Religionsunterricht, der immer in der ersten Stunde stattfand, und sie sahen sich gemeinsam Wohnungen an. Acht insgesamt, bis sie im Llotja-Viertel eine Dachwohnung mit Blick aufs Meer fanden. Sie sahen einander an und trafen wortlos eine Entscheidung. Gleich am Wochenende fuhren sie zu IKEA und suchten Möbel aus. Seit Anita aus Deutschland zurück war, schaute sie ununterbrochen Serien und bat Anna um einen guten Plasmabildschirm und einen neuen DVD-Spieler. Nach drei Tagen hatten sie ihr neues Zuhause eingerichtet. Anita hatte stur darauf bestanden, die Möbel für ihr Zimmer alleine zusammenzubauen, nachdem sie Mathias mit dem Schlafzimmer geholfen hatte. Als sie die weiße Überdecke über das Sofa gebreitet und es an die Wand geschoben hatte, setzte sie sich erschöpft drauf. Ihre Mutter tat es ihr gleich.

So blieben sie still sitzen, in ihrem neuen Zuhause. Es war eine große Veränderung, und sie waren jede für sich in ihre Gedanken vertieft. Anna hatte das Kristall-Ei bereits hinter sich geschlossen. Das Haus ihres Lebens. Es gehörte ihr schon nicht mehr. Sie seufzte. Sie hatte keinerlei körperliche Beschwerden. Manchmal vergaß sie, dass sie Krebs hatte. Es war jetzt gerade einen Monat her, dass sie den Befund erhalten hatte. Anna ergriff die Hand ihrer Tochter.

»Anita ... Ana, ich muss noch etwas tun, und dazu brauche ich deine Hilfe.«

Anita drehte sich zu ihrer Mutter um.

»Komm«, sagte Anna, und sie gingen Hand in Hand ins Bad. Anna holte eine Plastiktasche aus einem Pappkarton, darin ein Rasierer. Sie nahm ihn in die Hand und schaltete ihn ein. Der Motor dieses kleinen Apparates war ohrenbetäubend laut. Sie betrachtete sich im Spiegel und bekam Panik. Anita nahm ihrer Mutter die Maschine aus der Hand und umarmte sie. »Was für ein Scheißspiel«, flüsterte Anna ihrer Tochter ins Ohr, ohne sie loszulassen.

»Da finden wir schon wieder raus, Mama. Ich helfe dir dabei.«

Anita wischte die Träne fort, die auf der Wange ihrer Mutter glänzte.

»Mach du's, mein Schatz«, sagte Anna, holte tief Luft und setzte sich auf einen Hocker vor dem Badezimmerspiegel. Sie blickte zu Boden und seufzte. Der Rasierer brummte. Sie schloss die Augen. Und dann atmetete sie wieder tief ein und versuchte, die Tränen zurückzuhalten.

Anita stand mit eingeschalteter Maschine da und betrachtete ihre Mutter, die so dünn wirkte, so zerbrechlich wie nie und doch ihre Tränen zurückhielt. Anita sah, wie das Metall der Klingen glänzte, lauschte dem dumpfen Geräusch.

»Nun mach schon, mein Schatz«, sagte Anna und versuchte zu lächeln.

»Dann mal los«, antwortete Anita, setzte den Rasierer an ihrer eigenen Stirn an und zog ihn mit leichtem Druck bis in den Nacken.

»Anita! Aber was machst du denn da?«, fragte Anna verblüfft, als sie das Haar ihrer Tochter zu Boden fallen sah.

Anita lächelte dem Spiegel zu. »Morgen werden die Kerle in San Cayetano ausflippen«, sagte sie und zwinkerte ihrer Mutter zu, die nicht glauben wollte, was für eine Gräueltat ihre Tochter da gerade vollbracht hatte. »Du wirst schon sehen, nächstes Jahr lässt sich Miley Cyrus den Kopf kahlscheren, und dann kommt das in Mode.«

Ihr Magen krampfte sich zusammen. Anna spürte, wie ihr die Galle hochkam, und sie erbrach das wenige, das sie noch in sich hatte. Sie hätte auf ihre Onkologin hören und sich von jemandem begleiten lassen sollen. Aber sie hatte sich geweigert. Fünfzig Jahre Abhängigkeit waren genug. Sie setzte sich auf die Betonmauer am Parkplatz des Krankenhauses, holte ihr Handy aus der Tasche und suchte in den Kontakten nach Antonios Nummer.

Es dauerte keine zwei Sekunden, dann hob er ab.

»Anna, Liebste. Ist alles gut gegangen? Ich hab früher mit der Arbeit aufgehört. Zwei Stunden, dann bin ich bei dir.«

»Antonio … Ich möchte nicht, dass du kommst.«

»Wie bitte?«

»Ich möchte nicht, dass du mich so siehst … Ich bin …«

»Mir ist es egal, wie du aussiehst.«

»Bitte, Antonio, ich bitte dich darum.«

»Ich werde an deiner Seite sein, Anna, es ist mir gleich, was du sagst«, erwiderte er mit fester Stimme.

»Ich schäme mich, Antonio«, antwortete sie, während sie eine Träne auf ihrer Wange spürte. »Ich hab eine … Glatze. Lass mich bitte, Liebster, lass es mich auf meine Weise machen. Bitte … Ich liebe dich. Ich liebe dich, Antonio, und ich möchte mit dir ein neues Leben anfangen. Aber nicht so. Lass mich alleine gesund werden. Sechs Monate. Warte auf mich, sechs Monate. Bitte. Ich ruf dich an, wenn ich kann. Ich liebe dich mehr als mein Leben.«

Imelda sah die Señora mit einem grünen Tuch um den Kopf, ihr Gesicht war gelbgrün, und sie war so dünn wie noch nie. Imelda umarmte Señora Anna, wie sie es noch nie getan hatte. »Machen Sie sich keine Sorgen, Señora, ich werde Sie schon pflegen.«

Imelda zog sich in die Küche zurück, um Tee zu kochen.

Anna setzte sich aufs Sofa und rief ihre Schwester an. Marina hatte ihr wieder zugesetzt. Sie wollte jeden Nachmittag vorbeikommen, sobald die Bäckerei geschlossen hatte, und nach ihr sehen. Aber Anna hatte wieder abgelehnt. Sie wollte nicht, dass ihre Schwester sechs Monate lang die Krankenschwester spielen musste. Sie wollte niemandem zur Last fallen. Ihrem Mann nicht. Und Antonio auch nicht. Ihrer Tochter nicht. Ihren Freundinnen nicht und ihrer Schwester nicht. Sie wollte diese harte Zeit alleine durchstehen. Ohne von irgendjemandem abhängig zu sein außer von Imelda, die sie für ihre Dienste bezahlte.

»Komm am Sonntag zum Essen«, sagte Anna zu Marina. »Dann ist Anita hier, und Imelda hat den Tag frei. Wir könnten es uns zu dritt in meiner neuen Wohnung gemütlich machen. Ich will nicht, dass du mich pflegst, Marina, ich will nur, dass wir wieder Schwestern sind.«

Am Sonntag schoben Mutter und Tochter einen Lammbraten in den Ofen, dazu gab es Kartoffelsalat, ein Gericht, das Pippa Anita beigebracht hatte. Beim ersten »Wie geht es dir?« antwortete Anna »gut«, denn sie hatte es satt, immer über das Gleiche zu reden, über ihre Krankheit.

»Erzähl uns doch mal von diesem afrikanischen Mädchen, das deine Tochter sein wird.«

»Wenn es deine Tochter ist, dann ist es meine Cousine«, sagte Anita mit einem Lächeln.

»Ja klar«, antwortete Marina ihrer Nichte, »ihr werdet eine Familie sein.«

Marina erzählte ihnen ganz offen, dass sie es leid war zu warten, dass sie es leid war, mit Marta zu reden, einer Psychologin, die sie überhaupt nicht kannte, bei der man aber immer gute Miene machen musste. Denn letztlich war sie diejenige, die entscheiden würde, ob Marina die Tauglichkeitsbescheinigung bekam oder nicht. Sie erzählte ihnen, dass diese Marta sie sogar dazu gebracht habe, an ihren Fähigkeiten zu zweifeln. Dass sie am Ende gedacht hatte, vielleicht gebe es ja irgendwo auf der Welt eine andere Frau, die für dieses Waisenkind besser geeignet sei.

»Marina, du wirst eine wundervolle Mutter sein. Daran darfst du nie zweifeln.«

Sie hatten fertig gegessen und setzten sich aufs Sofa, mit einem philippinischen Tee, den Imelda ihnen wie früher zubereitet hatte, bevor sie ging. Anna nahm das Kopftuch ab. Sie trug es nun schon seit über zwei Stunden, und es begann sie zu jucken. Der Anblick ging Marina sehr zu Herzen. Sie nahm ihre Tasche und holte eine Plastiktüte heraus, die ein paar grüne Blätter enthielt.

»Tante Marina, was ist das?«, fragte Anita.

»Marihuana«, sagte sie und holte etwas Gras aus dem Tütchen.

Anna sah ihre Schwester an, ohne zu begreifen, was sie vorhatte.

»Wo hast du das her?«, fragte ihre Nichte ungläubig.

»Ein Freund aus Valldemossa, der Lastwagenfahrer ist, hat mir das aus Amsterdam mitgebracht. Er hat mir auch einen Inhalator mitgegeben.«

»Aber Tante, rauchst du etwa Joints?«

»Das wird dir helfen, damit musst du dich weniger übergeben, und dir ist dann auch nicht so schlecht«, sagte sie zu ihrer Schwester.

Anna sagte nichts.

»Vertrau mir.«

»Darf ich auch was davon rauchen?«, fragte Anita nebenhin.

»Nein. Du nicht«, antworteten ihr Anna und Marina gleichzeitig.

März, April, Mai und Juni waren harte Monate für die beiden Schwestern. Für Anna wegen des körperlichen Verfallsprozesses, den sie durchmachte. Das Marihuana half zwar, und sie musste sich nicht mehr so oft übergeben, aber sie hatte keine Augenbrauen und keine Wimpern mehr, die Fingernägel färbten sich schwarz, und einige Zehennägel lösten sich vom Nagelbett, Pilze hatte sie überall. Am Ende wog sie nur noch neunundvierzig Kilo. Antonio rief oft an, und sie hatten lange Gespräche am Telefon, aber Anna wollte nicht, dass er sie sah. So nicht.

Marina ging in diesen drei Monaten weiter zu ihrem Training für Adoptiveltern. Marta, die Psychologin, erzählte ihnen immer wieder, wie wunderbar so eine Adoption sein konnte, während sie ihnen kurz darauf die extremsten Fälle gescheiterter Adoptionen vorführte. Marina hatte das Gefühl, die Frau wollte sie bei jedem Gespräch an ihre Grenzen bringen, damit sie am Ende sicher sein konnten, dass ihre Entscheidung auch die richtige war. Die Psychologengruppe der IMAS habe ausschließlich die Sicherheit des Kindes im Auge, das wiederholte sie in jeder Sitzung. Der Satz begann in Marinas Kopf widerzuhallen. Bei einer Einzelsitzung schilderte Marina, wie sie Naomi zur Welt gebracht hatte und welch enge Beziehung sie zu ihr hatte.

Und während all das in Marinas Leben geschah, wartete Naomi immer noch in ihrem Eisenbettchen auf sie, und Mathias war damit beschäftigt, Hunderten von Palästinensern als behandelnder Arzt beizustehen. Sie sprachen zweimal täglich über Thuraya miteinander, aber nach einer Minute brachen die Gespräche immer ab, daher schrieben sie sich lieber Mails. Marina erzählte ihm von den Nachbarn im Dorf, von der Operation ihrer Schwester, und er antwortete mit einem Bericht über die Grausamkeiten, die dem palästinensischen Volk widerfuhren. Jeder war in seiner eigenen Welt gefangen.

Marina und Anna sahen sich jeden Sonntag. Anita kam

sonntags gleich morgens in aller Frühe, obwohl sie jedes zweite Wochenende im Haus ihrer Großmutter verbringen musste, in das ihr Vater gezogen war, sobald sie die Scheidungspapiere unterzeichnet hatten.

»Mein Schatz, hör auf, deine Großmutter eine Elster zu nennen, ich bitte dich«, sagte Anna mit ernster Miene zu ihrer Tochter, die diesen Spitznamen nur zu gern verwendete.

»Aber Anna, den hast du dir doch damals ausgedacht«, sagte Marina lächelnd.

»Nein. Den hast du dir ausgedacht«, antwortete Anna schnell.

»Aber nein. Erinnerst du dich nicht mehr? Anita war gerade erst geboren, du hast sie im Arm gehalten und hast die Großmutter durch die Scheibe in Großmutter Nereas Zimmer beobachtet. Sie ging zum Schwimmbecken und hatte diese weite schwarze Jacke an, die sie immer trug, und sie schaute nach unten auf den Boden … und da hast du gesagt …«

»Also gut, ist ja auch egal, wer das war«, schnitt Anna ihr das Wort ab. »Trotzdem, mein Schatz, sie ist deine Großmutter, und du solltest ihr ein wenig Respekt entgegenbringen. Ich bitte dich darum. Hör auf, sie so zu nennen.«

»Na gut«, antwortete ihre Tochter nicht weniger ernst, »dann gehe ich halt nächste Woche nicht mehr zur Elster.«

Marina musste lachen. Anna konnte sich auch nicht zurückhalten, und Anita stimmte in das Lachen ein.

Diese Sonntage waren schön, trotz allem. Die Schwestern fanden wieder zueinander, es gab gute Filme, gute Musik, und es roch immer ein wenig nach Cannabis.

»Haben Sie schon einmal eine Abtreibung gehabt?«

Das war Frage Nummer zehn auf der Liste der Psychologin, die in Marinas Haus auf dem Sofa saß und sich in ein kleines Ringbuch, das sie auf dem Schoß hielt, Notizen machte. Neben ihr saß eine Assistentin vom Sozialdienst, die Marina noch nie gesehen hatte.

»Ja«, antwortete sie. Die Frage war ihr unangenehm, aber sie ließ es Marta nicht merken.

»Darf ich wissen, warum?«

Nein, das brauchen Sie nicht zu wissen. Das ist Teil meiner Vergangenheit, dachte sie. Aber ich werde Ihnen erklären, warum mir damals nichts anderes übrigblieb.

»Das ist schon über zehn Jahre her. Ich hatte damals das Gefühl, dass es nicht der richtige Zeitpunkt war und auch nicht die richtige Person, mit der ich ein Kind hätte bekommen wollen.«

Die Psychologin schrieb etwas in ihr Ringbuch. Alles war wichtig in diesem Gespräch, jede Geste, die verbale und die nonverbale Kommunikation… damit Marina das Recht auf Mutterschaft zugesprochen bekam.

»Haben Sie in diesen Jahren eine In-vitro-Fertilisation oder eine künstlichen Befruchtung vornehmen lassen?«

»Nein.«

»Haben Sie nie ein leibliches Kind haben wollen?«

»Nein.«

»Warum nicht?«

»Wie Sie ja wissen, war ich zehn Jahre lang als Entwicklungshelferin tätig und bin ganz in meiner Arbeit aufgegangen. Bisher hatte ich nicht den Wunsch, Mutter zu sein.«

»Und warum jetzt?«

»Ich habe Ihnen ja schon erzählt, welche besondere Beziehung ich zu diesem Mädchen habe.«

»Fühlen Sie sich schuldig, dass Sie ihr auf die Welt geholfen haben?«

Marina nahm sich einen Augenblick Zeit, ehe sie antwortete. »Ich habe getan, was jeder Arzt in meiner Situation getan haben würde.«

Beide Frauen machten sich Notizen.

»Und werden Sie Ihre Arbeit als Entwicklungshelferin für immer aufgeben?«

»Als Ärztin in Konfliktgebieten schon. Wenn meine Tochter kommt…«, sie hielt inne und korrigierte, »wenn Naomi kommt, dann werde ich nicht mehr in diesen Beruf zurückkehren. Vielleicht kann ich später hier auf Mallorca als Ärztin arbeiten oder bei einer anderen Nichtregierungsorganisation, die langfristige Projekte verfolgt. Ganz egal an welchem Ort der Welt. Momentan«, sie lächelte aufrichtig, »macht mir meine Arbeit als Bäckerin viel Freude, und ich verdiene genug zum Leben.«

»Und wie wollen Sie das machen, wenn sie kommt?«

»Die Bäckerei ist im Erdgeschoss untergebracht. Ich könnte rund um die Uhr bei ihr sein. Bis sie zur Schule geht.«

»Ein Leben als alleinerziehende Mutter ist hart. Können Ihre Eltern Ihnen helfen?«

»Meine Eltern leben nicht mehr. Mein Vater starb, als ich achtzehn Jahr alt war. Bei einem Unfall mit dem Llaüt. Das war sehr schlimm für mich. Ich war damals in den Vereinigten Staaten auf der Schule und kam genau in dem Jahr zurück, um hier mein Medizinstudium zu beginnen. Aber als mein Vater starb, tat ich das, was er sich vor seinem Tod gewünscht hatte: Ich sollte an der besten Universität der Vereinigten Staaten studieren, für die er mir ein Stipendium aufgetan hatte. Und dort blieb ich dann. Meine Mutter starb fünf Jahre später an Krebs.«

»Wie war die Beziehung zu Ihren Eltern?«

»Zu meinem Vater hatte ich eine enge Bindung. Mit meiner Mutter war es etwas schwieriger.«

Die Assistentin machte sich Notizen.

»Warum war es schwieriger?«

Fang an zu lügen, Marina. Gib dieser Dame bloß nicht das, worum sie dich gebeten hat. Sie hat dein polizeiliches Führungszeugnis vor sich liegen, deine Einkommenssteuererklärung, sie weiß alles über deine Vermögensverhältnisse, sie hat bereits dein psychologisches Gutachten, sie kennt deine Blutgruppe und deine ganze Krankheitsgeschichte ... Du wirst eine wundervolle Mutter sein. Du hast deine Mutter nicht geliebt, und deine Mutter hat dich nicht geliebt ... aber das ist politisch nicht korrekt. Lüg einfach.

»Die Beziehung zu meiner Mutter war schwieriger als die zu meinem Vater, doch wir haben uns geliebt. Wir haben uns sehr geliebt. Ich bin mir sicher, dass auch andere Frauen ihre Mutter lieben, und dennoch ... Das sind wahrscheinlich die weiblichen Hormone, Sie wissen schon«, sagte sie mit einem kleinen Lächeln.

Die beiden Frauen lächelten aufrichtig. Schließlich stimmte es ja, dass junge Mädchen sich mit ihren Müttern in die Haare bekamen, das war doch der Klassiker.

»Dann haben Sie also keine Verwandten mehr?«, fuhr Marta fort.

»Doch. Ich habe eine Schwester und eine Nichte.«

Marina erwähnte nicht die Krankheit ihrer Schwester, sondern sagte nur, sie wären für einander da.

»Marina«, die Psychologin wandte eine Sekunde den Blick ab. »Spüren Sie langsam das Alter?«

»Nein«, antwortete sie selbstbewusst dieser Frau, die sie zu hassen begann.

»Glauben Sie nicht, dass Sie vielleicht mit diesem Kind eine psychische Leere füllen wollen? Sind Sie sicher, dass Sie nicht einfach nur Angst haben, alleine alt zu werden?«

Marina sah die Psychologin hart an. Warum stellte sie diese Fragen? Marina hatte einen Winkel in ihrem Herzen entdeckt, von dem sie bislang nichts gewusst hatte und der sie befähigte, einem Mädchen, das die Liebe einer Mutter brauchte, diese Liebe auch zu geben. War es wirklich nötig, so ihr Innerstes bloßzulegen?

»Antworten Sie mir«, wiederholte Marta beharrlich, »haben Sie Angst, alleine alt zu werden?«

»Nein. Ich habe überhaupt keine Angst, alleine alt zu werden. Ich bin allein, seit ich vierzehn bin. Vielleicht habe ich in dem Alter tatsächlich Angst gehabt, so weit fort von dieser Insel zu leben, auf der ich geboren wurde, aber heute, mit meinen sechsundvierzig Jahren, macht mir das überhaupt keine Angst, das kann ich Ihnen versichern.« Und nach einer kurzen Pause fügte sie hinzu: »Wenn ich ehrlich mit Ihnen sein soll, ich habe nur vor einer Sache Angst. Ich weiß, dass es siebentausend Kilometer von hier ein Mädchen gibt, das auf mich wartet, und ich habe Angst, dass Tage und Monate ins Land gehen und dieses Mädchen immer trauriger wird und dass die Wunde, die durch diese Vernachlässigung entsteht, immer tiefer wird. Das ist tatsächlich meine einzige Angst.«

Die beiden schrieben mit, ohne die Frau, die sie vor sich hatten, noch einmal anzuschauen. »Wir müssen uns das Haus anschauen. Zeigen Sie es uns bitte?«

Zuerst zeigte sie ihnen Naomis künftiges Kinderzimmer. Die Friseurin hatte ihr ein Kinderbettchen geschenkt. Und so stand dort ein für Marinas Geschmack etwas kitschiges, mit einem afrikanischen Stoff geschmücktes Bettchen.

Sie gingen in Marinas Schlafzimmer hinauf. Marta trat zu dem Nachttisch und nahm das Foto in die Hand, das Kaleb von Mathias, Naomi und ihr aufgenommen hatte.

»Ist das Naomi?«

»Ja«, antwortete Marina mit einem Lächeln.

»Und wer ist der junge Mann, der sie im Arm hält?«

»Mein Partner ... mein Freund. Er kommt in einem Monat.«

Marina begleitete die beiden bis zur Tür. Sie sah sie durch die Calle de la Rosa davongehen, schloss die Tür, lehnte sich dagegen und atmete tief aus. In einem Monat würde sie die Tauglichkeitsbescheinigung erhalten.

Der Tumor war auf die Hälfte geschrumpft, jetzt sollte die Brustamputation folgen. Marina fuhr mit ins Krankenhaus, übernachtete bei ihr und half ihr mit allem, obwohl Anna ihr versichert hatte, sie werde von den Krankenschwestern gut versorgt. Imelda kam jeden Morgen und brachte ihr frische Wäsche, und Anita kam jeden Tag nach der Schule zu ihr. Anna wollte Armando, der mehrfach anrief, weder sehen noch sprechen. Und dass ihre Freundinnen vom Segelclub sie besuchen kamen, wollte sie auch nicht.

In der Nacht, als Annas Handy klingelte, griff Marina danach und sah aufs Display. »Es ist Antonio«, sagte sie ihrer Schwester.

»Geh nicht ran.«

»Wieso? Er hat heute schon zweimal angerufen und gestern ebenfalls ...«

»Weil ich das nicht will. Ich hab dir das doch erklärt. Ich will nicht, dass er mich so sieht.«

Marina drückte auf Annehmen. »Hallo Antonio. Die Operation ist gut verlaufen. Ich geb sie dir.«

Es war Marina, die im Taxi nach Mathias' Hand griff. Sie wusste, dass sie das Gespräch beginnen musste.

»Wir haben zwei Monate Zeit für uns. Nur für uns ... Ich liebe dich, Mathias.«

»Ich liebe dich auch, Marina.« Er senkte den Blick. »Aber ich brauche dich an meiner Seite. Ich will keine Fernbeziehung.«

Marina nahm seine Hand, hob seinen Arm und legte ihn sich um die Schulter. Dann verschränkte sie ihre Finger mit seinen und legte den Kopf an seine Brust. Durch das Fenster des Taxis, das sie nach Valldemossa brachte, sahen sie die friedliche Sommerlandschaft der Insel, die Ruhe, die Brise, die Sonne, die Felder mit den Olivenbäumen, den Mandelbäumen, dem Weizen und dem Mohn ... Mathias strich zärtlich mit der Fingerkuppe über die Handfläche seiner Frau.

Marina holte die Schmutzwäsche aus Mathias' Rucksack und steckte sie in die neue Waschmaschine, die sie gekauft hatte. Dann ging sie ins Schlafzimmer hinauf. Sie hörte das Wasser in der Dusche laufen und trat ins Badezimmer. Mathias stand mit geschlossenen Augen unter der Dusche und ließ das Wasser über seinen Körper laufen. Marina zog sich aus und stieg zu ihm in die Dusche. Sie stellte sich auf die Zehenspitzen und trat näher, um ihn zu küssen ...

Wieder war Sommer, mit all den Touristen und den sechshundert Broten und den zwei Jugendlichen und ihren heimlichen Küssen. Doch Laura und ihre Tochter waren nicht da, sie mussten sehr zu ihrem Bedauern nach Aldehuela del Rincón fahren, um dort ihre kranke Großmutter zu besuchen. Auch Siegfried ließ sich nicht blicken, er war zu einer dringenden Mission in die Zentralafrikanische Republik gereist. Aber zumindest Aritz und Ona tauchten eines Nachmittags im Juli mit dem Motorrad auf. Selbstverständlich wurde ihnen das Zimmer hergerichtet, und sie blieben eine Woche. Doch den restlichen Sommer waren Marina und Mathias allein. Sie sprachen stundenlang über ihre Beziehung, denn keiner konnte sich ein Leben ohne den anderen vorstellen. Sie dachten sich die irrwitzigsten Lösungen aus, wie sie auch mit Naomi in ihrem Leben weiter als Entwicklungshelfer arbeiten könnten. Mathias fand, es wäre eine gute Idee, nach Berlin zu ziehen, wo seine Mutter ihnen helfen und auf Naomi aufpassen könnte, während sie weiter für Ärzte ohne Grenzen unterwegs waren. Sein Bruder war ja auch noch da, mit seinem Sohn und dem neuen Baby. Marina schlug diese Möglichkeit nicht rundweg aus. Naomi würde sowieso erst in zwei bis neun Jahren kommen …

An einem heißen Mittag im August befand sich Marina alleine in der Bäckerei. Catalina war bei ihrer Mutter, um ihr Mittagessen zu machen. Ursula bereitete mit Pippa und Anita ein Picknick vor, damit sie an den Strand gehen und dort den restlichen Tag verbringen konnten, und Mathias war mit Niebla zu einem Spaziergang in den Bergen aufgebrochen. Marina knetete gerade den Teig für das dunkle Brot, als sie hörte, wie die Tür ging. Sie verließ die Backstube. Es war der langweilige Briefträger, der jeden Morgen vorbeikam.

»Ich habe ein Einschreiben vom Mallorquinischen Institut für soziale Angelegenheiten für Sie. Unterschreiben Sie bitte hier«, sagte er und legte ihr eine Empfangsbestätigung hin.

Sie lächelte. Ihr Herz schlug schneller. Endlich. Sie ging zu ihm, wischte sich die mehligen Hände an der Schürze ab und unterschrieb ganz aufgeregt. Als er weg war, eilte sie, zwei Stufen auf einmal nehmend, in ihr Schlafzimmer. Dort riss sie den Umschlag auf. Er enthielt viele Seiten. Sie starrte auf die fotokopierten Blätter. Dann überflog sie die Floskeln und überschlug nervös und glücklich ein paar Seiten, bis sie zum letzten Satz kam, in dem es hieß, Marina Vega de Vilallonga werde die Adoptionsfähigkeit nicht zuerkannt.

Das Leben war ungerecht. Das wusste Marina genau, schließlich kümmerte sie sich seit Jahren um die Schwächsten dieser Welt. Der Brief, den sie da in ihren zitternden Händen hielt, war eine völlig harmlose Ungerechtigkeit im Vergleich zu all dem, was sie mit eigenen Augen gesehen hatte, und dessen war sie sich sehr bewusst.

Trotzdem hatte sie bislang selten eine solche Mischung aus Wut, Schmerz und Trauer empfunden.

Was da auf diesen Blättern stand, sollte eine erschöpfende Analyse ihrer Persönlichkeit sein. In dem Gutachten stand, sie sei eine mutige, intelligente und introvertierte Frau. Der Grund, warum man ihr die Adoptionsfähigkeit aberkannte, war im Wesentlichen der, dass Marina mit ihren sechsundvierzig Jahren als Alleinerziehende ein Kind adoptieren wollte, während sie eine Liebesbeziehung zu einem Mann hatte, der kein Interesse an besagter Adoption gezeigt hatte, und dass darüber hinaus in ihrem Arbeitsleben ein gewisses Durcheinander herrsche, da sie hin und her gerissen sei zwischen dem Wunsch, weiter als Ärztin zu arbeiten, was es ihr nicht erlauben würde, sich um eine Minderjährige zu kümmern, oder in Mallorca den Beruf der Bäckerin auszuüben.

Sie betrachtete das Foto auf dem Nachttisch. Dieses Foto hatte alles verändert. Sie spürte, wie ihr Herz kräftig schlug, holte tief Luft und stieß sie ganz langsam wieder aus. Ihr Blick verlor sich in den Bergen der Serra. Sie verabscheute diese Psychologin, diese Staatsbeamtin, diese manische Fehlersucherin, die sie und Naomi schon viel zu viel Zeit gekostet hatte und die ihnen ganz offensichtlich das Recht auf Glück abgesprochen hatte.

Sie atmete wieder ein, versuchte ruhig zu bleiben und ihr Herz zu besänftigen, das ihr schier aus dem Leib springen wollte. Sie setzte sich ans Fußende des Bettes zu der Seemannskiste.

Sie hatte das große Bedürfnis, ihren Vater zu sehen, ihre Großmutter … sich zu ihnen zu flüchten, als könnte sie mit dem Betrachten der Fotos, die sich in der Truhe befanden, ihren Schmerz lindern. Sie öffnete die Truhe. Holte die Metallkiste heraus. Das erste Foto war eines, das sie selbst aufgenommen hatte, ihr Vater war darauf zu sehen, wie er auf seinem geliebten Llaüt stand und ihr glücklich die geöffneten Hände entgegenstreckte. Ein anderes Foto zeigte Großmutter Nerea neben ihrem Zitronenbaum. Wie gut würde sie sich fühlen, wenn diese beiden Menschen heute bei ihr sein könnten. Sie hätten sie in den Arm genommen und beruhigt. Marina ging die Fotos eines nach dem anderen durch. Betrachtete jedes Detail und dachte an nichts anderes als an diese Menschen, die in ihrer Seele weiterlebten.

Marina konnte sich ein paar Minuten, ein paar Stunden in diese alten Fotos flüchten. Aber sie wusste, dass dann der Schmerz kommen würde. Die ersten Monate würden so schrecklich sein, dass sie tagelang im Bett bleiben würde.

Nach und nach würde sie sich wieder von diesem Schlag erholen, den das Schicksal ihr versetzt hatte, und dann könnte sie eines Tages dieses Mädchen vergessen, das sie hatte adoptieren wollen. Oder vielleicht auch nicht, vielleicht würde sich dieses äthiopische Mädchen für immer in ihren Gedanken einnisten, für den Rest ihres Lebens.

Niebla kam ins Schlafzimmer getrabt. Sie kam zu Marina und leckte ihr die Hand. Mathias setzte sich neben sie.

»Schau, was mir eingefallen ist«, sagte Mathias auf Spanisch, öffnete die Schublade des Nachttisches, holte das Moleskine-Büchlein heraus und nahm den Bleistift zur Hand, den er im Rucksack hatte. Er machte eine Zeichnung der Getreidemühle, die er, wie er ihr erklärte, zu einem Wohnhaus umbauen wollte.

»Ich will alles verkaufen«, antwortete sie.

»Wie bitte?«

»Ja«, sagte sie zu ihm, ohne ihn anzusehen. »Ich möchte nicht länger hierbleiben. Lass uns unser altes Leben als Entwicklungshelfer wiederaufnehmen.«

Mathias brauchte eine Weile, bis er begriff, was mit ihr geschehen war.

»Ist das Gutachten …«

»Ja. Ich bin nicht fähig, Mutter zu sein.«

Mathias kam näher und versuchte sie zu umarmen.

»Lass mich, Mathias. Ich möchte allein sein.«

Er versuchte noch einmal, sie in den Arm zu nehmen. Sie stieß ihn brüsk von sich.

»Bitte geh.«

»Marina … Lass uns miteinander reden.«

»Geh!«

Mathias setzte sich auf die Bank, die gleich vor der Bäckerei stand. Niebla ließ sich vor ihm nieder und streckte die Beine von sich. Ursula hatte gerade eine übergewichtige russische Familie bedient und setzte sich zu ihm. Sie spürte, dass zwischen dem jungen Paar irgendetwas nicht in Ordnung war. Ganz ungewollt hatte sie mitbekommen, wie Marina laut geworden war und ihn aus dem Haus geschickt hatte.

»Wollen wir mit Niebla ein bisschen spazierengehen?«, fragte sie ihn auf Deutsch.

»Und die Bäckerei?«

»Das hier ist ein Dorf. Die kommen schon wieder«, sagte sie und machte die Tür zu.

Sie gingen einen steilen Weg zwischen Olivenbäumen und Steineichen. Niebla als Führerin vorneweg. Mathias wollte Ursula nicht die Neuigkeiten mitteilen und erzählte ihr ein wenig lustlos, dass seine Mutter eine große Bewunderin ihrer Bücher sei und sie alle verschlungen habe. Und wieder kam die obligatorische Frage, die alle ihr stellten, obwohl sie schon einundachtzig Jahre alt war: »Schreibst du gerade ein neues Buch?« Und die Antwort war wieder ein klares »Nein, ich habe nichts mehr zu erzählen«.

Und so sprachen sie über das eine oder andere Thema, bis Mathias das Bedürfnis verspürte, ihr alles zu erzählen. Ursula kannte natürlich alle Einzelheiten des Adoptionsverfahrens. Sie wusste, dass Marina schon seit sieben Monaten auf diesen Brief wartete, dass man in ihren persönlichsten Angelegenheiten herumgestochert hatte. Sie sprachen darüber, was eine Mutterschaft bedeutet… und was eine Vaterschaft.

Ursula erzählte ihm, wäre es nach Günter gegangen, hätten sie sicher keine Kinder gehabt. Er habe nie großes Interesse gezeigt, sei immer in seine Partituren vertieft gewesen, weil er ein großer Komponist hatte sein wollen, was ihm aber nie gelungen war. Sie hatten einen Kompromiss geschlossen und versucht ein Kind zu bekommen. Und dann hatte es auch nicht mehr lange gedauert, bis sie mit ihrer Tochter schwanger war, und noch in der Sekunde, in der sie aus dem Bauch kam, hatte ihr Mann sich in sie verliebt. Er hatte sie angebetet und mehr geliebt als sein Leben. Mathias erzählte von seinem Bruder und von dessen zweiter Vaterschaft, die er nicht geplant hatte und mit der er überhaupt nicht zurande kam.

»Gibt es überhaupt den Wunsch nach Vaterschaft? Wenn ein Mann vierzig oder fünfzig wird und keine Kinder hat... leidet er dann darunter? Haben Männer das Bedürfnis, Vater zu werden?«

»Das ist etwas, das ich im Laufe meines Lebens aus meinen Erfahrungen gelernt habe, Mathias, ich kann mich natürlich täuschen. Ich glaube, ihr Männer habt nicht das Bedürfnis nach Kindern, und wenn ich höre, wie du dich bislang gegenüber diesem äthiopischen Mädchen verhalten hast, bestätigt mich das. Ich glaube, du wirst nie den Schmerz verstehen, der Marina gerade so tief im Herzen trifft.«

Eine Weile liefen sie schweigend nebeneinander her. Mathias dachte über die Worte der alten Dame nach. Aber Ursula hatte noch einen kleinen Stachel im Köcher.

»Du dürftest jetzt eigentlich zufrieden sein, oder?« Mathias nahm diesen Satz wie eine Beleidigung auf. Er sah Ursula an, die fortfuhr: »Na ja, im Grunde hast du doch Naomi nie adoptieren wollen. Jetzt musst du nur noch zeigen, dass du ein Mann bist und den kleinen Rüffel einfach wegsteckst.«

Noch nie hatte er Marina in einem so hysterischen Zustand gesehen. Sie tigerte im Zimmer auf und ab. In der einen Hand hielt sie die japanische Zeitschrift, in der anderen ein altes Foto. Sie war in Tränen aufgelöst und sprach laut mit sich selbst. Auf dem Boden lagen Fotos aus ihrer Kindheit verstreut, Verträge über Kauf und Verkauf des Llaüt, das Gutachten, das Rezept, das Moleskine-Büchlein.

»Bevor ich dieses Anwesen verkaufe, möchte ich wissen, wer du bist, María Dolores Molí. Und das finde ich heraus. Denn dieses ganze Elend, das ich hier durchmachen muss, gäbe es gar nicht, wenn du mir nicht diese Mühle vermacht hättest, die mir jetzt wie die Hölle vorkommt.«

Mathias stand wartend auf der Türschwelle.

»Ich hab dir gesagt, ich will allein sein, Mathias. Lass mich in Frieden.«

Mathias hätte wieder nach unten gehen können, aber er setzte sich still aufs Bett, während sie weiter in ihrer Muttersprache herumbrüllte.

»Siehst du das Foto hier?«, fragte sie ihn und hielt ihm ein Foto in Schwarz-Weiß unter die Nase.

Mathias betrachtete das Foto. Darauf sah man Marinas Schwester Anna, die auf dem Schoß einer jungen Kinderfrau saß, welche eine Uniform trug.

»Und jetzt schau dir das an«, fuhr sie fort und zeigte ihm das Foto von Lola in der japanischen Zeitschrift.

»Was siehst du?«, fragte sie Mathias.

»Das ist ein- und dieselbe Person«, antwortete er, »nur mindestens dreißig Jahre älter.«

»Schau bitte gut hin.«

Mathias betrachtete beide Fotos.

»An wen erinnert dich diese Frau?«, fragte Marina eindringlich.

Mathias wagte nicht zu sagen, was er dachte, denn was ihm in dem Moment durch den Kopf ging, erschien ihm so ungeheuerlich, dass er lieber schwieg. »Ich weiß nicht«, sagte er leise.

»Ich bin jetzt ein Jahr hier, und das ist das Einzige, was ich bisher herausgefunden habe. Dass die Bäckerin, die mir dieses Haus vermacht hat, im Haus meiner Eltern gearbeitet hat. Aber selbst wenn Großmutter ihr Geld geliehen haben sollte, glaube ich trotzdem nicht, dass sie mir nur deswegen all das hier vermachen würde. Das glaube ich einfach nicht. Ich will die Wahrheit wissen.«

Dann ging sie, ohne zu sagen, wohin. Mathias blieb auf dem Bett sitzen. Er nahm die Fotos, und als er sie wieder in die Keksdose zurücklegte, entdeckte er das Gutachten und versuchte zu verstehen, was darin stand.

Marina stürmte aus der Bäckerei und wischte sich die Tränen fort. Sie war außer sich. Als ihr Gabriel über den Weg lief, beachtete sie ihn gar nicht. Tomeu grüßte sie von der Bar her, aber sie sah ihn nicht an. Sie kam zu Catalinas Haustür und schlug den Türklopfer gegen das Holz. Catalina öffnete.

»Ich werde die Bäckerei verkaufen, Catalina. Aber bevor ich das tue, möchte ich, dass du mir sagst, warum Lola mir ihr ganzes Leben vermacht hat«, sagte sie hart.

Catalina merkte, wie ihr die Tränen in die Augen traten, aber sie schluckte sie herunter. »Ich habe der einzigen wahren Freundin, die ich je gehabt habe, ein Versprechen gegeben, und das werde ich nicht brechen, Marina. Tut mir leid. Sie hat mich schwören lassen, dass ich nie etwas sagen werde.«

Ganz wie sie es mit Mathias gemacht hatte, hielt Marina ihr das Foto aus der japanischen Zeitschrift hin und daneben das Foto der jungen Frau auf dem Gartenstuhl.

»Wem sieht diese Frau ähnlich?«

Catalina senkte den Blick. »Marina, leb dein Leben weiter… Jetzt wird dieses afrikanische Kind kommen, und dann…«

»Es wird nicht kommen, Catalina. Dieses Mädchen wird nicht kommen.«

Catalina verstand den letzten Satz nicht recht, aber Marina hatte einen solchen Schmerz in der Stimme, dass sie gar nicht anders konnte, als ihrer neuen Freundin zu helfen, indem sie die alte verriet. Sie konnte nichts sagen, sie wusste, dass niemand aus dem Dorf ihr etwas sagen würde, weil niemand mit Sicherheit die Wahrheit kannte, auch wenn in Valldemossa vom ersten Tag an, an dem Marina einen Fuß ins Dorf gesetzt hatte, die Gerüchteküche in der Bar del Tomeu zu brodeln begonnen hatte. Aber Catalina wusste, dass es nur eine Person gab, die ihr die Wahrheit sagen konnte.

»Geh zum Pfarrer und rede mit ihm. Vielleicht kann er dir weiterhelfen.«

Marina machte kehrt, ohne sich von ihr zu verabschieden. Sie betrat die Kirche. Dort fand sie ihn, wie er gerade das Tabernakel reinigte. Sie ging zu ihm. Als der Pfarrer ihre Schritte hörte, drehte er sich um.

»*Bon dia*, Marina«, sagte er erstaunt.

Es war das erste Mal, dass Marina die Kirche betrat.

»*Bon dia padre.*«

Der Pfarrer kam auf sie zu, und genau wie Catalina sah er sofort ihren schmerzvollen Blick. »Kann ich etwas für dich tun?«

Marina setzte sich vor den Altar. Der Pfarrer setzte sich neben sie. »Ich bin jetzt schon anderthalb Jahre auf Mallorca, in diesem Dorf in den Bergen. In dieser ganzen Zeit habe ich nicht herausfinden können, wer María Dolores

Molí war, wer diese Frau war, die alle mit solcher Zuneigung Lola genannt haben. Catalina schweigt, und Valldemossa schweigt. Und ich verstehe nicht, wieso. Ich habe Sie nie irgendetwas gefragt, weil ich nicht gedacht habe, dass Sie etwas wissen könnten.«

»Was hast du da in der Hand, mein Kind?«

»Das sind Fotos von ihr.«

Der Pfarrer nahm das Foto, auf dem Anna bei der jungen Lola auf dem Schoß saß. Sie waren zusammen auf die Schule von Valldemossa gegangen. Er war drei Jahre älter. Er sah das Foto zärtlich an. Er hatte, genau wie das restliche Dorf, sofort nach ihrer Ankunft gespürt, wer sie war. »Schau genau hin, Marina.«

Marina nahm das Foto in die Hand und hielt es sich ganz nah vors Gesicht.

»Schau dir Lolas Lächeln genau an. Wie sagt man auf Spanisch *clotets*? Ihre Grübchen … und die Form ihrer Augen. An wen erinnert sie dich?«

Der Pfarrer wartete einen Moment, dann fragte er noch einmal.

»An wen erinnert sie dich, Marina? Du weißt das besser als jeder andere.«

Marina sagte ganz leise, während ihr glitzernde Tränen über die Wangen liefen: »An mich.«

Catalina eilte über die Avenida Blanquerna, sah zum Himmel hinauf und redete auf Mallorquinisch mit ihrer toten Freundin. Gabriel folgte ihr mit dem Blick. Tomeu sah ihr kopfschüttelnd nach. »*A les dones, qui les entengui que les compri.* Verstehe einer die Frauen.«

Catalina bog in die Straße ab, die zur Pfarrei führte, und redete weiter unablässig vor sich hin. »*Mira, Lola, me sap molt de greu i saps que jo d'amiga ho sóc de bon tros. No t'he traït mai i mira que els pardals de Valldemossa m'ho han demanat. Però no li puc fer això a la teva filla. T'he vist plorar, dia si dia també, abocant les teves llàgrimes al maleït pa amb llavors de rosella … Massa llàgrimes vas abocar tu … I ara no és just que les aboqui la teva filla. Na Marina no te cap culpa de res … I saps què, Lola … que estic fins ses òrgans de ses mentides, secrets i la mare que os va a parir a tots. Per cert, mai millor dit.*«[8]

Marina und der Pfarrer saßen immer noch vor dem Altar.

»Ich weiß nicht, wie ich das alles verdauen soll, Pater«, sagte sie, ohne den Pfarrer anzusehen, den Blick starr auf das Tabernakel gerichtet. »Warum musste ich sechsundvierzig Jahre lang mit dieser Lüge leben? Warum hat mir nie jemand etwas gesagt? Wieso wurde ich so getäuscht?« Sie dachte an ihren Vater, an Großmutter Nerea, an die spannungsgeladene Beziehung zu dieser grausamen Frau, die sie für ihre Mutter gehalten hatte. Wie konnten sie sie nur all die Jahre anlügen? Warum?

»Diese Frage kann ich dir nicht beantworten, das musst du selbst herausfinden. Lügen ist nie gut. Geheimnisse …

---

[8] Hör zu, Lola, das ist mir jetzt ganz arg. Ich bin eine gute Freundin. Ich hab dich nie verraten, und du weißt genau, wie oft diese Nervensägen aus Valldemossa mich gelöchert haben. Aber deiner Tochter kann ich das nicht antun. Was hab ich dich immer weinen sehen, tagein, tagaus hast du über diesem verfluchten Zitronenkuchen Tränen vergossen. Viel zu viele Tränen sind das gewesen. Wenn deine Tochter das jetzt genauso machen müsste, das wäre nicht recht. Außerdem, die Marina trifft ja auch gar keine Schuld. Und weißt du was? Ich habe diese Lügen und Geheimnisse so dermaßen satt und überhaupt das ganze Pack hier … das kannst du mir glauben!

Natürlich haben alle hier geahnt, dass du Lolas Tochter bist, aber sicher war sich niemand. Nur Catalina wusste es, und ich kann dir versichern, dass sie tausendmal gefragt wurde, aber nie etwas verraten hat. Das macht eine gute Freundin aus. Du darfst ihr nicht böse sein und den Leuten in Valldemossa auch nicht, sie mögen dich alle sehr, und du hast vom ersten Tag an dazugehört. Wahrscheinlich lag es auch daran, dass sie im Grunde wussten, dass du Lolas Tochter bist, deshalb haben sie dich wie eine waschechte Valldemossianerin aufgenommen. In diesem Dorf bleibt man gerne unter sich. Fremde haben es hier nicht leicht ...« Der Pfarrer machte eine Pause. »Dieses Geheimnis, von dem das ganze Dorf gewusst hat, ist wirklich einmalig. Aber wusstest du etwa nicht, dass sich der Lastwagenfahrer mit dem Verkauf von Marihuana ein Extragehalt verdient? Wusstest du etwa nicht, dass ich in eine Frau verliebt bin, weshalb sie mich von der Insel jagen könnten? Du, ich und die anderen ... wir halten oftmals nur deshalb den Mund, um uns voreinander zu schützen. Ohne Böswilligkeit, weißt du. Ob das auf der ganzen Welt so ist, das wüsste ich nicht zu sagen, denn ich bin auf dieser Insel geboren und nie von hier weggegangen, aber im Beichtstuhl erzählt man mir alles, und ich kann dir versichern, in Mallorcas Dörfern sind Lügen und Geheimnisse das täglich Brot.«

9. Januar 1964

An diesem Tag wurde María Dolores Molí siebzehn Jahre alt. Sie spielte im Garten mit der Tochter ihrer Herrschaft, die auf ihrem Schoß saß. Vor zwei Jahren hatte die Familie Vega de Vilallonga sie als Hausangestellte und Kindermädchen für das blonde, zarte Mädchen eingestellt, das seine Eltern Anna getauft hatten.

Täglich fegte und wischte sie die fünfhundert Quadratmeter der Villa in Son Vida, putzte die großen Fenster, spülte das Geschirr und bügelte die Kleider, machte die Betten, leistete der Mutter des Hausherrn, die im Haus wohnte, Gesellschaft und kümmerte sich auch um die Pflege des Babys.

Sie arbeitete von Montag bis Samstag. Sonntags, wenn sie frei hatte, nahm sie den Bus bis Valldemossa, um ihren Eltern in der Bäckerei Can Molí zu helfen.

An jenem neunten Januar 1964 kam Néstor mit seinem schwarzen Arztköfferchen nach Hause. In das Haus, in dem er mit seiner Mutter, seiner Ehefrau, seiner Tochter und dieser jungen Frau lebte, die so fröhlich und so lebendig war und in die er sich, ohne es zu wollen, verliebt hatte. Ein junges Mädchen aus dem Dorf, das kaum lesen und schreiben konnte, aber dessen Sanftheit ihn vom ersten Tag an entzückt hatte.

María Dolores sah den Hausherrn durch das Gartentor hereinkommen. Er war so elegant gekleidet wie immer. So schmuck … Er ähnelte so gar nicht dem Mann, den sie zum Vergleich hatte, nämlich ihren Vater, der ein einfacher, dickbäuchiger Bäcker war, im Alltag vergilbte Unterhemden unter weißen Schürzen trug und immer voller Mehl war.

María Dolores lächelte Señor Néstor schüchtern an. Es

war nicht gut, sich in den Hausherrn zu verlieben, aber der Señor war auch in sie verliebt, zumindest hatte er das in der Nacht zuvor zu ihr gesagt, als sie sich ihm schließlich hingegeben hatte.

Néstor kam durch den Garten auf sie zu. Er setzte sich und küsste seine Tochter auf die Wange.

»Herzlichen Glückwunsch zum Geburtstag, María Dolores.«

»Danke. Aber ich habe Ihnen ja schon gesagt, dass ich meinen Namen überhaupt nicht mag. Nennen Sie mich doch Lola, Señor.«

»Wenn Sie aufhören, mich Señor zu nennen, und Néstor zu mir sagen, dann nenne ich Sie Lola, versprochen.«

Lola lächelte, und dabei bekam sie wie immer diese süßen Grübchen. Néstor strich ihr über die Wange. Lola senkte schüchtern den Blick.

»Wenn ich könnte, würde ich Sie küssen«, sagte Néstor leise und nahm seine junge Geliebte bei der Hand.

»Ich habe hier Ihre Tochter am Rockzipfel. Am Ende versteht sie noch, was wir reden.«

Néstor linste zum Haus hinüber, und nachdem er sich versichert hatte, dass seine Frau nicht durchs Fenster sah, holte er eine Fotokamera aus dem Köfferchen.

»Den heutigen Tag müssen wir für die Ewigkeit festhalten, Lola. Schließlich wird man nicht jeden Tag siebzehn.« Néstor trat ein Stück zurück von dem Gartenstuhl, auf dem die junge Frau, in die er sich verliebt hatte, mit seiner Tochter Anna saß. Die zwei weiblichen Wesen, die seine Welt in Atem hielten.

Ana de Vilallonga schob den Vorhang des großen Fensters in ihrem Schlafzimmer beiseite. »Sehen, hören und schweigen.« Die Worte ihrer Mutter kamen ihr in den Sinn.

Sie war eine kluge Frau. Ihr Mann hatte etwas übrig für das junge Mädchen aus dem Dorf, das jeden Nachmittag auf ihre Tochter aufpasste. Aber was Ana de Vilallonga nicht ahnen konnte und Néstor und Lola auch nicht: Im Bauch des Kindermädchens begann sich ein neues Leben zu regen. Ein Leben, das sie beide für immer trennen würde.

Lola war eine einfache Frau, und sie brachte das Ausbleiben der Regel nicht mit einer Schwangerschaft in Verbindung, bis ihre beste Freundin, Catalina, ihr die Augen öffnete.

»*Mon pare em matarà*, mein Vater wird mich umbringen«, sagte Lola entsetzt. »*M'has de prometre que guardaràs el secret per sempre*. Du musst mir versprechen, das Geheimnis für immer zu bewahren.«

»*Així ho faré, Lola.*«

»*Mira'm als ulls, Catalina.*«

»*Som Amigues. Confia amb mi.* Wir sind Freundinnen. Vertrau mir.«

»*Jura'm-ho*. Schwöre es.«

»*No diré mai res. Mai a la vida. Passi el que passi*«, Catalina nahm ihre Hand. »*T'ho juro*. Ich schwöre es dir.«

Catalina betrat die Kirche. Der Pfarrer und Marina saßen immer noch vor dem Altar. Sie ging auf die beiden zu.

»Ich lasse euch dann mal allein«, sagte der Pfarrer und stand auf.

Catalina setzte sich neben Marina.

»Und Néstor? Néstor war aber schon mein Vater?«, fragte Marina, ohne den Blick vom Altar zu lösen.

»Ja. Ja, das war er.«

»Und meine Schwester Anna? Ist sie auch eine Tochter von Lola?«

»Nein. Deine Schwester nicht. Sie ist die Tochter von Néstor und Ana de Vilallonga. Ich habe nie recht verstanden, warum Lola euch beiden die Mühle und die Bäckerei vermachen wollte. Ich wusste von deiner Großmutter Nerea, dass Anna, sobald du ins Haus kamst, immer nur an deiner Seite sein wollte und dass sie sich jeden Abend zu dir in dein Kinderbettchen gelegt hat. Deine Schwester Anna hat dich angebetet. Du musst bedenken, dass Lola, deine leibliche Mutter, sich schon um deine Schwester gekümmert hat, als diese noch ein Baby war, und wenn sie sonntags nach Valldemossa zurückkam, sprach sie unablässig von deiner Schwester ... Sie hatte sie ja schon im Arm, da war sie erst ein paar Stunden alt.« Catalina verstummte.

»Erzähl bitte weiter«, bat Marina unter Tränen.

»Lola liebte deine Schwester sehr, sie selbst hatte keine Geschwister. Sie hat wahrscheinlich gedacht, wenn sie alles euch beiden vermacht, dann werdet ihr euch nie trennen.« Catalina hielt inne und blickte auf den Altar. »Lola war eine sehr einsame Frau ... und sie wünschte sich ein anderes Leben für dich.«

»Aber was ist denn passiert? Was hat mein Vater gemacht?«

»Das ist eine Frage, auf die du keine Antwort mehr finden wirst. Ich kann dir nur erzählen, was ich von deiner Mutter erfahren habe. Deine Mutter war siebzehn, als sie mit dir schwanger war – vom Hausherrn geschwängert. Ein verheirateter Mann aus guter Familie ... Stell dir vor, was für einen Wirbel das gegeben hätte. Im vierten Schwangerschaftsmonat ging Lola in ein von Nonnen geführtes Entbindungsheim für ledige Mütter und ...« Catalina verstummte. Musste sie wirklich die ganze Wahrheit erzählen?

»Red weiter und sei ehrlich mit mir. Keine Lügen mehr.«

»Marina, stell dir doch nur vor: eine ledige Mutter, zur damaligen Zeit. Und dann noch in diesem Dorf. Ihr Vater war ein brutaler Kerl. Hätte er davon erfahren, er hätte sie mit dem Stock windelweich geprügelt. Lola wollte dich zur Adoption freigeben. Die Nonnen hatten schon eine wohlhabende mallorquinische Familie gefunden, die dich adoptiert hätte. Aber sie hat mir erzählt, als du aus ihrem Bauch herausgekommen seist, hättest du nicht geweint. Sie hat dich genommen, und du hast gelächelt. Sie sah die Grübchen in deinen dicken Backen, die gleichen, die du noch heute hast, und war außerstande, dich wegzugeben. Ich weiß nicht genau, was dann geschah, aber deine Großmutter hat wohl beschlossen, dass du in dem Haus in Son Vida bleiben sollst. Néstors Frau, die du für deine Mutter gehalten hast, war krank vor Wut, aber sie musste die Kröte schlucken. Sie ließ deinen Vater schwören, dass er Lola nie wiedersehen würde, wenn sie dich im Haus behielten. Und daran hielt er sich.«

»Und Lola? Hat sie mich nie wiedergesehen?«

»Doch, doch, sie hat dich gesehen«, sagte sie schmerzvoll, »jeden fünfzehnten August.«

»An meinem Geburtstag?«, fragte Marina flüsternd.

»Ja. Sie setzte sich in das Wartehäuschen in Valldemossa, um dich sehen zu können. Sie saß dort so lange, bis ihr vorbeifuhrt in Richtung Hafen, um dort mit dem Boot rauszufahren. Deine Schwester, du und er«, sagte Catalina. »Zwei Sekunden, drei. Mehr nicht. Und dann ging sie wieder nach Hause, mit gebrochenem Herzen.«

Marina konnte das alles nicht begreifen. Ihr Geist war wie gelähmt und bekam all das nicht zu einem sinnvollen Ganzen zusammen.

»Es gibt etwas, an das ich mich gut erinnern kann. Als du noch in ihrem Bauch warst, bin ich sie einmal in dem

Entbindungsheim besuchen gegangen. Wir unterhielten uns einen ganzen Morgen darüber, welchen Namen du bekommen solltest. Obwohl wir ja wussten, dass deine Adoptivfamilie dir einen geben würde. Sie dachte, wenn sie dir einen geben könnte, dann sollte es ein fröhlicher Name sein. Und so war es dann auch… Marina – die aus dem Meer Stammende.«

»Wie war Lola?«

Catalina schwieg lange, bevor sie antwortete. Sie suchte nach den richtigen Worten. Nach dem Adjektiv, das Lola am besten umschrieb und mit dem ihre Tochter sich ein erstes Bild machen konnte. Suchte nach dem besten Satz, um den Schmerz zu lindern, den Marina angesichts der grausamen Wahrheit, die sie gerade entdeckt hatte, verspürte. Doch Catalina fand nicht das richtige Wort. Keines erschien ihr angemessen.

»Wie war meine Mutter, Cati?«, fragte Marina erneut.

»Deine Mutter war…« Sie nahm Marinas Hand. Sie blickten einander in die Augen. Das Einzige, was Catarina einfallen wollte, war: »Deine Mutter war ein Stück Brot.«

Er fing seine Liebste mit der für ihn typischen Ruhe auf. Marina lag in seinen Armen und weinte sich die Augen aus. Er hielt sie ganz fest, hatte Schuldgefühle. Ursula hatte ihm die Begründung vorgelesen, weshalb man Marina die Zustimmung verweigert hatte, und weiterhin gestichelt, dass er jetzt doch sicher zufrieden sei. Mathias hatte Marina nicht mehr losgelassen und ihr vorgeschlagen, mit den Leuten zu reden, die das Papier unterzeichnet hatten. Irgendwie müsse man das doch regeln können. Irgendwie müsse man doch mit den Staatsbeamten reden können. Marina bat ihn, still zu sein. Sie versuchte zu verstehen, was da in ihrem Leben geschehen war.

Es war wie ein schlechter Scherz des Schicksals: Wenige Kilometer entfernt weinte Anna sich auf einem nach Maschinenöl stinkenden Parkplatz in den Armen von Antonio die Augen aus. »Metastasen in der Lunge. Drei, vier, vielleicht noch fünf Monate«, hatte die Onkologin bei der letzten Untersuchung zu ihr gesagt.

Mathias wollte den September über in Valldemossa bleiben, aber Marina bat ihn, nach Palästina zurückzugehen. Das war die schlimmste Zeit ihres Lebens. Sie musste allein sein. Naomi würde nach und nach aus ihren Gedanken verschwinden. Sie würde für Lola einen Platz in ihrem Leben finden. Aber in diesem Augenblick war ihr nur eines wichtig: Sie wollte ihrer Schwester bis zu deren Tod zur Seite stehen.

»Liebst du mich, Marina?«, fragte er sie wenige Meter vor der Passkontrolle am Flughafen.

»Ja. Sobald ich kann, komme ich dich besuchen«, antwortete sie traurig und gab ihm einen Kuss auf den Mund.

Sie ging zum Ausgang und nahm ein Taxi zum Haus ihrer Schwester. Sie fand die beiden ruhig in ihrer hübschen Wohnung mit Meerblick sitzend, in der sie ihr Leben hatten verbringen wollen.

»Komm. Setz dich zu uns«, sagte Anna mit einem Lächeln.

Marina setzte sich neben Anita, die ihren Laptop im Schoß hielt. Sie wusste nicht, ob Anita über die Diagnose ihrer Mutter unterrichtet war. Sie setzte sich einfach nur zu diesen beiden Frauen, denen sie sich in diesem Augenblick so nah fühlte wie noch nie. Sie hatte ihnen weder von

Naomi noch von Lola erzählt. Neben Annas Tragödie war alles andere zweitrangig.

Anita übersetzte ihrer Mutter die Homepage der Universität der Künste Berlin. Diese deutsche Universität war spezialisiert auf Kunst und audiovisuelle Medien.

»Das wäre ein Traum, Mama.«

Anna betrachtete ihre Tochter mit zärtlichem Blick. »Träume werden wahr, wenn man das wirklich will, mein Schatz. Gib dein Bestes! Du hast noch ein paar Jahre bis zum Studium, bis dahin kannst du noch ein bisschen besser Deutsch lernen.«

»Ich könnte ja Ursula fragen, ob sie mir Unterricht gibt.«

»Außerdem ist diese Universität in Berlin. Dort leben Mathias' Eltern«, sagte Marina.

Sie surften weiter im Internet. Sahen sich YouTube-Videos an, in denen deutsche Studenten in Tonstudios saßen und lernten, was sie brauchten, um später einmal Theater-Tonmeister zu werden, bei Konzerten mitzuarbeiten, in Kinos, am Laufsteg oder um DJ zu werden. Sie verbrachten recht viel Zeit gemeinsam mit dem Laptop auf dem Sofa.

»Mama, du hast mir ja noch gar nicht erzählt, was bei der Untersuchung herausgekommen ist. Was hat denn der Arzt gesagt?«, fragte Anita plötzlich.

»Sie müssen noch ein paar Tests machen«, antwortete Anna und strich ihr zärtlich über die Wange.

Marina zerriss es das Herz …

Marina sah, wie Antonio den Helm abnahm und auf sie zukam. Er wirkte verloren. So verloren wie an dem Tag, an dem er sie anrief, um ihr mitzuteilen, dass ihre Schwester gestorben war. Sie waren zusammen mit dem Llaüt rausgefahren, und Anna war in seinen Armen auf diesem alten Boot gestorben, während sie sich den Sonnenuntergang angeschaut hatten.

»Warte noch, mein Schatz«, sagte Marina zu Anita, die in diesem Moment die Asche ihrer Mutter streichelte und traurig aufs Meer blickte. Marina stand auf und ging auf Antonio zu. Er umarmte sie und weinte ohne jede Scham. Marina nahm ihn bei der Hand, und sie gingen beide zu Anita und setzten sich neben sie auf den Rand des Felsens.

»Ana, das ist Antonio. Ein guter Freund deiner Mama.«

Antonio wischte sich linkisch die Tränen fort.

»Wenn deine Mama euch jetzt sehen könnte von dort, wo sie ist, dann würde es ihr bestimmt gefallen, dass ihr ihre Asche gemeinsam verstreut.«

Anita fragte nichts, sie ergriff einfach die Hand dieses Unbekannten und legte sie auf die Urne. Ein paar Minuten verharrten sie so, ohne ein Wort zu sagen. Der Nordwind wehte kaum, das Meer war immer noch wie ein großer Teich. Dann streute Anita ganz langsam, ohne Antonios Hand loszulassen, die Asche ihrer Mutter ins Meer.

Marina lehnte die Stirn an die kühle Fensterscheibe des Busses. Sie versuchte, ihren Geist zu entspannen, indem sie sich ausschließlich auf das konzentrierte, was sie durchs Fenster sah. Unmöglich. Sie holte eine granatrote alte Schreibmappe mit gestreiften Gummis aus ihrem Rucksack. Die Mappe, von der Catalina ihr erzählt und die Lola in ihrem Nachttisch aufbewahrt hatte.

Sie öffnete sie und sah sich noch einmal die Fotos ihrer leiblichen Mutter an. Auf einigen war sie alleine zu sehen. Auf anderen mit ihren Eltern oder im Kreise ihrer Nachbarn aus Valldemossa. Marina hatte sie die ganze Woche über immer und immer wieder angeschaut, und je länger sie auf diese Bilder starrte, desto mehr fiel ihr die Ähnlichkeit zwischen ihr und ihrer unbekannten Mutter auf. Zwischen den Fotos hatte sich außerdem das Dokument des Kinderheims von Palma befunden, auf dem bescheinigt wurde, dass María Dolores Molí Carmona am 15. August 1964 einer Tochter mit einem Geburtsgewicht von 3.456 Gramm das Leben geschenkt hatte. Vater: unbekannt; vorläufiger Name: Marina.

Dem folgte der Brief, den Anna ihr ein paar Tage vor ihrem Tod geschrieben hatte …

Cuca hat diese Mappe in Curros Büro gefunden, zwischen Armandos Papieren. Marina, die Fotos hier drin werden dein Leben ins Wanken bringen. Das weiß ich. Meine Augen sehen etwas in ihnen, das ich nicht zu beschreiben wage. Gestern dachte ich, es wäre das Beste, sie zu zerreißen und zu vergessen. Denn wahrscheinlich werden sie dir nur wehtun. Aber du hast einmal zu mir gesagt, dass eine Lüge niemals gut ist.
Weißt du was? Beim Anschauen der Fotos erinnerte ich mich, dass Papa mir einmal von einer unmöglichen Liebe erzählte, die er mit einer viel jüngeren mallorquinischen Frau gehabt hätte. Er wollte mir nicht viel erklären, aber ich erinnere mich an den tieftraurigen Blick, mit dem er mich damals umarmte.
Was mich angeht, ich weiß schon alles, was ich über diese Frau, die Papa geliebt hat, wissen muss, nämlich dass sie dich wieder in mein Leben zurückgeholt hat, und dafür werde ich ihr ewig dankbar sein.

In dem Brief flehte Anna Marina geradezu an, sie möge doch bitte zum Wohle ihrer Tochter eine normale Beziehung zu Armando pflegen. Sie wisse zwar, dass er definitiv ein Arschloch sei, aber er werde nun mal für alle Zeiten Anitas Vater bleiben. »Pass auf sie auf, bitte pass auf sie auf.« Wie absurd das alles doch ist, dachte Marina bei sich. Vor wenigen Monaten war ihr noch das Recht abgesprochen worden, Mutter zu werden, und jetzt bat ihre Schwester sie darum, genau diese Rolle auszufüllen. Und das würde sie auch tun. Ohne zu zweifeln. Falls Armando sie gewähren ließe.

Aber eines war sicher, nämlich dass Anita gut auf sich selbst aufpassen konnte. Sie war eine starke junge Frau und wusste genau, was sie wollte im Leben. Sie legte ihr Abitur ab und begann dann ihr Studium an der Universität der Künste Berlin. Pippa und sie trennten sich, und es dauerte Jahre, bis sie die Liebe einer anderen Frau fand. Aber sie fand sie. Zwanzig Jahre nach Annas Tod nahm Marina in San Francisco an Anitas Hochzeit teil. Als Anita mit einem zärtlichen, wundervollen Lächeln »Ja, ich will« sagte, sah Marina zum Himmel hinauf und dachte, dass Anna vielleicht von dort, wo wir alle am Ende unseres Lebens hingehen, das Einzige erreicht hatte, das ihr vor ihrem Tod wirklich Sorgen gemacht hatte, nämlich zu sehen, dass ihre Tochter glücklich war.

Marina stieg aus dem Bus. Es wurde Abend. Sie betrachtete das Wartehäuschen eine Weile, ging hin und setzte sich nun selbst in dieses Häuschen, in das ihre Mutter sich jeden fünfzehnten August gesetzt hatte, um sie zu sehen. Ein Schmerz überkam sie, als sie die drei Sekunden abzählte, in denen sie die Insassen der Autos sehen konnte, die an ihr vorüberfuhren.

Langsam ging sie durch das Dorf bis zur Can Molí. Dann holte sie den Schlüssel aus der Tasche und steckte ihn in das Schloss der Bäckerei. Öffnete die Tür. Niebla kam auf sie zu und leckte ihr die Hand. Sie streichelte sie, und mit der Hündin auf den Fersen ging sie die Treppe hinauf Richtung Küche. Sie nahm ein Glas, drehte den Wasserhahn auf, füllte Wasser ins Glas und trank es aus. Dann stützte sie sich auf die Arbeitsfläche und sah Niebla an. Das Einzige, was ihr in Valldemossa blieb, war dieser Hund mit den traurigen, müden Augen. Und das Gespenst der Frau, die sie in ihrem Bauch getragen hatte. Sie holte tief Luft und stieß sie ganz langsam wieder aus. Sie ging zum Computer, und ohne sich zu setzen, checkte sie den Posteingang. Nichts. Sie ging ins Schlafzimmer hinauf, zog sich aus und legte sich ins Bett ... Eine lange Nacht erwartete sie. Eine Nacht der Trauer um ihre tote Schwester. Eine Nacht voller Fragen ohne Antwort. Was sollte sie mit ihrer Nichte machen? Was mit der Bäckerei? Mit ihrer Arbeit als Entwicklungshelferin? Mit ihrem Leben ... Aber wieder kam ihr Lola in den Sinn. Und diesmal versuchte sie sich vorzustellen, wie sie im Uterus dieser ihr unbekannten Frau war. Sie stellte sich den Augenblick vor, in dem sie durch das Becken glitt, aus ihrem Leib herauskam und die ersten Sekunden zwischen ihren Brüsten lag ...

Um sieben klingelte das Telefon. Sie schlug die Augen auf, wusste erst nicht, wo sie war, sah auf die Uhr und rannte dann ins Wohnzimmer. Um diese Zeit konnte es nur Mathias sein.

»Ja?«

»Hallo, ich bin's«, sagte Mathias mit müder Stimme. »Wie ist es gestern gelaufen?«

»Es war eine schöne Beerdigung. Ganz wie sie es sich gewünscht hatte. Und wie geht es dir?«

»Marina ... Mit geht es nicht gut ... Es ist das erste Mal, dass du mich an deiner Seite brauchst, und ich bin nicht da.«

»Ich hab dir doch gesagt, du sollst nicht zurückkommen«, antwortete sie.

»Das ist egal. Ich hätte es einfach tun sollen und dich nicht groß fragen. Ich weiß, dass du dasselbe für mich getan hättest. Es tut mir leid.«

»Es ist alles gut.«

»Marina, heute bin ich derjenige, der zwei Tage nicht geschlafen hat. Ich habe immer wieder über unsere Beziehung nachgedacht. Und ...«

Mathias hielt inne. In dieser Spanne des Wartens begann Marinas Herz wie wild zu hämmern. In den sechs Jahren, die sie jetzt an seiner Seite war, hatte sie nie eine solche Angst gehabt wie in diesem Moment. Wenn die Beziehung mit diesem Mann endete, würde das das Ende ihres Lebens bedeuten. Es würde sie umbringen.

»Marina, ich ... Ich habe es dir schon oft gesagt ...« Wieder hielt er inne. Es schien so, als habe er Angst zu sprechen.

»Was ist los, Mathias?«, fragte sie hastig. »Ich komme. Morgen rufe ich bei Ärzte ohne Grenzen an und lasse mir eine Stelle vermitteln.«

»Ich habe nie den dringenden Wunsch gehabt, Vater zu werden. Ich weiß nicht warum. Sicher bin ich ein Egoist.«

»Mathias, wir haben schon darüber gesprochen«, unterbrach ihn Marina.

»Lass mich weiterreden, bitte. Wenn du möchtest ...«, wieder hielt er inne, »dann können wir Naomi gemeinsam adoptieren.«

Ihr Herz schlug wie wild, und eine Träne lief Marina

still über die Wange. Wenn sie einander hätten sehen können, hätten sie beide gelächelt, denn auch Mathias lief eine Träne über die Wange.

»Ich möchte weiter in Auslandseinsätzen arbeiten. Ich sehe mich nicht in einem Krankenhaus in Berlin, immer am selben Ort. Das würde mich nicht glücklich machen. Aber wenn du willst, können wir auf Mallorca bleiben. In deinem Haus, das wir zu unserem Zuhause machen könnten, wenn du mich lässt. Für immer. Alle drei Monate werde ich zurückkommen und dann an eurer Seite sein.«

Sie weinten beide in tiefer Verbundenheit.

Ende November kamen zehn Kisten aus Berlin, in denen Mathias' ganzes Leben enthalten war. Kleidung, viele Medizinbücher, Comics, die seine Mutter nicht länger aufheben wollte, der Tauchanzug, Schuhe, eine Werkzeugkiste mit Bohrer. Als Marina sah, wie die zwei Möbelpacker die zehn Kisten nach oben schleppten, blieb sie mit offenem Mund stehen. In diesem gerade mal siebzig Quadratmeter großen Haus gab es keinen Platz für so viel Zeug.

Einen Monat später kam Mathias nach Mallorca und war sehr gerührt, die Comics zu sehen, die er im Leben nicht lesen würde und die zusammen mit den Medizinbüchern auf den Regalen im Wohnzimmer standen.

Noch in derselben Woche begannen sie gemeinsam mit dem Training für Adoptiveltern. Marina war fast froh, dass Mathias nur die Hälfte von dem verstand, was die Psychologin sagte. Es war wirklich zum Davonlaufen. Als Marta sah, dass dieses außergewöhnliche Paar sich liebte und dass die Fernbeziehung zehnmal stabiler war als ihre eigene, stellte sie ihnen nach zwei Monaten die Bescheinigung aus.

In diesen Monaten lernte Mathias einen deutschen Architekten kennen, der Rentner war und ein Freund von Ursula, und erstellte mit ihm ein paar Pläne für den Umbau der Mühle. Sie wurden gute Freunde. Eines Abends hatte Ursula sie zum Abendessen eingeladen, und während die beiden kochten, nahm Mathias die Schreibmaschine auseinander, nahm die Walzen heraus, das Farbband, den Wagen und machte sich in seiner gewohnt sturen Art mit seinen Werkzeugen daran, sie zu reparieren.

In Addis Abeba gab es die ersten Urteile, die Naomi für adoptionsfähig erklärten, die äthiopischen Anwälte wurden bezahlt, und dann hieß es erst einmal warten. Nachdem sie sehr lange gewartet und viel mehr gezahlt hatten, als nötig gewesen wäre, kam allmählich alles in die richtigen Bahnen, und schließlich kam Naomi am 1. Mai 2014 nach Mallorca.

Sie betraten die Bäckerei. Sie wollte runter von Marinas Armen und rannte zum Arbeitstisch. Mathias und Marina beobachteten sie ein wenig besorgt. Es war der erste Tag in dem Haus, in dem sie jetzt ihr Leben verbringen sollte… Naomi sah die Säcke mit dem *Xeixa*-Mehl und steckte die Hände hinein. Sie spielte mit dem Mehl und sah auf ihre weißen Handflächen, die einen Kontrast zur ansonsten schwarzen Haut bildeten.

»*Injera?*«, fragte Naomi und betrachtete ihre kleinen Hände.

»Ja, damit kann man *Injera* backen. Hier verarbeiten wir das Mehl zu Brot«, antwortete Marina.

»Brot«, wiederholte Naomi und steckte wieder ihre Hände in den Sack Mehl.

»Brot, ja, Brot«, sagte sie stolz, als sie hörte, wie ihre Tochter ihr erstes spanisches Wort sagte.

Naomi nahm eine Faust voll Mehl und rannte nach draußen. Dort öffnete sie die Händchen und ließ das Mehl vom Nordwind davonwehen. Der Herbstwind hatte hunderte von Mohnsamen über die Felder der Insel verstreut. Und wie jedes Jahr würden sie wild wachsen.

Naomi deutete dorthin.

»Möchtest du da hin?« Das Mädchen nickte. Marina küsste Mathias, der etwas verschreckt und still war und auf Marinas Ansage wartete. »Machst du was zu essen?«

»Ja, gerne«, sagte er und machte kehrt.

»Mathias …«

Er drehte sich zu ihr um. Sie lächelte ihn an, sah ihm in die Augen und sagte schließlich in ihrer Muttersprache die zwei Worte, die sie ihm noch nie gesagt hatte …

»Ich liebe dich.«

Naomi nahm Marina bei der Hand und zog sie mit sich fort zu den Mohnfeldern. Dann ließ sie los und rannte allein durch diese wunderschöne Landschaft. Die Landschaft ihres künftigen Lebens. Sie rannte, sprang und warf sich in die Arme ihrer Mama.

Mathias sah diesen beiden Menschen, die er liebte, durchs Küchenfenster zu. Er würde in zwei Wochen abreisen, um als Leiter des Ärzteteams in der Zentralafrikanischen Republik gegen einen erneuten Ausbruch von Ebola zu kämpfen. Anfang Dezember würde er wieder bei ihnen sein. Er öffnete das Fenster und betrachtete dieses schwarze Mädchen, das mit seiner Frau zwischen den roten Blumen spielte, und konnte gar nicht anders, er vermisste sie schon jetzt.

Die beiden Wochen vergingen wie im Flug. Naomi schlief keine Nacht in ihrem Kinderzimmer. Sie machten ein paar Versuche, aber es endete immer mit Tränen. Und so schlief sie fortan zwischen ihren Eltern.

Am Tag der Abreise liefen sie alle drei durch die Gässchen von Valldemossa, Mathias hatte sich Naomi auf die Hüfte gesetzt und seiner Frau den Arm um die Schulter gelegt, und die kleine Familie sah glücklich auf das Stückchen Mittelmeer, das ihnen gehörte.

8

Das Brot und meine Schreibmaschine

Diese eine Zutat, die nie gefunden wurde, war der Motor, der sie angetrieben hatte, wieder mit dem Schreiben zu beginnen.

Ursula schleppte den Pinienholztisch vor das große Fenster im Salon. Ihre schwachen, alten Hände hinderten sie nicht daran, die dazu nötige Anstrengung zu vollbringen.

Zärtlich strich sie über das Grammophon ihres Mannes, das friedlich neben ihrer alten Schreibmaschine schlummerte. Sie packte die Schreibmaschine und stellte sie auf den Tisch. Dann zog sie den ergonomischen Stuhl heran, den sie mit Gabriel in einem Geschäft in Palma gekauft hatte, und setzte sich. Sie seufzte. Ja. Das war ein guter Platz, wenn sie den Blick schärfte, konnte sie hinter den Weizenfeldern, noch hinter den Oliven- und Mandelbäumen, ganz in der Ferne ein kleines Stückchen Meer sehen.

In der Woche davor war sie kaum aus dem Haus gegangen. Es war zu kalt gewesen für eine alte Dame mit Arthritis. Um sich die Zeit zu vertreiben, hatte sie Zuflucht bei den Romanen gefunden, die sie schon gelesen hatte und die in den Regalen schlummerten. Sie dachte sich, eine bessere Gesellschaft ließe sich nicht finden, und strich sanft über Hunderte von Büchern, bis sie zu den Romanen ihrer Jugend kam. Dort standen die alten Ausgaben der Meister aus Lateinamerika, die sie im Exil gelesen hatte.

Trotz ihres hohen Alters hatte sie noch ein ungelöstes Problem. Nie hatte sie gewagt, in ihrem Schreiben mit dem magischen Realismus zu spielen, von dem sie so viel gelernt hatte. Sie hatte es versucht, aber ihre deutschen Gene, die immer nach Perfektion strebten, hatten sie immer gebremst. In ihrem Alter gab es nichts mehr zu befürchten, sie musste nur in Demut vertrauen.

Während sie die Bücher ein weiteres Mal las, langsam jetzt, Sätze unterstrich und Notizen in ein kleines Heft machte, nahm gleichzeitig ihr eigener Roman Gestalt an. Die Geschichte sollte in einer Bäckerei spielen, gelegen auf einer unbekannten Insel, umspült von den Wassern des Mittelmeers. In der Bäckerei wurde ein Kuchen gebacken, der eine magische Zutat enthielt, die sämtlichen Inselbewohnern einen tiefen Genuss bereitete. Die ersten Zeilen dieses Romans würden der weiblichen Protagonistin gewidmet sein, einer jungen Frau mit dunklem Teint, kräftig, aber schön, mit üppigem Busen und schwarzglänzendem Haar, das sie stets zu einem Zopf gebunden trug. Jeden Morgen stellte diese junge Bäckerin in aller Ruhe eine Mischung aus Mehl, Zucker, Milch, Zitronen und Mohn her, und dann … geschah es. Sie schloss die Augen und erinnerte sich an die Minuten nach der Geburt, in denen sie ihr Baby im Arm wiegte, das sie wenige Stunden später in dem Wissen, dass sie ihr ganzes Leben lang darunter leiden würde, fortgeben sollte ... Und während ihr diese Gedanken kamen, rannen ihr Tränen über die Wangen und tropften in den Teig, der sie sammelte und unter den Bewohnern ihrer kleinen Insel aufteilte, die schon beim ersten Bissen die Liebe spürten, die darin enthalten war.

Ursula hatte ein langes Jahr vor sich, in dem sie sich die Charaktere ausdenken würde, die Geschichten von unmöglicher Liebe und die unerwarteten Wendungen. Ohne jemals den Schluss aus den Augen zu verlieren, den sie ganz klar vor sich sah. Ein Ende, das die Geschichte zum Abschluss brachte, indem es die kleine Bäckerei in die Hände eines wundervollen Mädchens legte, eines Mädchens mit krausem Haar und Schokoladenhaut.

Sie seufzte. Betrachtete die Schreibmaschine mit Abscheu. Fünfzehn Jahre ohne Unterlass diese Fron. Sie versuchte, ihre Unsicherheit zu verdrängen und diese Zweifel, die sie in den ersten Tagen angesprungen hatten. Würde sie imstande sein, dreihundert Seiten zu füllen? Und diese Seiten, die letztlich auch nichts anderes waren als Papier mit Tinte drauf, würde sich jemand dafür interessieren?

Sie betrachtete ihre Hände. Machte die Übungen, die sie jeden Morgen machen musste, damit das Taubheitsgefühl wich.

Wie immer zuerst der Titel. Sie würde ihn schon bei ihren Lektoren verteidigen, damit er genau so stehenblieb. Sie legte zart ihre Finger auf die Tastatur und begann mit fünfundachtzig Jahren das zu schreiben, was diesmal wirklich ihr letzter Roman sein sollte: »Die Insel der Zitronenblüten«.

Danksagung

Dieser Roman hätte nicht geschrieben werden können ohne meine Freundinnen, die mit mir durchs Leben gehen und so oft die Inspirationsquelle für das sind, worüber ich schreibe. Daher möchte ich Marian Coromina, Chiara Arroyo, Ana Manresa, María Alejandre, Ana León, Mónica Puga und Tere Enrich meinen tiefsten Dank aussprechen, ebenso den neu hinzugekommenen Freundinnen Mar Sáez und Manuela Moreno … und vor allem Clara Tarrero, denn ohne dich, Clara, hätte ich Marina nie erschaffen können.

Ich möchte mich auch bei dem Frauenteam von Editorial Planeta bedanken, das mir die ganze Zeit mit Rat und Tat zur Seite stand. Ein Dankeschön an Nuria Valls dafür, dass sie mich vorgestellt hat. Dank auch an Raquel M. Barrio für die weisen Ratschläge.

Ich möchte mich auch bei denen bedanken, die mir sofort bereitwillig geholfen haben, und obwohl wir nur kurz miteinander sprachen, hat es meine Geschichte doch immer vorangetrieben. Da wäre als Erster Miguel Ángel zu nennen, der Besitzer von Ca'n Molinas, jener Bäckerei von Valldemossa, die der Motor für diese Geschichte war. Dank an Lisi Lluch für ein Stückchen von León und an die Freundin, die du mir vorgestellt hast und der ich wünsche, dass sie schon bald ihren Sohn im Arm halten kann. Dank an Rosa Esteve für die Korrekturen des Mallorquinischen. An Pere Puig für Lord Black. Als Avi Llorenç, der mich an seinen gynäkologischem Wissen teilhaben ließ. Dank an die Freunde aus der Kindheit, die mir erhalten blieben: Marc Mormeneo und David Bazán, wie schön, dass ihr mich bis zum heutigen Tag begleitet habt. Dank an Thomas Schneider aus Deutschland, denn hätte ich dich nicht kennengelernt, hätte ich diesen Roman nicht schreiben können.

Und mein ganz großer Dank gilt euch, Mama und Papa, dass ihr, wann immer ich es brauchte, so gut auf meine Kinder aufgepasst habt.

Und ganz zum Schluss danke ich dir, Jaume, für alles.